"성스러워요……!"

"가, 간지러워……"

황금 경험치

the golden experience point

특정 재해 생물
「마왕」강림 타임 어택

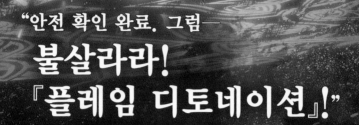

"안전 확인 완료. 그럼—
불살라라!
『플레임 디토네이션』!"

이날, 에어파렌 인근의
초원이 하룻밤 사이에 초토로 변했다.
왕국은 재앙을 격멸하기로 결정했다.

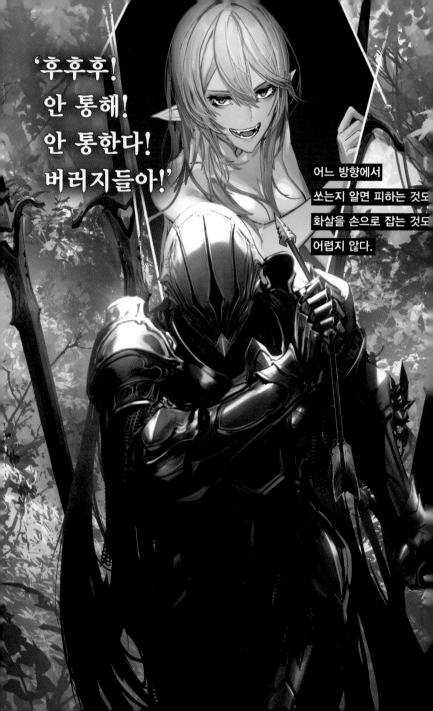

'후후후!
안 통해!
안 통한다!
버러지들아!'

어느 방향에서
쏘는지 알면 피하는 것도
화살을 손으로 잡는 것도
어렵지 않다.

황금의 경험치

the golden experience point

특정 재해 생물
「마왕」강림 타임 어택

하라준
Harajun

illustration
fixro2n

contents

◆ ◆ ◆

the golden
experience point

프롤로그

그날, 대륙 각지에서 강진이 발생했다.

처음으로 분주한 움직임을 보인 곳은 각국 왕도에 있는 성교회 대성당이었다. 그 동요는 금방 대성당에서 퍼져나가 각국의 왕이 거하는 성으로 전파됐다.

이 지진으로 가장 크게 동요한 곳은 대륙 남동쪽에 위치한 힐스 왕국이라는 휴먼의 나라일 것이다.

왜냐하면 이 나라가 바로 진원지이기 때문이다.

◆ ◆ ◆

밤.

하얗게, 새하얗게 빛을 반사하는 실루엣이 초원의 하늘에 떠 있었다. 밤하늘에 사람 모습을 한 달이 떴다는 착각이 들 정도였다.

물론 사람 모습을 한 달이 있을 리 없었다. 어쩌면 이 세계— 이 게임 어딘가에는 있을지도 모르지만, 적어도 이때는 아니었다.

그것은 소녀였다. 다만, 평범한 소녀는 아니었다.

머리에는 금색 뿔이 돋았고 허리에는 머리카락과 같은 순백색 날개를 펼쳐 놓았다.

그녀가 밤을 기다린 이유는 「알비니즘」의 페널티 때문이었다. 그

9

특성 때문에 그녀는 햇빛에 노출되면 피부에 경도 화상을 입는다. 흔히 일광 화상이라고도 한다.

달빛이 비치는 초원은 생각 외로 전망이 좋았지만, 이 시간에 이곳을 돌아다닐 사람은 없었다. 용병 NPC 대부분은 밤에 잠을 잘 테고, 현재 플레이어의 주된 사냥터는 숲이기 때문이었다.

"어디, 한번 쏴 볼까. 저번 이벤트에서는 『헬 플레임』으로 숲을 불태웠지? 이번엔 다른 마법으로…… 기왕 하는 거 제일 강한 마법으로 하자."

『불 마법』 트리의 최상위 마법도 이미 익혔다. 제1회 이벤트에서 사용한 『헬 플레임』의 위력을 생각하면 어지간한 상황은 그 마법 하나로 해결될 것 같지만, 미리 배워 놓지 않으면 막상 필요할 때 후회하기 십상이다. 그래서 배울 수 있는 속성 마법은 전부 배워 뒀다.

"범위 안에…… 우리 집 개미는 없어. 토끼는 있겠지만, 운이 없었다고 쳐야지. 안전 확인 완료. 그럼— 마왕의 힘, 어디 한번 구경해 볼까! 불살라라! 『플레임 디토네이션』!"

◆ ◆ ◆

힐스 왕국에 에어파렌이라는 도시가 있다.

그 도시에서 태어나 용병으로 생계를 꾸리던 짐은 이날 해가 저문 뒤에도 초원에서 사냥을 하고 있었다.

얼마 전 개업한 마법약 가게는 기존 가게보다 헐값에 물건을 팔았다. 마법약 중에는 더 밝고 오래가는 랜턴용 기름도 있었다. 이것을 사용하면 어두워져도 사냥을 할 수 있었다. 아무래도 한밤중까지는 힘들지만, 도시의 식당이 술장사를 시작할 때까지는 도시 밖을 돌아다닐 수 있었다.

그 마법약 가게가 생긴 뒤로 도시에 보관고 소유자라고 불리는 사람이 늘어났다. 진위는 알 수 없으나 그들은 불사신이라고 하며, 매일 죽음을 불사하고 마물의 영역인 숲으로 들어가서 성과를 올렸다. 그 대신 하루 활동 시간이 짧고 불규칙하다지만, 숲과 초원의 산물은 차원이 다른 가치를 가졌다. 짐 같은 에어파렌 출신 용병이 입에 풀칠하려면 긴 활동 시간을 활용해 한 마리라도 많은 사냥감을 잡는 수밖에 없었다.

짐 말고는 이렇게 부지런히 일하는 사람도 없었지만, 보관고 소유자는 나날이 늘어나는 추세였다. 이르든 늦든 결국 야간 사냥을 해야 할 때가 온다. 그렇다면 일찌감치 시작하는 편이 현명하지 않겠는가.

그런 생각으로 이날도 짐은 등유를 사서 해가 떨어진 뒤로도 홀로 활동을 이어갔다. 슬슬 술집이 열릴 때였다. 마지막으로 잡은 사냥감의 숨통을 끊기 위해 나이프를 뽑는데, 불현듯 묘한 기척이 느껴졌다.

짐이 여태껏 느낀 적 없는 기묘한 기척이었다. 온몸에서 식은땀이 나고 초조함과 비슷한 감정이 스멀스멀 올라왔다. 이유는 모르겠지만, 1초라도 빨리 이곳을 벗어나야 한다고 본능이 경고했다.

짐은 도시 방향으로 슬금슬금 뒷걸음쳤다. 사냥감은 포기했다. 그딴 걸 챙길 상황이 아니었다.

정체 모를 기척에게 들키지 않게끔 신중하게 옮기던 발걸음은 서서히 빨라졌고, 이윽고 뒤로 달리다가, 결국 냅다 돌아서 전력 질주를 시작했다.

바로 그때였다.

한순간 낮이 됐나 싶을 만큼 주변이 밝아지더니, 그 직후 온몸이 불타는 듯한 열기를 느꼈다.

짐은 참지 못하고 비명을 질렀다. 그러면서도 죽기 싫다는 일념으로 부리나케 내달렸다.

간신히 도시에 도착하자 도시 성문을 지키는 경비병들이 아연실색해서 초원 쪽을 보고 있었다. 그리고 그쪽에서 달려오는 짐을 발견하고 크게 소리쳤다.

"이봐! 당신! 무슨 일이야! 방금 초원 쪽에서—."

"잠깐, 물어볼 때가 아냐! 당신 괜찮아?! 등이……."

도시에 도착해서 맥이 풀린 짐은 그 자리에서 정신을 잃고 말았다.

다음 날, 진료소에서 깨어난 그는 등에 심각한 화상을 입었다는 이야기를 들었다. 다행히 포션으로 치료될 수준이라서 후유증은 남지 않겠지만, 며칠 치 수익이 포션값으로 홀랑 날아가 버렸다.

그 후, 진료소에 짐을 옮겨준 경비병들이 찾아왔다. 짐에게 사정을 듣고 싶다는 이유였다.

"목숨은 부지했나 보군. 다행이야. 우리가 당신에게 묻고 싶은 건 어젯밤 초원에서 일어난 일이야. 당사자인 당신은 알겠지만, 초원이 하룻밤 사이에 초토화됐어—."

◆ ◆ ◆

이날, 에어파렌 인근의 초원이 하룻밤 사이에 초토로 변했다.

대체 무슨 일이 벌어졌는지 그 누구도 이해하지 못했다.

하지만 힐스 왕국 상층부는 알고 있었다. 그 직전에 새로운 인류의 적이 탄생한 사실을…….

불과 하룻밤 사이에 드넓은 초원을 불사를 정도의 가공할 힘. 그것이 언제 인류에게 위협으로 다가올지 알 수 없었다.

왕국은 재앙을 격멸하기로 결정했다.

제1장 레아

신력 12년.

인류는 지구의 중력이라는 족쇄에서 벗어나기 전에, 육체라는 족쇄에서 벗어날 방법에 열을 올렸다.

VR— 버추얼 리얼리티 기술의 발전.

과거에는 가상 현실로 정의되었고 지금도 같은 이름으로 일컬어지는 기술은 오늘날 또 하나의 현실이라고 말해도 과언이 아닌 수준까지 발달했다. 오락은 물론이요, 의료를 비롯해 교육, 제조업, 서비스업, 토목, 건축, 부동산, 금융, 각종 인프라 사업까지…… 사회 전반에 활용되며 인류의 삶에 공헌하고 있었다. 이미 사람들은 VR 기술이 없는 삶을 상상도 할 수 없는 단계까지 와 있었다.

그런 현대에 또 새로운 게임이 발표됐다.

『Boot hour, shoot curse』

특별히 참신할 구석도 없는 정통 판타지 MMORPG(대규모 다중 사용자 동시 참가형 온라인 RPG)지만, 지금까지 많은 밀리언셀러 타이틀을 탄생시킨 회사의 신작이었다. 팬과 업계의 기대치는 높았다.

발표 후 수차례 비공개 알파 테스트, 클로즈 베타 테스트를 거치고 마침내 대대적인 오픈 베타 테스트 공지가 발표됐다.

이번 오픈 베타는 최종 테스트라는 목적도 있지만, 문제점과 버그는 이전까지의 테스트로 대부분 해결하여 사실상 얼리 액세스에 가까웠다. 정식 서비스와 동일한 계정이 필요하며, 캐릭터 데이터도 정식 버전으로 그대로 옮겨진다고 공표했다.

일단 명목상 베타 테스트라서 정식 오픈 전까지는 무료지만, 돌발적인 점검이 있을 수도 있다고 한다.

오픈 베타를 목전에 두고 널리 공개된 정보는 게임의 일부 설정이나 시스템뿐이었다.

지금까지 실시된 비공개 테스트에서는 테스트 내용을 유출하지 않겠다는 계약서를 작성해야 했고, 화면 캡처 및 녹화도 시스템으로 제한되어 있었다. 그렇지만 여러 사람의 입은 막을 수 없는 법. 익명 SNS 등지에서는 진짜인지 가짜인지 모를 정보가 난무했다.

하지만 그 정보의 진위도 머지않아 밝혀진다.

넓은 다다미방을 가득 채운 인형. 그 중심에 떡하니 놓인 투박한 최신형 VR 모듈. 그 안에 누운 사람은 어른스러운 긴 흑발 소녀였다. 실제로 소녀라는 표현도 슬슬 쓰지 못할 나이였다.

'기본적인 내용은 클로즈 베타에서 거의 변하지 않은 모양이야.'

여성— 소녀는 캐릭터 생성창에 표시된 데이터를 살펴보면서 저번 테스트를 회상했다.

이 게임에는 레벨 개념이 없다. 정형적인 직업 개념도 없다.

레벨 개념은 없지만, 경험치는 존재하고, 획득한 경험치를 소비해서 캐릭터 능력치를 강화하거나 스킬이라는 특수 능력을 배워 성장한다. 이 게임은 그런 시스템을 채용했다.

이 시스템은 캐릭터 생성 단계부터 적용되어 플레이어에게 경험치 100포인트를 제공한다.

선택할 수 있는 종족은 휴먼, 엘프, 드워프, 수인, 고블린, 스켈레톤, 호문쿨루스로 총 일곱 가지.

종족을 선택할 때도 경험치가 필요하다. 예를 들어 휴먼은 0포인트, 엘프는 20포인트가 소비되는 반면, 고블린이라면 오히려 120포인트가 환원된다.

능력치 상승은 1포인트에 소비 경험치 10, 스킬 습득은 지금 배울수 있는 것만 따지면 10~40 정도로 편차가 있었다.

여기까지는 클로즈 베타 때와 같았다. 스킬 습득에 필요한 포인트 차이를 고려하면 스킬 설계도 같으리라고 예상됐다. 스킬에는 습득 조건이 붙은 경우도 있으므로 지금 표시된 스킬이 전부는 아닐 것이다.

그보다도 궁금한 점은 특성이라는 항목이었다. 클로즈 베타에 이런 건 없었다.

아마 캐릭터의 선천적 특성인 듯했다. 처음에 자신을 풀스캔해서 임시 아바타를 만들 때 이미 하나를 자동으로 습득했다.

선천적 특성: 미형
소비 경험치: 20

당신은 아름다운 외모를 타고났다.

NPC가 얻는 호감도에 상향 보정(중).

도움말을 보자 선천적 특성이라는 이름답게 종족처럼 캐릭터 생성 시에만 고를 수 있는 항목 같았다. 여기에도 경험치가 소비되거나 환원되는지, 자동으로 얻은 특성으로 경험치가 줄어들었다.

특성을 제거하면 경험치가 돌아오겠지만, 이것만으로 아바타의 외모가 크게 변했다.

'언제였더라, VR 도서관에서 본 골동품 게임북에 그런 시스템이 있었지.'

경험치 20은 아깝지만, 외모를 너무 건드리는 것도 찜찜해서 이대로 두기로 했다.

이 게임은 레벨 업이 없고 획득한 경험치를 사용해 캐릭터를 강화하는 시스템으로, 이 캐릭터 강화는 기본적으로 언제든지 할 수 있었다.

즉, 이 캐릭터 생성에서 얻은 경험치 100포인트도 지금 전부 쓸 필요는 없었다.

나는 종족을 엘프로 정해서 20포인트를 더 소비했다.

그리고 특성으로 「알비니즘」을 얻었다.

선천적 특성: 알비니즘

소비 경험치: −20

당신은 태생적으로 머리가 희고, 피부가 희고, 눈이 붉다.

피부가 오래 햇빛에 닿으면 경도 화상을 입는다.

※화상……치유되기 전까지 정도에 따른 지속 대미지.

최대한 외모를 건드리지 않고 포인트를 되찾으려고 한 결과였다.

게임 속 시간으로 밤에 로그인하도록 생활을 조정하면 별다른 단점은 없다고 판단했다. 게임 설정상 야간에 필드의 적이 강해지는 경향은 클로즈 베타에서 알려졌지만, 주관적인 감각으로는 큰 차이가 없었다.

더불어 엘프는 원래 색소가 적은 종족이라서 「알비니즘」이 있어도 크게 티가 나지 않으리라는 생각도 있었다.

이쯤 하면 엘프 종족을 선택해서 차감된 20포인트도 되찾고 싶었다.

선천적 특성: 약시

소비 경험치: −30

당신은 시력이 약하다.

멀리서 조준할 수 없다.

중거리 목표에 대한 명중, 정밀도에 하향 보정(중).

시력에 의존하여 타기팅할 경우, 원거리 이상의 목표를 공격 대상으로 지정할 수 없다.

페널티가 강하다. 하지만 중, 원거리 공격을 할 생각이 없다면 사실상 없는 핸디캡이다. 언젠가 안경 같은 아이템을 얻거나 마법의 힘으로 커버하면 충분히 무마할 수 있다.

그렇게 생각해서 마지막으로 이름을 정하고 캐릭터 생성을 마쳤다.

캐릭터 이름은 「레아」.

이런 짧은 닉네임을 쓸 수 있는 것도 베타 테스터나 얼리 액세스 유저의 특권이었다.

현재 경험치는 110포인트.

선천적 특성 덕분에 능력치가 유리한 종족인데도 포인트를 더 갖고 시작할 수 있었다. 이건 아주 큰 이점이었다. 물론 경험치 관련 시스템이 클로즈 베타와 같을 때의 이야기지만.

◆ ◆ ◆

게임 시작 직후의 튜토리얼은 스킵할 수 없었다.

서포트 AI가 영상을 섞어 세계관과 플레이어가 최소한 알아야 할 지식을 알려주는 건 고맙지만, 앞서 말했다시피 빨리 넘길 수 없고 가끔 제대로 들었냐며 확인까지 하는 통에 흘려들을 수도 없었다.

그 내용을 간추리면…….

PC(플레이어 캐릭터)와 NPC(논 플레이어 캐릭터)의 시스템상 차이는 『시스템 메시지를 받을 수 있는가』뿐이다.

NPC와 몬스터는 시스템상 구분되지 않는다.

플레이어가 접속하지 않은 상태에도 플레이어 캐릭터는 그 자리에 남아서 잠든다는 설정이다.

대충 이런 내용이었다.

거의 한 시간에 달하는 장황한 설명 중에서 서포트 AI가 특히 강조한 부분은 이 정도였다. 내용은 클로즈 베타 때와 완전히 똑같았다.

그러나 NPC에 적용된 AI와 몬스터에 적용된 AI는 지능에 차이가 있고, NPC나 같은 몬스터끼리도 개성이라고 할 만큼의 차이는 있다고 한다.

이 주의 사항은 도덕적인 행동을 권장하려는 내용이다. NPC라고 고압적으로 대하거나 몬스터라서 함부로 살생하는 등 분별없는 행동을 자제하라는 것이다.

아무튼 스킵할 수 없는 튜토리얼을 끝낸 레아는 축축하고 어두운 장소에 스폰됐다. 어떤 동굴의 막다른 골목 같았다. 이상한 쉰내도 났다. 광원이 없는데도 완전한 어둠이 아닌 것이 신경 쓰이지만, 초기 지역이기 때문일까?

주위를 대충 훑어보는 한 적은 없었다. 플레이어도 보이지 않았다.

게임을 시작하는 초기 스폰 위치는 대략적이지만 선택할 수 있었다. 대륙에 여섯 개 있다는 국가 중 하나를 고르면 그 나라 내에 설정된 초기 스폰 위치 중 한 곳으로 랜덤 스폰된다.

대륙의 여섯 국가는 모두 인류종 국가라고 불리며, 휴먼이 많은 나라, 엘프의 나라, 드워프가 많은 나라, 수인이 많은 나라 등 게임 속 세계에서 인류로 분류되는 종족이 다스리는 나라다.

하지만 초기 종족으로 고블린이나 스켈레톤을 고른 플레이어가 그런 곳에서 게임을 시작하면 문제가 발생한다. 인류종 국가에서 고블린과 스켈레톤은 퇴치 대상이다. 주민이 신고하면 토벌대가 공격할 위험이 있다. 고블린과 스켈레톤을 선택하면 경험치를 많이 환원하는 이유는 이런 단점에 대한 보상이기도 하다. 심지어 거기서 죽을 경우, 사망 페널티를 받고 초기 스폰 위치에 리스폰된다. 경비병이 주변에서 경계하면 금방 다시 퇴치당할 것이다.

사망 페널티 자동 반복 시스템의 완성이다.

그렇지만 NPC인 경비병이나 주민에게는 고도의 AI가 탑재된 탓에 그들도 실제로는 영원히 자동 사냥을 하는 이상 행동은 취하지 않는다. 퇴치해도 특정 장소에서 부활하는 몬스터라고 알아차리면 부활 위치에 우리나 함정을 설치해서 포획하려고 할 것이다. 인류종에게 포획된 마물 플레이어가 어떤 운명을 맞이할지는 모르겠지만.

그렇게 진행 불가능한 사태를 피하기 위해서 여섯 국가 외에도 스폰 위치를 고를 수 있었다.

그곳이 인류종 국가가 말하는 「마물의 영역」이었다.

마물의 영역에는 기본적으로 인류종이 살지 않는다. 같은 종족 마물이라고 꼭 공격하지 않으리라는 법은 없지만, 다짜고짜 죽으려고 덤비는 인류종보다는 조금이나마 이성적인 반응을 기대할 수 있다.

레아가 처음으로 스폰한 곳은 그런 마물의 영역 중 하나였다. 그녀는 엘프며 인류종으로 분류되지만, 초기 스폰 위치는 딱히 종족에 구애되지 않고 마음대로 선택할 수 있었다.

레아가 이곳을 고른 이유는 선천적 특성 때문이었다. 「알비니즘」은 햇빛에 약하고 「약시」는 넓고 전망이 좋은 필드에 적합하지 않았다.

아마 스켈레톤이나 고블린을 위해서 마련됐을 동굴형 초기 위치 중에서 무작위로 선택된 곳이 지금 레아가 있는 장소이리라.

마물은 인류종 국가 중 어디를 고르건 차이가 없고, 여섯 국가를 선택하지 않을 경우 레아가 「동굴 환경」을 고른 것처럼 주변 환경을 선택하게 된다. 그래서 지금 있는 곳이 마물의 영역이라는 것은 확실하지만, 그게 어느 나라 근처인지는 알 수 없었다.

엘프인 레아에게 마물의 영역인 이 주변에는 적밖에 없었다. 우선 거점으로 쓸 장소를 확보해야만 했다.

동굴 안에 그런 곳이 있을지는 모르겠지만, 만약 스켈레톤으로 시작했어도 같은 문제에 직면할 테니까 안전지대 같은 곳이 있을 것이다. 그곳을 찾으면 된다.

행동 방침을 정했으면 실천은 빠를수록 좋다. 막다른 골목인 이곳에서 공격당하면 스폰킬 무한 루프에 빠질지도 모른다.

현재 레아는 아무런 스킬도 배우지 않아서 캐릭터의 기초 운동 능력만으로 상황을 헤쳐 나가야 했다.

클로즈 베타와 같은 수준의 초반 몹이라면 지금 능력치로도 맨손으로 대처할 수 있다. 그래도 욕심을 좀 부리자면, 자신의 기술을 쓰기 편한 인간형 적이 나와주면 좋겠다.

잠시 걷다가 동굴의 첫 갈림길과 맞닥뜨렸다. 벽에 몸을 붙이고 길모퉁이로 얼굴을 절반만 내밀어 살펴봤다. 움직이는 물체는 보이지 않았다. 가뜩이나 어두운 데다가 선천적 특성 때문에 시력이 낮아서 선명하게 보이지 않았지만, 움직임이 있는지 없는지 정도는 알아볼 수 있었다.

얼마간 기다려도 움직이는 것은 나오지 않았다.

갈림길 벽에 돌로 표시를 남기고 일단 오른쪽으로 가 보기로 했다. 벽을 따라서 나아가는데 앞쪽 모퉁이로 보이는 벽 너머에서 희미한 빛이 새어 나오고 있었다.

저것이 만약 출구고 빛이 햇빛이라면 지금 나가 봤자 피부에 화상을 입을 뿐이었다. 하지만 동굴 출구는 파악해 둬야 했다.

레아는 신중하게 빛을 향해서 걸어갔다.

가까이 갈수록 사람 목소리 같은 것이 들렸다.

'마물의 영역에 속한 동굴에 인류종이 있어……?'

아직 인류종이라는 보장은 없었다. 인간의 말을 구사하는 마물일 가능성도 있었다. 뭐가 됐건 목소리가 울리는 방식으로 보아 이 앞이 출구 같지는 않았다.

출구가 아니라면 이 빛은 인공적인 조명일 가능성이 컸다. 하지만 마물이 조명을 켤까?

그렇다면 역시 인류종이 아닐까. 우연히 같은 거점에 스폰한 플레이어일지도 모른다.

정체를 확인하려고 조심스럽게 벽 너머를 엿봤다. 마침 그곳에 있던 인물이 입을 연 참이었다.

"—잠깐 안쪽에서 오줌 누고 올게."

◆ ◆ ◆

모닥불의 불빛을 바라보면서 케리는 생각했다.

'이 동굴을 발견한 건 행운이었어.'

마물의 영역에 들어와서 얼마 걷지도 않은 곳에 이 동굴이 있었다. 보통은 못 보고 지나칠 곳이지만, 일행 중에 가장 눈썰미가 좋은 라일리의 눈은 속일 수 없었다.

당분간은 이곳을 거점으로 생활하기로 했다. 인류 국가에는 더 이상 그들이 살 곳이 없었으니까.

마물의 영역에 있는 동굴.

그곳에 들어온 케리 일행은 원래 고양이 수인 부락에 사는 아이들이었다.

그 부락은 마물의 영역이 확대된 영향인지, 작물 수확량과 사냥감이 감소해 서서히 쇠락해 갔다.

그래서 먹고살기가 막막해진 어른들이 아이들을 팔아넘기려고 했고, 거기서 도망친 것이 케리를 포함한 네 명이었다.

하지만 아이들만으로 살아가기는 불가능했다.

가뜩이나 부락 인근은 먹을 것이 없었다. 마물의 영역도 가까워서 흉악한 몬스터가 나올지도 몰랐다. 부락 사람에게 들키면 다시 붙잡혀서 어딘지도 모를 곳으로 팔려갈 것이다.

가장 나이가 많은 케리는 소꿉친구 세 명을 데리고 죽자 살자 도망쳤다.

이웃 부락까지 도망가서 들키지 않게 숨어 다니며 밭을 서리했다. 밤에는 건물에 숨어들어 옷이나 날붙이, 채소가 아닌 음식을 훔쳤다. 주민에게 들킨 적도 있지만, 그럴 때는 죽이고 도망쳤다. 그리고 또 다른 부락으로 가서 같은 행각을 반복했다. 살아남겠다는 생각뿐이었다.

때로는 자신들과 같은 짓을 하려는 어른들과 마주치기도 했다. 하지만 케리 일행은 어른과 비교해 작은 체구, 날렵함, 그리고 뛰어난 팀워크를 이용해 항상 그들에게 승리했다. 승리를 거둘 때마다 케리 일행은 강해졌고, 짐승 사냥도 어른 사냥도 능숙해졌다.

동업자는 짐승과 달리 먹을 수 없지만, 무기나 돈을 가졌다. 무기는 전투에 도움이 되고 돈은 마을에서 음식을 살 수 있다. 나쁘지 않은 사냥감이었다.

당분간은 그렇게 나무 아래 굴이나 수풀에서 낮을 보내고 밤에 활동하며 나라를 가로질렀다. 태어나고 자란 고향에서 도망친 지도 어언 5년이 지나 있었다.

그러다 어느새 마물의 영역에 들어와 버렸고, 라일리가 동굴을 발견했다.

그것이 지금 있는 동굴이었다.

이 동굴은 입구 쪽 통로가 좁고 구불구불하지만, 그곳을 통과하자 넓은 공간이 나왔다. 네 사람은 그 넓은 공동을 거점으로 삼았다.

그리고 동굴 탐색을 끝내고 한숨 돌릴 무렵, 막내 마리온이 볼일을 보러 갔다.

남은 세 사람이 모닥불로 식사를 준비했지만, 아무리 기다려도 마리온이 돌아오지 않았다.

볼일은 근처 막다른 골목에서 보기로 합의했었다. 설마 안쪽 지하호까지 내려간 것일까?

"잠깐 보고 올게. 너희 먼저 먹어."

케리는 공동에서 안쪽으로 이어지는 통로로 들어갔다. 마리온은 보이지 않았다. 이 통로는 두 갈래로 나뉘고 한쪽은 막다른 길, 다른 쪽은 지하호로 이어진다. 막다른 길을 한번 들여다보고 없으면 지하호까지 갈 생각이었다.

그렇게 화장실이 있는 길로 몸을 돌렸을 때, 케리는 충격과 함께 의식을 잃었다.

◆ ◆ ◆

"……아하, 왜 마물의 영역에 인류종이 있나 했더니 잡몹인 도적인가."

통로에서 마주친 도적을 한 명씩 기습해서 쓰러뜨리고 마지막으로 공동에서 두 명을 한꺼번에 제압했다. 죽이지는 않았지만, 네 명을 한곳으로 모으는 동안에도 깨어나는 사람은 없었다.

생각해 보면 마물의 영역에서 마물 캐릭터로 시작할 경우, 근처에 말이 통하는 동종 몬스터만 있으면 가벼운 마음으로 사냥도 할 수 없을 것이다.

하지만 스폰 후보지 옆에 인류종 도적을 배치하면 플레이어가 마물 종족이든 인류 종족이든 마음 편하게 사냥할 수 있다. 머리를 잘 쓴 몬스터 배치다.

레아는 튜토리얼 서포트 AI가 주의한 점을 염두에 두고 만약을 위해서 목숨을 빼앗지는 않았다. 죽이려고 하면 언제든지 할 수 있지만, NPC는 리스폰하지 않는다. 게다가 죽이지 않아도 무력화에 성공한 시점에서 대량의 경험치가 들어왔다.

이 게임에서 경험치를 얻는 수단은 사실 전투만이 아니다.

생산 활동으로도 경험치는 들어오고, 도둑질하러 잠입했다가 아무에게도 들키지 않고 탈출하는 행동으로도 경험치는 들어온다.

그때 획득하는 경험치는 행동의 난이도와 현재 자신의 실력으로 좌우된다. 여기서 말하는『현재 자신의 실력』이란 행동하는 시점의 스킬과 능력치로 계산되며 소지 경험치는 전혀 영향을 끼치지 않는다. 즉, 경험치를 전혀 사용하지 않은 플레이어가 생산 활동을 하면 스킬과 능력치에 경험치를 투자한 플레이어보다 많은 경험치를 얻는다는 말이다.

물론 이것도 성공했을 때의 이야기다. 실패해도 일부 경험치는 얻을 수 있지만, 그럴 바에는 생산 스킬을 습득해서 성공률을 올리는 편이 효율적이다.

경험치는 가지고만 있어 봤자 아무런 의미가 없고, 능력치와 스킬에 투자해야 비로소 가치가 있다. 레아의 경우, 캐릭터 생성으로 얻는 초기 100포인트를 전혀 쓰지 않았을 뿐 아니라 오히려 110포인트로 불린 상태로 게임을 시작했다. 시스템 판정으로는 모든 분야에서 초보자 이하라는 뜻이다.

그 시스템을 역이용하는 것이 레아의 플레이였다.

레아는 집안의 가업 때문에 현실에서 호신술을 배웠다. 양갓집 자녀라는 이유로 일족이 먼 옛날부터 수련해 온 역사와 전통이 있는 유파였다. 배우는 사람이 양갓집 자녀뿐이기도 해서, 체격도 근력도 재주도 없는 사람이 상처 없이 상대방을 제압한다는 이념의 호신술이었다. 합기도나 고류 무술에서 주장하는 이치와도 일맥상통한다.

그런 콘셉트라서 필요 이상으로 근육이 붙는 평범한 단련법은 추천되지 않는다. 고루한 사고방식이기는 하나, 양갓집 규수라면 무엇보다 여성스럽고 아름다움을 유지해야 하기 때문이었다.

당연히 무예에 몸담은 사람들에게는 오래도록 이상론만 늘어놓는 유파라고 무시당했다.

하지만 VR 기술의 비약적 발전으로 상황은 일변했다. 신체를 단련하지 않고도 얼마든지 수련할 수 있기 때문이었다.

부드러움으로 강함을 이기는 이치, 유능제강의 진수. 뇌만으로 수련을 끝마치고, 머릿속 이미지를 현실의 육체로 재현한다.

레아는 철이 들고 틈만 나면 VR에서 이런 수련을 쌓아 왔다. 캐릭터 능력치가 낮은 것은 도리어 바라는 바였다.

원래 게임 밸런스는 초기 스폰 후 플레이어가 소지 경험치를 전부 쓴다는 전제로 조정되었다. 그런 의도는 클로즈 베타 시점에서도 알 수 있었다.

레아는 예상보다 훨씬 많은 경험치 획득에 내심 회심의 미소를 지었다.

지금 전투로 얻은 경험치는 총 300포인트. 원래 있던 경험치와 합치면 410포인트에 달했다.

왜 이렇게 많이 받았는지는 모르겠지만, 당장 사용할 생각도 없어서 나중에 생각하기로 하고 일단 기절한 도적들을 포박했다.

도적들도 밧줄을 가지지는 않아서 임시방편으로 옷을 벗기고 그 옷으로 팔다리를 묶었다. 적당한 간격을 두고 도적들을 눕힌 뒤, 한 명씩 강제로 깨웠다.

마침내 NPC와의 첫 만남이었다. 참고로 기습은 만남으로 치지 않는다.

하지만 첫 만남의 설렘도 잠깐뿐. 눈을 뜬 도적들이 울부짖으며 몸부림만 치는 통에 대화가 되지 않았다.

어쩔 수 없이 레아는 도적들이 난리를 피울 때마다 정중한 설득을 시도했다. 말로 설득하기 어려운 상황인지라 가장 원시적이고 효율적인 설득법을 택했다.

몇 차례 설득을 반복하는 사이 도적들은 서서히 문명인으로 거듭났다.

겨우 첫 만남이 시작됐다. 참고로 설득력 행사는 만남으로 치지 않는다.

"안녕, 먼저 자기소개부터 해야겠지? 나는 레아야. 보다시피 엘프지. 너희는 수인인가? 대표는 누구야? 아, 대표는 입을 열어도 돼."

레아가 다정하게 말을 걸자 조금 전까지 가장 시끄럽게 굴던 도적이 쭈뼛쭈뼛 이름을 댔다.

"⋯⋯게⋯⋯ 케리야⋯⋯. 너, 너는 대체⋯⋯."

"너? 엄마가 말조심하라고 안 가르쳤어? 나는 앉아 있고 너희는 묶여서 뒹굴고 있으니까 누가 더 윗사람인지는 생각할 필요도 없을 텐데."

"히익⋯⋯! 미야, 미안해! 뭐라고 불러야 해! 부모한데 그런 거 못 배웠어!"

"⋯⋯그랬어? 교육에 열성적이지 않은 가정이었구나. 이건 내가 잘못했네. 『너』를 조금 공손히 표현해서 『당신』이라고 해. 기억해 두면 앞으로 괜히 다칠 일도 없을 거야. 그런데 말하기 힘들어 보이는데, 혹시 마법약 필요해?"

그렇게 말하고 레아는 인벤토리에서 LP(라이프 포인트) 포션을 꺼내서 케리 앞에 뒀다.

인벤토리란 플레이어가 게임을 시작할 때부터 쓸 수 있는 시스템 기능 중 하나로, 소지품을 보관할 수 있는 미스터리 공간이었다.

그 인벤토리 안에 처음부터 들어 있던 것이 지금 꺼낸 포션이었다. 아직 아홉 개 더 남았다.

케리가 LP 포션을 수상쩍게 노려보면서 신음했다.

"이허⋯⋯ 이거 뭐야⋯⋯? 독⋯⋯? 우리를 죽이려고⋯⋯?"

"설마, 포션을 몰라? 일반적인 물품이 아닌가? 아니면 이쪽 지역만? 클로⋯⋯ 옛날에 도시에 갔을 때는 평범하게 파는 가게도 있었는데."

"마을에허는…… 옷이랑, 식량밖에 산 적 없어……."

"뭐야, 그랬어? 이건 상처를 치료하는 마법의 약이야. 완치되지는 않겠지만, 말하기는 편해지겠지. 자, 먹여줄 테니까 가만히 있어."

포션 병을 따서 케리의 입에 흘려 넣었다.

케리는 입 안의 상처가 쓰린지 한순간 인상을 찌푸렸지만, 곧 놀란 표정으로 레아를 쳐다봤다.

이때 비로소 레아는 이 네 사람이 도적이 아닐 수도 있다는 생각이 들었다.

꾀죄죄한 무장 집단이 마물의 영역인 동굴에서 생활하는 것처럼 보여서 일단 습격해 버렸지만, 다시 생각하면 무슨 의뢰를 받고 조사하러 온 용병이거나 근처 마을에 사는 사냥꾼이 쉬려고 들렀다거나, 더 평화롭게 생각할 수도 있었다.

스폰 지점 바로 옆에 있으니까 잡몹이라는 것은 게이머의 메타적 관점이며, 이 게임에는 그런 배려가 되어 있지 않을 가능성이 컸다.

공식 발표에 따르면 이 게임은 현실성을 무엇보다 우선한 획기적인 신시스템을 도입했다고 한다. 소문으로는 월드 시뮬레이터의 시범 운용이라는 말도 있었다.

그 소문을 액면 그대로 믿지는 않지만, 그 속에 몇 가지 진실이 섞여 있다면 이세계를 시뮬레이트하는 환경에서 구태여 플레이어 하나하나를 고려해 멍석을 깔아주지는 않을 것이다.

다만, 결과론으로 말하자면 포션을 모르는 용병이 있을 리 없고 사냥꾼도 이름 정도는 들어봤을 것이며, 도시나 마을 같은 사회 공동체와 거의 교류가 없어 보이니까 도적설이 가장 유력했다. 참으로 다행스럽게도.

"자, 통증이 가셨으면 이야기해 줄래? 너희에 관해서. 지금까지 어떻게 살았고, 여기서 뭘 했는지를."

◆ ◆ ◆

라일리는 지금까지 목숨을 건 싸움에서 이렇게 일방적으로 진 적이 없었다.

어느샌가 정신을 잃었고, 깨어나니까 네 사람이 사이좋게 묶인 채로 엎어져 있었다.

리더인 케리가 소리치고 날뛰어 어떻게든 해 보려고 했지만, 하얀 여자가 살짝 만지거나 붙잡기만 해도 난생처음 듣는 비명을 지르며 울었다. 하얀 여자는 그 소리에 인상을 찌푸리고 조용히 하라며 케리를 구타했다. 입 안이 찢어졌는지 케리의 입으로 피가 흘렀다.

그 광경을 보기 전까지는 라일리, 레미, 마리온도 꽥꽥 소리쳤었지만, 냉큼 입을 다물었다. 태어난 이래로 제일 예의 바르게 있었다. 그 인내심 강한 케리가 우는 모습은 처음 봤기 때문이었다. 자신들이 견딜 수 있다는 생각은 당최 들지 않았다.

그 뒤에도 케리는 몇 번 난리를 피웠지만, 그때마다 같은 장면이 반복됐다. 얼마 가지 않아서 케리도 입을 다물고 공손해졌다.

케리가 얌전해지자 그제야 하얀 여자는 이름을 알려줬고, 케리도 이름을 알려줬다. 케리의 말투에 하얀 여자는 기분이 살짝 안 좋아졌고, 우리의 안색은 굉장히 안 좋아졌다.

하얀 여자가 이상한 병에 든 물을 케리에게 먹였다. 그러자 눈에 보일 만큼 부었던 케리의 볼이 빠르게 가라앉고 원래 얼굴로 돌아왔다. 케리는 눈을 동그랗게 뜨고 하얀 여자를 쳐다봤다. 다른 세 사람도 그랬다.

여자는 케리에게 마법약이라는 것을 먹였다고 했다. 이게 그 마법약의 효과일까?

완전히 체념한 케리는 지금까지 겪은 일들은 털어놓았다. 빠진 부분은 다른 세 명이 보충했다. 허락도 없이 말을 꺼내서 혼날 줄 알았지만, 하얀 여자는 미소 지으며 들었다.

하얀 여자는 어쩌면 생각보다 착한 사람일지도 모른다.

네 명 모두 손가락 하나 까딱하지 못하고 당했는데 죽이려고 하지 않고, 팔아넘기려는 분위기도 아니었다. 팔 생각이라면 케리에게 이야기를 들을 필요도 없고 좋은 마법약을 써줄 필요도 없었다.

지금껏 본 적 없는 유형의 사람이었다. 수인이 아니라거나, 그런 종족 차원의 이야기가 아니다.

자신들의 어머니가 이 여자처럼 강하고 다정했다면 네 사람 모두 아직도 부락에서 살고 있을지 모른다. 근거는 없지만, 다른 세 사람도 같은 생각을 하고 있을 것 같았다.

이야기하던 케리는 언젠가부터 울고 있었다. 케리는 인내심이 강해서 울지 않는다고 생각했는데, 그렇지 않았다. 가장 연상이라서 울지 못했던 것이다. 강해야만 했으니까.

지금은 케리보다 강한 하얀 여자가 있어서 참지 못하는 것이라고 생각했다.

◆ ◆ ◆

　도적들의 사정을 얼추 듣고 레아는 한숨 쉬었다.

　생각보다 심각한 사연이었다. 하지만 더 마음에 걸리는 것은 그녀들의 기억이 실제 경험을 바탕으로 한 것처럼 구체적이라는 점이었다.

　즉, 이것이 시사하는 바는 무엇인가.

　이 게임 속 세계는 굉장히 방대하다.

　랜덤 맵 생성 알고리즘을 몇 년이나 자동으로 가동해서 맵과 오브젝트를 완성했다고 전해진다. 그만큼 넓은 땅에 생물 하나하나가 이상 없이 생태계를 형성하려면 대체 얼마나 많은 AI가 필요할까.

　아무리 지구의 인구 밀도에는 못 미치고 강대한 생물과의 영역 다툼도 활발하다지만, 지적 생명체 수준의 AI를 탑재한 생물이 최소 수십억은 필요하지 않을까?

　그 많은 AI의 기억 설정을 대체 누가 짠다는 말인가. 그리고 그것을 어떻게 전 세계의 모든 생물에게 아무런 모순 없이 심어준다는 말인가.

　그런 작업을 했다고 믿을 바에야, 차라리 서비스 개시 몇 년 전부터 월드 시뮬레이터를 가동해서 시간을 수천 배로 가속했다는 소문을 믿는 편이 훨씬 현실적이지 않을까.

　그렇다면 이곳은 정말로 컴퓨터로 시뮬레이트한 이세계 그 자체다.

　하지만 그런 기술에 관해서 레아는 문외한이었다. 어쩌면 AI 학습용 AI 같은 기술이 발달해서 초대규모 연산도 가능해졌는지 모른다.

잘 알지도 못하는 지식으로 고민해 봤자 의미가 없다. 지금은 눈앞의 도적들— 네 명의 소녀에 관해 생각하기로 했다.

복장은 아주 초라했다. 머리카락도 오래 자르지 않아 더부룩하고, 귀와 꼬리의 털도 심하게 갈라져서 감촉이 썩 좋아 보이지 않았다. 네 사람 모두 털색이 비슷한데 본래는 무슨 색이었는지 알 수 없을 만큼 더러웠다.

던졌을 때 느낀 바로 케리의 키는 170센티미터 전후, 라일리는 레아와 비슷한 160 정도. 어린 두 명은 그 또래 아이들에 비해 눈에 띄게 작았다. 어릴 적에 영양을 충분히 섭취하지 못했으리라.

그들의 성장 배경과 처지가 가엾고 딱하기는 하지만, 그 이상으로 자신들이 착취당할 바에 주저 없이 상대방의 목숨을 빼앗는 그 강단이 레아에게 호감을 샀다.

현실 사회에서 그런 방식으로 살면 중범죄자가 된다. 사실 이 세계에서도 마찬가지지만, 이야기를 듣자 하니 아직 수배범은 되지 않은 모양이었다. 대처가 영리하다고 해야 할까, 물러설 때를 확실히 파악하는 재능이 있는 듯했다.

도적으로 확정된 지금도 그 생명을 경험치로 바꾸기 아깝다는 생각이 들었다.

NPC를 영구적으로 데리고 다니는 시스템이 있었던가.

"그래……. 너희가 어떻게 살아왔는지는 잘 알았어. 지금까지 열심히 살았구나. 그래도 오늘 나한테 굴복한 것처럼, 앞으로도 그런 생활을 계속하다가는 언젠가 전부 잃게 될 거야. 그건 이해하지?"

레아의 말을 듣고 네 사람은 충격을 받은 듯했다. 그런 생각은 해 본 적도 없다는 표정이었다. 그럴 만도 했다.

"그치만 도시에 가 봤자 잘 곳도 없어. 도시에는 우리 같은 사람이 없으니까 돈을 빼앗기도……."

"아, 거기서부터 설명해야 하나."

레아는 우선 정상적으로 돈을 얻는 방법을 알려주기로 했다.

그러려면 화폐 경제의 구조와 경제 활동이 무엇인지, 사회 구조, 대표적인 6개국의 성립 과정 — 공식 사이트에 개요가 실려 있어서 그대로 알려줬다 — 등을 설명해야 했다. 아무래도 이야기가 길어질 것 같아서 설명하면서 구속을 풀고 옷을 입혔다.

자유롭게 질문하라고 허락한 탓에 강의가 끝난 것은 족히 다섯 시간이 흐른 뒤였다.

빠르게 성장하려고 캐릭터 생성부터 무리를 했는데 헛수고가 되고 말았다.

하지만 대신 NPC와 인연이 생겼다고 생각하면 나쁘지는 않았다. 이 소녀들이 NPC로서 얼마나 유용한지는 전혀 모르겠지만.

그렇게 생각하면서 소녀들을 힐끔 보자 초롱초롱한 눈망울로 레아를 보고 있었다. 존경, 경애, 뭐 그런 낯간지러운 시선이었다.

"엘프인 레아 님은, 아는 게 많아. 이런 사람, 처음 봤어. 그리고, 착해."

"게다가 엄청 강해. 그리고 착해."

연장자인 케리와 라일리가 초롱초롱한 눈망울로 찬양하기 시작했다.

어린 레미와 마리온은 고개를 끄덕끄덕하며 맞장구친다.

"아니, 딱히 착하지는 않아. 남에게 설명하기를 좋아하는 성격이라서, 그냥 내가 하고 싶어서 했을 뿐이야."

"그래도 지금까지 우리한테 이렇게 정성스럽게 뭘 가르쳐준 사람은 없었어."

"부락에 있을 때도 모르는 걸 물어보면 쓸데없는 생각이나 한다고 얻어맞았어."

"그건…… 힘들었겠구나."

그렇지만 인구가 곧 노동력인 폐쇄적 마을에서는 어쩔 수 없는 현상인지도 모른다. 평생 부락에서 나오지 않는다면 화폐 경제나 국가의 성립 과정 따위 알아봤자 별 쓸모가 없다. 질문받은 그 어른도 사실 답을 몰랐을 수도 있다.

"역시 착해, 당신."

케리가 똑바로 레아를 쳐다보며 말했다.

초롱초롱한 빛은 어딘가로 사라지고, 지금 그 눈은 조금 불안하게 흔들렸다.

"엘프 레아 님. 부탁해. 우리 보스가 되어줘."

《해당 스킬을 배우지 않았습니다. 【개체명: 케리】를 테이밍하려면 『사역』이 필요합니다.》

묘한 에러 메시지가 나왔다.

'어, 뭐야? 테이밍? 테이밍할 수 있어? NPC를?'

◈ 레아 ◈

◈ 케리 ◈

인류종 NPC를 테이밍한다는 어처구니없는 사실도 문제지만, 그 이전에 테이밍이라는 시스템 자체가 금시초문이었다. 클로즈 베타에는 없었다. 발견되지 않았을 뿐일 수도 있지만, 적어도 레아는 알지 못했다.

어떤 시스템인지 전혀 모르겠지만, 에러 메시지가 나온 것은 누가 테이밍과 관련된 행동을 했기 때문이리라.

평범하게 생각하면 방금 케리의 발언이었다. 「보스가 되어줘」라는 말은 곧 시스템적으로 레아에게 테이밍되고 싶다는 의사 표명으로 볼 수 있었다. 하지만 레아에게 테이밍 스킬이 없어서 수락하지 못하고 에러 메시지가 나왔겠지.

클로즈 베타에서는 수많은 테스터가 캐릭터 생성으로 다양한 빌드를 시험하고 스킬 조합과 스킬 트리를 확인해 많은 스킬과 조건부 스킬 트리를 밝혀냈다.

다양한 빌드를 시험하려면 캐릭터를 여러 번 만들어야 하며, 그러기 위해서 속된 말로 리세마라가 횡행했다.

그 시기에도 테이밍 계열 스킬은 발견되지 않았다.

그렇다면 클로즈 베타 시절에는 없었거나, 혹은 초기 경험치 100포인트로는 무슨 수를 써도 얻을 수 없는 조건이 있었을 것으로 추정된다.

어찌 됐건 테이밍 계열 스킬이 존재한다는 정보를 아는 플레이어가 없거나, 있어도 극히 소수일 것이다. 그리고 레아는 그 극소수 중 한 명이 됐다.

레아는 왠지 가슴이 뛰었다.

딱히 다른 플레이어를 앞지르거나 정보전에서 우위에 서거나, 그런 경쟁을 할 생각은 없었다.

하지만 나만 아는 정보란 굉장히 매력적이었다.

마찬가지로 모종의 이유로 조건을 충족해서 에러 메시지를 본 플레이어가 없다는 보장은 없지만, 이번 경우를 생각하면 가능성은 아주 낮을 것이다.

레아는 NPC에게 강한 신뢰를 얻어서 에러 메시지 조건을 만족했다고 생각했다. 게임 시작부터 불과 다섯 시간 만에 맨땅에서 그 정도 신뢰 관계를 쌓는 사람은 많지 않으리라.

"안 될……까?"

케리가 불안하게 중얼거렸다.

아차. 정작 중요한 테이밍 대상을 무시하고 말았다.

"아니. 물론 너희 보스가 될 수도 있어. 나도 부탁하고 싶을 정도야. 다만, 조금 생각할 일이 있어서. 미안하지만 잠시 편하게 있어. 식사는 안 해도 돼? 그러고 보니까 뭘 먹고 있었나 본데."

레아가 그렇게 말하자 네 사람은 안심한 것처럼 어깨에서 힘을 빼고, 차갑게 식어 버린 식사를 다시 모닥불에 데웠다.

그 옆에서 레아는 테이밍 관련 스킬, 시스템 메시지가 말하는 『사역』이라는 스킬에 관해서 생각했다.

가장 그럴싸한 것은 『조교』 스킬 트리였다. 『조교』한 NPC를 『사역』하는 방식이다.

하지만 클로즈 베타 당시『조교』스킬 트리에는『조교』밖에 없었다. 그리고『조교』는 액티브 스킬로, 효과는「성공할 경우, 일정 시간 대상의 행동을 조종할 수 있다」였다. 예를 들어 몬스터 무리와 싸울 때『조교』에 성공한 몬스터로 다른 몬스터와 싸움을 붙여서 힘을 빼는 식으로 쓰는 스킬이었다. 이건 테이밍과는 그다지 관련이 없어 보였다. 그저 기교파 방해 스킬에 지나지 않았다.

게다가 그런 식의 방해라면『정신 마법』의『혼란』으로도 가능했다. 대상의 행동은 지정할 수 없지만, 혼란 상태에 빠지면 단순히 가장 가까이 있는 존재를 공격하므로 비슷한 효과를 얻을 수 있다. 심지어 MP(마나 포인트) 소비도 적다.

같은『정신 마법』에서 꼽자면,『조교』보다 습득 비용이 비싸지만『매료』나『공포』가『조교』보다 성공률이 높다. 그 스킬들의 선행 요구 스킬인『자실(自失)』을 함께 쓰면 더 성공률이 오른다. 더불어 매료나 공포 상태인 대상에게 상위 스킬『지배』를 걸면―

'혹시 해결의 열쇠는『정신 마법』인가?'

가능성이 없지는 않았다.『지배』가 특히 그럴듯하게 들렸다.

하지만『정신 마법』의『지배』까지 배우려면 선행 요구 스킬까지 포함해서 경험치가 최소 150포인트나 필요했다. 초기 경험치만으로는 도저히 배울 수 없었다.

만약 필요한 조건이 게임 안에서 특정 행동을 한다거나 특정 NPC와 관계를 맺는 것이라면 포기하는 수밖에 없지만, 경험치는 연관이 있어 보이는 스킬을 배워 보고 안 되면 또 벌면 그만이다.

케리 일행에게도 고도의 AI가 탑재되었으니까 비록 당장은 테이밍하지 못하더라도 함께 행동은 해 줄 것이다. 그도 그럴 것이 레아는 이 도적단의 보스가 될 사람이니까.

그러면 지금 얻은 정보로 가능한 한 고찰해 봐야 한다. 그중에 가장 가능성이 있는 방안은 시험해 두고 싶다.

우선 『정신 마법』은 하나의 방안으로 남겨 두고 다른 방법이 없을지 생각해 봤다.

테이밍이라는 개념과는 취지가 조금 다르지만, 비슷한 성격의 스킬로 『소환』이 있다.

『소환』 스킬 트리에는 『조교』와 마찬가지로 『소환』 스킬밖에 없다. 이 『소환』은 지정한 종족 중 무작위로 선택된 개체를 자기 앞에 소환하는 스킬로, 제한 시간인 10분이 지나거나, 소환 대상이 사망하거나, 스킬 사용자가 사망하면 원래 있던 곳으로 송환된다.

배울 수 있는 스킬의 상세한 설명이 나와 있는 도움말에 의하면, 『소환』이 발동될 때 소환 대상은 소환에 응할지 말지 선택을 강요받는다고 한다. 소환 대상이 거부하면 대상은 『소환』에 대한 저항 판정이 이루어지고, 저항에 성공할 경우 『소환』은 불발로 끝난다.

소환 대상은 소환자가 지정한 종족 중에서 무작위로 선택되기 때문에 능력치 개체차로 저항 성공률도 크게 변한다. 다시 말해, 『소환』은 구조상의 문제로 성공률이 몹시 불안정한 스킬이라서 테스터들은 소위 예능 스킬로 인식했다.

'애초에 왜 랜덤 소환밖에 없는 거야.'

『조교』도 그렇지만, 한 스킬 트리에 단 하나의 스킬밖에 없는 것은 매우 비효율적인 배치였다. 아무런 의미도 없이 그렇게 디자인했다고 생각하기는 어려웠다.

똑같이 한 가지 스킬밖에 없는 『연금』 트리도 있지만, 이건 『조제』 트리의 『조제』를 익히면 마법약 제작이 가능한 『연성』이 스킬 트리에 등장한다. 애당초 『연금』 스킬 자체가 「연금 계통 스킬을 발동할 때 필요하다. 연금 계통 스킬의 판정에 보너스가 붙는다」라는 효과로, 단독으로는 아무런 의미가 없었다. 단순히 생각해도 트리의 숨겨진 스킬을 전제로 한 설계였다.

『조교』, 『소환』에도 이와 같은 조건이 있다면 해방 조건은 무엇일까.

일단 『조교』, 『소환』 트리에 무언가 숨겨져 있다고 가정하고, 그것을 두 번째 방안으로 머릿속에 저장해 뒀다.

이번에는 테이밍이라는 이미지가 아니라 사역이라는 이미지로 접근해 보자.

사역이라면 초기 습득 리스트 중에서는 『사령』이 가장 비슷한 이미지였다. 일반적으로 사령술이라고 하면 가엾은 망자의 혼을 조종한다는 인상을 받는다.

하지만 『사령』도 앞선 두 트리처럼 『사령』 스킬밖에 존재하지 않았다. 효과는 「자신에게서 중거리 이내에 있는 시체를 언데드로 만들고 5분 동안 뜻대로 행동을 조종할 수 있다. 5분이 지나면 흙으로 돌아가며 시체는 남지 않는다」였다. 언뜻 유용해 보이지만, 시체에 혼이 남아 있으면 『소환』처럼 저항을 받는다. 혼이 남지 않았을 경우 즉시 언데드를 만들지만, 한 번 공격받으면 소멸할 정도로 약한 언데드밖에 되지 않는 성능이 미묘한 스킬이었다.

이때 처음으로 느꼈지만, 관계가 있어 보이는 스킬 트리가 어째 하나같이 미묘한 단발성 스킬밖에 없어서 작위적이라는 생각이 들었다. 희망적 관측일 뿐인지도 모르지만.

슬슬 케리 일행의 식사도 끝날 듯했다.

가끔 레아에게 식사를 바치려고 했지만, 배는 고프지 않다…… 정확히는 그럴 상황이 아니라서 부드럽게 거절했다.

생각할 시간은 끝났다. 슬슬 결론을 내고 행동으로 옮겨야 한다.

지금까지 한 고찰로 레아가 떠올린 가능성은 크게 세 가지였다.

하나,『정신 마법』의『지배』가 조건 중 하나다.

둘,『조교』,『소환』등 스킬 트리에 스킬이 숨겨져 있다.

셋,『사령』,『조교』,『소환』에는 연관성이 있다.

어느 것이고 근거가 없고 점점 억지 논리가 되어 가지만, 일단 지표는 세웠다. 계산상 현재 경험치로 충분히 검증할 수 있다.

하지만 검증 한 번에 경험치를 모조리 사용하면 레아는 이 주변에서 경험치를 벌기 어려워진다. 효율적으로 경험치를 벌려면 투자한 경험치에 걸맞거나 더 강한 적을 해치우러 이동해야 하지만, 성능이 미묘한 스킬만 배우면 적정 난이도의 적과 제대로 싸우기 힘들다.

각오는 했지만, 투자하는 경험치는 적을수록 좋았다.

그래서 습득 비용이 가장 비싼『정신 마법』은 뒤로 미루고 우선『조교』,『소환』,『사령』을 배우기로 했다.

총 60포인트가 소비됐다. 전부 습득한 뒤 다시 각 스킬 트리를 확인해 봤지만, 습득 가능한 스킬은 전혀 늘어나지 않았다.

'이쯤이야 예상 범주야. 아직 당황하기는 일러.'

이 정도로 습득 조건이 충족된다면 진작 발견됐을 것이다.

그렇다면 다음은『정신 마법』이다.

『지배』까지 배우려면 우선『자실』에 10포인트,『공포』와『매료』에 각각 40포인트, 마지막으로『지배』에 60포인트로 총 150포인트를 써야 한다.

그러고 보니 실패하면 성능이 안 좋은 스킬만으로 경험치를 벌어야 한다고 생각했지만,『정신 마법』을 이만큼 배우면 번듯한『정신 마법』특화 빌드라고 할 수 있다.

『정신 마법』판정은 MND(정신력)에 영향을 받으므로 남은 경험치를 전부 MND에 투자하면 충분히 싸울 수 있다. MND가 늘어나면 스킬 발동에 필요한 MP 최대치도 증가하니까 효율도 좋다.

그렇다면 이제 주저할 이유가 없다.

레아는 150포인트를 써서 단번에『정신 마법』트리의『지배』까지 습득했다.

고찰이 맞다면 이제 습득 가능한 스킬이 뭐라도 하나 늘었을 것이다.

'우선『조교』부터……'

『조교』스킬 트리에는 새로운 스킬이 늘지 않았다.

『소환』스킬 트리에도 새로운 스킬은 늘지 않았다.

그리고『사령』스킬트리에는—『혼박(魂縛)』이라는 스킬이 새롭게 등장했다.

'나왔다! 이거야! 역시 '

흥분한 채 망설임 없이 경험치를 지불했다.

새로 얻은 『혼박』의 효과는 「한 시간 이내에 사망한 시체에서 혼을 빼앗는다. 또한 『사령』 발동 시에 해당 시체에 혼이 남아 있을 경우, 대상은 『사령』에 저항하지 못한다. 소지한 혼이 있을 경우, 혼을 소비해 【언데드】 계열, 【호문쿨루스】 계열, 【골렘】 계열을 『정신 마법: 지배』의 대상으로 선택할 수 있다」였다.

'강하다! ……강한, 가?'

단독으로 놓고 보면 효과는 「시체의 혼을 빼앗는다」뿐이라서 용도를 알 수 없었다. 단순한 플레이버 텍스트로 보이기까지 했다.

하지만 이 스킬을 얻은 시점에서 최소한 『사령』과 『지배』를 가졌을 테니까 그 두 스킬의 단점인 「낮은 성공률」과 「생물밖에 대상으로 지정할 수 없다」라는 점을 커버한다는 의미에서는 유용하다고 할 수 있었다. 혼을 소지한다는 개념이 영 와닿지 않지만, 아마 『혼박』으로 빼앗은 시체의 영혼일 것이다.

단, 습득에 필요한 경험치는 60포인트로, 트리의 두 번째 스킬인데도 불구하고 『지배』만큼 경험치를 많이 잡아먹었다.

이 스킬을 노리고 경험치를 쏟아부어도 『지배』부터 『사령』까지 갖추려면 170포인트가 필요해서 초기 경험치만으로는 배울 수 없었다.

리세마라가 쉬웠던 클로즈 베타 때는 선천적 특성이라는 시스템이 없었던 것을 고려하면 현재 시점에서 이 스킬까지 얻은 플레이어는 적을 것이다. 있다는 사실을 모르면 시도 자체를 하지 않을 빌드였다. 아마 『혼박』을 아는 플레이어는 거의 없으리라.

게다가 하나 더, 『혼박』이 혼을 빼앗는 조건은 사망한 지 한 시간

이내다. 이 사실과『사령』의 설명으로 미루어보아 이 세계에서 사망한 사람의 영혼은 한 시간은 시체에 머무르는 모양이었다.

아무도 검증하려고 하지 않아서 그저 분위기나 시체의 손상도 정도로 추측하던「혼이 남아 있는 시체」의 조건을 뜻하지 않게 밝혀냈다.

아무튼『지배』와『사령』을 강화하는 패시브 스킬을 얻었다. 이미 모아 둔 경험치의 3분의 2가 날아가 버렸지만, 이게 있으면 어떻게든 싸울 수는 있을 것이다.

레아는 마음이 한결 가벼워졌다. 최악의 경우 여기서 아무런 진전이 없어도 괜찮다는 마음가짐으로 다시『조교』트리를 확인했다.

『조교』에는 여전히『조교』스킬뿐이었다. 스킬이 하나밖에 없으면 트리도 뭣도 아니지 않은가. 『조교』는 스킬 트리라고 부르지 말아야 하나, 라고 생각하면서『소환』스킬 트리를 열었다.

『계약』이라는 스킬이 개방되어 있었다.

반쯤 조건 반사로 경험치를 사용했다.

그 효과는「한 번 소환에 성공한 대상의 혼을 계약으로 속박한다. 그 후, 소환 시에 계약한 캐릭터를 소환 대상으로 선택할 수 있으며, 그 대상은 소환에 저항하지 않는다. 『사령: 혼박』으로 혼을 빼앗은 시체를 언데드로 계약자 리스트에 추가할 수 있다」였다.

『혼박』과 마찬가지로 기본 스킬인『소환』의 순수 강화. 더불어 습득 조건인『혼박』에 추가 효과까지. 굉장히 강력한 스킬이었다. 경험치를 최소 310포인트나 쓰는 스킬다웠다.

이 시점에서 레아는『정신 마법』, 『사령』, 『소환』이라는 세 가지 기술로 싸울 수 있게 됐다. 소비한 경험치는 상당하지만, 그럴 가치는 충분히 있었다.

조금 전 고찰이 상당 부분 들어맞았다는 것은 이미 증명됐다.

레아는 이제『조교』에도 새로운 스킬이 나타났으리라고 믿어 의심치 않았다.

그리고 레아의 확신대로『조교』스킬 트리에 새롭게 습득 가능한 스킬이 개방되어 있었다. 그 이름은『사역』.

레아의 흥분은 최고조에 이르렀다.

단언해도 좋다. 현시점에서『사역』을 배운 플레이어는 자기뿐이라고.

여기까지 올 때까지 필요한 경험치는 무려 390포인트였다. 초기 소지 경험치의 거의 네 배에 달했다. 이만한 경험치를 실용성 낮은『소환』이나『조교』따위에 투자한 플레이어가 달리 있을 리 없었다.

그리고 지금이니까 알 수 있는 사실이지만, 레아가 배운 스킬 조합에는 전혀 낭비가 없었다.

『사역』의 습득 조건은『조교』과『계약』.

『계약』의 습득 조건은『소환』과『혼박』.

『혼박』의 습득 조건은『사령』과『지배』.

『조교』,『소환』,『사령』을 먼저 배우기는 했지만,『정신 마법』이후로는 일사천리였다. 아니, 오히려 사전에 그것들을 배운 덕에『지배』습득과 동시에 새로운 스킬이 개방된다는 사실을 발견한 셈이었다.

운이 좋았다. 정말로 평생 쓸 운을 다 써 버린 기분이었다.

그렇다고 순전한 요행수도 아니었다. 충분히 숙고했다. 이건 레아 본인의 통찰력이 끌어낸 결과이기도 했다.

습득한 『사역』의 효과는 다음과 같았다.

「대상을 테이밍하여 권속으로 삼는다. 대상이 저항 판정에 성공할 경우 『사역』은 실패한다. 『소환: 계약』으로 혼이 속박된 계약자는 『사역』에 저항하지 않는다. 『사령: 혼박』으로 혼을 빼앗긴 언데드는 『사역』에 저항하지 않는다. 사용자가 행사하는 『정신 마법: 지배』의 영향력 안에서 대상은 『사역』에 저항할 때 판정에 하향 보정을 받는다. 사용자는 모든 권속과 경험치를 공유한다. 『소환』을 발동할 때, 권속을 소환 대상으로 선택할 수 있다. 권속이 사망할 경우, 게임 시간으로 한 시간 동안 권속을 소환할 수 없다.」

그야말로 빌드의 집대성이라고 할 수 있는 핵심 스킬이었다.

그리고 스킬의 자세한 내용을 확인하자마자 시스템 메시지가 들렸다.

《보류 중인 과제를 해결할 수 있습니다. 【개체명: 케리】를 테이밍 할 수 있습니다.》

필요한 스킬이나 조건이 갖추어지지 않아서 해결하지 못하는 과제는 보류되나 보다. 무한정 보류되지는 않을 테니까 시간제한이 있을 것 같기도 하지만, 적어도 식사를 준비하고 정리할 정도의 시간은 기다려 주는 모양이었다.

레아는 케리에게 테이밍을 실행했다.

스킬은 따로 발동하지 않았다. 상대방이 테이밍되기를 원하면 『사역』을 발동하지 않아도 테이밍에 성공하는지도 모르겠다.

테이밍을 성공한 순간, 케리가 화들짝 놀라며 고개를 들어 레아를 봤다.

"미안, 오래 기다렸지? 전해진 것 같지만, 방금 케리는 내 권속이 됐어. 이제 명실상부 나는 네 보스야."

"응, 보스! 고마워!"

케리의 능력치와 스킬 구성도 내 것인 양 확인할 수 있었다. 경험치 항목은 0으로 표시되지만, 이건 설명에서 본 것처럼 레아와 공유하기 때문이리라.

레아의 소지 경험치가 늘어난 이유는 테이밍에 성공했기 때문이거나 케리가 가진 미사용 경험치가 통합됐기 때문일 것이다.

케리의 스킬은 근접 전투에 특화한 빌드로, 스킬뿐 아니라 능력치에도 상당량 경험치를 투자했다. 현재 레아의 총 경험치보다 더 많은 양이었다. 정면에서 붙으면 캐릭터 생성 직후인 플레이어는 승산이 없어 보였다.

"후아…… 지금까지 느낀 적 없는 신기한 감각이야……. 보스가 느껴져…… 마음이 놓여……."

한편, 케리는 개다래나무에 취한 고양이 꼴이었다. 조만간 익숙해진다고 믿을 수밖에 없었다.

남은 세 명도 부러운 눈치라서 종속 선언을 종용하여 전원 테이밍에 성공했다. 바로 그 직후.

《네임드 에너미 【살쾡이 도적단】 퇴치에 성공했습니다.》

《퍼스널 에어리어 【살쾡이 도적단 아지트】가 개방됩니다.》

《【살쾡이 도적단 아지트】를 마이홈으로 설정하겠습니까?》

'하우징 시스템! 이런 것도 있었나!'

그러나 지금 주목할 부분은 그게 아니었다.

케리 일행은 아마 네 명이 하나인 유니크 보스였나 보다.

즉, 레아는 초기 스폰 위치가 유니크 보스의 초기 배치 지역 옆이었다는 뜻이었다.

마물 캐릭터에 추천되는 환경은 동굴이나 화산, 유적 등 지역 보스가 있어도 이상하지 않은 곳뿐이었다. 그렇지만 설마 정말로 바로 옆에 스폰될 줄은 몰랐다.

마물 캐릭터의 초반 난이도가 이상하리만치 높다는 사실을 알 수 있었다.

마물 종족을 고르면 초기 경험치를 많이 주는 이유를 알겠다. 재수 없게 레아처럼 보스 옆에 떨어지면 경험치를 조금 얹어줘 봤자 진행이 막히지 않을까? 레아가 스폰한 곳도 동굴의 막다른 골목이었으니까.

레아는 캐릭터 생성부터 최대한 경험치를 쥐어짰고, 약점을 보완하려고 마물의 영역에서 시작했고, 마물의 영역이라서 특별히 신중하게 행동했고, 처음 만난 보스는 레아가 상대하기 편한 인간형 적이었고, 기습으로 보스전을 날로 먹었고, 더구나 숨통을 끊지 않은 것이 기연으로 이어지며 테이밍에 관한 정보를 얻었고, 획득한 경험치로 아슬아슬하게 보스를 권속으로 삼았다.

지금까지 한 행동 중 무엇 하나라도 잘못했으면 이렇게 되지 않았을 것이다. 이쯤 되면 하늘의 뜻이다.

그렇다면 하늘이 점지해 준 운명에 거스르지 않고 이곳을 마이홈으로 설정하는 것도 나쁘지 않다. 어두침침한 동굴이지만. 생각해 보면 알비니즘에 약시인 레아에게 딱 알맞은 장소가 아닌가. 역시 하늘의 뜻이다.

마이홈으로 설정하자 하우징 메뉴를 이용할 수 있게 됐다.

바로 홈 전체를 확인해 봤다. 안쪽 지하호까지 홈에 포함되어 있었다. 너무 넓다고 생각했지만, 동굴 방과 좁은 굴이 전부라서 실질적인 사용 공간은 얼마 되지 않았다.

"그런데 너희, 이름이【살쾡이】야?"

"아니. 우리는 고양이 수인이지 살쾡이는 아니야."

"그런 뜻이 아니라."

"……?"

특별히 이름을 달고 활동하지는 않은 모양이었다. 뭐, 사실 아무래도 상관없는 일이다.

어찌 됐건 케리 일행이 유니크 보스였다는 사실이 판명되면서 레아가 품었던 의문 몇 가지가 해결됐다.

생각보다 많은 경험치가 들어온 것.

권속으로 삼은 케리 일행이 생각보다 강한 것.

그리고 지금 레아의 소지 경험치가 또 늘어난 것.

이건 보스인 케리 일행을 테이밍한 성공 보수다.

현재 레아의 소지 경험치는 320포인트. STR(근력)이나 VIT(체력) 등 육체 쪽 능력치는 올릴 생각이 없었다. 그 외의 능력치나 스킬, 혹은 케리 일행의 성장에 써야 할까.

케리 일행에게 쓰려면 권속을 포함한 전투에서 경험치를 얼마나 얻는지 검증하는 편이 낫다. 게다가 적극적으로 시험할 마음은 없지만, 권속이 사망했을 때 데스 페널티를 받는지도 먼저 확인해야 한다. 클로즈 베타 시절 NPC는 사망하면 부활하지 않는다는 것이 정설이었지만, 권속도 똑같을까?

그보다 다시 계산해 보니까 지금 가진 320포인트를 전부 레아에게 써도 케리가 더 강했다. 그녀들의 보스가 됐으니까 레아 본인도 조금쯤 강화하는 편이 나으리라. 현재 빌드는 MND와 상성이 좋으니까 일단 200포인트를 써서 MND를 높이고, 40포인트를 써서 『정신 마법』의 『혼란』과 『수면』을 습득했다.

일단 보스전이었다고 생각하면 이제 전투 결과 화면을 넘긴 셈이었다.

마침내 다음 모험을 향해 움직일 때다.

우선 이 홈을 거점답게 꾸며야 했다. 플레이어가 로그아웃하면 캐릭터는 게임 속에 잠든 상태로 남기 때문에 쾌적한 로그아웃을 위해서는 침상이 필요했다.

침대까지는 바라지 않더라도 하다못해 땅바닥의 딱딱함과 냉기를 막아줄 것이 있으면 좋겠다. 정 안되면 바닥에 누워도 어쩔 수 없지만, 문명인으로서 노력을 게을리할 수는 없었다. 그러나 이곳은 동굴 안. 많은 것을 바랄 수는 없었다. 끽해야 야생 동물이나 마물 모피가 최선이리라. 동굴 밖이 어떤 환경인지 모르겠지만, 털가죽 붙은 동물 정도는 있을 것이다. 케리 일행의 말에 따르면 숲속이라고 하니까.

제2장 개미와 늑대

레아는 일행을 모두 데리고 나가서 동굴 밖을 탐색하기로 마음먹었다.

하지만 그 전에 네 사람이 너무 꼬질꼬질해서 동굴 안쪽 호수에서 몸을 씻겼다.

물만으로는 털의 큐티클을 되돌릴 순 없었지만, 적어도 땟물은 빠졌다. 더러웠을 땐 네 사람 다 똑같은 머리색으로 보였지만, 인내심을 가지고 씻겨주자 횃불로도 알 수 있을 만큼 제각기 다른 색을 하고 있었다.

케리의 머리는 밝은 적갈색이었다. 이런 걸 적동색이라고 하던가. 밝은 곳에서 보면 꽤나 환한 색일 것이다. 레아가 그것을 볼 기회가 있을지는 모르겠지만.

라일리의 머리는 세피아 색이라고 해야 하나, 어두운 갈색에 가까웠다. 동굴 안에서는 가장 눈에 띄지 않는 색깔이었다.

레미의 머리색은 더 밝았다. 황토색이라고 하면 그다지 예쁜 이미지가 아니지만, 큐티클이 살아나면 짙은 금발이라고 해도 될지 모르겠다.

머리를 씻기느라 가장 고생한 사람은 마리온이었다. 몸을 씻는 것이 익숙하지 않은 탓인지, 단순히 물이 싫은 건지, 아주 죽자고 싫어했다. 아무리 씻어도 깨끗해지지 않는다 싶더니, 원래 그런 색이었나 보다. 라일리보다 더 어두운 갈색이었다.

언젠가는 모발 세정용 기름이나 약품이라도 구해서 더 곱게 씻겨 주고 싶지만, 지금은 이게 한계였다. 가위라도 있으면 자르고 빗어서 정리해 주겠으나, 당분간은 아무렇게나 자라고 아무렇게나 자른 머리로 참을 수밖에 없었다.

동굴 밖으로 나오자 이미 해가 떨어져 앞이 거의 보이지 않았다.

레아에게는 잘된 일이었다. 햇빛을 조심할 필요가 없고, 밝든 어둡든 앞이 잘 안 보이는 건 매한가지였다.

달은 뜬 것 같았지만 울창한 나무들에 가로막혀 달빛은 땅에 닿지 않았다.

멀리서 어떤 날카로운 울음소리가 들렸다. 야행성 짐승도 많을 것 같았다.

"케리, 이 숲을 잘 알아?"

"아니. 우리도 얼마 전에 도착한 참이라 잘 몰라. 그 동굴도 오늘 아침에 찾았어."

그러고 보니 그런 얘기를 했었다.

오늘 아침에 왔는데 살쾡이 도적단의 아지트가 됐나. 어쩌면 앞으로 성장할 예정이었는지도 모른다. 아지트도 유니크 보스도.

"보스는 동굴 어디에 있었어? 발견했을 때 전부 돌아봤지만, 마물이고 뭐고 없었는데."

"아, 그건 나도 몰라. 정신을 차리니까 그 동굴 안에 있었어. 그래서 너희— 무기를 가진 모르는 사람이 있다 보니 얼떨결에 공격한 거야."

"그랬구나……. 이상한 일도 다 있네."

주인과 권속이라는 상하관계 때문인지는 몰라도, 너무 쉽게 믿는 것 아닌가. 아니면 INT(지능)가 낮은 탓에 멍청— 순진한가.

만약 그렇다면 물리 근접 딜러라도 어느 정도는 INT에 투자해야 할까?

다만, 그러고 싶어도 지금 경험치로는 어림도 없었다. 그도 그럴 것이 5인분을 벌어야 하니까.

전투력도 5인분이니까 똑같다고 생각하겠지만, 게임 시스템상 상대와 수준이 맞지 않으면 경험치가 제대로 들어오지 않을 것이다.

이번 탐색의 목표는 모피와 식량과 경험치. 요컨대 먹을 수 있는 털 난 마물이었다.

그 뜻을 전하자 마리온이 땅에 쭈그려 코를 킁킁거렸다.

"보스, 멧돼지 냄새 나."

마리온의 스킬에는 『후각 강화』가 있었다. 분명 그 효과다.

레아는 마리온에게 냄새를 따라가도록 지시하고 레미에게 주변 소리에 주의하라고 일렀다. 레미에게는 『청각 강화』가 있는 까닭이었다.

레아를 중심으로 뭉친 다섯 명이 마리온을 선두에 세우고 천천히 신중하게 걸음을 옮겼다.

숲은 다른 게임에서도 지겹도록 다녀봐서 레아가 나무뿌리에 걸리거나 낙엽으로 발을 헛딛는 일은 없었다. 머리 위로 늘어진 덩굴이나 이동을 방해하는 덤불 따위도 앞서가는 마리온과 라일리가 벌목도로 정리했다.

"……멈춰."

레미가 일행을 제지했다.

"……싸우는 소리가 들려. 짐승들인가?"

그 말에 마리온이 덧붙였다.

"피 냄새도 나. 분명 멧돼지랑 늑대."

"라일리, 잠깐 가서 보고 와."

"응."

케리의 지시를 받고 라일리가 단독으로 정찰에 나섰다.

라일리에게는 『시각 강화』와 『매의 눈』 스킬이 있었다. 『매의 눈』은 『활』 트리에 있는 스킬로, 원거리 이상에서 목표를 노릴 때 명중률 보너스가 붙으며 부가 효과로 멀리 있는 것이 잘 보인다. 보이지 않으면 노릴 수 없기 때문이었다.

"앗, 미안, 보스. 그만 버릇처럼 명령해서……."

"아니, 괜찮아. 오히려 이렇게 팀으로 행동할 때나 순간적인 판단이 필요할 때는 허가를 나중에 받아도 돼. 그보다 지금 평범하게 얘기를 나누고 있는데, 이럴 때는 숨죽여야 하지 않아?"

"응, 괜찮아. 어차피 멧돼지랑 늑대야. 둘 다 나보다 코가 좋으니까 내가 알아챈 시점에서 이미 들켰어."

"아하, 그런 거구나."

숲속에서 야생 동물을 기습하기는 어렵겠다. 당연하다면 당연하지만.

그런데 감각이 예민하다고 생각한 수인이 스킬로 후각을 강화하고도 야생 늑대에 미치지 못한다면, 보통 플레이어는 어떻게 늑대를 사냥해야 할까? 클로즈 베타 때 숲을 그다지 탐색하지 않은 레아로서는 상상도 할 수 없었다.

잠시 후 라일리가 돌아왔다. 앞이 거의 보이지 않는 레아에게는 어둠 속에서 갑자기 튀어나온 것처럼 보였다.

"마리온 말대로 늑대였어. 우리가 노리던 멧돼지를 공격하는 중이야."

"알았어. 보스, 어떡해?"

멤버에게 지시를 내리거나 보스인 레아에게 의견을 구하는 것은 케리의 역할로 정해진 것일까. 의외로 명령 체계가 확실히 잡혔다. 야생 동물 무리에 가깝다는 인상마저 들었다.

"어부지리를 노리고 멧돼지가 쓰러지면 늑대를 치자……고 생각했는데, 마음이 바뀌었어. 멧돼지가 살아 있을 때 둘 다 처리하자. 경험치가 아까워."

운 좋게 두 마리 동물과 동시에 싸웠다고 판정되면 조금이라도 경험치를 많이 받을지 모른다.

"알았어. 다들 가자."

케리가 그렇게 말하더니 퍼뜩 레아를 돌아봤다.

"앗, 보스, 가도 될까?"

"물론이지. 케리가 할 수 있다고 판단했다면 나한테 신경 쓰지 말고 두 마리 전부 처치해도 돼."

레아의 말에 케리는 호전적으로 웃으며 어둠 속으로 사라졌다. 세 명이 뒤를 따랐다.

레아도 소리에 의지해서 전투가 벌어지는 곳으로 나아갔다.

나무가 없는 장소가 있는지, 앞쪽의 희미하게 밝은 곳에서 싸우는 소리가 들렸다. 레아는 나무 뒤에 숨어서 상황을 엿봤다.

그곳에서는 멧돼지와 늑대와 살쾡이들이 삼파전을 펼치고 있었다.

"엄청 크네, 멧돼지랑 늑대! 저건 누가 봐도 야생 동물이 아니라 마물이잖아!"

늑대는 키가 케리보다 조금 컸다. 길이는 눈대중으로도 3미터는 넘지 싶었다.

그리고 멧돼지는 더 컸다. 키가 3미터는 되어 보였다.

단순히 나무가 없는 곳인 줄 알았더니, 이 두 마리가 난동을 부린 탓에 나무들이 쓰러져서 생긴 장소 같았다.

아무래도 늑대는 멧돼지의 다리를 노리고 공격했는지, 멧돼지는 이미 발을 절뚝거리고 있었다. 케리도 늑대를 견제하며 멧돼지의 다리를 노리고 검을 휘둘렀다.

어지간한 대형차만 한 멧돼지가 날뛰는데 근처를 오락가락하며 다리를 공격한다. 레아도 차마 흉내 내지 못할 짓이었다. 케리가 가진 『날렵함』, 『곡예』 등의 효과일 것이다.

케리의 공격이 통했는지, 멧돼지가 마침내 고꾸라지며 쓰러졌다. 그때, 어디선가 화살이 날아와서 눈알을 뚫었다. 멧돼지가 비명을 지르며 몸을 젖혔고 미친 듯이 머리를 저어 댔다. 그리고 머리를 흔드는 반환점, 반대 방향으로 저으려고 잠깐 멈칫하는 순간을 노린 것처럼 반대편 눈도 꿰뚫렸다. 레미와 라일리일까? 그들의 스킬에는 『활』이 있었다.

너무 거대해서 두 눈에 꽂힌 화살은 뇌까지 닿지 못했는지, 멧돼지는 아직 몸부림치고 있었다.

하지만 이미 늑대도 살쾡이들도 멧돼지에게는 관심을 두지 않았다.

"손에 땀을 쥐고 관전했는데, 딱히 끼어들지 말라는 법도 없지."

마침 잘됐다. 여기서 스킬과 자신의 능력치를 시험하기로 했다.

"그럼 우선은—『자실』."

한순간 어떤 저항감을 느꼈지만, 그 저항도 깨지듯이 사라졌고, 늑대가 멈췄다. 눈의 초점이 맞지 않았다.

상태 이상, 자실이었다.

"보스, 뭐 했어?"

"그래. 케리, 공격하지 마. 계속해서, 『매료』."

『자실』로 행동하지 못하는 시간은 불과 몇 초에 불과했다. 그 사이에 『매료』나 『공포』를 걸어야 했다.

이번에는 전혀 저항감을 느끼지 않았다. 자실 상태인 상대는 『매료』와 『공포』 저항에 하향 보정을 받는다.

늑대는 눈을 가늘게 뜨고 코를 벌름거리며 레아에게 다가왔다. 『매료』를 건 레아에게 이끌리고 있었다.

"성공했군. 그럼 『지배』."

약간의 저항은 있었지만, 늑대는 레아 앞까지 걸어와서 머리를 조아렸다.

"마무리다. 『사역』."

늑대는 드러누워 배를 보였다. 저항은 거의 없었다.

"……흠. 성공했어. 적대적인 적이라도 『정신 마법』을 잘 쓰면 『사역』은 가능한가 봐."

케리 일행의 전투를 지켜본 바, 이 늑대는 이곳에 있는 누구보다 강했다. 4 대 1이라면 여유롭게 이길 수 있겠지만, 1 대 1이라면 도망칠 수밖에 없는 상대였다.

『사역』이 쉽게 성공한 이유는 전투 중에 기습처럼 마법을 걸었기 때문이기도 하겠지만, 그보다도 순수하게 레아의 MND가 높기 때문이리라.

케리 일행에 비해 능력치가 떨어져서 체면이나 차릴 겸 올렸는데, MND 올인은 다소 지나쳤는지도 모르겠다.

냉정하게 생각해 보면 가볍게 올린다는 생각으로 200포인트를 썼지만, 200포인트는 초기 경험치의 두 배에 해당한다. 아무런 스킬도 배우지 않고 오로지 MND에만 200이나 쓰는 플레이어가 어디 있겠는가.

지금 레아보다도 조금 더 강한 케리와 비교해도 MND 수치는 레아가 세 배 이상 높았다. 케리보다 조금 더 강한 마물이 MND 판정으로 저항할 수 있을 리 없었다.

"그보다 유니크 보스 후보생인 케리 일당보다 약간 약한 수준이라면 이 늑대와 멧돼지도 초반에는 상당히 무서운 강적이겠어. 이 숲은 대체 뭐야?"

레아는 대체 어디에 스폰되고 만 것일까?

이제 와서 후회하지는 않지만, 만약 선량한 스켈레톤 플레이어가 비슷한 처지에 놓였다면 솔직히 동정을 표하고 싶다.

"일단 사냥은 성공했어. 멧돼지는 가지고 돌아가자."

"보스, 여기서 해체하는 편이 나아. 살아 있을 때 최대한 피를 빼지 않으면 고기에서 냄새나."

"듣고 보니 그러네. 그럼 그렇게 해줘. 레미와 라일리는 주변 경계. 앗, 아니다."

마침 새로운 동료가 들어왔으니까 일을 시켜 보자.

"늑대야, 너는 이제 내 거야. 그건 이해하지? 지금부터 여기서 멧돼지를 먹기 편하게 손질할 테니까 그동안 다른 동물이 다가오지 못하게 경계해 줘."

누운 늑대의 배털을 손가락으로 헤치며 말하자 늑대는 곧바로 일어나서 가끔 코와 귀가 실룩거리며 주변을 천천히 맴돌았다.

테이밍에 성공한 순간, 케리 일행도 이 늑대가 자신들의 아군이 되었다고 느꼈는지 아무런 의심 없이 등을 보여주었다.

레아는 혼자 할 일도 없어서 늑대의 빌드를 구경했다.

처음 보는 스킬이 몇 가지 있었다.

특정 조건으로 개방되는 타입이 아닐까. 이 구성이라면 케리 일행도 배울 수 있을 만하지만, 그녀들의 스킬을 들여다봐도 습득할 방법이 없었다. 『사역』이 그런 타입이 아니라서 다행이었다.

늑대의 선천적 특성에는 「후각이 특별히 예민하다」와 「청각이 특별히 예민하다」라는 것이 있었다. 마물과 야생 동물은 태어난 순간부터 선천적 특성이 주어져 종족 간의 차별화가 이루어졌다. 생각해 보면 늑대인데 스킬을 배우지 않으면 냄새도 제대로 못 맡는 것은 우스운 노릇이다. 이런 선천적 특성은 얻을 수 있는 종족과 얻을 수 없는 종족이 있을 것이다.

늑대의 종족명은 「빙랑」이라고 되어 있었다. 역시 마물이었다. 빙랑이라는 이름과 달리 배를 만졌을 때는 상당히 따뜻했지만.

이름은 공백이었다. 그렇다면 이름을 지어줘야겠다. 슬슬 해체도 끝나 가니까 돌아가서 천천히 생각하기로 했다.

"보스, 끝났어. 일단 고기는 모피로 쌌어. 내장이나 필요 없는 부분은 땅에 묻는다 치고, 뼈는 어떡해? 고기는 늑대가 옮겨주면 되지만, 뼈는 못 들고 가."

"괜찮아, 전부 내가 챙길게. 이것 봐."

레아는 고기도 뼈도 내장도 모조리 인벤토리에 넣었다.

"보스, 고기가 사라졌어! 보스가 했어?"

"그래. 인벤토리라고 해서, 비밀 장소에 물건을 숨기는 방식이야."

"우와……! 어떻게 해?"

"어떻게…… 그거야…… 으음……. 보이지 않는 주머니가 있어서 그 안에 넣는다고 해야 하나? 넣고 싶은 물건에 큰 주머니 입구를 씌우고 닫는 느낌?"

시스템으로 이루어지고 있을 인벤토리 사용을 설명하기는 굉장히 어려웠다. 어차피 인벤토리는 플레이어의 특권일 테니까 설명한들

소용도 없겠지만.

"잘 모르겠어……."

"다음에 또 알려줄게. 그보다 목적도 달성했으니까 동굴로 돌아갈까?"

예의상 대답하며 레아가 일어나자 주변을 경계하던 늑대가 레아의 배에 코를 비볐다.

권속이 되어서일까, 늑대가 하고 싶은 말이 직감적으로 전해졌다.

"어? 뭐라고? 가족? 너, 외로운 늑대 아니었어?"

늑대에게 가족이 있었나 보다.

외로운 늑대라고 말하면 멋있게 들리지만, 실상은 무리 속 서열 다툼에서 탈락한 패배자다.

이 늑대 종족은 달리 본 적이 없으나, 서열 다툼으로 쫓겨날 만큼 약해 보이지 않았다. 케리 일행과 멧돼지를 놓고 경쟁할 때도 그런 비굴함은 전혀 느끼지 못했다. 지금은 종속된 탓에 덩치 큰 애완견으로밖에 보이지 않지만.

"좋아. 너에게 가족이 있다면 전부 받아줄게. 가족과 떨어뜨리는 건 불쌍하니까."

이미 레아는 사역하는 수가 늘어나서 생기는 단점은 고려하지 않기로 했다.

권속이 늘어나면 필요한 총 경험치가 늘어나고 심지어 획득 효율도 떨어지지만, 방금 케리 일행의 전투를 보면 알다시피 그만큼 전투의 위험도는 줄어든다.

조금 전 전투로 비유하면, 동급이거나 조금 더 강한 늑대를 무력화해서 얻은 경험치는 솔로로 자신과 동급인 적을 해치웠을 때 얻는 경험치와 엇비슷했다. 이것을 5인분으로 나누면 상당히 줄어들지만, 전투 시간도 그만큼 짧았다. 그래도 효율을 계산하면 역시 솔로가 현격히 좋지만, 이쪽이 더 안정적으로 벌 수 있었다.

『사역』이라는 특수한 시스템을 발견해서 흥분한 나머지 여기까지 내리 달렸지만, 원래 레아는 공략이나 PvP를 적극적으로 할 생각이 없었고, 그저 차분히 게임을 즐기고 싶었다. 너무 기대한 나머지 오픈 베타도 아닌 비공개 테스트까지 줄기차게 신청해서 테스터가 됐던 것에 불과했다.

효율이 떨어진다면 그만큼 횟수를 늘리면 그만이다.

늑대에게 안내받아 숲속을 걸었다.

인간의 발길이 닿지 않은 숲길이건만, 평소 지나다니는 짐승이 집채만 한 탓인지 인간이 다니기에도 불편이 없었다.

잠시 후, 레아의 홈과 비슷한 동굴 입구가 보였다. 아마 이곳이 늑대 가족의 집일 것이다.

늑대가 우선 혼자 들어가고 싶어 하여 일행은 밖에서 기다렸다.

보스로 추정되는 늑대는 레아가 지배했으니까 괜찮다고 생각하지만, 안에서 적대적인 늑대에게 공격당하지 않으리라는 보장은 없었다. 동굴 구조를 전혀 모르는 지금은 전투를 피하고 싶었다.

얼마간 기다리자 늑대가 돌아왔다. 뒤에서는 동족으로 보이는 늑대들이 줄지어 나왔다.

역시 테이밍한 늑대가 가장 덩치가 컸다. 그보다 약간 작은 늑대가 한 마리가 있고, 그 외에는 현실 세계의 대형견과 비슷한 크기의 늑대가 여섯 마리였다. 이 여섯 마리는 크기가 현실의 늑대와 비슷해 보이나, 머리나 다리 등 신체 부위가 조금 더 굵은 느낌이었다.

바꿔 말하면 그냥 커다란 강아지 같은 실루엣이었다.

"엄청 귀엽네, 얘네……."

늑대들은 이미 상황을 파악했는지, 레아 앞에 와서 하나같이 고개를 숙였다.

《빙랑, 새끼 늑대, 새끼 늑대, 새끼 늑대, 새끼 늑대, 새끼 늑대, 새끼 늑대를 테이밍할 수 있습니다.》

케리 일행을 테이밍했을 때와 비슷한 상황이었다. 스킬을 발동할 필요는 없으리라.

"좋아, 너희 가족은 오늘부터 내 패밀리야. 보스는 나. 알아들었지?"

그렇게 선언하자 늑대들은 레아에게 다가와서 다리에 코를 비빈 뒤 배를 뒤집어 보였다.

"옳지, 착하다. 우쭈쭈쭈……."

새끼 늑대의 배는 방금 만진 늑대보다 더 따뜻했다. 모두 덩치가 있어서 여섯 마리를 전부 만지는 데는 시간이 필요했지만, 감촉은 아주 만족스러웠다.

늑대의 말에 따르면 — 실제로 말을 하지는 않지만 — 가족은 가족이라도 전부 한 핏줄은 아니라고 했다.

원래 있던 무리가 습격받고 뿔뿔이 흩어져 도망치는 와중에 우연히 이 늑대와 두 번째로 큰 늑대가 새끼 늑대들 옆에 있었고, 새끼

들을 보호하며 이곳까지 온 모양이었다. 사실은 더 북쪽에 사는 종족이라고 한다.

"이름부터 빙랑이니까 그럴 것 같았어. 왜 이런 곳에 있나 했거든."

이런 곳, 이라고 말했지만, 지금 레아는 이곳이 어떤 곳인지 알지 못했다. 기온과 습도로 추측하건대 위도가 그다지 높지 않다고 짐작할 뿐이었다.

"지금부터 우리 거점으로 이동할 생각인데, 그 전에 너희 거점을 봐도 될까? 안에 아무것도 없어?"

늑대들이 긍정하는 의지를 느끼고 레아는 동굴을 탐색하기로 마음먹었다.

원래 모피를 구하러 동굴을 나왔을 뿐인데 목적이 자꾸만 옆길로 새는 기분이 들었다. 물론 레아는 처음부터 게임을 느긋하게 즐길 생각이었다. 문제는 없었다.

게다가 늑대는 혼자서 케리 일행 네 명과 싸울 수 있는 마물이었다. 케리 일행과 마찬가지로 다 같이 이 동굴에 모여 있었다면 위험도는 더 높았을 것이다.

그렇다면 유니크 보스일 수도 있었다. 유니크 보스의 보금자리라면 이곳도 홈으로 설정할 수 있지 않을까. 한번 구조를 확인하고 괜찮아 보이면 이곳으로 이사하는 것도 괜찮을지 모른다. 다행히 그쪽 거점에는 아무것도 남겨 두지 않았다.

동굴 안은 원래 거점보다 넓었다.

들어오고 나서 알아챘지만, 잘 생각해 보면 늑대들을 원래 거점으

로 데리고 가도 입구가 너무 좁아서 새끼 늑대밖에 들어가지 못할
듯했다. 처음부터 선택의 여지는 없었다.

크기가 다르지만 구조는 거기서 거기인지, 조금 들어가자 넓은 방
이 있고 안쪽으로 통하는 굴이 보였다.

이 방은 원 두 개가 완만하게 연결된 호리병 같은 형태로, 안쪽
벽에는 통로가 있었다. 이 통로는 원래 거점에 있던 균열 같은 통로
가 아니라 부자연스럽게 둥근 구멍이었다. 인간이라면 기어서 들어
갈 수 있을 크기였다.

"어, 저건 뭐야……?"

늑대들은 안에 아무것도 없다고 했지만, 그럴 리가 없다. 그 구멍
안쪽에는 다른 주민이 있다고 봐야 한다. 너무 수상하다. 이곳을 거
점으로 삼겠다면 불편한 동거는 피하고 싶었다.

동굴에 들어온 시점에서 퍼스널 홈 안내 메시지는 뜨지 않았지만,
저 안에 있을 미지의 주민을 정리하면 그것도 개방될지 모른다. 퍼
스널 홈 조건을 전혀 알 수 없고 애초에 홈으로 설정할 수 없는 장
소일 수도 있지만, 그때는 포기하고 원래 거점을 확장할 수단을 생
각하면 된다.

"저 안쪽을 조사하고 싶은데, 어떡하면 좋을까……."

"들어가는 수밖에 없지 않아? 뭐가 있을지 모르니까 간다면 우리
가 먼저 보고 올게."

"—월!"

"아, 잠깐만. 무슨 소리가 들려!"

늑대와 레미가 뭔가를 들은 듯했다.

일동은 숨죽이고 구멍을 응시했다. 다들 손가락 하나 꼼짝하지 않아서 이명이 들릴 것 같은 정적이 깔렸다.

곧 레아의 귀에도 희미하게 소리가 들렸다. 딱딱, 탁탁, 마치 암반을 피켈로 두들기는 듯한 규칙적인 소리가 서서히 다가온다……라고 생각했더니 구멍에서 검게 빛나는 무언가 얼굴을 내밀었다.

"개, 개미다!"

나타난 것은 새끼 늑대와 크기가 비슷한 개미였다. 정체 모를 구멍의 정체는 개미굴이었나 보다.

아마 지금까지 빙랑이 터를 잡아서 이쪽으로 거의 넘어오지 않았을 것이다. 아니면 새끼 늑대밖에 없을 시각에 가끔 정찰을 보냈는데 지금이 우연히 그때였는지도 모른다.

하지만 저런 크기의 개미 떼라면 커다란 늑대 여덟 마리쯤이야 물량 공세로 이길 수 있지 않을까, 라는 의문이 들었다. 공격하지 않은 이유라도 있을까.

"개미 마물인가……. 딱딱하고, 못 먹어. 귀찮은 녀석들이야. 보스, 어떻게 해?"

어떻게 할지는 이미 정했다.

저 개미들은 테이밍한다.

개미의 능력과 노동력만 있으면 동굴을 확장하기도 쉽다. 레아가 아는 일반적인 개미와 생태가 같다면 여왕개미만 테이밍해도 목적은 달성될 것이다.

그러려면 개미굴 가장 안쪽까지 가야만 했다.

"어떻게든 굴 안쪽까지 갈 방법이 없을까……."

일개미라고 하던가, 방금 나온 일반적인 개미를 테이밍할 수 있다면 만나는 족족 권속으로 만들어서 정리할 수 있을 텐데.

하지만 그러려면 개미와 한 번 접촉할 필요가 있었다. 방금 그 개미는 이미 사라졌다. 현재 저 구멍밖에 입구가 없으니까 결국 저 안으로 들어가는 수밖에 없었다. 심지어『사역』을 쓰는 레아가 직접 가야만 했다.

"적만 마음대로 움직일 수 있는 곳에 단독으로 쳐들어가는 건 좋은 생각이 아니야……."

물론 레아의 스킬 구성으로는 원래 직접적인 공격력이 없었다. 스킬과 능력치에 기대지 않는 전투력은 나름대로 자부하지만, 어디까지나 사람에게 특화한 기술이었다. 자기 무릎까지밖에 오지 않는 다리 여섯 달린 생물과 제대로 싸울 자신은 없었다.

반대로 생각하면 레아만은 굴속에서 마음대로 움직이지 못해도 전술적인 차이가 거의 없었다. 정 안 되면『정신 마법』을 믿고 혼자 가는 것도 합리적인 선택지였다.

"게다가 안쪽에서 넓은 장소가 나오면 거기서 권속을『소환』하면 돼."

그러면 문제는 개미에게『정신 마법』이 통하느냐, 였다.

"개미가 한 번 더 나와주지 않으려나."

"내가 한 마리 잡아올까?"

마리온이 제안했다. 가장 체구가 작은 마리온이라면 케리보다는 움직이기 편할 것이다. 그래도…….

"아니, 있어 봐."

현재 레아 패밀리의 전투 능력은 물리 공격에 편중되어 있었다. 빙랑들은 얼음 계열 속성 공격이나 『얼음 마법』을 다소 쓸 수 있나 보지만, 어차피 빙랑은 저 구멍으로 들어갈 수 없었다.

그럼 여기서 마법을 배워 대응력을 높이는 것도 괜찮지 않을까. 개미는 척 보기에 물리 공격에 강할 것 같았다. 이번에는 직접 싸울 생각이 없지만, 앞으로 그런 적과 싸울 일도 있을 것이다.

레아는 수적 우세를 활용해 전투에 안정성을 추구할 예정이었다. 그렇다면 전술 다양화는 최우선 사항이기도 했다.

빙랑들이 합세하면서 현재 소지 경험치는 총 200포인트였다. 13인분이라고 생각하면 부족하다 못해 거의 아무것도 할 수 없지만, 한 명에게 몰아준다면 충분했다.

"마리온, 네 말대로 한 마리를 잡아 왔으면 해. 그 전에 너에게 마법의 힘을 줄게."

"마, 법? ······마법! 나도 마법 쓸 수 있어?"

"마법을 알아?"

"옛날에 살던 부락에서 장로 할머니가 썼어. 마법을 쓸 수 있으면 좋은 옷 입고 배불리 먹을 수 있어."

수인은 초기 능력치가 마법사에 적합하지 않아서 태생적으로 마법을 쓸 줄 아는 NPC는 드물 만도 했다.

"그래? 언젠가 너희 모두에게 저마다 마법 기술을 가르칠 생각이야. 일단 오늘은 마리온부터. 그런데 무슨 마법을 가르치면 좋을까."

지금은 가능한 한 개미 사냥에 특화한 속성으로 하고 싶었다. 개미는 무엇에 약할까.

곤충이라면 불에 약할 것 같지만, 그건 어디까지나 현실 세계의 이야기였다. 게다가 현실의 곤충이 특별히 불에 약한 편도 아니었다. 어지간한 생물은 불로 지지면 죽는다.

대다수 생물이 불에 약하다면 공격 수단으로 유용한 상황도 많다는 뜻이었다.

"불도 괜찮을지 모르지만…… 동굴 안에서 쓰기는 좀 그래. 산소 결핍은 위험하니까"

혹은 반대로 산소 결핍으로 공격하는 방법도 있다.

현실의 개미와 어떤 차이가 있는지 모르겠지만, 곤충인 이상 몸에 많은 숨구멍이 있을 것이다. 곤충이 그만큼 많은 산소를 필요로 하기 때문이며, 많은 곤충은 산소 농도가 떨어지면 움직임이 둔해진다.

하지만 상대는 대형견만 한 곤충이었다. 제대로 활동하려면 현실보다도 산소 농도가 높아야 한다. 그런 곤충이 평범하게 움직이는 것을 보면 이 게임 세계에는 낮은 산소 농도에서도 활동할 수 있는 매지컬한 생체 기능이 있을지도 모른다.

애당초 마법으로 만든 불이 산소를 소비해서 연소하는지도 확실치 않았다. 살짝 호기심이 생겨서 검증해 보고 싶었지만, 시험하려면 설비가 이것저것 필요했다.

"적이 너무 매지컬해서 문제야……. 역시 우리도 매지컬한 공격 수단을 갖춰야 하나."

불을 쓰기 어렵다면 차선책은 무슨 속성일까. 불이 최선이라는 보장도 없지만.

일단 현실 개미에서 멀어지자. 현재 파악한 데이터로 그 개미에 관해 고찰해 봐야 한다.

현재 단계에서 밝혀진 정보는 많지 않다.

우선 크기가 대형견 정도라는 것. 그런데 평범한 개미답게 재빠르다는 것.

다음으로 동굴의 단단한 암벽을 깔끔하게 원형으로 파내는 능력이 있다고 예상된다. 저 구멍을 개미가 뚫었다고 확신할 수는 없지만, 적어도 자연스럽게 생긴 구멍으로는 보이지 않았다. 그렇다면 적의 능력이라고 생각하고 경계해야 한다.

"앗, 보스. 늑대를 싫어할 수도 있지 않아? 빙랑이 모른다는 건 지금까지 빙랑이 있을 때는 나오지 않았다는 뜻이잖아!"

중얼중얼 혼잣말로 생각을 정리하던 레아에게 라일리가 자기 생각을 전했다.

일리가 있었다. 케리 말처럼 라일리는 단순히 시력이 좋을 뿐 아니라 눈치가 빨랐다. 그 가능성은 레아도 잠깐 생각했으나 깜빡 잊고 있었다.

그럼 늑대를 왜 싫어할까. 정확히는 늑대가 아니라 빙랑이지만.

"―그래. 빙랑이야. 저 개미, 혹시 얼음을 싫어하나?"

이곳의 개미들이 만약 정찰을 하다가 빙랑들이 얼음을 쓰는 모습을 봤다면.

빙랑은 원래 이 부근에 서식하는 마물이 아니었다. 생존 경쟁에서 패배해 단체로 남하한 외래종이었다. 개미가 이곳의 토착종이라면 빙랑이라는 미지의 마물에게 유효한 전술을 갑자기 짜내기는 어려울 것이다.

어쩌면 개미는 기온 저하에 약할지도 모른다. 사실 평범한 곤충은 기온 저하에 약하지만, 이 세계 개미도 기온 저하에는 매지컬한 보조를 받지 못하는 게 아닐까.

혹은 매지컬하게 생각하면 오히려 매지컬한 이유로 개미가 얼음 속성에 약할지도 모른다. 여기서 매지컬한 이유란 속성 상성을 말한다.

"······일단 해 보고 생각하자. 지금은 더 고찰할 정보가 없어."

마리온에게는 얼음 마법을 가르치기로 했다.

우선 『마법 적성: 얼음』과 『냉각』이다. 공격용으로 『아이스 불릿』도 있으면 좋겠지만, 이번에 중요한 것은 공격보다 기온 저하며, 죽이지 않고 포획하는 게 목표였다.

일반적인 마법 공격은 대미지 판정을 INT로 계산한다. 하지만 마리온은 수인이라서 INT 초기치가 낮다. 제대로 된 효과를 기대하기는커녕 마법을 배우는 필요 최소치에도 미치지 못해서 이대로는 습득조차 할 수 없다. 우선은 INT에 경험치를 투자해서 수치를 끌어올려야 한다.

전부 써 버릴 수는 없는 노릇이라서 적당한 선에서 강화를 멈췄다. 그래도 게임을 막 시작한 엘프의 마법 강화 빌드 수준은 될 것이다. 이미 우수한 레인저인데 여기에 공격 마법까지 하나 배우면 뉴비 플레이어 상대로는 확실하게 활약할 것이다. 지금은 적극적으로 PvP를 할 생각은 없지만.

"마리온, 어때? 이제 너는 『얼음 마법』의 기초를 쓸 수 있을 텐데."

"오오······ 대단해······. 느껴져······ 마법의 사용법까지······. 이게 보스의 힘?"

"그래. 마음에 들어?"

레아의 힘이라기보다 시스템 기능에 지나지 않지만, 레아가 했다는 사실에는 변함이 없었다.

"다른 아이들도 나를 위해서 열심히 일한다면 마법이나 특별한 힘을 줄게. 마리온에게는 상을 먼저 줬지만, 열심히 할 거지?"

"응. 개미 얼려서 잡아 올게!"

"좋아. 그럼 우리는 여기서 기다릴게. 잘 부탁해."

마리온을 구멍으로 보내고 결과를 기다렸다.

거리가 별로 멀지 않으면 권속의 건강 상태는 어렴풋이 전해졌다. 만약 위험해지면 마리온을 이곳으로 소환해서 위기를 모멸할 수 있을 것이다.

마리온이 돌아올 때까지 남은 경험치로 다른 멤버를 강화할 방법을 궁리했다.

지금 당장 마법을 가르쳐줄 생각은 아니지만, 마리온의 INT를 올린 탓에 NPC의 사고 능력에 차이가 생겼을지도 모른다. 원래 케리 일행은 INT만 이상하게 낮은 편향된 빌드라서 조금쯤 약점을 보완하는 것도 괜찮다고 생각했다.

지금 케리 일행의 무교양한 말투도 싫지 않지만, 앞으로 도시에 갈 일도 있을 테니까 존댓말 정도는 배우는 편이 낫다. INT를 높여서 그런 학습이 가능한지는 모르겠으나, 시험해 볼 가치는 있다. 당장은 의미가 없어도 나중에 마법을 가르친다면 낭비는 아니다.

남은 경험치를 거의 다 써서 케리 일행 세 명의 INT를 올렸다. 마리온만큼 올리기에는 부족했지만, 엘프의 초기치인 레아보다는 다들 높아졌다. 엘프보다 똑똑한 수인의 탄생이었다. 물론 플레이어의 지능은 수치에 좌우되지 않으니까 레아는 딱히 분하지 않았다.

하지만 어차피 경험치도 20포인트밖에 안 남았고 앞으로 다른 마법을 배울지도 모르니까 레아의 INT도 올려 뒀다. 이제 케리 일행보다 레아의 INT가 더 높아졌다.

그 사실 자체에 특별히 깊은 의미는 없다. 그래도 마리온이 더 높다. 딱히 분하지 않으니까 상관없지만. 그래, 딱히 분하지 않다.

"보스, 마리온이 돌아왔어."

청각으로 알아챘는지 레미가 보고했다. 레아는 생각을 중단했다. 마리온이 아무래도 성공한 모양이었다.

"그런데 다른 개미까지 끌고 왔나 봐. 개미 발소리가 들려."

마리온이 쫓긴다는 뜻일까. 따라잡히지 않을지도 모르지만, 불필요한 위험을 감수할 필요는 없다.

"『소환: 【마리온】』."

레아가 스킬을 발동하자 앞쪽의 바닥이 빛나고 순식간에 마리온이 빛 속에서 나타났다. 성에 낀 개미를 끌어안고서.

"―아, 보스 마법? 고마워, 큰일 날 뻔했어."

레아가 설명하기 전에 마리온은 사태를 파악하고 감사했다.

INT를 올린 효과인지, 마리온의 본래 자질인지 알 수 없지만, 입 아프게 설명하지 않아도 돼서 좋다. 『소환』은 엄밀히 말하면 마법이 아니라 스킬이지만, 그건 지금 중요하지 않다.

"고맙긴. 시킨 일은 제대로 해냈구나. 역시 실력이 있어. 잡아 오느라 손 시리지? 바닥에 놔도 돼."

마리온이 끌어안은 개미는 완전히 얼지는 않았고 죽지도 않은 모양이지만, 거의 움직임이 없었다. 시험하기 안성맞춤이었다.

"레미, 쫓아오는 개미는?"

"……마리온이 사라진 곳에서 서성이고 있어."

"추적 대상이 홀연히 사라져서 그런가……? 여기까지 다시 정찰하러 올까?"

"모르겠어……. 앗, 돌아간다. 집에 보고하러 가나?"

레미도 자기 의견을 섞어 보고하게 됐다. 보고에 선입견이나 희망적 관측을 집어넣는 건 바람직하지 않지만, 그 부분은 차차 주의하면 된다.

스스로 생각하고 자기 의견을 똑바로 피력하는 행동 자체는 좋은 경향이다. 앞으로도 여유가 있으면 적극적으로 INT에 투자하고 싶다. 어쩌면 지금까지 조용했던 이유는 단순히 상황을 이해하지 못했기 때문인지도 모른다.

"일단 이 개미를 해동하자. 아무나 한 명에게 『불 마법』도 가르칠걸 그랬어. 이미 경험치를 전부 써 버렸으니까 자연해동을 기다리는 수밖에 없나. 개미한테 그다지 시간을 주고 싶지는 않지만."

"보스, 말해도 될까?"

"그래, 케리. 무슨 일이야?"

"『사역』이 되는지 안 되는지는 개미가 얼었든 말든 시험할 수 있지 않아? 지금은 이 녀석을 건강한 상태로 이용하는 게 목적이 아

79

니잖아?"

이럴 수가. 케리가 정확하고 논리적인 의견을 내놓았다. 이쯤 되면 틀림없이 INT를 높인 영향이다. 어쩐지 레아보다 똑똑한 기분마저 들었다. 레아가 INT는 더 높은데. 플레이어의 지능은 능력치와 관계없다는 사실이 오히려 역효과를 냈다.

아니, 부하가 똑똑한 건 좋은 일이다. 의견과 보고는 확실히 구분해야겠지만, 이건 수치로 나타나지 않는 전투력 향상으로 이어질 것이다.

"그러네. 훌륭해. 케리. 네 말이 맞아. 당장 시험해 보자."

레아는 바로 개미에게 『자실』을 걸었다. 움직임이 거의 없어서 알아보기 힘들지만, 성공했을 것이다. 저항도 거의 느껴지지 않아서 발동했는지조차 불안했다. 『정신 마법』처럼 효과가 시각적으로 잘 드러나지 않는 마법은 이런 불편함이 있었다.

다음으로 『공포』를 발동했다. 『매료』를 빙랑에게 썼으니까 확인하지 못한 『공포』를 시험해 보고 싶었다. 조금 전 빙랑에게 『매료』를 썼을 때는 저항이 거의 없었지만, 이번 『공포』에는 상당한 저항감을 느꼈다. 결국에는 효과에 걸렸지만.

빙랑의 매료 내성보다 개미의 공포 내성이 높다는 뜻일까? 그러고 보면 곤충이 공포를 느끼는 상황은 상상하기 힘들었다. 어쩌면 레아가 『공포』보다 『매료』에 적성이 있을 가능성도 있지만, 시스템상 특별한 차이는—.

"……아, 그러고 보니 『미형』이라는 특성이 있었지."

그 특성에는 「NPC가 얻는 호감도에 상향 보정」이라는 효과가 있었다.

그게 『매료』의 성공 판정에도 보정을 주는가 보다. 생각해 보면 이상하지는 않았다.

어쩌면 케리 일행이 만나고 다섯 시간 만에 테이밍되기를 희망한 것도 이 특성의 영향인지도 모르겠다. 앞으로는 어느 쪽이든 상관없다면 가급적 『매료』를 쓰는 편이 나을 듯싶었다.

좌우지간 『공포』는 통했다. 『자실』에서 연이어 성공했으니까 『정신 마법』은 개미에게도 유효하다고 판단된다. 이제 『지배』에 성공하면 『사역』이 실패할 리는 없으리라.

걱정이 있다면 『정신 마법』은 통해도 『조교』 계열 스킬이 통하지 않을 가능성 정도일까.

"그건 그때 생각하자. 『지배』…… 좋아. 그럼 『사역』— 뭐야?"

《『사역』을 실행할 수 없습니다. 해당 인펀트리 앤트는 이미 다른 캐릭터에게 테이밍되었습니다.》

그런 시스템 메시지가 들렸다.

'단 한 문장인 메시지인데 정보가 많아!'

우선 개미의 이름이었다. 개미의 종족명은 인펀트리 앤트, 번역하면 보병 개미였다. 이 이름으로 추측건대 역시 이 개미는 사회성 마물이며 이 개미를 보병으로 부리는 상위 존재가 틀림없이 있다.

그리고 그 상위 존재는 다른 캐릭터에게 사역됐다는 메시지로도 짐작할 수 있었다. 개미굴에 있을 여왕이다.

권속 시스템은 회사나 기업의 조직 구조와 유사하다.

최고 경영자가 전체에서 얻는 이익 — 이 경우는 경험치 — 을 전부 받고 그것을 조직 내부에 분배해 전체가 하나의 생물처럼 활동한다. 이것은 개미나 벌 같은 사회성 곤충의 생태와도 비슷하다.

어쩌면 원래 『사역』이란 개미 같은 사회성 마물을 위해 마련된 스킬일지도 모르겠다. 빙랑이 가진 『할퀴기 공격』이나 『물기 공격』처럼 특정 종족을 위해서 준비된 스킬이라는 말이다.

물론 사람에게 곰 앞발을 갖다 붙이는 매지컬 인체 개조라도 있다면 인류도 『할퀴기 공격』을 배울 수 있을지 모르지만, 기본적으로는 마물 전용 스킬일 것이다.

만약 그렇다면 『사역』이 있다고는 해도 원래 그런 특성을 갖고 태어난 마물이라면 『정신 마법』이나 『소환』 같은 전제 조건 스킬이 없을 가능성도 있다.

또한, 이미 다른 자에게 『사역』되어서 에러가 출력됐다는 말인즉, 역설적으로 『사역』이 통한다는 뜻이다.

"……아니, 이건 그저 희망적 관측이야."

『정신 마법』이 없을 수 있다는 것뿐이지, 만약 있다면 귀찮아진다. MND에 올인한 레아의 능력치라면 상당히 강한 상대의 『정신 마법』에도 저항할 수 있겠지만, 다른 멤버는 그렇지 않다. 다행히 보병 개미에게 『지배』와 『공포』는 통하는 모양이니까 레아 혼자 가면 피해를 최소화할 수 있다.

『사역』에 관해서는 아직 모르는 부분이 많다. 같은 계통의 상위종에게 『사역』밖에 통하지 않을 가능성도 있다.

"이번에는 내가 혼자 갔다 올게. 『지배』는 통하는 모양이고, 어차피 저 구멍으로는 여러 명이 들어가 봤자 선두 한 명밖에 싸울 수 없어."

"하지만 보스, 개미가 떼로 몰려오면 한 번에 전부 『지배』할 수는 없지? 아무리 생각해도 위험해. 하다못해 방패가 될 사람이 필요해."

"적어도 나는 데리고 가. 냉기로 둔하게 만들면 보스가 마법을 걸 시간은 벌릴 거야."

"개미의 동태를 알기 위해서라도 내 『청각 강화』는 있는 편이 나아."

"이 어두운 구멍에서 내 눈은 도움이 되지 않겠지만…… 방패는 많을수록 좋지 않아?"

이렇게 레아 혼자 가겠다는 제안은 수인들의 반대에 부닥쳤고, 결국 인류 멤버 전원이 함께 가게 됐다.

아무리 용을 써도 구멍에 들어갈 수 없는 빙랑들은 집에 남겨 둔다. 새끼 늑대라면 들어갈 수야 있겠지만, 애들만 데리고 가 봤자 소용이 없다. 레아는 개미를 지배하기 위해 구멍 앞으로 걸어갔다.

"아, 그 전에 너희에게 이름을 지어줘야지."

미뤄 뒀었지만, 빙랑들에게 이름을 붙이기로 했다. 이름이 없으면 『소환』할 때 정확히 지정할 수 없었다.

케리가 방패가 되겠다고 말했지만, 구멍 안쪽에 물량으로 밀어붙일 넓은 공간이 있을 수도 있었다. 그럴 때 이 빙랑을 『소환』하면 크게 유리해질 것이다.

"처음은 너부터. 너는 【하쿠마】야. 거기 너는 여자애니까 【긴카】. 꼬맹이들은 그쪽부터 순서대로 【미조레】, 【아라레】, 【효우】, 【후부키】, 【코고메】, 【자라메】야."

하쿠마(백마/白魔)란 대형 재난급 폭설을 가리킨다. 긴카(은화/銀花)는 눈을 꽃에 비유한 단어에서 따왔다.

새끼 늑대는 미조레(진눈깨비)와 효우(우박)가 수컷. 아라레(싸락눈), 후부키(눈보라), 코고메(가루눈), 자라메(굳은 눈)가 암컷이었다.

이름을 다 붙인 뒤 케리, 레아, 마리온, 레미, 라일리 순으로 구멍으로 진입했다.

구멍 안은 좁고 어두웠다. 다섯 명이 네발로 기어서 가는 것치고도 진행 속도는 느렸다.

바닥이나 벽면은 왠지 매끈했다. 가장 비슷한 것을 찾자면 종유석일까. 이런 둥근 수평 통로에 종유석이 생길 것 같지는 않으므로 역시 마물, 정확히는 개미가 만든 작품일 것이다. 평범하게 울퉁불퉁한 굴이었다면 초기 장비를 착용한 레아의 손바닥이나 무릎이 피범벅이 됐을 테니까 이것만은 개미에게 고마워해야 할까.

물론 현실의 레아는 아무리 매끈거려도 딱딱한 바닥을 직접 기어다닐 수 없다. 무릎 각질이 두꺼워져서 이상적인 각선미에서 멀어질 우려가 있기 때문이다. 그랬다간 사범이나 당주에게 혼난다. 이런 「체험」을 할 수 있는 것은 그야말로 VR의 위대함이었다.

결국 개미와 만나지 않은 채 좁은 구멍을 빠져나왔고 아슬아슬하게 일어서서 걸을 만한 높이의 공간이 나왔다. 개미라면 소대 규모는 전개할 만한 넓이라서 레아 일행도 진형을 갖출 수 있었다. 다만, 하쿠마를 『소환』하기에는 비좁았다.

"아까는 여기 있던 보초? 개미를 잡았어. 돌아오는 길에 다른 개미가 보초가 사라진 걸 알고 쫓아왔나 봐."

"그랬구나. 그런데 지금은 왜 경계병이 없을까. 이쪽 구멍으로 침입자가 온다는 사실을 알고 더 방어하기 좋은 곳에 포진했나?"

지금까지 이쪽으로 공격받은 적이 없을 테니까 과잉 반응을 해도 이해할 수 있었다. 심지어 개미들이 꺼리는 빙랑의 관계자였다.

"아직도 좁지만, 여기서부터는 서서 걸을 수 있겠어. 일단 쭉 가 보자."

조금 전과 똑같은 순서로 대열을 짜서 걸었다.

케리는 한 손 검을 뽑아 경계하고, 레미와 라일리도 등에 멨던 활을 들었다.

보통 때라면 마리온도 무기를 들었겠지만, 지금은 양손을 비우고 주변을 경계했다. 마리온에게는 마법 발동을 돕는 장비가 필요할지도 모르겠다.

더욱 신중하게 전진하던 도중, 레미의 귀가 개미들을 포착했다.

"이 앞에 많이 있는 것 같아. 수는 많지만, 그다지 움직이지 않아. 매복……?"

드디어 전투가 벌어질 것 같았다. 마리온에게 언제든 냉기를 쏠 수 있도록 지시하고 레아도 바로 『매료』를 뿌릴 수 있게 집중했다. 『자실』로 양념을 치지 않아서 성공률은 떨어지겠지만, 수가 많으면 한 마리씩 확실하게 성공시키기보다 확률이 낮더라도 광범위로 살포하는 편이 전력 손실을 노리기 쉬울 것이다. 게다가 『자실』은 단일 대상 스킬이었다.

더 안으로 들어가자 작은 방이 나왔다. 그곳은 개미로 꽉 차 있었다. 특별한 광원도 없는데 울룩불룩한 바닥이 반들반들 빛나는 것처럼 보였다. 곤충을 썩 무서워하지는 않는 레아도 이 광경에는 본능적인 거부감을 느꼈다.

하지만 몇 시간 뒤 이것들이 자신의 병력이 된다고 생각하면 오히려 마음이 든든했다. 현재 시점에서는 김칫국 마시는 상상에 불과하지만.

개미들은 레아 일행을 인지했을 텐데도 아직 명령이 없는지 움직이지 않았다. 어쩌면 여왕에 해당하는 개체에게 뭔가 생각이 있는지도 모르지만, 그것을 기다려줄 마음은 없었다.

"『매료』."

개미 대부분이 일제히 레아를 돌아봤다. 『매료』 저항에 실패한 개미들이었다. 안쪽에 대기하던 조금 큰 개미 중 약 3분의 1만 저항에 성공한 모양이었다. 즉, 작은 개미 전부와 큰 개미 3분의 2는 무력화됐다는 뜻이었다. 예상 이상의 효과였다.

"마리온, 부탁해."

"응, 보스."

마리온이 한 발 앞으로 나왔다. 멍하게 굳어 버린 개미들 때문에 『매료』의 영향을 받지 않은 개미도 움직이지 못하는 와중에 마리온의 『냉각』이 방을 채웠다.

이 마법도 원래 위력이 있는 마법은 아니지만, 대상이 움직이지 않는 상태에서 시간만 들인다면 그 수가 조금 많더라도 충분히 체온을 낮출 수 있었다.

마리온의 INT는 게임 시작 직후의 플레이어와 비교해도 상당히 높았다.

이 개미들이 게임을 막 시작한 플레이어의 전투력을 기준으로 배치됐다면 INT가 높은 마리온의 마법에 견딜 리 없었다.

레아가 처음 고른 동굴 안에는 우연히도 유니크 보스인 살쾡이 도적단이 있었다.

그 동굴 바로 밖에도 보스급 마물인 빙랑이 있었다.

그럼 본래 초보자 마물 플레이어가 사냥할 약한 잡몹은 어디에 있는가.

그것이 아마 이 개미들이지 않을까.

그 후 얼마 있지 않아서 개미들에게 성에가 꼈고, 방에는 레아 일행 말고 움직이는 것이 없었다.

"아차, 먼저 그 멧돼지 가죽을 가공해서 방한구라도 만들어 둘걸."

동굴 안은 상당히 온도가 낮았다. 심지어 이제는 이 얼어붙은 개미들을 밟고 앞으로 가야만 했다. 못 참을 정도는 아니지만, 저온으로 체력을 빼앗길 각오가 필요했다.

"뭐, 원래 그렇게 시간을 들일 생각도 아니었어. 냉큼 끝내자."

빙랑들의 보금자리에 남겨 두고 온 개미는 적어도 출발할 시점에는 녹을 기미가 보이지 않았다. 마리온의 INT가 높은 탓에 동결 상태가 해제될 때까지 시간이 걸리는 것으로 보인다. 혹은 동굴 안은 원래 기온이 낮아서 잘 녹지 않는지도 모른다.

이 방에서 얼어붙은 개미들도 몇 시간은 움직이지 못할 것이다. 빙랑 보금자리보다 이 방이 기온도 훨씬 낮았다.

레미가 귀를 기울이더니 이 앞에도 개미가 뭉쳐서 대기하는 곳이 있다고 했다.

그렇다면 그쪽에서 증원이 오기 전에 직접 쳐들어가서 이번 전투와 똑같은 수법으로 처리하고 싶었다.

지금이라면 여왕이 이 전투법을 파악하지 못했을 가능성도 있었다. 들키기 전에 여왕에게 도달하면 완벽했다.

"자, 갈까? 미끄러지지 않게 조심해."

그 후로도 좁은 통로와 천장이 낮은 방이 이어졌고, 그때마다 같은 수법으로 개미를 무력화했다. 이제 보니까 통로와 방이 이어진 구조는 전형적인 개미굴의 형태 같았다. 갈림길도 있었지만, 출구에서 먼 곳이 중요 시설이라고 추측하고 지하로 내려가는 길을 선택해 나아갔다.

무력화한 개미도 상당수에 이르렀다. 목숨은 끊지 않았고, 전투력 차이나 상성 덕분에 일방적인 싸움이었다고는 하나, 입수한 총 경험치도 상당했다. 한 마리당 평균 4포인트 정도밖에 주지 않지만, 이미 400포인트 가까이 벌었다.

획득 경험치가 마침 400을 넘었을 때, 레미가 일동을 제지했다.

"음…… 이 앞에는 아까 같은 개미 무리는 없나 봐. 한 마리뿐인가?"

아무래도 방위망을 뚫었나 보다. 이 앞이 알방이나 먹이 저장고 따위가 아니라면 여왕이 버티고 있으리라.

"좋아. 정신 똑바로 차리고 가자."

금방 도착한 방은 지금까지 지나온 방과 넓이는 비슷하나 천장이 높았다.

그리고 방 안쪽에는 유난히 큰 개미가 있었다. 날개도 달렸다. 저게 여왕일 것이다. 현실의 여왕개미는 집을 짓기 시작하면서 날개가 떨어진다고 들었는데, 그것이 있다는 것은 이 군락을 막 만들기 시작했다는 뜻일까? 아니면 원래 그런 특성일까?

"끼리릭끼릭……."

무언가 말하고 있다, 라고 생각하지만, 아쉽게도 알아들을 수 없었다. 어차피 상대에게 선제권을 넘겨줄 생각은 없었다. 적은 한 마리뿐이니까 여기서는 『자실』부터 걸기로 했다.

"만나자마자 미안하지만, 『자실』! ……오오, 통했어. 보스라서 안될 줄 알았는데. 그럼 『매료』…… 음, 저항하나!"

레아의 빌드 특징상, 단일 대상 스킬 『자실』과 자실에 걸린 상대에게 쓰는 『매료』 중에서는 후자의 성공률이 높다. 그것이 통하지 않는 것을 보면 여왕에게 특수한 내성이 있는지도 모른다. 예컨대 동성의 매료에는 걸리지 않는다거나.

더군다나 『매료』 저항에 성공한 탓에 자실 상태도 회복된 듯했다. 『정신 마법』 관련 상태 이상은 어느 하나라도 저항에 성공하면 연쇄적으로 정신이 정상으로 돌아오는 성질이 있었다.

"마리온, 『냉각』! 나머지는 원거리에서 견제해! 내가 다시 『자실』을 걸려면 쿨타임이 조금 필요해."

"응. 『냉각』!"

자실 상태에서 풀려난 여왕이 레아에게 돌진해 왔다. 그 첫걸음을 노리고 레미와 라일리가 쏜 화살이 여왕의 앞발을 튕겨냈고 여왕이 엎어졌다. 냉각이 통하면서 둔해진 몸을 바로 일으키려고 하나, 틈을 주지 않고 케리가 던진 검이 머리에 명중했다. 검은 꽂히지 않고 쇳소리를 내며 옆으로 튕겨 나갔지만, 기선제압에는 효과가 있었나 보다.

그러는 사이 마리온의 냉각으로 기온은 더 떨어졌고 여왕은 더 느려졌다.

여왕이 일어나려고 할 때마다 라일리와 레미가 손에 든 근접 무기를 던져서 행동을 방해했다. 그사이에 케리가 땅에 떨어진 무기를 주우러 가서 이번에는 직접 머리를 공격했다. 이미 여왕은 체온 저하로 제대로 된 공격도 하지 못했고, 그런 공격을 피하지 못할 케리가 아니었다.

그렇게 『자실』의 쿨타임이 끝났다.

하지만 그것을 다시 부여해도 될까? 방금은 그 뒤에 이어진 『정신 마법』을 저항하고 말았다.

똑같은 행동을 해서 똑같은 결과가 나올 가능성이 있었다.

전투가 시작된 직후와 비교하면 다소 대미지를 주었으나. 적 앞에 무릎을 꿇을 만큼 정신적 부담을 줬느냐면 확답할 수 없었다.

지금은 보험을 하나 더 들어 두고 싶었다.

"『소환: 【하쿠마】』, 『소환: 【긴카】』!"

그 직후, 레아 눈앞에 거대한 늑대 두 마리가 나타났다.

이 공간이 넓다고는 하나, 빙랑 성체가 돌아다니기에는 턱없이 좁았다. 그런 곳에 빙랑이 갑자기 두 마리나 출현하면 움직이기 힘든

건 비단 빙랑만이 아니었다.

　예기치 않게 나타난 거대한 털뭉치에게 케리 일행이 당황했지만, 그 이상으로 동요한 것은 여왕개미였다.

　빙랑이 절대로 들어오지 못한다고 믿었을 굴 안쪽에 갑자기 천적이 나타났으니까.

　"하쿠마, 긴카! 여왕을 제압해!"

　갑작스러운 소환이었지만, 하쿠마와 긴카는 즉각 상황을 이해하고 레아의 지시에 따라 여왕개미에게 달려들었다. 물론 큰 동작을 할 공간이 없어서 그냥 깔아뭉갰다는 표현이 정확할 것이다.

　어쨌건 여왕을 완전하게 구속했다는 것은 틀림없었다.

　"—좋아, 지금이다! 『자실』! ……통했어. 그럼 『지배』!"

　두 번째 『자실』은 지속 시간이 짧았다. 『매료』를 끼워 넣을 여유가 없어서 성공률은 높지 않겠지만 바로 『지배』를 걸었다. 꽤 아슬아슬하게 저항한 느낌이 들었지만, 끝내는 지배를 받아들였고 여왕은 느릿하게나마 움직이던 몸을 완전히 멈췄다.

　"……결국 개미에게 『사역』이 통하는지는 여왕에게 직접 시험하게 됐네. 설마 너까지 누군가에게 테이밍되지는 않았겠지? 자, 나를 받아들여 줘. 『사역』."

　여왕이 꼼짝도 하지 않아서 겉으로는 판별할 수 없지만, 레아에게는 분명히 여왕이 자신에게 복종한다는 감각이 느껴졌다.

　여왕의 빌드를 볼 수 있게 됐다. 종족명은 「퀸 베스파이드」였다.

　"응? 너, 개미 아니야?"

　베스파란 말벌이라는 뜻이다. 레아는 개미라고 생각했지만, 사실

벌이었나 보다.

군대개미는 바로 지배하에 들어오지 않고 시간차를 두고 들어온 느낌이었다. 여왕이 사역하는 권속으로서 간접적으로 레아의 부하가 된 것 같았다.

《네임드 에너미【베스파이드 퀸덤】퇴치에 성공했습니다.》

《퍼스널 에어리어【여왕국 옛터】가 개방됩니다.》

《【여왕국 옛터】를 마이홈으로 설정하겠습니까?》

역시 살쾡이 도적단과 같은 패턴이었다.

그나저나 여왕국이라. 거창한 이름이었다. 개미가 좀 많기는 하기로서니 나라라고 부를 규모는 아니었다.

아무튼 싸움도 마침내 일단락났다.

홈을 이곳으로 옮기고 원래 있던 늑대굴은 자유 구역으로 되돌렸다.

"그런데 여기서 저쪽 홈으로 터널을 파서 연결하면 하나의 홈으로 인식되려나? 모르겠네."

이건 검증해 볼 필요가 있는 사안이었다.

"뭐, 시험하더라도 일단 개미들이 회복해야지. 하루 정도로는 힘들까……. 이 방은 남은 새끼 늑대들도 소환하면 들어올 수는 있겠지만, 어차피 성체 둘이 못 나가. 전체적으로 확장 공사가 필요한가? 게다가 경험치도 늘었으니까 멤버들에게 마법을 가르치고 싶어."

하고 싶은 일은 산더미지만, 슬슬 로그인 시간이 12시간을 넘어간다. 한 번 로그아웃하지 않으면 하드웨어인 VR 모듈에서 경고가 나올 시간이었다.

멧돼지 모피를 이불처럼 쓰고 싶었지만, 아직 무두질도 하지 않아서 역한 냄새를 풍겼다. 일단 인벤토리에서 꺼냈다가 금방 넣어 버렸다.

『가죽 세공』 스킬이 있으면 약품이 없어도 매지컬 파워로 무두질이 가능했을 것이다. 이건 누군가에게 가르치는 편이 낫겠다.

"어수선한데 미안하지만, 나는 잠깐 잘게. 일어나면 향후 계획을 의논할까? 아 참, 침상은 따로 준비하지 않아도 돼. 대충 바닥에서 잘 테니까. 그럼 나중에 보자."

문명인으로 남으려는 노력은 중요하지만, 때로는 유연함도 필요했다.

옷을 벗어서 레아의 침상을 만들려는 케리 일행을 제지하고 잽싸게 바닥에 누워 로그아웃했다.

제3장 권속 강화

 현실의 자질구레한 일들을 처리하고 다시 로그인했다.

 레아의 캐릭터가 눈을 뜨자 로그아웃 직전과 거의 다를 바 없는 광경이 눈에 들어왔다.

 로그아웃한 시간은 한 시간 정도였다. 게임 안에서는 현실의 1.5배 속도로 시간이 흐르는데 여왕개미는 여전히 얼어 있었다. 표면이 약간 젖었지만, 녹았다기보다 결로현상으로 보였다. 여왕의 상태는 아직 「동결」로 표시됐다.

 그런 것 치고는 춥지 않다 싶었는데 하쿠마와 긴카가 레아를 감싸듯이 누워 있었다.

 롱 쿠션이 되어준 모양이었다.

 "―안녕, 보스. 다 잤어?"

 "안녕, 케리. 나는 그렇게 오래 자지 않아도 돼. 반대로 오랫동안 잠들 때도 있겠지만."

 앞으로 급한 용무로 오래 로그인하지 못할 수도 있었다. 자유시간을 비교적 얻기 쉬운 입장이고 당장 이렇다 할 용무는 생각나지 않지만.

 레아는 자신이 잠든 사이에 아무 일도 없었느냐고 물었다. 레미가 한 번 새끼 늑대들을 살펴보러 돌아갔다고 했다. 지금은 이곳으로 돌아와 있었다.

새끼 늑대들은 별문제 없이 동굴에서 쉬고 있는 듯했다. 갑자기 어른들이 사라졌는데도 레아가 한 일이라고 이해하는 모양이었다. 권속 사이에 매지컬한 연결고리라도 있는 것일까?

하지만 레아가 자리를 비운 한 시간 사이에 권속들의 기억이 자동 생성되어 덧씌워진 게 아니라면 주인이 로그아웃한 시간에도 권속은 스스로 판단해 행동한다는 뜻이다.

생각해 보면 플레이어가 로그아웃한 동안에도 캐릭터는 잠든 상태로 이 세계에 머무른다. 권속만 사라지는 것은 도리어 부자연스러웠다. 권속도 엄연히 이 세계의 구성원 중 하나로 존재한다고 봐야 하리라.

그렇다면 플레이어가 로그아웃하는 동안 어쩌면 권속에게 사냥시켜 경험치를 벌 수도 있지 않을까?

이건 꼭 검증해야 한다.

물론 나쁜 짓을 하려는 의도는 없다. 게임 시스템상 가능하다면 그건 공식이 허용하는 플레이 방식 중 하나에 지나지 않는다. 절대로 악용이 아니다.

"케리, 미안한데 잠깐 숲에 나가서 뭔가…… 뭐든 좋으니까 동물 하나만 잡아 올래? 나는 조금만 더 잘게. 또 비슷하게 잘 테니까 그때까지 동굴로 돌아와 줘."

"알았어, 보스. 다른 애들은 데리고 가도 돼?"

"그래, 되고말고. 필요하면 하쿠마나 긴카도…… 아차, 동굴에서 못 나가는구나. 개미가 일할 수 있게 되면 입구를 넓혀야겠어. 그럼 먼저 하쿠마와 긴카는 저쪽으로 돌려놓을게. 사냥감은 뭐든 상관없지만…… 빙랑이 도와준다면 어느 정도 강한 상대가 좋겠어. 절대로 무리하지 않는 선에서."

"그러면, 좋아, 하쿠마도 데리고 가서 아까 그 멧돼지 수준의 녀석을 잡아 올게."

"잘 부탁해. 아, 잠깐만. 레미는 여기 남아줘."

"왜? 보스."

"레미. 너한테는 다른 일을 시키고 싶어."

레아는 레미의 스킬 습득창을 열어서 『가죽 세공』의 『무두질』을 배웠다.

그리고 인벤토리에서 멧돼지 모피를 꺼내 레미 앞에 놓았다.

"지금 어렴풋이 알았겠지만, 레미에게 『가죽 세공』 스킬을 가르쳤어. 지금이라면 어떻게 해야 이 멧돼지 모피를 깨끗하게 처리할 수 있는지 알겠지?"

"아아……. 응, 보스. 알겠어. 내가 이런 걸……."

"좋아. 뭔가 필요한 도구 있어?"

"있으면 편한 건 있지만…… 없어도 괜찮을 거야, 아마."

아무런 도구 없이 무두질이 가능하다는 말인가. 스킬이란 정말로 매지컬하다. 편해서 좋다.

"그럼 내가 잠든 사이에 해줘. 일어나기 전까지 끝낼 필요는 없으니까 가능한 한 정성 들여서. 할 수 있지?"

"응, 보스."

"그럼 저쪽 굴로 넘어가서 하쿠마와 긴카를 돌려놓고 나는 한 번 더 여기서 잘게. 조금 전이랑 같은 시간 뒤에 일어나도록 노력할게.

그럼 케리, 레미, 부탁할게."

"응."

"그래. 맡겨줘, 보스."

그로부터 한 시간 뒤, 레아는 다시 로그인했다.

"보스, 잘 잤어?"

레미였다. 바닥에는 번듯한 멧돼지 가죽 융단이 깔려 있었다.

"안녕, 레미. 이걸 보니…… 무두질은 끝났나 봐?"

"응, 보스. 의외로 빨리 끝나서 잠자는 보스 얼굴 구경했어."

"그건 부끄러운데……. 뭔가 이상하지는 않았어?"

"잠자는 소리가 조용하고 속눈썹이 길다는 걸 알았어."

정말로 얼굴을 보기만 했나 보다. NPC가 응시해도 어색하게 느
끼지 않을 만큼 플레이어 캐릭터는 자연스럽게 잠들어 있는 모양이
었다. 뜻하지 않은 검증이었다.

"다른 애들은 아직 안 왔어?"

"응. 내가 보고 올까?"

"아니, 됐어. 곧 돌아오겠지. 그사이에……."

슬슬 여왕의 이름을 정해야겠다.

그리고 가능하면 레미에게 『불 마법』을 가르쳐서 슬슬 얼어붙은
몸을 녹여주고 싶었다. 본인— 본개미는 가만히 녹기를 기다리고
있었다. 안쓰럽다는 이유도 있지만, 솔직히 빙랑들이 없으니까 이
냉골을 참기 힘들었다.

"개미의 여왕아, 네 이름은 스가루야."

움직이지는 않지만, 여왕이 고개를 끄덕인 것처럼 느껴졌다.

이 이름은 나나니(스가루/蜾蠃)에서 따왔다. 나나니란 개미도 말벌도 아닌 날벌레며, 허리가 잘록하여 예로부터 여성의 몸매를 칭찬할 때 빗대는 대상이기도 했다. 이 정도면 곤충의 여왕에 어울릴 것이다.

레아도 현실에서 대체 몇 살이나 먹었는지 모를 할아범들에게 나나니 허리라고 칭찬받은 적이 있었다. 일반상식이 아닌 표현은 아이를 칭찬할 때 쓰면 안 된다고 생각했다.

이어서 레미에게 『불 마법』을 가르쳤다.

"이건 무두질을 잘한 상이야, 레미."

"이거…… 마법? 나한테도 마법이……."

"레미가 일을 잘해서 그래. 자, 기왕 배운 김에 바로 써 볼까?"

레아는 레미의 손을 잡고 스가루 앞으로 데리고 갔다.

"자, 『가열』을 잘 써서 스가루의 몸을 녹여줘. 처음에는 약하게."

『마법 적성: 불』도 함께 습득했으니까 실수하지는 않겠지만, 혹시 몰라서 신중하게 하라고 당부했다. 이 게임에는 아군 공격이 적용된다. 정확히는 공격에 피아 구분이 없어서 주의가 필요하다.

레미는 조심조심 스가루에게 『가열』을 걸었다. 이게 잘 풀리면 다른 방의 개미들도 순서대로 녹여줄 생각이었다. 레미의 MP 회복을 기다리더라도 자연해동보다는 빠를 것이다.

"……앗, 보스. 세 명이 돌아왔나 봐."

『가열』을 걸면서 레미가 소리를 포착했다.

아무리 귀가 좋아도 여기서 입구 쪽 발소리가 들리지는 않을 테니까 케리가 큰 소리로 돌아왔다고 알렸는지도 모르겠다.

"레미는 계속해서 스가루 옆에 있어 줘. 내가 마중 나갈게."

레아는 좁은 통로를 네발로 기어서 입구 쪽 방으로 돌아갔다. 방으로 들어가자 케리 일행이 사냥한 동물을 해체하는 중이었다.

사냥감은 너구리 같았다. ······아마도. 해체하는 중이라서 이미 자세한 원형은 알 수 없지만.

"다녀왔어, 보스. 어때, 크지?"

"그래. 멋진 걸 잡았는걸. 어디서 잡았어? 여기서 멀어?"

물어보면서도 레아는 그 거리를 대충 예상했다. 아마 그리 먼 곳은 아닐 것이다.

"아니, 잡은 곳은 바로 근처야. 좋은 사냥감이 안 보여서 멀리 나갔는데, 몰다 보니까 이 근처까지 온 모양이야. 사냥도 방금 끝났어. ······너무 오래 걸렸나?"

미안하게 말하는 케리에게 괜찮다며 손을 흔들고 세 사람의 스킬 창을 열었다.

방금 사냥터가 가깝다고 예상한 근거는 이 화면이었다.

로그인했을 때 분명히 무두질이 끝나 있는데도 불구하고 레아의 경험치는 로그아웃 전과 똑같았다.

여기서 알 수 있는 사실은 주인인 플레이어가 로그아웃했을 때도 권속은 독자적으로 활동하며 그 행동을 미리 지시할 수 있다는 것. 그리고 그동안 이루어진 행동은 정상적으로 결과를 수반하지만, 그로 인한 경험치는 얻을 수 없다는 것.

그런데 레미에게 『불 마법』을 가르치려고 스킬창을 봤을 때 갑자기 경험치가 늘어났다. 레미의 무두질 성과가 뒤늦게 반영됐나 했지만, 그렇다기에는 양이 너무 많았다.

그리고 얼마 후 레미가 케리 일행의 귀환을 알려줘서 동굴 가까이에서 사냥에 성공했다고 유추한 것이었다.

사냥은 케리 일행이 했는데도 경험치를 얻는 사람은 레아였다. 본래 얻어야 할 경험치는 주인이 대신 받고, 주인은 경험치를 대신 나눠준다. 주인이 로그아웃한 동안에는 경험치를 받을 자가 없으므로 아무도 경험치를 얻지 못한다. 공인 봇 사냥의 꿈이 깨졌다. 아니, 딱히 기대도 하지 않았지만.

그렇지만 돈은 벌 수 있다. 실제로 레미도 케리도 충분히 돈이 될 만한 성과를 올렸다.

게다가 로그아웃한 동안 시간이 걸릴 작업을 지시하고, 결과가 나올 타이밍에 로그인하면 낭비가 없다.

다만, 실제로 그러려면 어떤 작업이 얼마나 시간이 걸리는지 차근차근 검증하며 많은 시행착오를 거쳐야 한다. 하지만 그럴 시간이 있으면 레아가 직접 지휘해서 효율적으로 전투하는 편이 월등히 낫다. 레아는 권속이 많은 만큼 경험치도 많이 필요했다. 악착같이 할 생각은 없지만, 가능한 한 효율적으로 경험치를 벌고 싶었다.

"케리, 이 너구리는 충분히 상을 받을 가치가 있어. 방금 레미가 무두질한 모피를 봤는데 솜씨가 훌륭했어. 그래서 레미에게는 먼저 상을 줬지만, 너희에게도 마법의 힘을 내려줄게."

레아는 케리에게 『번개 마법』의 『마법 적성: 번개』와 『선더볼트』를, 라일리에게 『물 마법』의 『마법 적성: 물』과 『세정』, 『워터 슛』을 가르쳤다.

"오오…… 드디어 나도 마법을……."

"보, 보스! 나는 세 개나 배웠는데 그래도 돼?!"

"괜찮아. 뭐, 하나는 『세정』이니까……. 그것만 가르치기도 그렇잖아. 그리고 마리온에게도, 자."

이어서 마리온에게 『아이스 불릿』을 가르쳤다. 이제 레미에게도 『플레어 애로』라도 가르치면 전원 마법 공격 수단을 갖추게 된다.

"고마워, 보스! 이게 있으면 다음에 또 여왕개미와 싸워도 나 혼자서도 이길 수…… 있나?"

마리온과 비교하면 능력 면에서는 스가루가 훨씬 뛰어나지만, 선제공격에 성공하고 전장을 장악한다면 승산이 없지는 않다.

스가루에게는 현재 원거리 공격 수단이 없기 때문이다. 레미에게 『플레어 애로』를 가르칠 때 스가루에게도 뭔가 공격 수단을 주는 편이 나을까?

하지만 스가루의 빌드는 직접적인 전투에 적합하지 않았다. 어디까지나 지배하는 개미들을 부리는 데 초점이 맞춰져 있었다. 첫 전투에서 스가루를 빠르게 제압할 수 있었던 것도 부하 개미들을 사전에 전부 무력화한 덕분이었다.

그렇다면 스가루에게는 부하를 강화하는 스킬을 주는 쪽이 효과적일지도 모른다.

어찌 됐건 더 많은 경험치가 필요했다. 개미들이 해동되면 스가루와 상담해서 계획을 짜야겠다. 이 동굴도 인간과 빙랑이 더 쾌적하게 지낼 수 있도록 개축하고, 케리 일행에게 존댓말을 가르치는 실험까지…… 하고 싶은 일도, 해야 할 일도 산더미 같았다.

"그러고 보니 보스, 그때 말한 그, 인벤토리? 그거 가르쳐줘."

"……그래, 그랬지."

기억하고 있었나 보다. INT를 높인 보람이 있었다.

하지만 그건 예의상 한 말이었다. 레아가 설명하기 귀찮아서 대충 빈말로 답한 것에 불과했다.

일단 기대가 담긴 눈길로 레아를 쳐다보는 케리 일행에게 아무 말도 하지 않을 수는 없어서 인벤토리를 쓰는 감각을 그대로 말로 옮겨 설명했다.

아마 설명해 봤자 의미는 없겠지만, 그래도 안 되면 단념시킬 구실이 된다.

"그래……. 전에도 말했지만, 내 바로 옆에, 혹은 나 자신과 겹치는 곳에 보이지 않는 커다란 가방이 있다고 상상해. 그 가방 입구를 이렇게 손으로 벌려서 물건에 뒤집어씌우듯이……."

레아는 설명하면서 너구리 모피를 인벤토리에 넣었다.

"입구를 씌우면 가방 안으로 쑥 들어가. 억지로 넣으려고 할 필요도 없어. 보이지 않아도 가방 입구는 아주 넓고, 유연하다고 해야 하나? 아무튼 굉장히 편리해."

애초에 현실에는 있을 수 없는, 어디까지나 게임적 허용이었다.

구체적으로 설명하기는 어려웠다.

이게 지금 뭐 하는 짓인가 싶기도 하지만, 권속들과의 원활한 커뮤니케이션을 위해서라면 이 정도는 나쁘지 않았다.

"월!"

그런데 갑자기 하쿠마가 짖었다. 그쪽을 돌아본 레아는 넋이 나간 표정이었다.

하쿠마 앞에 있던 고기가 사라졌다.

"……먹었어? 아무리 그래도 그건 아니겠지……. 응? 그럼 어디 갔어? 설마 진짜 먹었어?"

레아의 말에 하쿠마가 서운하다는 양 짧게 짖자, 고기가 다시 나타났다.

눈을 의심하게 되는 광경이었지만, 분명히 인벤토리에서 고기를 꺼낸 것처럼 보였다.

쉽사리 믿기 어려우나 NPC, 그것도 일반적으로는 몬스터로 분류될 빙랑이 인벤토리를 사용한 것 같았다.

"一알았다! 됐어!"

이어서 마리온이 외쳤다. 너구리 뼈로 보이는 흰 막대기를 넣다 뺐다 하고 있었다.

머리가 상황을 쫓아오지 못하지만, 억지로 이해하려고 노력한다면 하쿠마가 했으니까 마리온이 해도 이상할 건 없다. 시스템상 NPC와 몬스터의 차이가 없다는 건 튜토리얼에서도 들었다.

여전히 혼란스러웠지만, 한편으로는 여태껏 느꼈던 것 이상의 흥분과 설렘이 밀려왔다.

인벤토리는 플레이어밖에 사용하지 못한다는 건 상식이었다. 하지만 그것을 검증한 플레이어는 없었다.

클로즈 베타에서 플레이어가 인벤토리를 사용했을 때, NPC는 하나같이 놀라워했다. 이런 재주가 있는 사람은 처음 본다며. NPC라면 누구나 비슷한 반응을 보였다. 그래서 플레이어들은 누구나 인벤토리는 플레이어의 전유물이라고 철석같이 믿고 있었다.

하지만 인벤토리를 쓸 수 있는 NPC를 아무도 모른다고 하여 쓸수 있는 NPC가 없으리라는 법은 없다.

인벤토리를 플레이어밖에 쓰지 못한다는 것은 플레이어뿐 아니라 NPC 사이에서도 상식이었다. 누구도 상식을 믿어 의심치 않았다.

그런데 웬걸, 케리 일행은 달랐다. 그런 상식조차 배울 기회가 없었기 때문이었다. 그래서 레아가 쓴 인벤토리에 흥미를 느꼈고, 자기네도 쓰고 싶다고 가르침을 청했다.

여기까지 생각이 미치자 레아는 뒤통수를 세게 얻어맞은 듯한 충격을 받았다.

어떤 말이 떠올랐기 때문이었다.

튜토리얼 AI가 침이 마르도록 강조한 그 말이었다.

「PC와 NPC의 시스템상 차이는 『시스템 메시지를 받을 수 있는가』뿐이다.」

레아는 그 말을 도덕적인 행동을 권장하려는 제작자의 경고라고 생각했다.

하지만 아니었다. 정말로 순수하게, 말 그대로의 의미였다.

플레이어가 할 수 있는 일은 NPC도, 그리고 몬스터도 할 수 있다.

레아가 충격을 받은 사이에도 마리온과 하쿠마는 동료들에게 인 벤토리에 관해 설명하며 자랑했다.

"으음…… 알 것 같기도 하고…… 아닌 것 같기도 하고……. 답답해."

"나는 무슨 말인지 하나도 모르겠어. 한 번 더 설명해 줄래?"

레아는 권속들을 바라보며 충격에서 회복하다가 문득 머리에 의 문이 스쳤다.

하쿠마와 마리온은 인벤토리를 사용했다. 레아의 설명을 듣고 즉 석에서 사용한 것을 보면 그다지 어려운 일은 아니리라.

그럼 왜 케리와 라일리는 하지 못하는가. 또한 긴카에게는 하쿠마 가 가르쳐주는 모양이지만, 긴카에게서도 곤혹스러운 감정과 약한 짜증이 전해졌다. 새끼 늑대들은 완전히 흥미를 잃고 너구리 뼈로 놀고 있었다. 뼈에 붙었던 살점은 이미 깨끗하게 핥아 먹었다.

하쿠마와 마리온이 했다면 적어도 몬스터를 비롯한 NPC는 모두 인벤토리를 쓸 수 있을 것이다. 딱히 모든 캐릭터가 지금 당장 쓸 수 있다고 생각하지는 않지만, 그렇다면 그 차이는 어디서 오는가?

짐작 가는 조건은 있었다. 레아는 권속의 능력치를 확인했다.

틀림없이 이거다.

인벤토리를 쓸 수 있는 자와 쓰지 못하는 자의 차이. 그건 바로 이해력. 즉, INT 수치였다.

현재 일행 중에서 가장 INT가 높은 것은 마리온과 하쿠마며 공동 1위였다. 다음은 레아지만 플레이어는 예외로 치고, 그다음이 케리,

그보다 1 낮은 라일리와 레미, 긴카, 스가루 순이었다.

"케리, 잠깐 나 좀 볼까?"

"보스, 미안. 기껏 알려줬는데…….."

"아니야, 괜찮아. 그냥 내가 조금만 더 도와주려고."

레아는 플레이어라서 스스로 검증할 수 없으므로 일단 케리의 INT를 레아와 같은 수치까지 올렸다.

"자, 한 번 더 해 봐. 어때? 할 수 있겠어?"

"어…… 방금보다는……. 조금만 더 하면 될 것 같은데, 뭔가 부족한 느낌이…….."

아무래도 방향성은 틀리지 않은 듯했다. 케리의 말에서는 확실히 진전이 있다고 느껴졌다.

계속해서 케리의 INT를 마리온과 같은 수치로 맞췄다.

그러자.

"아! 알겠다! 이렇게! 이런 거였구나! 성공했어, 보스!"

"그래, 축하해! 나도 가르쳐준 보람이 있었어. 남은 건 라일리랑 긴카지. 잠깐 이리 와 봐."

확정됐다. NPC가 인벤토리를 사용하는 조건은 높은 INT였다.

조건이 그것뿐이라면 자연스럽게 달성하는 NPC가 있어도 이상하지 않았다. 하지만 그런 이야기는 들은 적이 없었다. 사용자가 다들 비밀로 하거나 다른 조건이 있거나 둘 중 하나다.

전자라면 언젠가 INT가 높아 보이는 NPC를 만났을 때 떠보면 되고, 후자라면 「플레이어의 권속」이거나─「인벤토리 사용자에게 사용법을 배운다」라는 조건일까.

이건 이번 오픈 베타 테스트에서 튜토리얼을 스킵할 수 없는 것과도 관계가 있을지 모르겠다. 그 튜토리얼에는 인벤토리 사용 설명도 포함되어 있었다. 운영진이 확실히 밝히지는 않았지만, 이전 테스트에서 튜토리얼을 넘긴 탓에 인벤토리를 쓰지 못하는 플레이어가 나온 게 아닐까.

요컨대 배우지 않으면 쓸 수 없다는 조건이 NPC뿐 아니라 플레이어에게도 적용된 것이다. 그 튜토리얼 AI가 말한 PC와 NPC는 차이가 없다는 설명대로.

어쨌거나 지금은 더 이상 검증할 방법이 없었다.

너구리 고기는 그대로 하쿠마에게 맡기고 알아서 뭐라도 먹으라고 이른 뒤, 레아와 케리 일행은 기어서 동굴 안쪽으로 돌아갔다.

여왕방(가칭)으로 돌아오자 스가루는 얼었던 몸이 풀려 레미와 둘이서 일행을 맞아줬다.

마리온이 오자마자 레미에게 인벤토리를 자랑하는 모습을 보며 레아는 레미와 스가루의 INT에 경험치를 투자했다.

"레미도 시험해 보면 어때? 마리온, 레미에게 알려줘."

마침 좋은 기회였다. 마리온의 설명만으로 레미가 인벤토리를 쓸 수 있을지 지켜보기로 했다.

처음에는 레미도 무슨 귀신 씻나락 까먹는 소리냐는 표정을 지었으나, 마리온이 몇 번이나 인벤토리를 사용해 보이자 금세 따라 익혔다.

역시 누군가에게 배워야 쓸 수 있다는 가설이 유력해 보였다. 더 정확히는 실제로 눈으로 확인하며 배워야 하는지도 모르겠다.

조건이 이것뿐이라면 사용자가 알려줄 마음이 없어도 보다 보면 어깨너머로 익힐 수도 있을까?

사용자가 알려줄 마음이 없으면 인벤토리가 전수되지 않을 가능성도 아직 남아 있었다. 또한, 배우는 쪽이 배울 마음이 없는 경우도 검증되지 않았다.

실제로 지금 스가루도 시도하고 있으나, 성공할 기미가 안 보였다. 그건 마리온이 스가루에게 가르칠 의도가 없기 때문인지도 모른다.

"레미, 방법을 익혔다면 이번에는 스가루도 쓸 수 있게 가르쳐줄래? 시범도 보여주면서."

"알았어, 보스."

레미가 스가루에게 인벤토리 사용법을 알려주기 시작했다. 이제 스가루가 인벤토리를 배우면 조건은 거의 확정됐다고 봐도 무방하다.

그사이 레아는 뒤로 미뤄 뒀던 스가루의 스킬을 확인했다.

역시 처음 보는 스킬이 있었다.

『골라 낳기』니 『다산』이니, 아무리 봐도 플레이어가 배울 수 없을 법한 스킬도 궁금하지만, 가장 레아의 눈길을 끈 스킬은 『권속 강화』 계열이었다.

아직 습득 가능 목록에 나와 있을 뿐이고 배우지는 않았지만, 만약 스가루가 『권속 강화: MND』를 배웠더라면 그렇게 쉽게 굴을 제압할 수 있었을까? 아마 힘들었으리라.

그리고 가장 주목할 부분은 『권속 강화』가 『조교』 트리 위에 있다는 점이었다. 일반 스킬 트리에 있다면 이 『권속 강화』는 『조교』를 배우고 조건만 만족하면 누구나 습득할 수 있을지도 모른다.

그 조건이 뭘까.

이 스킬은 레아도 꼭 배우고 싶었다. 이것만 있으면 권속들에게 무리하게 투자할 필요 없이 경험치가 절약된다.

스가루는 애초에 『정신 마법』도 없었다. 그런데도 『사역』 스킬이 있다는 것은 어쩌면 여왕개미의 종족 특성으로 『사역』— 정확히는 『조교』 계열 트리에 특화해서 그쪽 스킬은 조건 없이 습득 가능한지도 모른다.

그렇다면 스가루의 스킬에서 힌트를 얻을 수는 없다. 『권속 강화』도 종족 특성으로 조건을 무시하고 배웠을 가능성이 있다.

가령 『사역』처럼 어떤 마법 스킬과 연관이 있으면 가장 그럴싸한 것은 『부여 마법』이 아닐까.

원래 『부여 마법』도 초기 트리에는 『부여 마법』 스킬밖에 없으며, 클로즈 베타 때 이미 대략적인 습득 조건이 밝혀졌다.

그 조건은 다음과 같다.

『부여 마법』과 『불 마법』으로 『강화 마법: STR』.

『부여 마법』과 『물 마법』으로 『강화 마법: MND』.

『부여 마법』과 『바람 마법』으로 『강화 마법: AGI(민첩)』.

『부여 마법』과 『땅 마법』으로 『강화 마법: VIT』.

『부여 마법』과 『번개 마법』으로 『강화 마법: DEX(재주)』.

『부여 마법』과 『얼음 마법』으로 『강화 마법: INT』.

아마 이『강화 마법』을 배우면 대응하는『권속 강화』가 해금되지 않을까.

이 예상이 만약 틀렸더라도 아직은 직접 전투에 나설 생각이 없는 레아에게는 궁합이 좋은 마법이라서 습득하는 데 거부감은 없었다.

『강화 마법』은 단일 대상의 각종 능력치를 일시적으로 높이는 마법이다. 눈으로 보이는 범위에 있는 다른 대상에게 걸 수 있으며, 자기 자신 또한 대상으로 지정할 수 있다.

이 경우의 문제는 검증을 위해서 배우는 마법이 많아서 막대한 경험치가 필요하다는 점 정도일까.

케리 일행 전원에게 마법을 가르치고 인벤토리를 위해서 INT를 올린 탓에 현재 경험치는 144포인트밖에 남지 않았다.『부여 마법』으로 20, 속성 마법 중 가장 싸게 먹히는 마법으로 20,『강화 마법』으로 또 20,『권속 강화』는 하나당 40을 소모하므로 이 고찰이 옳아도 한 가지밖에 배울 수 없었다.

그렇다면 조금이라도 효율적인 선택을 해야 한다.

전체의 안전을 고려하면 VIT을 우선하고 싶었다. 이 게임에서 LP는 VIT 수치에 STR와 AGI 중 높은 쪽을 더한 수치로 결정된다. VIT을 올리면 LP는 반드시 상승하며 VIT은 물리 방어력에도 영향을 주므로 생존력은 더 오른다.

하지만 지금까지 싸움에서는 케리 일행이 공격당하는 모습을 본 적이 없었다.

굳이 말하면 레아가 첫 만남에서 기습했을 때뿐이었다. 아니, 그러고 보니 기습은 만남으로 치지 않겠다고 했었나. 그렇다면 케리 일행은 아직 노 대미지다. 문제없다.

아무튼 그런 이유로 올린다면 AGI이 좋지 않을까. 케리 일행이든 빙랑이든 전투 스타일을 생각하면 이쪽이 시너지가 높으리라.

습득한 마법은 『바람 마법』의 『에어 커터』였다. 『건조』도 고민했지만, 지금 『건조』를 써도 팀의 다양성은 늘어나지 않을 것 같아서 보류했다.

이어서 『부여 마법』, 『강화 마법: AGI』을 습득했다. 문제의 『조교』 트리에는— 예상대로 『권속 강화: AGI』이 해금되어 있었다.

"……이제 이 계열 스킬을 전부 배울 때까지는 나한테 경험치를 집중해야겠어."

모든 능력치에 대응한 강화 마법을 배우려면 지금부터 경험치 300포인트를 더 벌어야 했다.

레아의 눈빛이 살며시 아련해졌다. 갈 길이 멀다.

"그럼 대망의 『권속 강화: AGI』은……."

그 효과는 「자신의 AGI 능력치 1%를 자신의 모든 권속에게 추가한다」였다.

"오오! 패시브 스킬이었나! 그럼 『강화 마법』과도 중첩되겠어! 음? 그러면……."

스가루에게도 『권속 강화: AGI』을 가르치면 레아의 AGI 1%를 받은 스가루의 AGI 1%가 개미들에게 나눠진다.

『사역』을 가진 캐릭터를 『사역』한다는 평범하게 달성하기 매우 어려운 상황이라서 그렇겠지만, 앞으로도 레아와 스가루로 같은 속성의 강화 스킬을 배우면 주군인 레아 본인의 능력치에 따라서 최종적으로 개미가 주병력이 될 가능성이 컸다.

"그 전에 개미가 싸우면 경험치가 나한테 들어오는지 아직 검증하지 않았었지. 대부분 얻어 있었으니까 어쩔 수 없지만. 이걸 어쩐다."

『사역』의 구조상 평범하게 생각하면 개미가 얻을 경험치는 여왕에게 들어가겠지만, 그 여왕이 얻을 경험치는 레아에게 들어오기 때문에 결과적으로는 다른 권속과 똑같을 것이다.

그러나 개미가 다 녹으려면 아직 시간이 더 걸린다. 일단 스가루도 『권속 강화: AGI』을 배워 뒀다. 인벤토리를 가지고 놀던 스가루가 레아를 쳐다보기에 고개를 끄덕였다.

이제 남은 경험치는 불과 4포인트였다.

급히 벌러 가고 싶지만, 그 전에 기반을 다지고 싶었다. 우선 개미들이 녹아야 한다.

그래도 케리 일당에게는 휴식을 줘야 하리라. 레아는 이미 로그아웃으로 몇 시간이나 쉬었지만, 그동안에도 그녀들은 자지 않고 활동했을 것이다.

"케리, 라일리, 레미, 마리온. 오늘은 정말 수고했어. 그만 쉬어. 안 잔 지 오래됐지?"

"아니, 우리는……."

"잠은 꼭 자. 안 그러면 최고의 능률을 발휘할 수 없어. 일어나면 또 일을 시킬 테니까 지금 충분히 자 둬."

다행히 이곳에는 레미가 무두질한 모피 융단이 있었다. 반강제로

네 사람을 거기에 눕히고 레아는 스가루와 함께 옆방으로 자리를 옮겼다.

옆방은 아직 얼어 있는 개미들로 꽉 들어찼지만, 절반 정도는 녹은 듯 보였다. 처음에 얼었던 입구 근처 개미들은 슬슬 움직일지도 모르겠다.

스가루에게 안내받아 얼어붙지 않은 개미가 있는 방으로 갔다. 레아가 습격할 때 지나지 않은 통로에 있는 방이었다.

그곳에 도착하자 개미들이 일제히 레아를 돌아봤다.

"으아."

아무래도 좀 그런 광경에 그만 놀라고 말았다. 그러자 개미들이 일제히 고개를 숙였다. 그녀들은 레아의 직속이 아니지만, 레아의 의지와 명령에는 충실히 따르는 듯했다.

"아, 미안해, 나도 모르게. 여기 봐도 괜찮아. 내가 너희 보스의 보스야. 잘 부탁해, 제군들."

레아는 다시 개미들을 관찰했다. 습격할 때는 한꺼번에 『매료』나 『냉각』으로 무력화한 탓에 제대로 보지 않았지만, 자세히 보니 인펀트리 앤트와는 다른 종류의 개미도 있었다.

레아는 개미들의 상태창을 직접 볼 수 없어서 스가루에게 물어봤다.

하지만 권속이 하고 싶은 말은 직감적으로 알 수 있으나, 구체적인 명칭까지는 알 수 없었다. 스가루가 스킬 목록을 확인하는 편이 빠르다고 하여 스가루의 스킬 목록을 다시 살펴봤다.

개미가 여러 종류로 나뉜다면 스가루의 스킬 중 관련 있어 보이는 것은 『골라 낳기』였다. 이건 특정 트리에 속한 스킬이 아니라 그런 이름의 스킬 트리였다.

『골라 낳기』는 퀸 베스파이드 전용 스킬인지, 트리에는 『보병』처럼 병과를 의미하는 스킬이 나열되었다. 아마 거기서 습득한 스킬에 해당하는 개미를 낳을 수 있는가 보다. 개미계의 디자이너 베이비인 셈이다.

트리에는 『보병』 외에도 『공병』과 『기병』이 있었다. 『공병』이 여기에 있는 보병과 색이 다른 개미고, 스킬 설명에 따르면 이름은 「엔지니어 앤트」인 모양이었다. 그렇다면 『기병』은 대체 뭘까? 개미가 뭘 탄단 말인가.

레아는 의아하게 생각했지만, 아무래도 단순히 보병의 상위 병과라는 의미밖에 없었나 보다. 역할을 생각하면 기병보다 기사에 가까울지도 모르겠다.

하지만 이 두 종족의 전투력 차이는 정말로 보병과 기마병만큼 확연할 듯했다. 그만큼 생산 비용, 산란할 때 소비하는 LP와 MP도 많았다.

아무튼 지금 레아가 신경 쓸 것은 엔지니어 앤트였다. 공병이라면 이 개미굴은 그녀들이 팠다고 생각하는 편이 자연스러웠다. 그 미끌미끌한 통로를 만들 수 있는 어떤 스킬이 있을 것이다.

적당한 엔지니어 앤트를 불러서 실제로 근처를 가볍게 파 보라고 시켰다.

엔지니어 앤트는 몸을 안쪽으로 굽혀 배 끝을 전방으로 내밀더니 자극적인 냄새가 나는 액체를 힘차게 뿜었다.

현실에서도 이런 행동을 하는 개미가 있다. 현실 개미가 뿜는 액체는 독액이나 개미산인데, 엔지니어 앤트가 뿜은 액체는 바위를 녹이기 시작했다. 이런 속도로 바위를 녹이는 산에 생물이 맞으면 무사하지 못할 것이다. 공병의 공격력이 아니라는 생각이 들었다.

하지만 아무래도 바위 말고는 영향이 없는 듯했다. 근처에 있던 동료에게도 튀었는데 개미의 외골격에는 이상이 없어 보였다. 레아도 조심조심 만져 봤지만, 쓰리거나 아프지도 않았다. 대단히 매지컬한 산이었다.

여왕의 말로는 이 산은 딱히 바위만 녹이지는 않는다. 게임적으로 해석하면 랭크, 레어도라고 해야 할까? 급이 낮은 광물만 녹이는 산이라고 했다. 칼슘은 그 저급 광물에 포함되는지, 인간의 뼈를 녹인 적도 있는 모양이었다.

아니, 이 세상에는 드래곤 뼈도 있을지 모르니까 칼슘이라고 전부 녹는다는 보장은 없다. 뼈를 비롯한 생물 소재는 성분보다 해당 생물의 등급에 좌우될 가능성도 있었다. 드래곤 뼈의 주성분이 칼슘인지 어떤지도 의문이지만.

"……지금 나도 만졌지만, 손가락에 아무런 피해도 없어."

역시 레아는 등급이 높아서 녹이지 못하는 듯했다. 경험치를 투자해서 생물로서 랭크가 오른 것이다. 반대로 게임을 막 시작한 플레이어라면 장비나 뼈를 녹일지도 모른다.

어쩌면 처음 시작한 스켈레톤 플레이어에게는 이 공병 개미가 천적이 아닐까?

하고많은 동굴 중에서 이런 개미굴에 스폰되어 버린 스켈레톤 플레이어가 혹시라도 있다면— 그 사람은 대체 얼마나 재수가 없는 것일까.

적어도 동굴 벽을 녹이는 데는 전혀 문제가 없으므로 바로 공병들에게 늑대들이 있는 방부터 여왕방까지 직통 터널을 뚫도록 지시했다. 처음에는 레아가 여왕방을 습격할 때 지난 통로를 전부 확장할 생각이었지만, 직통으로 잇는 편이 거리가 짧았다.

현재 움직일 수 있는 공병은 대략 열 마리라고 하니까 일단 모두 그 작업에 동원했다. 다른 공병은 회복되는 대로 레아 일행의 구거점을 개통시킬 계획이었다.

공병들이 작업하는 동안, 레아는 스가루의 『골라 낳기』 트리를 조사했다.

스킬 이름이나 태어나는 개미의 종족명으로 보건대 『보병』과 『공병』, 『기병』뿐이라고 생각하기는 어려웠다. 어떤 조건을 충족하면, 예를 들어 『포병』 같은 것도 해금될 것이다.

"왠지 여기만 전략 게임 같네……."

전략 게임도 나름대로 재미있겠지만, 우선은 규칙을 파악해야 한다. 지금 무사한 상태로 놀고 있는 보병은 다섯 마리, 기병은 한 마리였다. 그녀들을 하나의 분대로 편성해 동굴 주변 경계를 맡겼다. 이 6인 1개조를 최소 단위로 편제해 장차 분대 단위로 운용할 생각이었다.

이 부대 행동으로 얻는 경험치와 자원으로 개미들의 운용비 및 장

점을 계산하고, 그것을 바탕으로 전략을 세우는 게 좋겠다. 이번에는 인원이 없어서 거의 보병뿐이지만, 앞으로 편성할 때는 각 병과를 밸런스 좋게 조합하고 싶었다.

그러나 본격적으로 군사 행동을 일으키면, 여섯 국가 중 하나에 싸움이라도 걸지 않는 한 적은 조직적인 군대가 아니라 개인의 집합일 것이다. 그렇다면 다소 약한 병사라도 문제되지 않으리라.

"그런데 스가루는 권속인 개미들의 능력치에 경험치를 투자하지 않아?"

현재 시점에서 수백 마리나 있는 개미들에게 일일이 경험치를 나눠줄 여유는 없겠지만, 어떻게 하고 있을까.

스가루는 그런 생각은 해 본 적도 없다고 했다. 아마 개미들을 소모품 정도로 인식하는 모양이었다.

그건 그거대로 괜찮다. 오히려 부담 없이 쓰고 버리는 군대라면 더 없이 유용한 병력이다. 보충할 때도 스가루의 LP와 MP를 소모해서 다시 낳으면 그만이니까 군대를 공장에서 찍어 내는 격이다. 게다가 공장 기계인 스가루는 포션만 공급해주면 돌아간다. 레아는 가슴이 뛰었다.

"소모품이라고 말했지만, 죽은 개미는 어떻게 돼? 죽으면 뭔가 페널티라도 있어? 예를 들면 조금 약해진다— 구체적으로는 경험치를 잃는다거나 캐릭터 자체가 사라진다거나."

스가루는 그 부분도 잘 모르는 눈치였다.

시체는 되도록 회수했지만, 나중에 확인하면 시체가 사라졌다고 한다. 게다가 부활 스킬도 없어서 되살린 적도 없다고 한다.

단순히 수치상의 효율만 따진다면 개미는 다시 살리는 것보다 다시 낳는 편이 나을 것이다. 스가루는 신경 쓴 적도 없다는 분위기였다.

더군다나 스가루는 현재 개미의 총수도 정확하게 파악하고 있지 않았다. 병력을 파악하지 못해도 굴러가는 군대 따위 듣도 보도 못했지만, 그만큼 개미의 목숨이 저렴하다는 뜻이었다.

그래도 케리 일행이나 빙랑들은 그럴 수도 없었다. 단독 전투력이 개미와 비교가 되지 않기 때문이기도 하지만, 이름까지 붙인 권속을 함부로 버릴 생각은 없었다.

불상사에 대비해서 부활 수단도 미리 찾아 놔야겠다. 적어도 레아가 아는 한 아직 부활 관련 스킬은 발견되지 않았지만.

어쨌거나 지금은 병력 회복과 보충이 중요했다. 최소한 스가루의 LP와 MP는 자연 회복으로 낭비되지 않게끔 주기적으로 소비시켜 병사를 생산하고 싶었다.

"그럼 LP와 MP가 최대로 차면 아까우니까 뭐라도 낳을까. 일단 『공병』을 늘리자. 해줬으면 하는 일이 산더미처럼 많고 『공병』도 전투력이 아예 없지는 않아. 산란방은 따로 있어? 여왕방에서는 지금 케리네가 쉬고 있을 텐데."

레아가 묻자 동굴 안에는 어차피 아군밖에 없으니까 어디서든 상관없다고 답했다. 그러면 이 방에서 낳으라고 하자.

스가루의 능력치를 감시하며 출산을 지켜봤다. 『공병』의 생산 비용은 별로 높지 않았고, 알을 여러 개 낳아도 행동에 지장은 없어 보였다.

"그나저나 알을 낳는구나. 아, 깨졌다."

개미굴에 알이 보이지 않은 이유는 부화가 말도 안 되게 빠르기 때문인 듯했다.

알의 겉이 깨지며, 아니, 찢어지며 안에서 짙은 갈색의「엔지니어 앤트」가 모습을 드러냈다.

총 다섯 마리의 엔지니어 앤트는 태어나자마자 레아 앞에 정렬했다. 이때부터 이미 자아가 있다는 뜻이리라. 아니면 자아가 약한 대신 통제하기 쉽거나.

뭐가 됐건 태어나자마자 움직이는 것은 놀라웠다. 곤충 몬스터가 빨리 성장하는 점은 모 유명 몬스터 육성 게임과 마찬가지인가 보다.

"이거, 만약 바로『보병』이 필요하다고 하면 지금 당장 낳을 수 있어? 쿨타임이나 그런 건 없나?"

그 질문에 스라루가 모호하게나마 설명해줬다.「보병」이라면 바로 낳을 수 있지만, 지금 낳은「공병」은 당분간 어렵다고 했다. 한 번에 낳을 수 있는 수에 제한이 없어 보여도 사실 LP와 MP 최대치에 의존한다. 지금 상황을 예로 들면「공병」다음에 바로「보병」을 낳을 수는 있지만,「보병」쿨타임이 끝날 때까지「공병」쿨타임이 줄어들지 않는다.

이건 이 게임의 마법 재시전 시스템과 동일했다.

이 게임에는 마법마다 재시전 시간이 설정되어 있고 마지막에 발동한 하나만 대기 시간이 줄어든다.

예를 들어『플레어 애로』와『아이스 불릿』의 재시전 시간이 둘 다

5초라면『플레어 애로』를 쏜 직후『아이스 불릿』을 썼을 경우, 두 마법에 각각 5초의 재시전 시간이 발생하며 대기 시간이 줄어드는 것은 나중에 사용한『아이스 불릿』뿐이다. 그리고『아이스 불릿』재시전 시간이 끝나지 않는 한『플레어 애로』의 재시전 시간은 줄어들지 않는다.

다른 마법을 연속으로 사용할 수도 있지만, 그러면 처음 사용한 마법은 제일 마지막에 재사용이 가능해진다.

조금 복잡하지만, 마법사 계열 캐릭터가 원거리 고화력 기술로 지나치게 유리해지지 않도록 막는 밸런스 조정인 동시에 고속 전투에도 대응하기 위한 조치라고 한다.

그 시스템이 여왕개미의『골라 낳기』에도 적용되는 모양이었다. 그럼 여왕이 고속 출산에 대응할 가능성도 있을까? 스스로 생각하고도 어이가 없다.

하지만 레아가 이것이 마법과 같은 시스템이라고 깨달을 때까지는 조금 시간이 걸렸다. 스가루의 설명이 권속 특유의, 감정을 감각적으로 전달하는 방식이기 때문이었다.

"역시 직접 말을 나누지 못하니까 너무 불편해. 으음, 무슨 방법이 없나……. 권속과 머릿속으로 대화하는 식으로……. 멀리 떨어져도 대화할 수 있으면 금상첨화인데. 텔레파시나 원거리 통화처럼…… 응?"

그러고 보니 케리를 비롯해 권속들은 이제 전원 인벤토리를 다룰 수 있게 됐다.

이건 플레이어와 시스템상 거의 차이가 없다는 튜토리얼을 뒷받

침하는 결과였다.

그렇다면 어쩌면.

"권속과…… 친구 등록을 해서…… 친구 채팅도 되는 거 아니야?"

이건 반드시 검증해 봐야 한다.

그렇게 결심하고 우선 스가루를 실험 대상으로 쓰기로 했다.

"스가루, 우리 친구 등록이나 할까."

일단 밑져야 본전으로 직구를 던져 봤다. 스가루는 어리둥절했다. 효과는 별로였다.

애초에 친구 등록이라는 행위를 뇌파 컨트롤로 어떻게 한단 말인가. 실제로 친구가 되면 되나? 하지만 시스템이 인정하는 친구의 정의란 뭘까. 그 전에 친구는 어떻게 사귀는 것인가. 적어도 레아는 그런 방법 모른다.

플레이어와 NPC가 시스템상 차이가 없다면 플레이어끼리 친구 등록을 할 때와 똑같은 방식으로 하면 될 것이다.

그러나 레아는 클로즈 베타 때도 다른 사람과 친구 등록을 한 적이 없었다. 어차피 테스트가 끝나면 사라질 캐릭터 데이터였고, 호기심에 몸을 맡겨 자유롭게 즐기느라 일반 플레이어에게 호감을 살 만한 행동은 하지 않았다. 이번 오픈 베타에서는 다른 플레이어와 마주친 적조차 없었다. 그렇다, 친구가 없는 것은 어디까지나 플레이 스타일 때문이다.

레아는 도움말을 살펴보기로 했다.

"어디 보자, 친구 등록 방법……이라고 검색하면 되나."

검색어를 입력하자 유저 매뉴얼에 버젓이 기재되어 있었다.

친구 등록: 친구 신청을 하려면 친구 카드가 필요합니다. 친구 카드는 인벤토리에서 친구 카드를 꺼내서 작성할 수 있습니다. 인벤토리에는 친구 카드 항목이 항상 존재하며, 꺼내서 사용해도 사라지지 않습니다.

작성한 친구 카드를 친구가 되고 싶은 상대에게 건네고, 그 상대가 자신의 인벤토리에 친구 카드를 넣으면 친구 등록이 완료됩니다.

친구 등록을 해제하고 싶으면 해제하고 싶은 친구의 친구 카드를 꺼내서 찢으십시오.

또한, 다시 같은 과정을 거치면 한 번 해제했던 친구도 재등록할 수 있습니다.

"그렇구나……."

알기 쉽게 비유하면 명함 교환이었다. 아니, 이 명함은 건네기만 해도 등록되니까 교환할 것까지도 없었다.

레아는 자기 인벤토리에서 친구 카드 항목을 찾았다.

인벤토리 안 물품은 시스템 메뉴에서 일람할 수 있지만, 시스템 메뉴를 거치지 않고 꺼내려면 구체적으로 의식해야 한다. 만약 인벤토리를 쓰는 NPC가 있어도 그들이 친구 카드를 의식할 수 있을 리 없고, 그 생각이 옳다면 친구 신청은 기본적으로 플레이어만 가능할 것이다.

레아는 친구 카드를 꺼내서 스가루에게 건네고, 그것을 인벤토리에 넣으라고 지시했다.

《캐릭터【스가루】와 친구가 되었습니다.》

그러자 그런 시스템 메시지가 들렸다. 친구 등록도 문제없이 성공한 모양이었다.

NPC와도 친구 등록이 된다니, 대체 어떻게 되어 먹은 게임인가. 이런 게임을 파고드는 인간은 어차피 현실 친구도 없지 않냐고 비꼬는 것인가.

무슨 이런 운영진이 다 있지? 솔직히 고맙다. 사랑해.

"친구 채팅은 어떻게 하는 거더라……. 아니, 해 본 적도 없구나. 아, 이건가."

〈스가루, 들려?〉

흠칫. 스가루가 몸을 떨었다.

〈스가루도 같은 방식으로 나한테 말을 걸 수 있을 텐데, 어때? 머릿속으로 내 이름을 떠올리고 거기에 말을 거는 느낌이야.〉

〈─보스보스보스보스…… 아, 됐나? 이렇게요?〉

〈오오! 되는구나! 이게 있으면 멀리 떨어져 있어도 언제든지 대화할 수 있어. 목소리를 낼 필요도 없으니까 은밀성도 뛰어나.〉

케리 일행은 아직 존댓말을 못 쓰는데 스가루는 할 수 있나. 그래도 스가루가 실제로 존댓말을 쓰는 것은 아니고 스가루의 의지를 번역한 결과가 이 말투겠지.

친구 채팅까지 가능하다면 할 수 있는 일이 비약적으로 늘어난다. 그리고 레아는 지금까지 권속들과 검증한 결과를 토대로 또 하나의 가설을 세웠다.

스가루

NPC가 플레이어와 시스템상 차이가 없다면 플레이어도 NPC처럼 테이밍할 수 있지 않을까.

이 생각이 옳다면 다른 플레이어가 얻은 경험치를 모두 자신이 독점할 수 있다. 공식적으로 제공되는 여왕벌 플레이다.

캐릭터는 온몸의 감각과 연동해서 움직이기 때문에, 다른 VR 서비스처럼 게임에서도 성별과 체형을 크게 속이기는 어려웠다. 그래도 불가능하지는 않았다.

그래서 여성 캐릭터로 플레이하는 남성 플레이어, 혹은 그 반대도 일정 수 있을 것이다.

그리고 이 고찰이 틀리지 않았다면 돈이나 아이템뿐 아니라 경험치까지 헌상받을 수 있다. 단순한 쩔 사냥과는 차원이 다르다.

유사 이래 모든 온라인 게임에서 쌓이고 응축된 어두운 욕망이 지금 이 땅에서 열매를 맺었다고 할 수 있겠다.

그러나 게임 서비스인 이상 유저의 의사를 마냥 무시할 수는 없는 노릇이다. 가령 플레이어가 누군가에게 테이밍될 상황에 처할 경우, 능력치 차이로 저항할 수 없더라도 아마 경고나 에러 메시지가 나올 것이다.

NPC를 테이밍할 때와의 차이는 그 부분이 아닐까. 어쩌면 NPC에게도 비슷한 경고가 갈지도 모르지만, 튜토리얼 설명을 믿는다면 NPC는 시스템 메시지를 받을 수 없으므로 NO라고 대답할 수 없다.

레아는 검증하고 싶어서 몸이 근질거렸다.

하지만 성공하든 실패하든 이 실험을 진행하는 시점에서 상대방 플레이어에게 『사역』이라는 존재를 들키고 만다.

그렇다면 실험 대상은 아주 믿을 만한 플레이어여야 한다. 심지어는 상황에 따라서 레아에게 테이밍되어 달라는 승낙까지 받아야 할지도 모른다.

그렇게까지 해줄 지인은 없다.

애초에 게임 속 지인이 한 명도 없다.

그래도 이미 레아에게는 상관없는 일이었다. 앞으로 솔로로는 공략이 어려운 난관에 부딪쳐도 그때는 케리 일행이 도와줄 것이다. 케리 일행의 INT를 닥치는 대로 올리면 웬만한 플레이어보다 정확하게 움직여줄 가능성까지 있었다.

참으로 훌륭한 시스템을 발견했다. 이런 시스템을 만들어 준 개발진에게 무한한 감사를 표하고 싶다. 사랑해.

'케리랑 애들이 일어나면 존댓말을 가르치자. 경험치에 여유가 생기면 INT도 올려서 창작물에서 보기 드문 『전부 똑똑하고 능력 있는 사천왕』을 만드는 거야. 후후, 설레는걸.'

일단 당분간은 개미들이 회복하기를 기다렸다가 주변 숲을 제압하면서 경험치를 쌓고, 스가루의 LP와 MP가 회복되면 개미를 늘리고, 쌓인 경험치로 레아와 스가루는 권속 강화를 배우고…….

우선 이 숲 전체를 장악하는 것부터 시작하자.

제4장 정식 서비스 개시

레아처럼 인류종으로 시작하면서 마물 플레이어용 초기 스폰 지역을 고르는 사람도 있기야 하지만 극소수에 불과했다.

플레이어 대부분은 인류종으로 캐릭터를 제작하고 인류가 다스리는 도시에서 게임을 시작한다.

그런 지극히 일반적인 플레이어 중에 웨인이라는 남자가 있었다.

그도 클로즈 베타에 당첨되어 오픈런으로 야심 차게 게임을 시작했지만, 초반 자금 마련에 의외로 고전했다. 초기 장비로 안정적으로 사냥할 수 있는 건 도시 근처 초원에 있는 와일드 래빗 정도였다. 물론 솔로 플레이인 탓도 있으리라.

"—결국 꼬박 3일 동안 토끼만 잡았네……."

하지만 성실하게 사냥한 덕에 웨인은 모든 초기 장비에서 탈출했다.

방어구는 지겹도록 판 토끼 사체 덕분인지 토끼 가죽 시세가 떨어져서 래빗 레더를 쓴 가죽 갑옷 세트로 맞췄다.

무기인 쇼트 소드는 재질도 알 수 없는 저품질 초기 장비에서 일신하여 더 공격력이 높은 철제 검으로 바꿨다. 주조품이고 이것도 저품질인 건 매한가지지만, 철 가격이 오르는 추세라서 살짝 타협했다.

근처 채굴장이 마물의 영역에 침식되어 몬스터가 출몰한다는 모양이니까 철값 상승은 그 탓이었다.

어쩌면 초반 도시에서 고품질 방어구를 생산하지 못하도록 막는 밸런스 조정인지도 모른다. NPC는 고도의 AI를 탑재하고 있어서 재료만 충분히 갖춰지면 간혹 운영진의 의도를 벗어난 아이템을 생산하고 판매해 버린다.

만약 철이 고갈되지 않는다면 언젠가는 최고 품질의 철제 장비까지 만들 수도 있었다. 그리고 이윽고 그 최고 품질 장비도 가격이 떨어지리라. 초반 도시에서 그런 일이 벌어지면 밸런스 붕괴 수준으로 그치지 않는다. 훗날 시작하는 생산직 플레이어는 이 인플레를 따라올 수 없다.

그런 사태를 방지하기 위해서 운영진이 광석 공급에 제한을 걸었을 게 틀림없다.

그렇다면 조만간 채굴장 탈환 퀘스트가 나붙을지 모른다. 게다가 그만한 대규모 퀘스트라면 공식 사이트에 이벤트 공지가 나올 가능성도 있다. 웨인은 그렇게 예상했다.

평일 밤에 어렵사리 게임할 시간을 낸 웨인은 로그인하자마자 용병 조합에 얼굴을 내밀었다. 이 게임은 평소에는 현실의 1.5배 속도로 시간이 흐르기 때문에 이날 밤 게임 속 시간대는 아침이었다.

현실 시간으로 이틀 뒤에는 정식 서비스가 시작된다. 내일 하루는 점검이 진행될 예정이라는 공지도 있었다.

그래서 오픈 베타 테스트, 아니, 얼리 액세스 기간은 오늘이 마지막이었다.

웨인은 전날 겨우 마법을 습득했다. 배운 마법은 『불 마법』 트리의 『마법 적성: 불』과 『플레어 애로』였다. 초반은 특히 불에 약한 몬스터가 많기도 하고 『불 마법』이 다른 마법에 비해서 공격력이 높기 때문이었다.

마법도 배우고 장비도 어느 정도 갖춰졌다. 이제는 현지 용병에게 얕보이지도 않으리라.

웨인은 이날 NPC 용병에게 말을 걸 생각이었다. 언젠가 다가올 대규모 이벤트에 대비하기 위함이었다.

이 도시에도 웨인 외에 플레이어는 있었다.

하지만 웨인은 모르는 플레이어와 그다지 엮이고 싶지 않은 사정이 있어서 그들에게 다가간 적은 없었다. 하지만 만약 대규모 이벤트가 열린다면 혼자서 헤쳐 나가기는 어려웠다.

NPC는 이 세계에 정말로 살아 있는 사람처럼 생활하기 때문에 도시에 사는 용병이라면 어지간해서는 범죄를 저지르거나 사기를 치지 않을 것이다.

그렇다면 일면식도 없는 플레이어보다 믿을 만하다.

같은 인간인 플레이어보다 AI가 믿음이 간다니, 얄궂은 세상이다.

그나저나 어떻게, 그리고 누구에게 말을 걸어야 할까.

해가 점점 높아지는 시각이라서 그런지 조합에는 용병들이 드문드문 모여 있을 뿐이었다. 딱히 누구랄 것 없이 그들을 바라보며 고민하는데 접수처 아저씨가 웨인을 알아봤다.

"아, 거기 당신. 오면 할 얘기가 있었어."

"응? 나한테? 무슨 볼일이라도 있어?"

어태 저쪽에서 먼저 말을 건 적은 없었다.

비록 지금처럼 용병이 적은 시간대라도 조합원은 한가하지 않다. 뭔가 특별한 용건이라도 있는 것일까?

"당신, 보관고 가졌지? 보관고 소유자는 끼리끼리 뭉치는데 당신은 혼자 다녀서 별나다고 생각했거든. 어제 또 다른 보관고 소유자가 나타났어. 그 사람도 혼자 활동하더군. 용병은 위험한 직업이야. 한 명보다는 두 명, 두 명보다는 세 명이 좋지. 괜히 오지랖 부린다고 생각할지도 모르지만……."

보관고— 인벤토리를 가졌다면 틀림없이 플레이어다. 이 도시의 얼마 없는 베타 테스터는 다들 친구 등록을 마쳤다고 생각했는데 웨인 말고도 솔로 플레이어가 있었나 보다.

웨인은 클로즈 베타 시절 어떤 PK(플레이어 킬러)에게 습격받은 적이 있었다. PK란 플레이어를 의도적으로 공격하는 유형의 플레이어를 가리킨다.

그 PK는 처음에 NPC인 척했다. 옷차림이 남루한 소녀 캐릭터로, 뒷골목에서 몸을 웅크리고 있었다.

웨인은 궁핍해 보이는 그 NPC에게 도움의 손길을 뻗으려고 일단 사정을 물어봤다. 그러자 여기서는 말할 수 없다며 손을 잡아끄는 대로 도시를 걸었다. 골목에서 골목으로, 차츰 인기척이 없는 곳으로 유도되어— 갑자기 살해당해 몸에 지닌 것을 몽땅 털렸다.

인벤토리 안에 든 물건은 아무도 빼앗을 수 없지만, 반대로 말하면 인벤토리에 넣지 않은 물건은 뭐든 빼앗을 수 있었다.

물론 바로 부활하면 장비품도 플레이어와 함께 그 자리에서 사라지지만, 당황한 웨인은 《부활하시겠습니까?》라는 시스템 메시지에 즉시 대답하지 못했다. 그것을 내다봤는지, PK는 무기처럼 비싼 장비부터 순서대로 가져간 모양이었다.

뒤늦게 부활한 웨인의 몸에는 속옷처럼 푼돈밖에 안 되는 장비만 남아 있었다.

PK가 빼앗아 간 것은 주로 장비였지만, 이때 웨인이 잃은 것은 금전적인 물품만이 아니었다.

플레이어에 대한 신뢰와 미미한 경험치도 함께 잃었다.

그날부터 웨인은 플레이어와 NPC를 분간하려고 애썼다.

다행인지 불행인지 그때 이후로 NPC로 위장하는 악질 플레이어는 만나지 못했지만, 말을 나누지 않고도 플레이어라고 간파할 수 있는 포인트는 잡았다.

바로 인벤토리였다.

플레이어는 별생각 없이 인벤토리를 사용한다. 처음부터 제공되는 기본 시스템이니까 당연하다.

하지만 NPC는 절대로 사용하지 않는다. 쓸 수 없으니까 당연하다.

그래서 웨인은 그날 이후 인벤토리를 시금석 삼아 플레이어와 NPC를 구별했다.

물론 그렇게 남을 등쳐먹는 플레이어는 그 후로 보지 못했으니까 구별한다고 도움이 됐다고 말하기는 어렵지만.

접수원의 말에 따르면 그 솔로 플레이어가 나타난 시각은 게임 날

짜로 어제였다. 그럼 현실로는 어제나 오늘부터 게임을 시작한 플레이어일 것이다. 오픈 베타에 당첨되고도 정식 오픈 직전에야 게임에 뛰어들다니, 어지간히 현실 생활이 바빴나 보다.

처음 보는 플레이어에게는 우선 경계심부터 갖는 웨인이지만, 이번에는 친밀감을 느끼고 말았다. 웨인도 현실에서는 직장생활로 바쁘기 때문이었다.

물론 경계심이 약해진 이유는 그것만이 아니었다. 평범하게 용병 조합을 이용하는 점을 보아 착실한 플레이어라고 짐작했다. 애초에 PK는 이런 곳에 발을 들이지 않는다.

PK가 딱히 금지되지는 않았지만, 떳떳하지 못한 플레이 스타일임은 확실했다. 죽일 캐릭터가 플레이어든 NPC든 도시 주민에게는 엄연히 강도 살인이기 때문이었다. 그래서 PK가 당당히 도시 시설을 이용하는 경우는 드물었다.

"오, 제 말 하니까 오는군. 저 수인 아가씨가 보관고 소유자야."

웨인이 돌아보자 홀로 입구로 들어오는 인물이 있었다.

고양이 수인 여성이었다. 밝은 적갈색 머리를 올백으로 넘겼다. 특출한 미모는 아니지만, 어딘지 모르게 호감을 주는 신비한 매력이 있었다. 웨인이 고양이를 좋아하기 때문일지도 모르겠다.

수인 여성은 똑바로 접수처로 오더니 어디선가 토끼 사체를 꺼내서 카운터 옆 짐수레에 실었다. 한때의, 게임을 막 시작했을 무렵의 웨인과 완벽하게 똑같은 행동이었다.

몸에 걸친 장비도 초기 장비였지만, 허리춤에 찬 검만은 초기 장비가 아닌 듯했다. 돈을 벌어서 가장 먼저 무기에 투자했으리라. 게

이머다운 판단이었다. 죽으면 인생이 끝나는 NPC답지 않은 판단이라고 볼 수도 있겠다.

그녀가 플레이어라는 사실에는 이미 의심의 여지가 없었다.

접수처 아저씨가 어떠냐고 눈빛으로 물었다. 수인 여성도 그 시선을 알아차린 듯 처음으로 웨인을 봤다.

"너…… 플레이어야? 아, 미안해. 나는 웨인. 플레이어야."

그러자 여성은 잠깐 어리둥절한 표정을 짓더니 활짝 웃으며 대답했다.

"그래, 네 말대로 나는 너랑 같은 플레이어야. 반가워. 레아라고 해."

◆ ◆ ◆

《플레이어 여러분께.

항상 본사의 『Boot hour, shoot curse』를 플레이해 주셔서 진심으로 감사합니다.

오늘 0시부터 시작된 정식 서비스 사전 점검이 23시부로 종료되었습니다.

이번 점검 이후, 현재 이용하시는 클라이언트 버전은 1.01로 업데이트됩니다.

정식 서비스는 내일 10시부터 시작됩니다. 정식 서비스 시작 시각부터 서비스 이용 요금이 발생합니다.

점검 후 첫 로그인 시「소프트웨어 사용 허락 계약」,「정기 서비스 이용 허락 계약」, 본사의「개인정보 처리 방침」에 재동의가 필요합니다. 주의해 주시기 바랍니다.

또한, 정식 서비스 개시와 더불어 게임 내 일부 콘텐츠가 변경되었습니다.

· 게임 시작 위치 조정

일부 종족 유저를 위해서 준비된 시작 위치의 난이도가 적절하지 않아서, 적정 난이도의 지역이 랜덤으로 선택되도록 조정했습니다. 시작 위치가 가장 가까운 도시의 인구에 따라서 과도하게 편중되지 않게 조정했습니다.

· 일부 불명확한 게임 시스템에 관하여

이해하기 어렵다는 지적을 받은 일부 시스템에 관하여 설명드립니다.

국가로부터「사역」을 받는 경우, 귀족 같은 일부 NPC에게 시스템상으로「사역」되어 해당 세력의「기사단」에 가입할 수 있습니다.

해당 세력의 성질에 따라서는 이때 새로운 스킬이 해금될 수도 있습니다.

해당 세력의 성질에 따라서는 이때「전생」이 가능할 수도 있습니다.

※예시「휴먼 캐릭터가 흡혈귀 계열 캐릭터에게 사역된다→흡혈귀의 종자(스콰이어 좀비)로 전생 가능」등.

·「전생」에 관하여

특정 조건을 만족한 캐릭터가 게임 내에서 특정 이벤트를 발생시키면 현재 종족을 변경할 수 있습니다.

또한,「전생」할 때는 추가로 경험치를 요구하기도 합니다.

· 「사역」된 캐릭터에 관하여

캐릭터가 「사역」된 상태에서 사망할 경우, 리스폰 시 페널티가 사라집니다.

그리고 사망 후 부활 가능 시간을 넘길 경우, 유저의 의지와 관계없이 자동으로 리스폰됩니다.

또한, 「사역된」 캐릭터는 직접 경험치를 얻을 수 없습니다.

모든 경험치는 「사역한」 캐릭터에게 돌아갑니다. 그 캐릭터가 「사역된」 캐릭터에게 경험치를 양도할 경우에만 「사역된」 캐릭터는 경험치를 얻을 수 있습니다.

· 「사역」 상태를 해제하려면

고객지원의 「의견 · 요청」 메뉴에서 「게임 내 시스템에 관한 요청」 →「사역 상태 해제 요청」으로 문의해 주시기 바랍니다.

게임 내 시스템 메시지로 안내해 드리겠습니다.

앞으로도 『Boot hour, shoot curse』를 즐겨 주시기 바랍니다.》

◆ ◆ ◆

《플레이어 여러분께.

항상 본사의 『Boot hour, shoot curse』를 플레이해 주셔서 진심으로 감사합니다.

정식 서비스를 기념하여 게임 내 대규모 이벤트를 기획 중입니다.

일정은 정식 서비스 개시일로부터 2주 뒤 20시부터이며, 약 두 시간 동안 진행될 예정입니다.

이벤트 중에는 시험적으로 게임 속 시간이 빨라져 두 시간 안에 48시간을 체험할 수 있도록 조정했습니다.

※이벤트는 도중 참가할 수 없습니다.

※이벤트를 도중 퇴장할 경우, 재입장을 하실 수 없습니다.

※이벤트에 참가하려면 별도의 라이선스 계약에 서명하셔야 합니다.

※미성년 플레이어님들이 참가를 원하실 경우, 보호자의 허락이 필요합니다.

이벤트에 관한 자세한 내용은 추후 공식 사이트에서 발표하겠습니다.

앞으로도 『Boot hour, shoot curse』를 즐겨 주시기 바랍니다.》

◆ ◆ ◆

【경축!】 기념비적인 Boot hour, shoot curse 공식 첫 스레드【정식 서비스 개시】

001: 길가메쉬
드디어 정식 오픈했습니다!
베타 테스트 때 쓰던 스레드가 전부 아카이브에 처박혔는지 글이 안 써져서 새로 팠습니다!

002: 아마틴
수고해 준 건 좋은데…….
미안하지만, 첫 스레드는 이미 있다.
작성 시간을 보니까 거기가 10초는 먼저 생겼어.

003: 진즈
스레 이름이 「기념 스레나 첫 스레를 스레 제목에 붙이는 스레를
죽이는 스레」였나.
스레라는 단어만 몇 개냐.

004: 오린키
악질이네. ㅋㅋㅋ
모리에티 교수라는 사람인가? 그거 만든 거.

005: 아라후부키
시작하자마자 저격당하냐.
허접 녀석.
닉도 선점당해서 이상하게 지었지?

006: 익명의 엘프 씨
아카이브도 글만 못 쓰지 읽을 수는 있네.
베타판 스레드에 마법 재시전 검증글 올렸으니까 괜찮으면 봐줘
(뒷광고).

007: 옷장에 초간장

그러고 보니 예전 스레드에 글 쓰려다가 폐쇄돼서 못 올렸는데, 힐스 왕국에 위험한 숲 있는 거 알아?

008: NO엣찌

에어파렌 옆에 있는 숲이지?

개미 나오는 곳.

009: 컨트리팝

개미는 수만 많은 잡몹 아님?

010: 안토기

아니, 거기 개미는 이상하게 살벌해.

장비 파괴 공격을 한다니까?

011: 아마틴

초반에 장비 파괴는 빡센데.

012: NO엣찌

그래도 강철 장비는 안 녹아.

래빗 장비라면 살살 녹아서 검열 먹기 좋은 모습이 되지만.

013: 옷장에 초간장
아니, 개미도 위험하긴 한데, 아주 가끔 집채만 한 늑대도 튀어나온다고.
한 번밖에 못 만났지만.

014: 오린키
복슬이? 얼마나 큼?

015: 옷장에 간장
화물차보다 클듯?

016: 컨트리팝
엄청 크네!
강해?

017: 옷장에 간장
몰라.
냥냥 펀치 같은 거에 툭 맞았는데 몸이 터짐.

018: NO엣찌
으아, 그런 것도 있어?
평소에 개미 먹고 사나.

019: 도라타로
몬스터가 몬스터를 먹어?

020: 그 손이 따뜻해
다른 지역에서 쥐 몬스터를 잡아먹는 거미 몬스터를 본 사람이 있대요

021: 아라후부키
그럼 개미를 너무 많이 잡으면 사냥터를 어지럽히는 라이벌이라고 생각하고 공격하는 거 아냐?
그보다 게임 시작한 지 얼마나 됐다고 그런 위험한 몬스터가 나오는 숲을 어슬렁거려?
좀 천천히 즐기자.
기껏 신작이 나왔는데.

◆ ◆ ◆

드디어 정식 서비스 개시일이 찾아왔다.
웨인은 이날 연차를 썼다.
휴일 전날이라서 또 3일 연휴를 얻은 셈이었다.
그는 오픈 베타 테스트라는 이름의 얼리 액세스부터 플레이했기 때문에 오픈런이라고 말하기는 어렵지만, 정식 서비스부터 게임을 시작한 플레이어는 이번 사흘, 혹은 내일부터 이틀이 오픈런이 될 것이다.

아마 그럴 리는 없겠지만, 모처럼 얼리 액세스로 앞서나갔는데 후속 주자에게 따라잡히면 재미가 없다.

"一웨인, 오래 기다렸어?"

"아니야, 레아. 나도 지금 왔어."

그리고 연차를 쓴 이유는 새로 사귄 친구와 놀 시간을 확보하기 위함이기도 했다. 서비스 개시 첫날인 오늘, 이틀 전에 알게 된 플레이어 레아와 숲을 탐사하기로 약속했었다.

그러나 레아의 방어구는 아직 초기 장비였다. 우선 장비를 새로 맞추지 않으면 숲에 들어가기는 위험하다.

다행히 웨인은 벌목도와 외투를 살 돈은 어떻게든 벌었고, 레아도 토끼 사냥으로 방어구와 외투 정도는 살 수 있다고 했다. 토끼 가죽의 시세가 떨어진 덕분이었다. 토끼는 고기도 팔 수 있어서 가죽이 시장에 넘쳐나서 가격이 떨어져도 한 마리를 통으로 팔면 가격 차이가 크지 않은 것도 초보자에게는 좋은 구제 조치였다.

벌목도는 웨인이 가진 한 자루뿐이지만, 두 명밖에 없으니까 웨인이 선두에 서면 괜찮으리라. 선배로서 후배에게 믿음직한 모습을 보이고 싶다는 욕심도 있었다.

레아의 말투는 외모에 어울리지 않게 거칠었다. 그녀는 기왕 게임을 하는 김에 롤플레이를 즐기고 싶은 모양이었다.

그래서 우리가 플레이어라는 사실을 잊고 용병다운 말투를 쓰거나 NPC도 살아 있는 사람처럼 대하고 싶다고 했다. 그 생각에는 웨인도 찬성이었다.

아무래도 레아는 웨인 외에도 친구가 있는지, 이따금 친구 채팅을 하는 모습을 보였다.

왜 그 친구와 함께 플레이하지 않느냐고 물었는데, 사전에 친구 등록을 해 두면 같은 스타팅 포인트에 스폰되는 시스템을 몰랐나 보다. 게임을 시작하기 전에 친구 등록을 해야 해서 현실 지인이 아니면 쓸 일이 없지만, 아무튼 그런 기능이 존재한다. 웨인에게 그 이야기를 들은 레아는 굉장히 놀라며 친구에게 이야기했다. 참으로 풋내 나는 반응이었다.

웨인도 레아와 친구 등록을 하고 싶었지만, 아직 레아가 자신을 믿어준다는 확신이 없어서 말을 꺼내기 주저됐다.

시대가 이렇다 보니 VR 게임이라고는 해도 잘 알지도 못하는 사람과 시스템으로 묶이는 것은 위험하다.

게다가 웨인에게는 캐릭터 외모를 「미형」이 될 때까지 뜯어고쳤다는 자격지심도 있었다.

레아의 얼굴은 무척 자연스러워 보였다. 구태여 자기 얼굴을 변경한다면 대부분의 플레이어는 「미형」을 선택한다. 그러지 않았다면 그녀는 아마 현실의 모습을 풀스캔해서 그대로 아바타로 사용 중일 것이다.

바꿨다면 머리 색상 정도일까. 선명한 적갈색 머리는 현실에서 쉽게 찾아보기 힘들다. 그렇다고 적극적으로 화려한 색으로 염색할 성격처럼 보이지도 않는다. 단순히 웨인의 희망 사항일지도 모르지만.

딱히 나쁜 짓을 하지도 않았는데, 웨인은 자기 캐릭터 커스터마이

징을 조금 후회했다.

당당히 현실 아바타로 게임을 시작할 걸 그랬다. 그러면 레아에게도 떳떳하게 친구 신청을 했을지도 모른다.

뭐, 친구 채팅에 관해서는 앞으로 천천히 생각하면 된다.

그보다 지금은 모험 준비가 먼저다. 외투와 가죽 갑옷은 가죽 공방에서 판다. 웨인은 자기가 래빗 레더 아머를 구매한 가게로 레아를 안내했다.

"그런데 레아, 대규모 이벤트가 공식 발표된 건 알아?"

"아, 그게……. 응, 그러고 보니까 그런 공지도 있었지."

잠깐 생각하는 시늉을 하더니 레아가 답했다.

사실 공지는 보지도 않았고 친구에게 채팅으로 확인했는지도 모른다. 짧은 순간, 그 친구에게 답답한 질투심이 솟았지만, 애써 아는 척하는 모습이 귀여워 안 좋은 기분도 금방 사라졌다. 그 친구가 여자라는 얘기도 있었고.

"어떤 이벤트일까? 대륙 전체에 퍼진 플레이어를 동시에 이벤트에 참여시키기는 어려울 것 같은데, 운영진이 대체 어떻게 하려나. 레아는 참가하지?"

"으음…… 그날 가 봐야 알 것 같아. 그게, 도중 참가 불가, 도중 퇴장 후에 재참가 불가, 였지? 당일 계획이 어떨지…… 아직은 몰라."

"그래……. 만약 괜찮으면, 그, 이벤트에 같이 참가하지 않을래? 물론 다른 도시에 있는 친구와 같이할 수 있으면 거기 끼워주는 방식이라도 상관없으니까."

"그래, 만약 참가할 수 있으면 부탁해도 될까? 나도 친구한테 물어볼게."

그 후 가죽 공방에서 웨인의 외투, 레아의 래빗 레더 아머와 외투
를 사고 도시에서 나왔다.

이번에 가는 숲은 대삼림이라고 불릴 만큼 깊다고 하지만, 도시를
나오자마자 보이는 곳에 있다. 눈이 달렸다면 못 찾을 수가 없다.
웨인은 똑바로 숲으로 향했고, 경계하면서 발을 들였다.

숲에 들어서자 덩굴과 수풀을 베며 레아의 앞을 걸었다.

숲속은 대낮인데도 어둡고 앞을 내다보기 어려웠다. 마물의 영역
이라고 불리는 위험 지대까지는 아직 거리가 있겠으나, 구체적으로
어디가 경계선인지는 웨인도 알지 못했다.

"레아는 여기 온 적 없지?"

"아, 어, 응. 처음이야."

숲을 걷기 힘든 탓인지, 레아가 다소 굼뜨게 대답했다.

"이 숲이 초원에서 토끼를 잡는 것보다 경험치 벌이가 좋을 거야.
게다가 N— 도시 주민들은 이 숲에 웬만하면 들어오지 않으니까 여
기서 얻는 재료도 비싸게 팔릴지 모르지."

레아의 전투 스타일은 아직 보지 못했지만, 얼핏 보기에도 경갑
전사였다. 수인이라는 종족도 전사에 적합하다.

이번에는 레아를 전열에 세우고 웨인이 마법으로 보조해야 할까.
일단 싸움 실력을 보고 자신도 전열에 가담하는 편이 낫다면 그렇
게 하자.

본래 웨인 같은 마법 전사는 다재무능이 되기 십상이지만, 이렇게

아군이나 상대방의 상황에 따라서 유연하게 대처하는 범용성은 강점이다. 레벨 시스템이 아닌 게임이라면 경험치만 벌 수 있으면 다재무능을 누구에게도 지지 않는 만능 캐릭터로 육성하는 것도 불가능하지 않다.

숲속은 시간이 얼마나 흘렀는지 파악하기 어렵지만, 숲에 들어오고 한 시간은 걷지 않았을까.

예상대로 진행했다면 슬슬 마물의 영역에 접근할 것이다. 지금까지는 마물과 마주치지 않았지만, 여기서부터는 인카운터 확률도 높아진다.

"슬슬 마물이 나올지도 몰라. 경계하자."

"그래, 이제 다 왔나 봐? 주의할게."

잠시 후, 두 사람이 아닌 누군가가 수풀을 흔들었다.

수풀에서 모습을 드러낸 것은 거대한 갈색 개미였다. 거대하다고 해도 평범한 개미에 비해서 크다는 이야기고, 웨인의 무릎까지도 오지 않는 크기였다.

레아가 거대한 곤충에 진저리치면 어쩌나 싶어 한순간 곁눈질했지만, 레아는 냉정한 표정으로 개미를 응시하고 있었다. 다른 게임으로 거대 곤충에 익숙한지도 모르겠다. 곤충 몬스터는 수를 불리기 좋아서 많은 게임에서 잡몹으로 등장한다.

"레아, 공격할 수 있겠어? 가능하다면 나는 마법으로 보조할게!"

"그래, 할 수 있어!"

레아는 대답하면서 쇼트 소드를 뽑아 개미에게 달려들었다. 그 동작이 어딘지 모르게 딱딱했지만, 수인의 능력치 덕분인지 나름대로 빠른 속도였다. 개미는 피하려다가 늦어서 다리 하나를 잃었다.

개미의 몸뚱이가 기울었다.

"좋아, 『플레어 애로』!"

웨인이 쏜 공격 마법이 개미에게 꽂히고, 개미는 그대로 숯덩이로 변했다.

보조라고 말해 놓고 실제로는 웨인이 거의 혼자 해치운 모양새지만, 레아도 한 방은 먹였으니까 그녀에게도 경험치가 다소 들어갔을 것이다.

웨인에게 들어온 경험치를 확인하자 솔로로 토끼를 사냥할 때보다 약간 나은 수준이었다.

2인조로 이 정도라면 개미는 토끼보다 상당히 강한 마물인가 보다.

"지금 그게 웨인의 마법이야? 위력이 대단한데."

"뭐, 화력은 좋지. 그래도 이러면 개미에게서 부산물을 얻을 수 없으니까 다음부터는 가급적 칼만 써서 잡을까?"

"알았어."

그 후, 돌아가는 시간까지 고려해 아슬아슬한 시각까지 개미를 사냥했다. 도시로 돌아왔을 때는 해가 저물기 직전이었다.

◆ ◆ ◆

"—그렇구나. 권속이 부하를 공격하면 원래 경험치를 얻어야 할 행동이라도 짜고 치기로 간주하나."

케리가 엔지니어 앤트를 공격하는 모습을 보면서 레아가 중얼거렸다. 옆에 대기하는 스가루도 지금까지 자기 권속끼리 싸움을 붙인 적은 없는지 깨달음을 얻은 것처럼 고개를 주억거렸다.

개미굴을 대개조한 결과, 새롭게 탄생한 이 신「여왕방」에서 레아는 케리의 전투를 구경하고 있었다.

점검일을 빼면 현실 세계에서 약 일주일이 지났다.

레아는 이 시간 동안 동굴 밖에 펼쳐진 마물의 영역, 대삼림을 거의 장악했다.

식량 공급용 마물 무리나 경험치 목장으로 쓰려고 살려둔 고블린 부락 등을 제외하면 숲에서 레아 세력에게 거스를 자는 이미 없었다.

숲을 제압한 뒤 레아는 홈을 대삼림 중앙부로 옮겼다.

제압한 곳이라도 동굴 전체가 홈이 되지는 않는지, 홈의 중심에 오도록 설정한 여왕방 주변밖에 퍼스널 에어리어로 인식되지 않았다. 결국 시험하지는 않았지만, 이런 방식이라면 처음 케리 일행과 만난 동굴을 하나로 연결했어도 홈이 확장되지는 않았으리라.

숲 지하 전토에 굴을 파는 과정에서 실수로 마물의 영역 가까이 있던 채굴장 같은 곳과 이어진 적이 있었다.

예상치 못하게 인간 NPC와 맞닥뜨렸지만, 어차피 영역 바로 옆이고 광물 자원도 얻고 싶었던지라 채굴장을 그대로 제압해 버렸다.

그리고 숲 외곽 지하에서 지하 수맥을 따라서 이회암이 나오고, 더 깊은 지하에는 석탄도 있었다. 개미들은 노천 채굴을 할 필요도 없이 지하자원을 손쉽게 확보해 줬다. 석탄으로 철광석 제련도 가능해지면서 세력의 금속 사정도 비약적으로 향상됐다.

지금은 레미에게 『대장일』 스킬도 가르치고 굴 한쪽에 대장간을 건조해서 금속 장비 생산도 시작했다.

전투에 나갈 일이 적은 엔지니어 앤트 일부에게 경험치를 써서 『대장일』, 『가죽 세공』, 『재봉』 등 생산 스킬을 가르치고, 레미를 감독으로 세워 장비 양산 체제도 갖춰지고 있었다.

대삼림을 장악한 뒤에는 초원에도 손을 뻗었다.

땅속 깊은 곳에서 개미용 통로를 뚫어 초원 곳곳에 개미가 머리를 내밀 수 있는 구멍을 팠다. 이 구멍으로 초원 주변에서 인간의 동향을 살폈다.

개미들에게는 절대로 인간에게 들키지 말라고 엄명했지만, 그것만 지키면 토끼 같은 동물은 사냥해도 된다고 허락했다. 섣불리 인간들에게 위기의식을 심어줘서 인류종 국가가 초원이나 대삼림을 침략하면 좋을 게 없다.

가끔 실수로 인간에게 들키는 부대도 있었지만, 들키면 어쩔 수 없으므로 반드시 처리하라고 지시했다. 다섯 마리가 한 조로 행동하는 개미를 혼자서 이길 수 있는 인간은 초원 주변에 거의 없는지, 금방 레아의 경험치로 상납되었다.

아무래도 인간은 동급 마물보다 경험치를 조금 더 많이 주나 보다. 클로즈 베타 때와 같았다. 인간들은 대부분 무기나 방어구로 전투력을 끌어올린 탓에 그 장비만큼 난이도가 가산되는 듯했다. 경험치 효율만 따지면 인간은 훌륭한 사냥감이었다.

욕심을 부리자면 계속 되살아나는 플레이어를 사냥하는 편이 가장 효율적이겠지만, 그들에게 들키면 아무리 전멸시킨들 정보가 새고 만다. NPC처럼 안이하게 사냥할 수 없었다.

그렇지만 언제까지고 숨길 수 있다고도 생각하지 않았다. 정식 서비스가 시작되며 플레이어가 늘어난다면 적정선을 지키면서 정기적으로 사냥하고 싶었다.

그리고 사망한 개미 사체가 어느샌가 사라지는 이유도 판명됐다.

약 한 시간이 경과하면 자동으로 리스폰되는 모양이었다. 스가루는 개미의 개체수를 신경 쓰지 않아서 알아차리지 못했지만, 레아가 부대를 편성해 병력을 관리하면서 금세 발각됐다.

그때는 자동 리스폰이 개미의 종족 특성인지, 권속 전체의 능력인지 알 수 없었지만, 저번 공식 안내로 후자였다고 밝혀졌다. 위험한 상황이 닥치면 권속을 『소환』해서 전투에서 이탈시킬 생각이었지만, 그럴 필요도 없을 듯했다.

이 대삼림을, 그리고 초원 지하를 장악하는 과정에서 레아에게 어마어마한 양의 경험치가 유입됐다.

이건 주로 개미들이 얻은 경험치라서 원래대로라면 개미들을 성장시키는 데 써야 했다. 하지만 스가루와 상담하면서 생각을 바꿨다.

당초 예정대로 레아의 『권속 강화』와 스가루의 『권속 강화』를 우선하기로 했다. 그리고 『권속 강화』는 주군의 능력치에 비례하므로 다음으로 할 일은 레아의 능력치 향상이었다.

권속들의 능력이 눈에 띄게 강화됐다고 생각될 만큼 레아의 능력치를 높였다. 이어서 스가루의 능력치도 끌어올렸다.

이제는 단순한 보병 개미조차 초보 플레이어가 일대일로 이기기 어려워졌다. 공병이라면 전투에 적합하지 않은 능력치라서 마법으로 약점을 찌르면 여유롭게 해치울 수 있겠지만.

이『권속 강화』의 멋진 점은, 경험치는 어디까지나 주군에게 소비되며 권속에게는 전혀 경험치가 투자되지 않는다는 것이었다.

강화가 적용된 권속은 다소 강한 적과도 호각으로 싸울 수 있었다. 하지만 그건 어디까지나 주군이 강해졌을 뿐이지 권속 본인이 강해진 것은 아니었다. 다시 말해, 호각인 전투라면 시스템상으로 강적과 싸운 것으로 판정된다.

대삼림과 초원을 장악하도록 파견한 개미 부대는 대다수 강화하지 않은 보병이었다. 강화 계열 버프가 막대한 경험치를 벌어다 준 셈이었다.

아마 레아가 나타나지 않았으면 스가루도 언젠가 똑같이 행동했을 것이다.

물론 레아보다 조금은 비효율적이었겠지만, 그래도 평범한 플레이로는 얻기 힘든 경험치를 벌어들였으리라.

본래는 그 과정을 거쳐 이 동굴과 대삼림이 「여왕국」으로 발전할 예정이지 않았을까. 그렇다면 스가루는 단순한 유니크 보스 후보가 아니라 레이드 보스 후보였다는 뜻이다.

그 가설을 뒷받침하는 새로운 스킬도 발견했다.

스가루의『골라 낳기』트리에 있는『항공병』스킬이 그것이었다.

이 스킬은 스가루에게 『바람 마법』을 가르치면서 해금됐다.

스가루는 원래 마법 스킬을 배우지 않았다. 하지만 레아 같은 인류종과는 달리 『권속 강화: AGI』를 배우면서 대응하는 마법 스킬이 해금되어 습득이 가능해졌다.

다른 『권속 강화』를 우선하고 스가루를 직접 전투에 가담시킬 생각이 없어서 뒤로 미뤄뒀지만, 『바람 마법』을 배우고 『항공병』이 해금되면서 스가루의 스킬을 재검토해 봤다.

『항공병』 스킬로 태어난 개미는 「솔저 베스파」였다.

겉모습은 거대한 말벌이었다. 대삼림 초입은 나무가 워낙 빽빽하게 자라서 상공밖에 날 수 없지만, 대삼림 심부에서는 경이로운 기동성과 공격력을 보여줬다.

그만큼 생산비도 비싸지만, 각종 능력치를 끌어올려서 LP, MP 모두 비약적으로 향상된 지금의 스가루에게는 보병과 큰 차이가 없었다.

『불 마법』으로 해금된 개미는 『돌격병』, 「어설트 앤트」였다.

겉모습은 현실의 불개미에 가까웠다. 그녀들은 꽁무니로 독액이나 산이 아니라 불을 뿜는다. 실제 화염 방사기를 능가하는 사정거리와 공격력을 자랑했다. 가연성 액체에 불을 붙이는지 대상에게 공격한 뒤에도 얼마간 불이 꺼지지 않았다. 숲속에서 운용하기에는 너무 위험해서 화염 방사를 쓸 때는 상관에게 허가를 구하도록 엄명해 놓았다.

『번개 마법』으로 해금된 개미는 『저격병』이었다. 이름도 단순하게

「스나이퍼 앤트」였다.

통상 보병에 비해 더듬이가 조금 길고 몸통이 가늘며, 꽁무니로 나온 독침도 바늘 모양이 아니라 총신처럼 올곧고 길쭉했다.

저격병은 공병이나 돌격병과는 반대로 배를 등으로 굽혀 전갈 같은 자세로 대상을 저격했다. 발사하는 총알을 조사해 봤는데 암석을 산으로 녹이고 체내에서 굳혔는지 매끄러운 금속 같은 질감이었다. 어쩌면 『번개 마법』을 이용해서 레일건처럼 쏘는 건지도 모르겠다.

저격할 때는 소리가 거의 나지 않아서 무시무시한 암살자이기도 했다.

『땅 마법』으로 해금된 개미는 『포병』, 「아틸러리 앤트」였다. 저격병보다 사정거리는 짧고 공격 쿨타임도 길지만, 혼자서 넓은 범위를 타격하는 원거리 공격 수단을 가졌다. 겉모습은 풍풍한 저격병에 가까울까. 포탄은 기본적으로 유탄 같지만, 터지지 않는 포탄도 쏠 수 있다고 하니까 보병전이든 공성전이든 두루 활약할 잠재력을 가졌다. 아직 어느 쪽이건 써먹어 본 적이 없지만.

『얼음 마법』으로 해금된 개미는 『정찰병』인 「스카우트 앤트」. 통신병 같은 역할도 겸해서 같은 정찰병끼리 쌍방향 통신이 가능했다.

하지만 분대 리더를 맡은 개미는 모두 스가루와 친구 등록을 하여 친구 채팅이 가능한 탓에 통신병의 전략적 가치는 조금 떨어졌다. 그래도 정찰병의 본래 능력, 은밀성을 높이 평가해 분대에 한 마리씩은 편입시켰다.

『물 마법』으로 해금되는 개미는 『수송병』, 「트랜스포터 앤트」라는 이름인데, 현재 가장 성능이 안 좋은 건 그녀들이라고 생각한다. 이제는 보병 개미조차『권속 강화』로 필요 최소한의 INT를 확보해 모든 개미가 인벤토리를 사용했다. 그래서 이 대삼림에 사는 개미들에게는 병참이라는 개념 자체가 존재하지 않았다. 검증을 위해서 몇 마리 낳기는 했지만, 전원 집만 지키고 있었다.

스가루가 성장해서 개미가 무더기로 쏟아져 나오면 인류종 국가의 운명은 풍전등화일 것이다.

이것이 운영진이 준비한 레이드 보스라면 엄청나게 많은 플레이어가 동원되지 않는 한 공략 불가능한 무서운 컨텐츠가 됐으리라.

실제로 지금 레아 아래에서 그러한 세력으로 성장하고 있었다.

개미들의 미래를 상상하는 레아의 눈앞에서는 케리가 힘을 조절하며 공병 개미를 이 빠진 칼로 열심히 두들기고 있었다.

지금 레아의 시야는 케리와 공유되어 있었다.

『권속 강화』를 위해서 마법 스킬을 전부 배우고, 필요하다고 생각되는 능력치만 올린 뒤, 레아는 남은 경험치를 어디에 쓸지 고민했다. 능력치를 올리면 알기 쉽게 강해지지만, 다소의 능력치 차이는 스킬 하나로도 뒤집혀 버린다.

그렇다고 뒤늦게 무기 스킬을 올릴 마음은 들지 않았다. 지금은 레아 본인이 직접 싸울 생각이 없기도 하고, 일반적인 무기 스킬은 다른 플레이어가 알아서 습득할 것이다.

그것으로 유용해 보이는 스킬이 해금된다면 SNS나 공략 사이트가 떠들썩해질 테니까 필요하면 그때 가서 배우면 된다. 굳이 레아가 경험치를 낭비하며 검증해 줄 필요는 없다.

그러나 생산직 스킬도 그다지 내키지 않았다. 이미 공병들이 공장을 짓고 있기 때문이었다.

그래서 레아가 습득한 것은 아직 배우지 않은 마법 스킬『공간 마법』이었다.

이 마법은 처음부터 습득할 수 없고『부여 마법』과『바람 마법』을 배워야 비로소 해금된다. 이 정보는 클로즈 베타 때 이미 밝혀져서 레아 외에도 배운 플레이어는 많을 것이다.

이 마법은 단독으로 효과를 발휘하지 않고 다른 마법을 보조하는 타입이었다.『혼박』과『소환』의 관계와 유사하다.

구체적으로는 이『공간 마법』트리에 있는『좌표 인식』을 습득하면 다른 마법 스킬의 발동 위치를 임의로 설정할 수 있다. 활용법만 익히면 마주 보는 적의 등 뒤에서『플레어 애로』를 발사해 뒤통수에 꽂아줄 수도 있다.

기습과 기만에 쓰기 좋아서 매우 유용하지만, 직접적인 공격력이 향상되지 않는 데다가 선행 스킬이 경험치를 많이 잡아먹는다.

그 경험치로 차라리 직접적인 전투력을 높이는 편이 낫다고 생각하는 플레이어가 많은 터라 평가는 높지 않았다.

또한『좌표 인식』도 본인이 인식할 수 있는 위치로 한정되므로 기본적으로 시야 안에서만 지정할 수 있었다. 일대일로 싸울 때 빛을 발하는 스킬이지만, 고수와의 싸움에서는 시선으로 어딜 노리는지

들킬 우려도 있었다.

처음에 레아는 『소환』으로 권속을 소환하는 좌표도 지정할 수 있는지나 검증해 볼 생각이었다. 선행 스킬은 사전에 습득해서 필요한 경험치는 『공간 마법』을 배울 양뿐이었다.

습득한 결과, 처음 목적대로 『소환』으로 소환 좌표는 지정할 수 있었지만, 이것 역시 시야에 의존하는 듯했다.

레아는 시력이 나빠서 여타 마법 스킬과 마찬가지로 시야에 의존하는 『좌표 인식』으로 이득을 보기 어려웠다.

경험치를 낭비했나 싶었지만, 반대로 『공간 마법』으로 조건이 충족된 스킬이 있을지도 몰랐다. 당장 다른 스킬 트리도 확인해 봤다.

아니나 다를까, 『조교』에 『권속 인식』이라는 스킬이 늘어나 있었다.

이건 자신의 권속이 지금 있는 좌표를 인식하는 스킬로, 설명과 이름으로 보아 『좌표 인식』이 전제 조건이라는 확신이 들었다. 그렇다면 습득해서 다른 스킬도 확인해 봐야 한다.

이 패턴은 레아에게 익숙했다. 오픈 베타 첫날 느꼈던 그 설렘이 되살아났다.

다음으로 확인한 『소환』 트리에 해금된 스킬이 있었다. 이름은 『시각 소환』.

『권속 인식』으로 인식한 권속의 시야만 소환해, 시전자가 눈을 감으면 권속의 시야를 공유할 수 있었다.

이 스킬의 유용성은 굳이 설명할 필요도 없었다. 조류 마물을 테이밍하면 지휘관이 직접 항공 정찰도 가능해진다.

더 멋진 점은 권속의 시야를 공유하기 때문에 주군의 시력이 좋든 나쁘든 관계가 없다는 것이었다. 선천적 특성으로 약시를 골랐을 때, 언젠가 이를 보완할 수단을 찾아야겠다고 생각했는데 뜻하지 않게 그 수단을 얻고 말았다.

레아는 케리에게 『시각 강화』와 『청각 강화』를 가르치고 인근 도시에서 직접 정보를 얻기 위해서 용병 조합으로 보냈다.

시야를 케리와 동조하면 순간적인 판단이 필요할 때도 금방 지시할 수 있다. 『청각 강화』도 배운 이유는 같은 계통의 『청각 소환』도 배웠기 때문이었다.

케리는 마침 대삼림 옆에 있는 도시로 보냈는데, 일단 「레아」라는 이름을 쓰게 했다.

케리가 인벤토리를 쓰는 NPC라고 들키지 않기 위함이었다.

NPC가 인벤토리를 비롯한 게임 시스템적 기능을 이용한다는 사실은 현시점에서 레아밖에 알지 못했다. 공식 SNS나 비공식 SNS를 닥치는 대로 찾아서 검색해 봤지만, 관련 이야기가 전혀 없었으니까 아마 그럴 것이다.

만약 앞으로 『사역』 등 유력한 스킬을 다른 플레이어가 발견해 내더라도 이 사실만은 숨기고 싶었다.

들키고 싶지 않다면 애초에 사용하지 않는 게 제일이겠지만, 모처럼 얻은 편리한 기능이 아니던가. 특히 멀리서 활동할 때 짐 때문에 불필요한 제약이 붙는 것은 좋지 않다.

그래서 실수로 인벤토리를 들켰을 때를 위하여 플레이어로 위장하는 편이 현명하다고 생각했다.

케리라는 이름의 플레이어가 있는지는 모르겠지만, 중복 닉네임을 쓸 수 없는 이 게임에서 만에 하나라도 동명의 플레이어를 만나면 골치 아파진다. 적어도 정식 닉네임이 아니라고 생각할 테고 괜한 의심을 살 것이다.

 하지만 「레아」라는 이름을 쓰면 아직 레아 본인이 공개적으로 나설 생각이 없기 때문에 전혀 문제 되지 않는다. 중복 닉네임이 허용되지 않으니까 정규 수단으로 「레아」라는 이름을 쓸 플레이어는 없다. 이 「레아」라는 이름이야말로 가장 안전한 「가명」이었다.

 인간 도시에 보내기 전에 플레이어로서 의심받지 않게끔 「플레이어」란 어떤 존재인지 대략적으로 케리 일행에게 설명했다.

 플레이어는 이 세계와는 다른 세계와 이어져 있고, 이곳에서 잠든 사이에 그쪽 세계에서 생활한다. 그래서 이 세계의 장소나 거리에 구애되지 않고 플레이어끼리 정보를 공유할 수도 있다는 내용이었다.

 운영진이나 개발진에 관해서도 플레이어들에게는 신과 같은 존재며 실존한다고 확신하지만 아무도 떠받들지는 않는다는 식으로 설명했다. 레아는 스스로 생각해도 잘 설명했다고 만족했다.

 이 시기의 플레이어가 케리처럼 영락없는 도적 행색인 낡은 가죽 갑옷을 입는 것은 부자연스러우니까 레아는 자신의 초기 장비를 벗어서 케리에게 줬다.

 그럼 장비를 벗은 레아는 무엇을 입는가. 숲에서 구한 모피를 대충 잘라서 몸에 두르고 끈으로 묶은 게 전부였다. 비슷한 것을 찾자면 고대 그리스의 키톤일까. 울이 아니라 모피라서 상당히 꺼끌꺼

끌하지만.

케리에게는 도시의 정보 수집을 우선하면서 적당히 쉬운 일거리를 받게 했지만, 만약 플레이어와 만나면 들키기 전에 오히려 먼저 다가가라고 일러뒀다. 케리의 언행이 다소 이상하더라도 대충 롤플레이라고 둘러대면 그러려니 넘어갈 것이다. 설마 들키기야 하겠는가.

그 외에 『사령』 트리에 새로 해금된 스킬이나 시각, 청각을 제외한 감각 소환 스킬, 그 뒤에 열리는 스킬까지 배우고 레아는 일단 스킬 습득을 멈췄다.

현재 필요한 것은 얼추 갖춰졌다고 느꼈고, 다음에는 스가루도 『소환』 계열 스킬을 해금해야 하기 때문이었다.

지금 레아의 당면 목표는 오래 비행할 수 있는 권속 구하기였다. 기본으로 『암시(暗視)』 같은 특성이나 스킬을 가진 종족이라면 금상첨화다.

항공 전력으로는 솔저 베스파가 있지만, 그녀들은 어디까지나 스가루의 권속이라서 레아가 시야를 소환할 수 없었다.

숲 바깥에서도 오래 활동할 수 있고, 가능하면 『암시』가 있고, 눈에 띄지 않으면서, 전투력은 뛰어난 그런 종족. 그렇게 입맛에 딱딱 맞는 마물이 있으면 좋으련만.

그리고 케리가 도시를 염탐하는 동안 라일리는 종종 대삼림을 정찰했다.

이미 이 숲에 레아가 모르는 마물은 없을 테지만, 부엉이 마물 중에서 특별히 강한 개체가 있으면 상처 없이 잡아 오라고 지시했다.

케리의 시야를 볼 필요가 없을 때는 라일리의 시야를 공유해서 숲을 관찰했다.

그런 레아가 「여왕방」에서 앉아 있는 곳은 당연히 옥좌였다.

공병들에게 그럴싸한 바위를 가공하게 한 뒤, 사냥해 온 거대한 마물의 모피를 몇 겹으로 깔아서 엉덩이가 아프지 않게 만든 의자였다. 엉덩이가 닿는 부분은 살짝 둥글게 파고 등받이는 완만하게 기울이는 등 체중이 전체적으로 분산되도록 접촉 면적을 늘리고, 장시간 앉아 있어도 몸이 뻐근하지 않게 궁리했다.

요즘은 이 의자에서 잠든 채로 로그아웃할 정도였다.

〈보스, 돌아왔습니다.〉

라일리의 시각과 청각에 동조해서 숲 탐색을 간접적으로 즐기는데, 케리에게서 친구 채팅이 날아들었다.

시각과 청각을 되돌리자 여왕방에 케리가 와 있었다. 자력으로 걸어 온 모양이었다. 상하의에는 싸구려 토끼 가죽 갑옷을 장비했다.

"후후, 그건 웬 옷이야? 아니, 이상하다는 말은 아니야. 제법 신출내기 용병 티가 나."

"죄송합니다. 이런 저급 장비에 자금을 써 버려서……."

"써 봤자 얼마나 썼다고. 기껏해야 케리가 위장 취업해서 번 돈 아니야? 그 정도면 딱히 상관없어. 애초에 우리는 돈이 그다지 필요하지 않아."

레아 패밀리는 이 도시 주변의 유일한 금속 생산지인 광산까지 제압했다. 마찬가지로 연료나 자재로 사용되는 석탄 및 목재도 레아가 통제하는 셈이었다. 질 좋은 가죽을 주는 마물이나 실을 뽑는 애벌레 마물 또한 대삼림 안에서밖에 서식하지 않았다.

"그런데 보스, 들으신 대로 대규모 이벤트? 라는 것 말입니다만……."

"아, 그거……. 어떻게 할까."

케리와 그 웨인이라는 플레이어의 대화에서 나온 대규모 이벤트는 레아도 궁금했었다. 이 게임의 특성상 대규모 인원을 한자리에 모으기가 굉장히 어려울 텐데 대체 어디서 어떻게 개최할 예정일까.

우선 이벤트의 자세한 내용이 밝혀지지 않으면 참가할지 말지도 정할 수 없다. 레아 본인이 어디에 나가서 참가할 마음이 없었다.

모처럼 생긴 기회니까 그 웨인이라는 플레이어 말대로 케리를 참가시키고 싶지만, NPC 참가가 가능할지 의문이었다.

"좌우지간 후속 공지가 나와야 결정을—."

〈보스, 숲이 뭔가 이상합니다.〉

레아는 말을 중간에 끊었다. 탐색하던 라일리에게서 친구 채팅이 들어왔다.

뭔가 이상하다, 라는 굉장히 모호한 보고지만, 라일리가 이유도 없이 그런 보고를 했을 리는 없었다.

〈이상하다니? 구체적으로 어떻게 이상해?〉

〈살려 뒀던 고블린이 드문드문 죽어 있습니다. 개미가 신병 훈련에 쓴 것치고는 수가 많습니다. 게다가 우리가 모르는 기적이 있는

듯하기도…….〉

　라일리 본인도 확신이 서지는 않는 눈치였다. 보고한 내용도 오차 범위라고 볼 수 있는 수준이었다.

　옆에 있는 스가루를 봤다. 지배한 지역에 관한 보고는 스가루에게도 동시에 보내도록 지시해서 라일리와 동행하는 개미에게서 같은 내용을 보고받았을 것이다.

　하지만 스가루에게도 지금까지 특별히 이상한 보고는 받지 못했는지, 고개를 갸웃거리고 있었다.

　그렇다면 아무런 전조도 없이 이물질이 나타났다는 뜻이었다. 거의 완전히 장악한 숲에서, 그것도 라일리가 순찰하는 중심부 근처까지 개미 경계망에 전혀 걸리지 않고 침투할 수 있는 자가 있다고는 생각되지 않았다. 땅에도 하늘에도, 땅속까지도 개미들이 있었다.

　무슨 일이 벌어지는지 생각하는데 곧 라일리에게서 속보가 들어왔다.

　〈보스! 순찰 중이던 다른 조가 보고했습니다! 해골 군단이 갑자기 나타났다고 합니다! 장소는 W-18 부근입니다!〉

　〈해골? 스켈레톤인가? 갑자기 나타났다니? 피해는?〉

　〈아직 우리 군에 피해는 없습니다. 고블린 목장 바로 옆인데, 경계해서 정찰 나간 고블린이 몇 마리 당했나 봅니다.〉

　이해할 수 없었다. W-18이라면 약간 동쪽이기는 해도 거의 숲 중심부였다. 스가루 말대로 고블린 목장이 근처에 있었을 텐데 그것 말고도 무엇이 있었던가?

　아니, 생각할 바에는 정찰을 보내는 편이 낫다. 마침 라일리가 근처에 있었다.

〈라일리, 미안하지만 조를 이끌고 당장 그 해골 군단인지 뭔지를 정찰해줘.〉

〈알겠습니다.〉

〈그리고 고블린 시체가 근처에 있으면 적은 그곳에도 이미 진을 쳤을 수 있어. 해골들이 얼마나 은밀하게 움직이는지 모르니까 충분히 주의해.〉

〈네.〉

"스가루, 고블린 목장 부근에 해골 군단과 관련된 뭔가가 있었어?"

〈고블린들이 가끔 무기를 뒤지는 곳이라면 있을 테지만, 해골과 관련이 있는지⋯⋯.〉

"무기? 아아, 그러고 보니 그 녀석들 녹슨 검 같은 걸 들고 다녔지⋯⋯. 게임에서 흔히 보는 모습이라서 이상하다고 못 느꼈어. 게다가 고블린의 근력으로는 녹슨 검으로 개미의 외골격을 뚫지 못할 거라고 생각해서 신경도 쓰지 않았는데, 생각해 보면 그런 무기는 어디서 난 거야?"

〈저희도 크게 신경 쓰지 않은 터라 자세히는⋯⋯. 목장 옆에 닳아 빠진 무기와 갑옷 따위가 무더기로 묻힌 곳이 있다고는 들었습니다만⋯⋯.〉

목장 근처에서 개미들이 활발하게 움직이면 고블린들이 경계해서 번식 속도가 떨어지므로 다가가지 않았는데, 더 꼼꼼하게 탐색했어야 했을까.

목장 아래로 지하 통로를 뚫을 당시 발견되지 않았다면 그다지 깊지 않은 곳, 지표 근처에 묻혀 있을 것이다.

스가루가 보고하지 않은 것으로 보아 발굴해도 현재 레아 패밀리가 제작하는 장비보다 랭크가 낮아서 이용할 가치가 없다는 뜻이다. 만약 보고했어도 이런 이상 사태라도 벌어지지 않은 한 레아도 마음에 두지 않았으리라.

"한번 알아나 볼까. 낡은 장비가 묻혀 있다면 그 주인들이 묻혀 있어도 이상하지 않아. 누군지는 모르겠지만, 근원지는 대강 정해졌어. 라일리의 보고를 기다리고 확정되면 나도 나갈게. 언데드라면 내가 가장 잘 놀아줄 수 있겠지."

새로운 『사령』 스킬을 시험할 좋은 기회기도 하고.

라일리가 추가 조사로 보내온 보고에 따르면 역시 고블린 목장 근처의 닳고 녹슨 무구가 버려진 고철 하치장 같은 곳에서 해골 군단이 솟아나는 듯했다.

앞으로는 그곳을 편의상 묘지라고 부르기로 했다.

"그럼 갈까? 스가루는 여기에 있어. 케리, 따라와 줄래?"

"네, 보스."

케리를 끌고 동굴 안을 걸었다.

개미가 대삼림과 초원 방방곡곡으로 이은 지하도는 레아와 케리 일당을 위해서 일반적인 인종이 서서 걸어 다닐 수 있는 높이로 만들어졌다.

잠시 라일리와 연락을 나누고, 스가루에게 보병을 보내서 해골들을 묘지 주변에 묶어 두도록 명령하며 지하도를 걸었다.

대삼림은 광대하지만, 여왕방도 묘지도 중심부에서 가까워 현장은 그다지 멀지 않았다. 얼마 가지 않아서 묘지 지하 근처에 도착한 레아는 지상에 있는 라일리에게 안내받아서 가장 가까운 출구로 나갔다.

지상으로 나오자 듣던 대로 해골 대군이 있었다. 스켈레톤인지 아닌지는 얼핏 봐서는 판별할 수 없었다.

묘지 밖으로 나온 해골들은 개미들이 견제해서 발을 묶어 뒀고, 이 묘지에 남은 해골들도 개미가 포위해 더 이상 적군이 퍼져 나가지 않게 막고 있었다.

"……뭉쳐 있어서 좋네. 좋아, 바로 시험해 볼까."

레아는 새로 습득한『사령』트리의 스킬을 발동했다.

"『사령 결계』."

그러자 레아의 전방, 그녀가 지금『사령 결계』를 발동한 범위 전체가 검게 빛나는 마법진으로 뒤덮였다. 마법진은 반구형으로, 묘지 전체가 쏙 들어갔다.

이 마법진에 갇힌 스켈레톤들은 하나같이 동작을 멈추고 시전자인 레아를 향해 돌아서서 차렷 자세로 섰다.

『사령 결계』의 효과는「지정한 범위 안의 시체를 모두 언데드로 만들어 지배한다. 범위 안에 적대적인 언데드가 있을 경우, 언데드 전체에게 발동 조건을 무시한『지배』효과를 부여한다. 저항 판정은 개별로 이루어진다. 결계 발동 중에는 지속적으로 MP가 감소하며, 해제하거나 MP가 고갈되면 결계가 붕괴하여 효과를 받던 언데드는 지배에서 해방된다」였다.

이 스킬은 『공간 마법』의 『공간 파악』을 습득하면서 해금됐다.

『공간 파악』 습득 조건은 다음에 설명하고, 『사령 결계』 효과는 요컨대 『사령』과 『혼박』과 언데드 한정 『지배』의 범위화였다. 대상이 한정되지만 효과가 강해서 스킬 비용이 비싸고 MP가 무섭게 줄어들지만, 현재 목적은 파상 공격 저지와 약한 언데드 선별이었다.

이 스킬로 범위 안의 시체가 전부 언데드로 바뀌면 나중에 하나둘씩 출몰하지도 않을 테고, 만약 이 스킬로 지배하지 못한 언데드가 있다면 그 녀석을 색출할 수도 있을 것이다.

레아는 지배한 언데드를 정렬시키고 묘지에서 떨어뜨렸다. 동시에 스가루에게 지시해 지배한 언데드를 개미 포병의 유탄으로 한 방에 쓸어 버렸다.

『사령 결계』로 지배할 수 있는 시간은 스킬이 발동 중일 때뿐이고 MP 소모를 고려해도 그리 긴 시간 유지할 수 없다. 지배당해서 저항하지 못할 때 파괴해 두는 편이 낫다.

돌격병의 화염 방사로 모조리 화장하는 것이 가장 빠르겠지만, 숲속에서 해도 될 방법은 아니었다.

지배한 해골들을 처리한 뒤 묘지에 남은 것은 너덜너덜하지만 본래는 호화로웠을 갑옷을 입은 커다란 스켈레톤이었다.

그 녀석만은 레아의 높은 MND로도 지배하지 못했다.

조무래기가 전부 파괴된 것을 확인한 레아는 MP 낭비를 피하기 위해서 『사령 결계』를 해제했다.

"……우어어어…… 으으으…… 으으우……."

홀로 남은 스켈레톤이 뭐라고 웅얼거렸다.

인간의 언어가 아닌 듯하지만, 『사령』이나 다른 스킬 효과인지, 시스템이 보조한 결과인지, 레아는 왠지 모르게 말을 이해할 수 있었다.

아마 자신들을 이 숲으로 보내서 전멸하도록 유도한 국가 상층부를 용서할 수 없다는 뜻 같았다.

스켈레톤의 말에 따르면 그들은 이 나라의 기사단인 모양이었다.

「이 나라」가 어느 나라인지는 전혀 모르겠지만, 가장 가까운 도시가 속한 국가가 아닐까. 그렇다면 웨인이라는 플레이어에게 들은 힐스 왕국일 것이다.

하지만 그것도 뭔가 아니라는 느낌이 들었다.

이 스켈레톤도 시간 감각이 아리송해서 얼마나 과거의 일인지 똑바로 전해지지 않았다.

어쩌면 이미 멸망한 나라일지도 모른다.

스켈레톤은 당시 대륙에 나라는 하나밖에 없었다는 식으로도 말했다. 그럼 이 스켈레톤들은 망국의 기사단이고 왠지 이 숲에서 떼죽음을 당했다는 이야기가 된다.

여섯 국가의 배경은 공식 사이트에 기재된 간단한 설명문으로 봤지만, 멸망한 통일 국가에 관한 언급은 없었다.

이 스켈레톤의 말이 사실이라면 이 대륙에는 공식으로 발표하지 않은 과거사가 있다는 뜻이다.

아주 흥미로웠다.

"그래서 결국 너희의, 아니지, 너의 목적은 뭐야? 미안한데 네 부하들은 지금 막 전부 가루가 되셨거든. 나는 네 원수가 아니고 더 이상 적대할 의지는 없지만, 네 생각은 다를 수도 있겠지. 부하들을 쓸어버린 내 과실도 있으니까 요청을 들어줄 의사는 있어. 우선 희망 사항을 들어볼까."

"으어…… 우으어어…… 으어어……."

그 후로 얼마간 스켈레톤의 길고 알아듣기 힘든 이야기를 들었다. 그는 부하의 원한을 갚고 싶은 모양이었다.

단, 그 대상은 방금 부하를 박살 낸 레아가 아니었다.

이 묘지에 잠들었던 기사단은 자기 자신도 포함해 이미 죽은 몸이었다. 그 후에 모종의 이유로 다시 깨어나 움직이기는 했지만, 자아를 가진 자는 그뿐이었고, 부하들은 오히려 편안히 잠들게 해 주고 싶었다고 한다.

그래서 그의 원수는 나라를 지키는 기사단인 그들을 속여 죽음으로 내몰고, 왕을 시해하고, 나라를 분단시키고도 뻔뻔하게 대륙을 지배하는 파렴치한들이라고 했다.

그 지배자들이 나라를 세웠다면 그것이 아마 현재의 여섯 국가가 아닐까.

정작 당사자는 먼 옛날에 죽었을 테지만, 그 부분은 그도 잘 이해하지 못하는지 원수의 자손=원수라는 등호가 성립하는 듯했다.

"그래. 보다시피— 아니지, 봐도 모르나. 나는 국가 같은 집단에 소속하지 않은, 이른바 무법자야. 구체적으로는 도적단 두목이고, 지금은 개미 왕국의 지배자이기도 해. 요약하면 그런 조직들을 하나로 묶는 대표이사 같은 입장이야."

스켈레톤도 레아와 다짜고짜 적대할 의사는 없는지 조용히 이야기를 들었다.

"지금 네가 고를 수 있는 길은, 첫째로 여기서 나와 싸운다. 다음은 내 권속이 된다. 마지막으로 숲을 떠나서 가고 싶은 곳으로 간다. 이 셋 중 하나일까?"

그가 들려준 이야기에는 관심이 있지만, 꼭 그에게 들어야 할 내용도 아니었다. 대륙은 넓다. 어딘가에 정보를 가진 자가 또 있을 것이다. 예를 들어 엘프 같은 장수 종족 노인이라도 찾아서 물어보면 그만이다.

게다가 그를 같은 편으로 끌어들이면 필연적으로 인류종 국가와 적대 관계가 된다. 아니, 이미 우호적인 관계라고 말하기는 어려우니까 지금과 별로 다를 바가 없나. 채굴장도 빼앗았고.

"좋아. 내 권속이 된다면 너에게 힘을 줄게. 네 복수를 거드는 것도 재미있겠어. 그 대신 평소에는 내 명령에 따라줘야겠지만."

강제로『사역』해도 딱히 상관은 없지만, 가끔은 이렇게 악당 대장 행세를 하는 것도 나쁘지 않다. 기왕 하는 게임, 즐겨야 하지 않겠는가.

《네임드 에너미【원망하는 자 디아스】퇴치에 성공했습니다.》

그렇게 시스템 메시지와 함께 디아스는 레아에게 복속되었다.

종족은「테러 나이트」라고 나와 있었다. 능력치가 높고 스킬도 다양한 것이, 레이드 보스까지는 아니더라도 상당히 강력한 유니크 보스로 보였다. 이미 파괴된 그의 부하 스켈레톤들까지 합치면 어땠을까. 아마 개미들에게는 이기지 못했겠지만, 레아와 만나기 전 케리 일당이라면 손쉽게 쓸어버렸을 것이다.

디아스가 얼마나 강한지는 지금 레아가 『사역』에 성공한 것만으로 소량의 경험치를 얻었다는 점만 보아도 짐작할 수 있었다.

레아가 직접 참가한 다른 전투와 비교하자면, 방금 스켈레톤 대군을 처리하고 얻은 경험치는 거의 0에 가까웠으니 그야말로 격이 다른 존재였다.

스켈레톤들도 레아가 끼어들지 않고 개미만으로 공격했다면 짭짤한 경험치를 얻었을지 모른다. 하지만 그 전투의 주목적은 『사령 결계』의 성능 시험이라서 어쩔 수 없었다.

이렇게 조건이 까다로운 스킬을 실전에서 시험할 기회는 그리 많지 않다. 그런 점에서는 아주 운이 좋았다.

디아스를 지배한 레아는 이곳에 남을 개미들에게 묘지 뒷정리를 맡기고 여왕방으로 돌아가기로 했다.

너무 시간을 끌면 날이 밝고 만다.

묘지에 남은 뼈다귀나 낡은 무구를 어떻게 할지 디아스에게 물어봤지만, 어차피 부하들의 영혼은 흔적도 없이 사라져서 공양할 의미도 없다고 했다. 이해하기 힘든 종교관이지만, 본인이 그렇게 말한다면 그대로 놔두자. 조만간 고블린들이 유용하게 활용할 것이다.

하지만 디아스의 이야기가 사실이라면 왜 디아스만 자아를, 혼을 유지한 채로 있었을까.

그리고 혼이 진작 흩어졌을 기사단이 왜 지금 갑자기 언데드로 변했을까.

어쨌든 지금 생각해도 답은 나오지 않는다.

레아는 라일리에게 부엉이 마물을 찾도록 지시하고 케리와 디아스를 데리고 지하로 돌아왔다.

◆ ◆ ◆

《동시 접속자 수가 규정치에 도달했습니다.》

《대규모 이벤트 진행 조건이 충족되었습니다.》

《이벤트 담당자 A는 정해진 절차에 따라서 시나리오를 진행해 주십시오.》

《이벤트 프로그램 실행 코드를 송신.》

《……에러. 프로그램 실행을 확인하지 못했습니다.》

《이벤트 프로그램 실행 코드를 송신.》

《……에러. 프로그램 실행을 확인하지 못했습니다.》

《경고. 일부 이벤트 캐릭터가 IDLE 상태가 되지 않습니다.》

《코드 송신을 정지합니다.》

《각 섹션의 담당 책임자는 대처법을 논의해 주십시오.》

◆ ◆ ◆

《플레이어 여러분께.

항상 본사의 『Boot hour, shoot curse』를 플레이해 주셔서 진심으로 감사합니다.

정식 서비스를 기념하여 대규모 이벤트를 기획하였으나, 게임 내 일부 지역에서 이벤트가 당초 기획대로 진행하기 어려운 상황이라는 사실이 밝혀졌습니다.

예정을 변경하여 해당 시각에 모든 플레이어 여러분을 특별 지역으로 초대하여 배틀 로열 PvP 이벤트를 개최하겠습니다.

처음 계획으로는 이벤트 시각에는 이벤트에 참가하지 않는 플레이어 여러분의 로그인이 제한될 예정이었으나, 이번 일정 변경으로 이벤트에 참가하지 않는 분들도 평소대로 로그인하실 수 있으며, 이벤트 특설 지역에도 자유롭게 출입하실 수 있습니다.

배틀 로열에 참가하실 분은 이벤트 전날 10시까지 등록해 주시기 바랍니다.

또한, 참가하지 않는 플레이어 여러분은 이벤트 특설 지역으로 이동할 시 모두 관전 전용 특설 지역으로 이동합니다.

※이벤트 특설 지역은 배틀필드, 관전석 모두 기존의 여섯 배 속도로 시간이 흐르므로 주의하시기 바랍니다.

※안전을 위해서 특설 지역에 불필요한 출입은 삼가 주십시오.

※뇌 기능·정신 보호법에 준거하여 특설 지역 입장 시에는 「두뇌 처리 속도 가속과 관련된 주의·경고」 문서를 확인하고 수락할 필요가 있을 수 있습니다.

그 외 이벤트에 관한 자세한 내용은 추후 공식 사이트에서 발표하겠습니다.

앞으로도 「Boot hour, shoot curse」를 즐겨 주시기 바랍니다.》

◆ ◆ ◆

《자주 있는 질문.

고객님께서 보내주신 「자주 있는 질문」이나 「문제 해결 방법」을 모아 두었습니다.

해당 페이지를 검색하시면 의문이나 문제가 해결될 수 있으므로 문의하시기 전에 확인해 주시기 바랍니다.

그리고 게임 내용과 관련된 질문이나 일부 시스템 관련 질문에는 답변을 드리기 어려운 점 양해 부탁드립니다.

Q: 숙소에 머물러 리스폰 포인트를 갱신한 뒤, 그 숙소가 무너져서 리스폰 포인트가 사라지면 어떻게 되나요?

A: 갱신하기 직전의 리스폰 포인트에서 리스폰합니다. 또한, 그곳이 초기 스폰 포인트였을 경우, 최초에 선택하신 조건에 맞춰 재추첨

한 위치에 스폰됩니다.

Q: 파티나 클랜 기능은 없나요?

A: 파티 기능에 관하여.

『Boot hour, shoot curse』에는 파티 기능이 존재하지 않습니다. 다른 플레이어나 NPC와 자유롭게 협력하여 역경에 도전하시기 바랍니다. 경험치는 전투에 어떠한 형태로든 영향을 준 캐릭터가 모두 획득하며 전투 공헌도에 따라서 분배됩니다. 참고로 공헌도는 공개되지 않습니다.

그리고 드롭 아이템은 당사자 여러분께서 충분히 의논하여 미리 배분 방식을 정해 두실 것을 권장합니다.

A: 클랜에 관하여.

클랜 시스템은 없지만, 여러 캐릭터가 함께 행동하며 한 토지를 구입하거나 임대할 수는 있습니다. 그곳을 거점으로 특정 집단을 자칭하는 것은 자유이므로 원하시는 방식대로 게임을 즐겨주시기 바랍니다.

Q: 펫 시스템은 없나요?

A: 답변해 드릴 수 없습니다.

Q: 경험치를 전부 사용하고 사망할 경우, 경험치가 감소하는 사망 페널티는 어떻게 적용되나요?

A: 리스폰할 때 습득한 스킬이나 능력치 중 불필요한 것을 골라서 환원해 주십시오. 페널티로 차감되고 남은 경험치는 그대로 미사용

경험치로 남습니다. 선택할 수 없을 경우 가장 최근에 배운 스킬이나 높인 능력치가 자동으로 환원되어 정산됩니다.

※참고로 스킬·능력치 환원은 리스폰할 때만 등장하는 전용 화면에서 이루어집니다.

※특정 스킬을 습득하기 위한 선행 스킬을 환원한 경우, 선행 조건을 잃은 스킬도 자동으로 환원됩니다.

이 페이지를 참조하시고도 문제가 해결되지 않을 경우는 아래 문의란으로 접수해 주십시오.》

제5장 배틀 로열

『권속 강화』와『공간 마법』을 배우기 위해서 자신에게 대량의 경험치를 투자한 레아는 이제 대삼림 주변의 어떤 적과 싸워도 경험치를 얻을 수 없었다.

하지만 무강화 상태인 개미 부대로 고블린 부락을 습격하면 간접적으로 레아에게 경험치가 들어왔다. 많지는 않지만, 지금처럼 목장을 운영하며 정기적이고 계획적으로 사냥하면 하루 수입은 썩 나쁘지 않았다.

레아는 이렇게 사색에 빠진 사이에도 권속들이 자동으로 벌어다 주는 경험치를 바라보며 전부터 신경 쓰였던 스킬을 본격적으로 개발하기로 마음먹었다.

그 스킬이란 바로『연금』이었다.

흔히 연금술이라고 일컫는 스킬 트리라고 생각하지만, SNS나 커뮤니티를 살펴봐도 초기 스킬인『연성』과『조제』에서 파생된『정제』말고는 발견되지 않은 듯했다. 물론 레아가 사용하는『사역』처럼 숨기는 플레이어도 있을지 모르지만, 그래도 역시 평범한 방식으로는 찾을 수 없는 조건이 있으리라.

레아가『연금』에 눈독을 들인 이유는 캐릭터 생성에서 선택하는 종족「호문쿨루스」때문이었다.

호문쿨루스라면 연금술로 만드는 인조 생명체로 유명하다. 관계 있다고 생각하는 쪽이 자연스럽다.

클로즈 베타에서 호문쿨루스는 작은 휴먼 같은 모습이며, 그 외에 데이터상 차이는 휴먼보다 INT가 높은 정도였다. 그 때문에 종합적인 능력은 휴먼을 웃돌지만, 그런데도 경험치를 추가로 소비하지 않았다.

그 이유 중 하나는 호문쿨루스가 인류종 국가에서 마물로 분류되기 때문이었다. 평소에는 인류종 국가에서 생활해도 문제가 없지만, 한 번 정체를 들키면 도시 NPC에게 마물 취급을 받고 퇴치당하거나 포획당하는 크나큰 단점이 있었다.

이런 점을 고려해도 호문쿨루스가 「인조 생명체」라는 생각은 틀리지 않았다고 본다. 이성을 잃은 연금술사가 금기로 탄생시킨 마물인 것이다.

레아는 『연금』 스킬을 개방하면서 이 호문쿨루스를 제조할 수 없을지 생각했다.

일단 『연성』부터 습득해 보기로 했다.

이러고 아무것도 해금되지 않으면 『조제』도 배워야 했다. 어차피 경험치는 남으니까 싸게 먹히는 비공격 마법 기술도 몇 개쯤 익혀도 상관없었다. 『바람 마법』의 『건조』나 『불 마법』의 『가열』 등 전투에서는 크게 소용이 없지만, 『연금』이나 다른 생산 활동에서 필요할지도 모를 마법이었다.

개미들이 번 경험치를 써서 줄줄이 마법과 스킬을 습득해 갔다.

『조제』부터 시작해 『정제』, 『건조』, 『가열』, 『물 마법』의 『세정』, 『번개 마법』의『통전』,『얼음 마법』의『냉각』,『땅 마법』의『분쇄』까지 습득하자『연금』트리에『연금』이 해금됐다.

트리와 같은 이름을 가진 스킬이었다. 하지만 이만큼 많은 조건이 필요하다니, 해금 조건이 지나치게 까다롭다고 느꼈다.

『연금』트리로 키우는 생산직은 보통 마법을 배우지 않고, 만약 배운다고 해도 한두 속성뿐일 것이다. 운영진은 생산직에게『연금』을 가르칠 생각이 없는 것일까?

이『연금』을 얻자 바로 다음 스킬인『철학자의 알』,『아타노르』가 해금됐다.

『연금』이 열려서 나왔다기보다 레아가 이미 어떤 조건을 충족했기 때문일까. 그게 어떤 스킬인지는 이제 와서 알 수 없지만.

그나저나 이건…….

"……이건…… 기구 이름 아닌가?"

설명란을 보자 두 스킬 모두『『위대한 작업』을 발동하기 위해 필요하다.『연금』스킬의 판정에 상향 보정』이라고 나와 있었다. 아무리 선행 스킬이라도 설명을 너무 대충 해 놓았다.

"뭐, 이런 건 너무 자세하게 파고들면 귀찮은 단체가 물어 뜯기도 하니까……."

불만은 접어 두고『철학자의 알』과『아타노르』를 습득했다.

이 두 스킬도 선행 조건치고는 굉장히 비쌌지만, 바로 다음 스킬을 보여줬다.

"『위대한 작업』이라……. 이름이 나왔었지."

『위대한 작업』이란 일반적으로 궁극의 연금술로 알려진 공정이다. 연금술에 상식이라는 표현이 적합한지는 모르겠으나, 『위대한 작업』이 가능하다면 상식적으로 연금술의 만능 물질, 현자의 돌도 만들 수 있을 것이다.

그것까지 가능한지 알 수 없고, 필요 경험치도 100으로 자릿수가 다른 수치지만, 여기까지 와서 배우지 않을 이유는 없었다.

"……그리고 효과는…… 오호라. 필요한 건 재료뿐이야. 그리고 『철학자의 알』, 『아타노르』, 『위대한 작업』을 연속으로 쓸 수 있는 방대한 MP인가. 지금 나라면 여유롭겠지만."

일반적으로 알려진 호문쿨루스의 재료를 요구하면 어쩌나 했지만, 역시나 게임에 맞춰서 마물 소재나 마법 금속 따위로 구성되어 있었다. 단, 불명으로 표시되는 재료도 몇 가지 있었다.

재료를 판명하는 기준은 아마 게임에서 레아가 직접 보았는지일 것이다. 지금 밝혀진 호문쿨루스 재료는 「마물 심장」과 「혼」뿐이었다.

아이템으로 취급되는 「혼」은 보지 못했는데, 혹시 『혼박』으로 빼앗은 죽은 자의 혼을 말하는 것일까.

"만약 그렇다면 인조 생명이라도 아예 무에서 유를 창조할 수는 없다는 건가."

레아는 막 배운 이 스킬을 시험하고 싶다는 충동에 휩싸였다.

제조법에 나와 있는 호문쿨루스와 비슷한 난이도의 아이템 중, 지금 재료가 모두 밝혀진 것은 하나뿐이었다. 다만, 호문쿨루스와 달리 이건 결과물의 이름만 가려져 있었다. 재료가 판명되는 기준이 레아의 예상대로라면, 아마 재료는 본 적이 있어도 완성품을 보지 못했다는 뜻이리라.

"뭘 만드는 제조법일까. 호문쿨루스와 같은 카테고리에 있으니까 인조 생명체처럼 자연의 섭리를 모독하는 무언가겠지. 그런데 어째 재료가 죄다 금속이네……. 그중에 특이한 걸 꼽자면 기사의 원념…… 이건 정말 뭘까? 이름이 보이니까 본 적은 있다는 뜻일 텐데."

기사나 원념 관련으로 짐작 가는 것이라면 기사단 묘지 정도밖에 없었다.

"……묘지에 떨어진 물건인가. 난감하네. 뭔가 잡다하게 어질러져 있긴 했지만, 닳아 빠진 갑옷에 방패에 검, 그리고 뼈밖에 본 기억이 없어. 그런 특수한 아이템이 있었나?"

〈일단 보이는 대로 들고 오면 어떨까요? 뭐라도 얻어걸릴 테고, 전부 아니라면 적어도 보통 갑옷이나 뼈는 아니라는 사실이 밝혀집니다.〉

레아의 혼잣말에 스가루가 친구 채팅으로 대답했다. 이렇게 권속이 때때로 반응해 주는 덕분에 최근 레아는 혼잣말이 늘었다.

"그래, 그렇게 하자. 미안하지만, 경계 임무 중인 개미들에게 부탁해도 될까?"

〈맡겨 주십시오.〉

"다음은, 금속이야. 단순히 정제된 금속 덩어리라고만 나와 있어서 뭘 써야 할지 모르겠네……. 일단 우리 광맥에서 나오는 금속 중에 가장 좋은 걸 써 보자. 스가루, 이것도 가지고 오라고 말해줘."

〈예, 보스.〉

이곳 대삼림의 광맥은 원래 도시 NPC들이 채굴하던 곳이지만,

현재는 레아가 제압해서 지배하에 두었다.

공병 개미의 산은 바위나 광물을 녹이지만, 자신들보다 랭크가 높은 물질은 녹이지 못하는 성질이 있었다. 이를 이용해서 갱도를 넓히도록 지시하자 녹고 남은 철광석이나 은광석, 그리고 뭔지 모를 매지컬 금속 따위가 도처에서 산출됐다. 초고효율 채굴 작업이었다.

현재는 레미가 감독관이 되어 대삼림 중심부에서 개미산과 석탄으로 만든 코크스를 이용해 금속을 정제하고 있었다.

"아, 그리고 보니 레미에게 가르치지 않았던 비전투 마법을 가르쳐야지. 『연금』뿐 아니라 『대장일』, 『재봉』, 『가죽 세공』으로도 스킬이 해금될지 모르니까."

그로부터 얼마 후, 보병 개미들이 지시한 물자를 운반해 왔다.

"고마워. 이제 재료는 다 모였어."

레아 앞에는 낡은 무구와 기사들의 뼈, 그리고 광택이 흐르는 금속 덩어리가 수북이 쌓여 있었다.

이 중에 어느 것이 재료가 될 것이다.

"혼을 요구하지 않는다면 영혼 없는 존재가 만들어질 거야. 단순하게 생각하면 아이템인가……."

하지만 호문쿨루스 제조법과 같은 카테고리에 있었다. 단순한 아이템이라면 다른 카테고리에 분류됐을 것이다.

사실 『위대한 작업』으로 개방되는 제조법에는 다른 카테고리도 많았다. 물론 지금은 어느 제조법이고 재료조차 대부분 밝혀지지 않았지만.

"뭐, 일단 해 볼까. 그럼 『철학자의 알』 전개."

그러자 꽤 많은 MP를 대가로 레아 앞에 거대한 알 모양 수정이 나타났다.

설명에 따르면 이건 플라스크일 텐데 내부에 뭐가 들었는지는 겉으로 봐서 알 수 없었다.

『위대한 작업』 제조법에 적힌 순서대로 레아는 그 알에 금속 덩어리를 가져다 댔다.

"실패하면 아까우니까 우선은 5킬로그램 정도만 할까."

알에 닿을락 말락 한 거리까지 가져가자 알 한쪽이 변형해 구멍이 생기더니 금속을 집어삼켰다.

"……아하, 어떻게 넣어야 하나 싶었는데 이런 매지컬한 구조인가."

애초에 수정 알은 공중에 떠 있어서 새삼스럽게 놀랄 일도 아니었다.

"문제는 기사의 원념이야. 호문쿨루스가 영혼의 대체품을 필요로 하듯이 타락한 기사의 혼이라도 필요한가? 그럼……."

레아는 거의 부서지기 직전인 기사의 검을 잡아 알에게 먹였다. 기사의 혼이 깃든 물건이라면 역시 검이라는 발상이었다.

"밑져야 본전이니까 이거로 하자. 좋아, 『아타노르』 발동!"

그러자 공중에 뜬 알 아래로 황금 램프가 나타나서 알을 가열했다.

"아타노르라면 보통 화로 아닌가. 이건 화로가 아니라 알코올램프잖아. 에탄올이랑 헷갈린 거 아니야?"

그렇게 말하는 레아도 실물 알코올램프는 보지 못했다. VR 학교 수업이라는 가상공간에서 다룬 적이 있을 뿐이었다. 어떻게 보면 지금 하는 일도 그것과 다를 바 없었다.

곧 알 내부가 무지개색으로 녹고 빙글빙글 소용돌이치기 시작했다.

"이러면 됐나?『위대한 작업』!"

지금의 레아를 기준으로도 적지 않은 MP가 빠지고, 알이 황금색으로 빛났다. 꽤 눈부셨다.

"이거, 동굴 조명으로 못 쓰려나."

그렇게 생각하는 사이에 빛은 잦아들었고, 알 안에는 한 자루의 검만 남았다.

"어라? 금속이 사라졌어? 실패했나?"

〈보스, 자세히 보십시오. 방금 넣은 기사의 검이 아닙니다.〉

"아, 그러네. 디자인은 별로 변하지 않았지만, 깨끗해졌어. 그리고 왠지 알 속에 떠 있고……."

머지않아『철학자의 알』이 저절로 깨지고 안에 있던 검이 천천히 레아 앞으로 내려왔다.

"철학자의 알은 일회용인가……. 그거에도 MP가 꽤 들었는데."

검은 레아 앞에 뜬 채로 미동도 하지 않았다.

"이건……. 아무리 봐도 그냥 무기는 아니야……. 혹시 이런 마물인가? 흠…… 사역, 되어 있지는 않은데."

하지만 레아는 직감적으로 눈앞의 검과 자신 사이에 어렴풋한 주종관계 같은 것을 느꼈다.

"뭐, 아니면 어때. 마물이라면『사역』이 통하겠지.『사역』."

여전히 검에는 변화가 보이지 않았지만, 검이 아무런 저항 없이 레아의 권속이 됐다고 느껴졌다. 상태창을 확인해 보자 종족명은「리빙 웨폰」이었다.

"아아! 리빙 웨폰! 듣고 보니 그렇게 생겼구나, 너. 그런데 뭐랄까, 의지가 안 느껴지네……. 일단 시험 삼아…….."

레아는 인벤토리에서 언제 사냥했는지 기억나지 않는 정체불명의 고깃덩어리를 꺼냈다.

"이거 한번 베어 볼래?"

그러자 검은 거의 눈에 보이지 않는 속도로 반달을 그렸고, 고기는 소리도 없이 반으로 갈라졌다.

"우와! 이걸 많이 만들면 이것저것 흉내 내면서 놀 수 있겠어!"

이번에는 실험만 할 생각이어서 검을 한 자루만 들고 오게 했다.

"스가루."

〈이미 수송병을 보냈습니다. 사용하시지 않는 검은 수송병에게 들려주고 이 방에 대기시키겠습니다.〉

"역시 스가루는 일처리가 빨라."

보병과 공병 대부분은 교대로 일한다. 개미는 잠을 자지 않지만, 틈틈이라도 하루 몇 시간은 쉬어줘야 했다. 그러기 위한 교대제였다.

수송병은 수가 적기도 해서 분대에 편입하지 않았다. 특별히 할당된 업무도 없어서 평소에 잔심부름을 시키고는 했다.

"앞으로 한 번은 더 할 수 있으니까 이번에는 갑옷으로 시험하자. 갑옷이니까 금속량을 늘려서…… 50킬로그램이면 되려나."

레아는 다시 『철학자의 알』을 발동해 재료를 투입하고 『아타노르』로 가열했다. 알 속이 아까와 같은 무지개색 마블링으로 변했다.

"『위대한 작업』."

그리고 금색 빛이 잦아든 뒤, 알 속에는 전신 갑옷 한 세트가 서 있었다. 이번에는 뜨지 않고 알 바닥에 다리를 붙이고 있었다.

"그래도 이건 자립하네."

겉모습도 검과 달리 크게 변했다.

레아가 만들었기 때문인지, 갑옷은 레아에게 딱 맞춘 사이즈였다. 투구도 양동이 같은 디자인에서 전체적으로 날렵한 형태에 뾰족뾰족한 바이저가 생겼다.

흉갑과 견갑, 건틀릿과 그리브에도 많은 변화가 보였다. 장식까지는 아니더라도 예술품이라고 불러도 무방한 수준의 무늬가 들어갔고 두께도 상당히 두꺼워졌다. 갑옷 관절이나 틈새 같은 약점도 사슬로 보완했다.

그리고 무엇보다 다른 것은 색이었다. 검다. 기사의 원념 때문일까?

곧 알이 깨지더니 갑옷은 무거운 소리를 내며 바닥으로 내려와 레아 앞에 무릎 꿇었다.

"내 몸에 맞는 전신 갑옷······. 만약 철과 같은 무게라면 30~40킬로그램 정도일까? 재료를 50킬로그램이나 넣어서 서비스해 줬나······."

금속을 알에 먹였을 때 손대중으로는 50킬로그램으로 짐작했다. 초기 능력치로는 양손으로도 들지 못하는 무게지만, 지금 레아의 능력치라면 한 손으로도 거뜬했다.

"너, 일어나 봐."

갑옷은 절그럭 소리를 내며 일어섰다.

"거기 있는 금속을 들어 봐."

갑옷이 금속 덩어리를 아무렇지 않게 들어 올렸다.

"보통 사람이 할 수 있는 행동은 가능한가 보네. 아차, 『사역』."

갑옷을 권속으로 삼은 레아는 다시 그 능력치를 확인했다.

"능력치는…… STR와 VIT에 편중됐구나. DEX와 AGI은 인간과 비슷하고, 앗, INT와 MND가 엄청 낮아! 이러면 『정신 마법』에 저항하기 힘들 텐데…… 갑옷한테 『정신 마법』이 통하기는 하나?"

본래 호문쿨루스나 언데드에게 『정신 마법』은 통하지 않는다. 『혼박』의 설명에 따르면 저장해 둔 혼이 있으면 가능하다고 하지만, 반대로 말하면 그들에게 혼이 없으니까 『정신 마법』이 통하지 않는다고 볼 수 있었다.

그렇지만 호문쿨루스는 제조할 때 「혼」을 사용하는데도 불구하고 혼이 없는 것일까?

혼을 사용하는 호문쿨루스와 사용하지 않는 이— 뭐지?

"확인한다는 걸 깜빡했어. 대충 상상은 되지만. 이름은—."

이 「리빙 메일」과의 차이는 뭘까?

"적극성이나 뭐 그런 건가……? 자아?"

리빙 메일도 리빙 웨폰도 자아가 약하다고 느꼈다. 명령에는 충직하게 따르지만.

"그래…… 호문쿨루스는 다른 재료를 찾은 뒤에 다시 시험하고, 리빙 메일과 리빙 웨폰은 쓸 만하겠어. 배틀 로열 이벤트가 곧 열리지……. 기대되네."

레아는 결국 다섯 자루 만든 리빙 웨폰에게 각각 「켄자키 이치로」부터 「켄자키 고로」[#1], 전신 갑옷에게 「요로이자카 씨」라는 이름을 붙인 뒤 배틀 로열 개최일을 기다렸다.

#1 「켄자키 이치로」부터 「켄자키 고로」 이치로, 지로, 사부로, 시로, 고로는 숫자나 순서가 들어간 남성 인명. 한국식으로는 일식이, 두식이, 삼식이 등에 해당한다.

◆◆◆

대규모 이벤트 당일.

레아는 전날 마감 시각 전에 미리 등록을 마쳤다.

권속도 참전할 수 있을지 궁금했지만, 등록하려면 시스템 메시지에 대답해야 하기 때문에 플레이어밖에 참전할 수 없을 듯했다. 아마 이벤트 장소로 데리고 가지도 못하리라.

레아는 공식 사이트에 공지된 이벤트 장소의 액세스 포인트로 향했다.

각 도시의 안전 구역마다 지정되어 있으며, 대삼림 안쪽 안전 구역은 중심에서 외곽 사이의 딱 중간 지점으로, 총 다섯 군데였다.

이번에 레아가 간 안전 구역은 조용한 샘과 사방으로 만발한 천연 꽃밭이었다. 아름다운 장소지만, 지금은 경치에 어울리지 않게 개미와 언데드 기사가 버티고 있었다. 디아스는 평소 여왕방 구석에 조용히 서 있지만, 레아가 밖으로 나올 때는 수행 무사처럼 반드시 따라왔다. 충성심 강한 기사의 표본이었다.

그 안전 구역 한쪽에 희미하게 빛나는 마법진 같은 문양이 있었다. 플레이어에게만 반응하는지, 가끔 개미가 그 위를 지나가도 특별한 변화는 없었다.

〈공주님, 정말로 홀로 가실 생각이십니까?〉

바로 디아스가 불안을 표했다. 그는 레아를 공주님이라고 부르는데, 스가루를 여왕이라고 부르면서 왜 더 윗사람인 레아가 공주인지 모르겠다. 혹시 생전에 공주를 모셨거나 모시고 싶었던 것일까.

"그래. 아마 나밖에 못 들어갈 거야. 시험해 봐도 되지만, 소용없을 거야. 그리고 혼자는 아니야."

레아는 전에 『위대한 작업』으로 만든 검은 갑옷으로 몸 전체를 감싸고 있었다. 거기다가 후드가 있는 망토까지 둘렀다.

한낮에, 그것도 이런 양지바른 곳에 레아가 나올 수 있는 이유가 이것이었다.

망토 안에는 등과 허리에 검 다섯 자루를 찼다. 이것도 모두 리빙 웨폰이었다.

이 상태라면 리빙 계열 마물도 장비로 인식되어 함께 진입할 수 있을지도 모른다.

"슬슬 갈 시간이야. 다녀올게. 디아스는 여왕방으로 돌아가서 스가루를 지켜줘. 나는 두 시간 정도면 돌아올 테니까."

〈······분부대로 따르겠습니다.〉

"나중에 봐."

인사를 마친 레아는 마법진 위로 올라섰다. 공지된 대로 경고와 주의 사항이 표시됐지만, 읽는 둥 마는 둥 넘기고 동의 의사를 밝혔다.

그 순간, 레아의 시야가 전환되고 샘터에서 그녀의 모습이 사라졌다.

◆ ◆ ◆

아마 전이라고 생각하지만, 이동한 곳은 로마의 콜로세움 같은 곳이었다. 참가자 수를 고려하면 너무 좁지 않나 싶지만, 신기하게 투기장 밖까지 사람이 밀려나지는 않았다.

분명히 수용 한계를 넘어선 인원이 있는데도 비좁다는 느낌도 없었다.

겉으로 보이는 것보다 훨씬 넓은 공간인가 보다. 이 이벤트를 위해서 만들어진 특설 무대이기 때문인지, 아니면 게임 내 시스템으로 평범하게 제작할 수 있는 공간인지는 모르겠다.

지금 겪은 전이도 그랬다.

이것도 이벤트 한정으로 풀린 기능일까, 아니면 게임 어딘가에 그걸 가능케 하는 설비가 있을까?

그리고 멀리 보이는 관객석에도 사람이 많았다. 저게 아마 미참여 플레이어일 것이다.

공개된 이벤트 진행 방식에 따르면 배틀 로열에서 패배한 플레이어도 즉시 저 관객석으로 날아간다고 한다. 물론 관객석에서 나가고 싶으면 언제든지 나갈 수 있다.

잠시 후, 시작할 시간이 됐는지 시스템 메시지 같은 목소리가 들렸다. 길었다. 지금 이 지역의 시간은 바깥보다 여섯 배 빠르게 흐른다. 만약 5분 전에 들어온 사람이라면 체감상 30분이나 기다린 셈이다.

여기는 어디까지나 이벤트 개회와 폐회, 관전용 구역이며 나중에 배틀필드로 전송된다. 방대한 면적을 자랑하는 배틀필드는 32블록으로 나뉘고, 플레이어도 추첨으로 32조로 나뉘어 각 블록으로 배치된다.

그 후 끝까지 살아남은 32명이 최종 결전을 펼치는 방식이다.

레아가 배정된 곳은 블록16이었다. 필드는 대부분 숲. 평소 권속의 눈을 빌려 대삼림을 탐색하는 레아에게는 유리한 지형이라고 할 수 있었다.

블록 추첨이 끝난 뒤, 바로 전송이 시작됐다.

전송된 레아는 바로 숲속 탐색에 나섰다. 가끔 발견한 플레이어는 리빙 웨폰에게 명령해 즉시 베어 죽였다. 정식 오픈 후 약 2주가 지나면서 금속 갑옷을 입은 플레이어도 있었지만, 랭크가 높은 금속은 아닌지 레아의 검 앞에서는 천 조각이나 다름없었다.

'그러고 보니 이 애들한테 쓴 금속은 결국 뭐였지?'

레아는 나기나타[#2]를 배운 적은 있지만, 서양식 직검에는 어두웠다.

그렇다면 태어나면서부터 검인 본인들에게 맡기는 편이 낫다고 생각해서 참격은 리빙 웨폰에게 맡겼다. 레아는 건틀릿을 낀 손으로 칼자루를 잡고 있지만, 실제로는 검이 알아서 공격하고 있었다.

걷다가 발견한 플레이어를 닥치는 대로 처리하다 보면 블록 제패 정도는 가능하리라고 생각해서 일단 아무 생각 없이 숲을 서성거렸다.

그러다 느닷없이 등에 멘 켄자키(아마 삼식이)가 튀어 나가 날아드는 화살을 쳐 냈다.

'아, 지시하지 않아도 위험하면 자동 방어 정도는 해주는구나.'

리빙 웨폰의 유용성이 한 단계 더 올랐다.

연속해서 화살이 날아오지만, 어느 방향에서 쏘는지 알면 피하는 것도, 화살을 손으로 잡는 것도 어렵지 않다.

#2 나기나타 일본의 협도. 예로부터 무관 집안의 여성이 검 대신 배우고는 했다.

"─뭐?!"

멀리서 참다못해 새어 나온 목소리가 들렸다. 이럴 때를 위해서 요로이자카 씨에게는 각종 감각 강화 스킬도 가르쳐 뒀다. 현재 레아는 그 요로이자카 씨의 오감을 고스란히 공유하고 있었다.

그래서 요로이자카 씨가 소비한 경험치 총량만 따지면 레아, 스가루에 이은 No.3의 실력자였다.

'이 화살촉은 철인가? 손가락으로도 쉽게 휘어져…… 아니, 손가락에 생채기 하나 안 생기잖아! 정말로 요로이자카 씨는 뭐로 만들어진 거야? 이 정도면 그냥 안 피해도 되겠는데.'

어찌 됐건 화살이 통하지 않는다면 경계할 필요도 거의 없다. 레아는 날아드는 화살을 무시한 채 화살을 쏘는 곳으로 유유히 걸어갔다.

'이거 왠지 기분이 좋은데. 후후후! 안 통해! 안 통한다! 버러지들아!'

상당히 가까워질 때까지 무의미한 저항을 계속했지만, 뒤늦게 승산이 없다고 깨달았는지, 나무 위에 있었던 것으로 보이는 플레이어가 수풀을 흔들며 도망쳤다.

'소용없어! 요로이자카 씨한테서는 벗어날 수 없어!'

AGI도 늘렸고 『민첩』 스킬까지 배운 요로이자카 씨는 웬만한 플레이어보다 발이 빨랐다.

둔중해 보이지만 실제로는 갑옷뿐이라서 50킬로그램, 검을 포함해도 80킬로그램도 되지 않았다. 경기장을 질주하는 럭비 선수보다 훨씬 가벼웠다. 그리고 근력은 ─ 근육은 없지만 ─ 인간과 비교가 되지 않았다.

대삼림 심부에 비하면 수수깡처럼 약한 나무를 갑옷 모양으로 뚫으며 레아는 똑바로 사냥감을 향해 달렸다. 그 소리를 들었는지, 사냥감이 돌아보고 비명 질렀다.

"—저건 뭐야?! 뭐 이딴 게 다 있어!"

그나저나 이 궁수는 도망치는 것 치고는 이상할 만큼 망설임이 없었다. 마치 처음 온 숲이 아닌 것 같았다. 그렇다면 어쩌면 이 앞에는……

나무들을 빠져나와 시야가 넓게 트이는 순간, 사방에서 무수한 화살이 날아왔다.

'역시 함정!'

아마 활 스킬을 배운 사람들이 일시적으로 결탁해 이곳을 킬 존으로 만들고 유인 작전을 벌였나 보다. 레아가 대책 없이 돌아다니는 사이에 플레이어들은 이런 동맹을 맺은 것이다.

이번 이벤트의 규칙으로는 제한 시간이 다가와도 생존자가 여러 명 남았을 경우, 강제로 투기장으로 전이되어 결판을 낸다. 흔히 말하는 서든 데스다.

이렇게 궁수끼리 작당해 다른 모든 플레이어를 잡을 수 있다면 투기장에는 궁수만 전이된다. 그곳에 근접 특화 전사가 있으면 궁수가 불리하겠지만, 같은 궁수라면 공평한 조건에서 싸울 수 있다. 머리를 잘 썼다.

'이거 처음 제안한 녀석은 보나 마나 근접 스킬을 배웠겠지. 그래도……'

자신만 유리해지도록 큰 그림을 그린 제안이었으리라. 적어도 레아라면 그렇게 한다.

무수한 화살 세례지만, 어느 것도 요로이자카 씨에게 상처를 주지는 못했다.

그래서 레아는 화살에는 전혀 아랑곳하지 않고 속도도 늦추지 않은 채 도망가던 미끼 플레이어의 목덜미를 잡았다.

하지만 오래 전력 질주를 하고, 감각도 평소와 미묘하게 달라서 그만 힘 조절에 실패하고 말았다. 붙잡은 목이 짜부라져 플레이어는 시체가 되고 말았다.

'아차, 실수. 뭐, 상관없나.'

"뭐야?! 진즈!"

"아, 악력만으로 플레이어를 잡았어!"

"당황하지 마! 딱 보니까 STR 몰빵이야! 잡히지만 않으면 안 죽어!"

'몰빵이었으면 애초에 못 따라잡지 않았을까.'

화살이 너무 많이 날아와서 정확히 어디서 쏘는지 알기 어려웠지만, 강화한 청각이 방금 대화를 감지하며 대략적인 위치를 파악해 냈다.

'그나저나 활로 원거리 공격만 하면서 대화할 수 있을 만큼 오밀조밀 모여 있는 게 맞나……'

친구 채팅을 쓰지 않는 점을 보아도 그들이 이 이벤트에서 급조된 팀임을 알 수 있었다.

레아는 허리에서 켄자키 이치로를 뽑는 동시에 목소리가 들린 곳으로 던졌다.

날아간 켄자키 이치로는 회전하며 나무들을 베어 버리고, 그 나무뒤에 있던 플레이어까지 두 동강 냈다.

"아무리 몰빵이라도 너무 올렸잖아?! 어떻게 돼 먹은 거야!"

"위험해, 튀자! 이딴 거랑 무슨 수로 싸워!"

하지만 켄자키에게서도 벗어날 수 없다.

켄자키 이치로는 그대로 자력으로 비행해 레아의 명령에 따라서 나무를 베어 넘기며 다른 플레이어를 쫓았다. 플레이어 대부분은 설마 던진 검이 포물선을 그리며 자신들을 추적하리라고는 생각하지도 못했다. 그래서 그들 대다수가 왜 죽었는지도 모른 채 탈락했다.

이곳에 몇 명이나 있었는지 모르겠지만, 요로이자카 씨의 귀에는 더 이상 도망치는 소리가 들리지 않았다.

우선 이 주변은 정리된 모양이었다. 켄자키 이치로는 열한 명 처치했다고 보고했으니까 처음에 목을 으깬 플레이어까지 포함하면 열두 명. 산책하면서 처리한 인원도 포함하면 총 14킬이었다.

'빨리 끝내기 위해서라도 바로 다음 사람을 찾으러 갈까.'

레아는 가능하면 이 블록의 전투를 제한 시간보다 일찍 끝내고 관객석에서 다른 시합을 구경하고 싶었다.

다른 블록에서 승리하는 플레이어의 수준이 어느 정도인지 확인하기 위해서였다.

레아는 귀와 코에 기대어 플레이어를 찾아서 달렸다. 하지만 곧 자신이 내는 소리가 너무 시끄러워서 주변 소리가 묻힌다는 사실을 깨닫고 달리기를 멈췄다. 사냥감을 발견할 때까지 뛰지 않는 편이 나을 듯했다.

그 후로도 레아는 플레이어를 발견하는 즉시 켄자키를 보내 죽였다.

'그런데 이거, 요로이자카 씨의『검』스킬은 아예 쓰지도 않잖아!'

자동으로 움직이고 자동으로 공격하는 편리한 켄자키 덕분이었다.

하지만 요로이자카 씨에게 기껏 투자한 경험치도 아까워서 레아는 다음에 보이는 플레이어는 직접 손으로 베자고 결심했다.

리빙 메일인 요로이자카 씨를 장비할 경우, 안에 있는 레아가 움직이지 않아도 요로이자카 씨에게 행동을 맡길 수 있었다. 이때 움직이는 주체는 요로이자카 씨이므로 레아가 직접 몸을 쓰는 무술 스킬은 당연히 쓰지 못한다. 물론 그런 스킬은 배우지도 않았지만.

그래서 모처럼의 기회니까 요로이자카 씨에게『검』스킬과『민첩』스킬까지 가르친 것이었다.

갑옷이 안에 있는 자기 몸을 움직여주는 것이 어떤 느낌인지 살짝 불안했지만, 걱정하던 만큼 어색하지는 않았다. 의외로 육체 스킬을 이용하는 다른 플레이어들은 항상 이런 감각인지도 모르겠다.

온 신경을 귀에 집중해 조용히 숲을 걷는데 희미하게 쇳소리가 들렸다.

불규칙적으로 울리는 쇳소리와 거기에 섞인 작은 발소리. 아마 누가 싸우는 듯했다.

레아는 그 소리에 너무 정신이 팔리지 않게 주변을 경계하면서 신중하게 소리가 나는 곳으로 접근했다.

소리가 나는 곳에서는 두 플레이어가 검을 맞대고 있었다.

근접 전투 스킬에만 꽤 많은 경험치를 투자했나 보다. 게다가 플레이어의 순수한 게임 실력도 뛰어난지, 두 사람 모두 실력이 상당했다.

요로이자카 씨의 스킬을 시험하기에 딱 좋을 만큼.

레아는 일부러 기척을 내면서 두 사람 앞에 모습을 드러냈다.

"—뭐야?! 다른 플레이어인가!"

"쳇! 서두르지 않아도 이 녀석만 잡고 처리해 줄 테니까 방해하지 마!"

두 사람은 레아를 알아차렸지만, 전투를 멈출 기미가 없었다.

레아는 설렁설렁 두 사람에게 다가가서, 칼을 휘둘렀다.

"이 자식이?!"

"어쭈! 재밌군! 그럼 너부터……."

'전투 중에 수다를 떨다니, 여유가 넘쳐서 좋겠어.'

요로이자카 씨의 스킬 『슬래시』를 발동해 켄자키를 횡으로 휘둘렀다. 『슬래시』는 참격을 먹여주는 스킬인데, 발동하는 순간 칼날을 세우는 방향에 따라서 종베기나 횡베기로 변화한다.

어느 쪽을 노렸다기보다 오른손을 쓰느라 오른쪽에 있던 수다쟁이를 공격했다. 자기 검으로 막으려고 했지만, 반응 속도는 좋아도 검의 품질이 나빴다. 아무런 저항도 없이 검째 몸이 갈라졌다. 역시 요로이자카 씨와 켄자키의 콤비 플레이였다.

"이럴 수가?!"

베인 플레이어는 즉사해서 소리친 쪽은 살아남은 플레이어였다. 레아를 경계해서 뒤로 훌쩍 뛰어 거리를 두고 검을 고쳐 쥐었다.

하지만 요로이자카 씨와 켄자키 앞에서 그 정도 거리는 벌리나 마나였다.

『민첩』트리, 그중에서도 상당히 상위 스킬인 『축지』를 발동해 순식간에 거리를 좁히고 종베기 『슬래시』로 두 동강 냈다.

'고수 같은 분위기였는데, 분위기가 전부였네…….'

레아는 다소 김이 샌 기분이었다.

앞으로 몇 명 남았는지 모르겠지만, 역시 제한 시간까지 전부 처치하기는 어려울지도 모르겠다. 만약 숨어서 시간을 끄는 플레이어가 있다면 찾아내기는 힘들 것이다.

이번 일을 교훈 삼아 탐사, 탐지형 스킬도 한번 찾아봐야겠다.

'아니, 잠깐만.'

문득 켄자키들을 봤다. 그들은 단독으로 비행이 가능했다.

⟨켄자키 지로, 켄자키 사부로, 켄자키 시로, 켄자키 고로. 잠깐 숲 위로 날아가서 플레이어를 찾아 줄래? 만약 찾으면 보고하고……앗, 아니다. 그냥 보이는 족족 처리해 줘.⟩

친구 채팅으로 그렇게 명령했다. 요로이자카 씨의 성능 시험은 이제 끝내도 될 것이다. 이 정도면 충분히 만족스러웠다.

날아가는 켄자키 네 자루를 배웅한 뒤, 레아는 자기도 플레이어를 찾아 나섰다.

하지만 그 후 레아는 플레이어와 마주치지 않았고, 곧 레아가 있는 블록의 예선 종료를 통지받았다.

전이로 돌아온 관객석에는 많은 플레이어가 있었다. 하지만 일어서서 구경하는 맨 뒷줄에 나타난 레아를 신경 쓰는 사람은 없는 듯했다. 관심을 끌기 전에 외투를 걸쳐 요로이자카 씨의 화려한 갑옷을 숨겼다.

투기장을 둘러보자 여러 모니터가 공중에 떠 있고, 어느 자리에서든 모든 블록을 관전할 수 있게 되어 있었다. 다만, 모든 전투가 비치지는 않고 어디에 있었는지 모를 카메라가 비춰주는 전투만 볼 수 있었다.

게다가 지금 보는 바로는 정말로 전투만 비추는지, 그 궁수들이 동맹을 맺는 장면처럼 물밑 작업을 보여주는 모니터는 없었다.

그중 딱 하나 검게 변한 모니터가 있었다. 저게 아마 레아가 있던 블록일 것이다. 주위에서는 온통 그 이야기뿐이었다.

"······그 검은 갑옷 기사는 대체 뭐야?"

"······비정상적으로 세잖아. 운영진에서 준비한 이벤트용 보스 아니야?"

"······설마, 그건 아니겠지. 만약 그러면 블록16에 배치된 플레이어가 항의할걸?"

"······첫 이벤트라서 기대에 부풀어 참가했는데 보스 전투력 과시용으로 썰리고 끝? 나 같아도 따진다."

"······그럼 저게 플레이어라고······? 뭘 어떻게 해야 2주 만에 전신 갑옷을 사?"

"······어디 상회라도 턴 거 아냐? 아무 망설임도 없이 사람을 두 동강 내잖아. 게임 속 범죄에 거부감이 없는 플레이어일지도 몰라."

"······다른 것도 이상해. 얼마나 STR가 높으면 방어한 검까지 잘라 버려?"

역시 너무 튀었나 보다.

지금까지 얻은 경험치만 따지면 레아가 최상위권이라는 건 의심의 여지가 없지만, 어쩌면 요로이자카 씨와 호각으로 싸우는 플레이어는 있을지 모른다고 생각했다.

만약 그런 플레이어와 만난다면 요로이자카 씨가 쓰러진 뒤 기다렸다는 양 안쪽에서 등장해 끝판 대장 2단 변신 놀이를 하려고 했는데, 그럴 기회는 없을 듯했다.

모니터에서는 다양한 장소에서 다양한 플레이어가 싸우고 있었다. 개중에는 함정으로 상대방을 몰아세우는 사람도 있는 등 레아도 보고 배울 점이 많았다.

◆ ◆ ◆

요이치는 간호사를 좋아한다.

병치레가 잦았던 요이치는 어릴 적에 자주 VR 병원을 이용했다.

그곳에는 언제나 다정한 간호사 누나가 있어서 진찰받기 전에 불안해하는 요이치를 달래 주고는 했다.

그건 아마 전용 AI라서 현실에는 그런 간호사가 없겠지만 — 사실 간호사라는 직업 자체가 이미 사라졌다 — 그래도 요이치는 간호사를 좋아했다.

너무 간호사를 좋아하는 나머지, 복장 선택이 자유로운 게임에서는 특별한 이유가 없는 한 간호복을 입을 정도였다. 이미 현실에서는 문헌으로밖에 찾아볼 수 없는 의상이지만, 그렇기에 더더욱 게임이나 창작물에서는 인기가 좋았다.

하지만 자기기만을 좋아하지 않는 요이치는 성별과 이름, 외모를 변경하면서까지 플레이할 생각은 없었다.

그래서 항상 남자 아바타, 그리고 본명인 「요이치」를 써서 게임을 즐겼다.

현실에서는 몸이 허약한 요이치라도 VR 세계에서도 그러라는 법은 없었다.

그리고 사랑하는 간호복을 입는 이상 오점을 남길 수는 없었다.

요이치는 어느 게임을 하든 어마어마하게 훈련을 쌓았고, 어느샌가 그 간호복에는 누구도 먼지 한 톨 묻힐 수 없다는 말이 나오는 경지에 이르렀다.

그런 요이치에게 경의를 담아 사람들은 그를 이렇게 불렀다.

「간호사 요이치」라고.

그 별명이 본인도 마음에 든 요이치는 명성에 부끄럽지 않게 주로 활 플레이를 선호했다. 그 게임에서 활이 아무리 천대받는 성능이든 당당히 랭커로 등극했다.

현실에서도 궁도를 배워 허약하던 유년 시절의 모습도 이제는 먼 추억이 됐을 뿐이었다.

최근 서비스를 시작한 이 게임에서는 특별히 활 성능이 나쁘지 않았다.

그렇다면 이 이벤트에서도 우승은 충분히 노려 볼 만했다.

요이치는 게임을 시작하고 지금까지 우직하게 활 실력만 갈고닦았다.

활 관련 스킬 숙련도와 능력치, 그리고 현실의 기술까지 포함하면, 활뿐 아니라 폭넓은 『무기』 스킬까지 포함해도 요이치를 따라올 사람은 거의 없었다.

그런 요이치가 예선을 돌파한 것은 당연한 결과였다.

심지어 서든 데스까지 상당히 많은 시간을 남기고서.

하지만 관객석으로 전송된 요이치가 본 것은 예선을 비추는 모니터 서른 개와 거멓게 꺼진 모니터 두 개였다.

화면이 꺼진 모니터는 이미 그 블록은 예선을 마쳤다는 뜻이었다.

그런 모니터가 두 개.

'나보다 빠르게 예선을 돌파한 사람이 있다고……?!'

요이치는 놀랐다. 활의 효율을 극대화하려고 『시각 강화』에 『청각 강화』, 『후각 강화』까지 배웠다.

그 스킬들을 최대한 활용해 누구보다 빠르게 적을 발견해 쏴 죽였다.

전투 중인 적이라면 소리를 듣고 원거리에서 둘 다 죽인다.

숨어서 움직이지 않는 적이라면 냄새를 맡고 조그마한 틈새로 화살을 쏴 죽인다.

다가오는 적이라면 당당히 모습을 드러내서 정면에서 죽인다.

그래서 요이치가 있던 블록14에서 가장 킬 스코어를 기록한 사람은 요이치였다.

그런 요이치가 최대 효율로 플레이어를 사냥했으니까 당연히 가장 빠르다고 믿었다.

'대체 어떤 플레이어가…….'

자신에게 필적하는 플레이어가 있다.

그 말인즉, 자신에게 버금갈 만큼 무언가를 사랑해 마지않는 플레이어가 있다는 증명이었다.

요이치는 결승에 대한 기대감이 부풀었다.

이윽고 모든 예선이 끝나고 결승 진출자만 다시 중앙 투기장으로 전송됐다.

이중 누군가가 그 블록16을 제패한 강자다.

인상부터 범상치 않은 이들이 모였지만, 그중 몇 명은 요이치를 두려운 눈길로 쳐다봤다. 하지만 그런 시선에 익숙한 요이치는 개의치 않았다.

얼마 후, 시스템으로 결승전이 시작된다는 선언과 함께 투기장에 있는 32명이 전송됐다.

이동한 곳은 초원이었다. 활에 특화한 요이치에게는 불리한 지형이지만, 조금 멀리 숲도 보였다. 저곳까지 가면 숨을 곳도 많으리라. 정정당당하게 정면에서 싸우는 것도 좋지만, 활이라는 무기의 강점을 최대한 끌어내리려면 적의 인식 범위 밖에서 저격하는 것이 가장 효율적이었다.

요이치는 숲을 향해 걸어갔다.

얼마간 숲으로 걸어가던 요이치는 강화된 청력으로 발소리를 포착했다.

요이치가 그쪽을 보자 단검 두 자루를 든, 묘하게 인기척이 적은 청년이 다가오고 있었다.

"─이 거리에서 벌써 눈치채? 누구는 스킬까지 발동했는데 말이야. 소문이 틀린 말은 아니었나 보네."

요이치는 방심하지 않고 활을 겨누며 상대를 관찰했다.

검정 전신 타이츠를 입은 플레이어였다. 양손의 무기를 보아 속도를 중시한 근접 전사일까. 아니, 이 묘하게 흐릿한 기척이 스킬 효과라면 닌자나 시프 같은 전투법이 특기일지도 모른다.

"내 소문? 소문이 퍼질 만큼 이 게임에서 뭘 한 기억은 없는데."

신중하게 상대방의 움직임을 살폈다. 어느 게임에서 들을 소문인지 모르겠지만, 상대만 자신의 정보를 쥔 것은 위험했다.

요이치는 다양한 게임에서 비슷한 플레이 스타일을 고수했기 때문에 다른 게임에서 그를 안다면 전투법도 쉽게 추측할 수 있다.

"뭐 잘 아는 것까지는 아니고, 게임 실력이 남다르다는 얘기는 들었지. 어느 정도는 사실인가 보네."

말하면서 은근슬쩍 거리를 좁히는 검은 타이츠에게 활을 겨눠서 견제했다.

"이래 봬도 금욕적으로 활 외길 인생을 걸었거든. 너 같은 경갑 전사를 쉽게 접근시킬 생각은 없어."

그러자 검은 타이츠는 어안이 벙벙한 표정을 보이고는, 격앙했다.

"……금욕적? 금욕적이라고! 지나가던 개가 웃겠다! 넌 인마, 사전에서 금욕이 무슨 뜻인지나 뒤져봐! 옷을 그따위로 입―."

그 순간, 인지 아닌지는 모르겠지만, 요이치는 정신을 차리자 관객석에 있었다.

쉽게 말해, 죽었다는 뜻이었다.

'그 검은 타이츠 플레이어가 뭔가 했나……?'

하지만 금방 그것이 착각임을 알았다.

돌아보니 옆에 얼떨떨하게 서 있는 사람이 그 검은 타이츠였다. 그도 죽은 것이다. 아마 요이치와 같은 순간에.

"―너……도 죽었어? 언제……? 어느새…….."

검은 타이츠도 귀신에 홀린 얼굴이었다. 아마 요이치와 완전히 같은 심경일 것이다.

결승에 올라올 수준의 플레이어 두 명이 온 신경을 곤두세워 대치하고 있었다. 그런 둘을 결승 시작 후 얼마 지나지도 않아서 동시에 죽인 플레이어가 있다.

두 사람은 짜기라도 한 것처럼 함께 모니터를 봤다. 하지만 요이치가 있었을 초원에는 아무것도 비치지 않고 그저 바람이 풀꽃을 훑고 있었다.

◆ ◆ ◆

레아는 예선과 마찬가지로 요로이자카 씨 안에 들어간 상태로 결승 필드로 전송됐다. 외투도 여전히 걸치고 있었다.

머리까지 외투로 꽁꽁 감춘 플레이어가 달리 없어서 예선부터 지켜본 관객이라면 이게 요로이자카 씨라고 바로 알아차리겠지만, 참가자들은 그렇지 않았다. 가장 빠르게 예선을 돌파한 레아의, 정확히는 요로이자카 씨의 전투를 목격한 참가자는 없기 때문이었다.

전송된 곳은 샘터였다. 뒤에는 숲, 샘 건너편에는 초록 벌판이 바람에 일렁이고 있었다.

레아는 이 상태에서 『시각 소환』, 『청각 소환』, 『후각 소환』을 발동했다. 각종 감각은 요로이자카 씨의 감각에 동조해서 초원도 잘 보였다.

주변을 돌아보는데 숲속에서 뭔가가 움직인 것 같았다. 제자리에서 몸을 숙여 귀를 기울였다.

무엇인가 움직이는 소리가 났다. 틀림없이 플레이어다.

자세를 낮춘 채 슬그머니 다가갔다.

스킬 『축지』를 포함한 요로이자카 씨의 사정거리에 들어왔다. 곧장 요로이자카 씨가 『축지』를 발동했다.

"걸렸다! 『플레―."

사냥감인 플레이어도 레아가 노리는 줄 알았나 보다. 마법을 쏘려고 준비하고 있었다.

하지만 『축지』라는 스킬을 몰랐거나 전신 갑옷으로 쓸 줄 몰랐는지, 예상보다 빠르게 레아가 도달해 마법 발동어를 다 외기 전에 몸이 좌우로 갈라지고 말았다.

압도적인 실력 차이로 일방적으로 살해했지만, 레아는 한 가지 잊고 있던 사실을 떠올렸다. 요로이자카 씨의 내구도 테스트를 하지 않았다는 것이었다. 그건 켄자키들도 마찬가지였고 레아 본인 또한 그랬다.

현재 능력치와 장비로 어느 정도 공격에 얼마나 대미지를 받는가. 가능하다면 여기 온 김에 검증하고 싶었다. 레아 본인의 내구도는 사실 별로 중요하지 않았다. 전면에 나설 생각도 없거니와 요로이자카 씨라는 장비를 얻어서 직접적인 공격에 노출될 일도 거의 없을 테니까. 하지만 요로이자카 씨는 그만큼 총알받이가 될 일도 많으리라.

다행히 철 화살로는 아무런 피해도 받지 않지만, 검이나 도끼, 혹은 메이스 같은 타격 무기, 게다가 마법에 대한 방어력은 검증할 필요가 있었다. 또한 물리 공격이라고 싸잡아 말해도 시스템상 관통, 참격, 타격은 대미지 계산법이 다 달랐을 것이다.

방금 마법에 맞아주는 편이 나았을지도 모른다.

만약 대미지를 받아도 인벤토리 안에 포션도 있었다. 포션은 『연금』을 배우면서 얼마든지 자급자족이 가능해졌고, 마음만 먹으면 포션으로 유수 풀을 만들 만큼 챙겨 뒀다.

원료인 약초나 버섯도 대삼림 한쪽에서 재배하며, 『연금』을 배운 공병 개미들이 교대로 수확해 포션으로 조합했다. 그리고 저품질 포션은 자동으로 수송병의 인벤토리에 채워 넣었다.

당초 수송병은 사용처가 거의 없다고 생각했지만, 일이 없는 점을 이용해 지금은 메이드 겸 창고 캐릭터로 써먹고 있었다.

레아는 이번에는 공격을 맞을 목적으로 적을 찾아 나섰다. 그러면 숨을 곳이 많은 곳보다 눈에 띄는 곳이 나았다. 숲에서 나와 초원으로 나갔다.

초원으로 나오자마자 멀리 플레이어가 보였다. 보고 싶지 않았지만, 요로이자카 씨의 시력으로 아주 또렷하게 보고 말았다.

그것은 간호복 치마 아래로 자랑스럽게 다리털을 드러낸 변태와 그 변태랑 수다 떠는 검정 전신 타이츠 변태였다.

아무리 청각을 강화해도 무슨 이야기를 나누는지는 안 들리지만, 한시라도 빨리 이 세상에서 없애는 편이 낫다는 것은 척 보면 알겠다.

저것들에게 공격받는 사태는 가급적 피하고 싶었다. 특히 간호복. 어차피 그 변태가 든 무기는 활이었다. 더 검증할 것도 없었다.

켄자키 사부로와 시로를 하늘로 날려 보내서 일직선으로 두 사람을 꿰뚫었다.

이제 남은 플레이어는 28명이었다. 그 정도면 샘플로는 충분할 것이다. 웬만하면 다른 플레이어가 서로 싸우기 전에 공격을 받고 싶었다.

레아는 숲을 따라서 초원을 걸었다. 이곳이라면 숲에서도 초원에서도 잘 보일 테니까.

레아의 계획대로 눈에 띄는 요로이자카 씨를 노리고 숲속에서 마법이나 화살이 날아들었다.

금속 갑옷의 약점을 찌르려는 속셈인지 『선더볼트』가 많았다. 하지만 요로이자카 씨의 마법 방어를 뚫고 레아에게 닿은 공격은 하나도 없었다. 화살은 더 말해 무엇하랴.

요로이자카 씨의 LP도 줄지 않았다. 줄어도 자연 회복으로 무마될 정도였는지, 애초에 대미지가 안 들어왔는지 모르겠지만, 아무튼 이 정도 공격으로는 요로이자카 씨에게 유효타를 먹일 수 없다고 판명됐다. 이 정보는 큰 수확이었다.

공격한 플레이어는 자동으로 사부로와 시로가 베었다. 그들은 변태를 찌른 뒤 회수하지 않고 그대로 상공에서 상황을 살폈다. 발견한 플레이어가 레아를 공격하기를 기다리고, 아무런 효과도 주지 못하면 즉시 처분하는 역할이었다.

레아는 약 다섯 명에게 공격을 받아 보고 이 이상의 실험은 의미가 없다고 느꼈다. 현시점의 플레이어 중에 레아에게 대적할 자는 없다. 이벤트가 끝난 뒤에도 당분간은 대삼림에 칩거하며 느긋하게 이것저것 검증할 수 있겠다.

그렇다면 기왕 만든 연줄이라도 이벤트 후에 웨인은 더 이상 필요없다. 어차피 그의 레벨은 이 이벤트에서 결승까지 남은 플레이어의 영역에도 도달하지 못했다. 아무런 참고도 되지 않았다.

대미지를 입을 수 없다면 대책 없이 돌아다닐 이유도 없었다.

숲이 시야를 가리지만, 어차피 이벤트를 위해 마련됐을 공간이다. 그럼 오늘 이후 당장은 볼일이 없다. 전부 불살라도 딱히 상관없으리라.

"『헬 플레임』."

『불 마법』 범위기, 그보다 더 앞에 있는 상위 마법이었다. 아마 다른 마법 스킬이 습득 조건이겠지만, 워낙 이런저런 마법을 골고루 배운 탓에 뭐가 조건이었는지 알 수 없었다.

레아의 높은 INT, 더불어 『마법 적성: 불』과 『속성 지배: 불』이라는 패시브 효과. 이것들이 가뜩이나 강력한 마법을 더욱 강화했다.

요로이자카 씨는 마법을 배우지 않아서 쓸 수 없지만, 지금은 레아가 요로이자카 씨를 입고 있었다. 몸은 요로이자카 씨가 움직여 주고, 안에 있는 레아는 마음껏 마법을 발사할 수 있다. 기마병처럼 말과 기사가 함께 공격하는 셈이었다. 단일 병력으로 생각한다면 이 상태가 가장 강하다.

레아가 만들어 낸 마법의 불은 단숨에 치솟아 숲을 집어삼키며 미친 듯이 타올랐다. 불길에 휩싸인 나무들은 순식간에 증발해 재조차 남기지 않았다.

상상 이상의 위력이었다. 레아도 처음 사용한 마법이라서 깜짝 놀랐다. 무엇보다 이런 마법을 대삼림이나 동굴 안에서 쓸 수 있을 리 만무했다.

숲이 시야를 가린다는 것도 분명히 하나의 이유였지만, 본심은 이 마법으로 나무를 불태워 보고 싶다는 욕구 때문이었다. 딱히 식물에 원한은 없지만, 절대로 하면 안 되는 행동에는 신기한 매력이 있었다. 사람이라면 반드시 그것을 하고 싶은 충동에 휩싸이는 순간이 있다.

레아에게는 지금이 그때였다.

숲의 나무는 레아에게 온갖 혜택을 제공하는 중요한 환경 자원이었다. 그것을 불태우다니, 미치지 않고서야 그럴 수 없다.

하지만 자기 숲이 아니라면 걱정 없이 불태울 수 있다.

레아는 속이 뻥 뚫렸다.

그렇게 숲은 사라졌다. 말 그대로 사라졌다.

원래 불과 32명을 위한 공간이었다. 예선 필드만큼 넓지는 않았다.

숲이 있었던, 지금은 허허벌판이 되어 버린 공간에 더 이상 플레이어는 없었다.

레아는 초원을 돌아보고 다음에는 어떻게 적을 찾아낼지 생각했다.

하지만 냉정하게 생각해 보면 지금 숲을 공격했을 때도 아무도 찾지 못했다. 죄다 불살랐을 뿐이었다. 너구리 사냥에 쓰기에는 불이 너무 강했다.

그렇다면 초원은 수공이 좋겠다. 전부 물로 씻어내면 플레이어도 어련히 쓸려 나올 것이다.

"그럼『타이다─』, 음?"

마법을 쓰려고 한 그때, 초원에서 여러 실루엣이 다가오는 것이 보였다.

숲을 태웠더니 결과적으로 초원 쪽 플레이어를 끌어내는 데 성공한 꼴이었다.

"후드를 뒤집어쓴 게 딱 마법사 같다고 생각했는데, 설마 이런 쇳덩어리 갑옷을 입었을 줄이야. 아니, 행동 자체는 마법사다웠어. 갑옷은 눈속임인가?"

"불 특화 마법사 같네……. 그래도 위력이 너무 강하지 않나. 그것만 조심하고 여럿이 덤비면 싸울 만……하겠지?"

"뭐가 그리 급한지는 몰라도 필살기를 너무 빨리 쓴 거 아니야? 너무 나대면 다른 플레이어들한테 제일 먼저 얻어맞지. 바로 이런 식으로!"

방금 마법을 보고 레아를 위험한 플레이어로 판단했는지, 임시 동맹을 맺어 레아를 치러 온 듯했다. 말하는 사이에 공격하면 되지 않냐는 생각도 들지만, 그들만의 매너라도 있나 보다.

『헬 플레임』 발동 전에 다른 플레이어를 죽이는 모습은 보지 못한 것일까. 레아를 완전히 마법 특화 플레이어로 착각하고 있었다.

모처럼 찾아든 기회니까 그들의 공격을 맞아 보기로 했다. 앞으로 작당하고 죽이러 오는 플레이어와 싸울지도 모른다. 그때를 위한 예행 연습이다.

"『선더볼트』!"

"『선더볼트』!"

"하압!"

마법 특화로 보이는 두 명이 견제용 『선더볼트』를 쏘고, 검을 든 플레이어가 자세를 낮춰 돌진했다. 그 뒤로 메이스와 방패를 든 전사가 따라왔고, 그 전사 뒤에 몸을 숨긴 창잡이도 있었다.

견제용으로 추정되는 『선더볼트』는 저번 공격과 마찬가지로 요로이자카 씨에게 아무런 피해도 주지 못하는 듯 보였다. 그래서 무시하고 검을 든 플레이어에게 정면으로 맞서서 그 검격을 맞아줬다.

그 플레이어도 풀 플레이트를 검으로 때리는 바보짓은 하지 않고 관절을 노려 공격했지만, 실제로는 어디를 노리든 큰 차이는 없었다. 끼리릭, 하고 귀에 거슬리는 소리를 내며 칼날이 미끄러졌다.

무피해였다. 역시 적수가 되지 못하나 보다. 다음으로 메이스를 든 전사를 기다렸다.

"뭣?! 마법이 안 통해! 금속 갑옷 아니야?! 아니면 무슨 스킬?!"

"검도 안 통해! 분명 갑옷 효과야! 스킬이 아냐!"

"내가 할게! 우오오오오오!"

그가 함성을 내지르며 메이스를 휘둘렀다.

그렇다, 이런 게 중요하다. 특히 이 플레이어 같은 중갑 전사는 보통 공격하기 전에 이미 상대방에게 들킨다. 그렇다면 조용히 공격하기보다 소리라도 질러서 순간 화력을 조금이나마 높이는 편이 낫다.

일반적으로 소리를 지르는 행위는 수의근뿐 아니라 불수의근까지 동원하여 근력의 생리적 한계에 가까운 힘을 끌어낼 수 있다고 한다.

이 게임에 그런 인체 기능이 구현됐을지 모르겠지만, 구현되지 않았다고 장담할 수도 없다. 그러면 밑져야 본전이니까 하는 게 낫다. 이 패거리 중에서는 중갑 전사인 그가 가장 합리적이라고 레아는 생각했다.

하지만 세상은 비정하다. 최선을 다한다고 꼭 결과가 좋으리라는 보장은 없다.

메이스는 허무하게 갑옷에 튕겨 나갔고, 충격이 고스란히 손으로 전달된 전사는 메이스를 놓치고 말았다. 치명적인 실수였다.

"단단해! 이거 뭐야!"

떨어진 메이스는 제대로 벼리지 않았는지 겉면이 울퉁불퉁했다. 제련만 끝내고 대충 봉 형태로 만든 느낌이었다.

상당히 상위권으로 추정되는 플레이어들조차 이 정도였다. 더 많은 수, 다른 게임에서 흔히 레이드 파티라고 부르는 규모로 사람이 몰려와도 결과는 변함없으리라.

그렇다면 더는 공격을 맞아줄 이유는 없었다. 그들의 턴은 이제 끝났다.

요로이자카 씨가 떨어진 메이스를 주워서, 던졌다.

회전하며 고속으로 날아간 메이스는 마법사의 머리를 날려 버리고 그대로 어딘가로 사라졌다. 요로이자카 씨는『투척』능력도 키워 뒀다. 원거리 공격에도 빈틈은 없었다.

"―망."

더는 이야기를 들어줄 마음도 없었다. 이야기하거나 들어줄 시간에 죽이는 게 나았다. 그게 더 효율적이었다. 뭐라고 말을 꺼내려던 검사의 머리를 잡아 터뜨렸다.

허리춤에 찬 이치로를 뽑아서 메이스를 떨어뜨린 중갑 전사를 힘껏 내리쳤다. 방패를 들 때까지 기다려 볼까 하고 한순간 고민했지만, 메이스와 비슷한 소재라면 있으나 마나 똑같을 것이다.

창을 든 플레이어는 그 와중에도 냉정하게 레아를 공격했다. 레아는 감탄했다. 그가 노린 곳은 요로이자카 씨의 바이저 구멍이었다. 레아가 봐도 승기를 잡을 방법은 그것밖에 없다고 생각했다.

다만, 요로이자카 씨가 그것을 허용하느냐는 별개의 문제였다. 이치로를 들지 않은 손으로 아무렇지 않게 창끝을 집어 종이처럼 구겼다. 요로이자카 씨가『스매시』를 발동했고, 창잡이의 머리가 날아 갔다.

남은 사람은 조금 떨어진 곳에서 웅크린 마법사 한 명뿐이었다. 완전히 전의를 상실했다.

레아는 더 검증할 것이 있는지 생각했다. 방어력 테스트도 끝냈고 공격 성능도 충분히 시험했다. 좀처럼 쓸 기회가 없는 마법도 시원하게 써 봤다. 일단 이번에는 이 정도면 충분했다. 다른 검증은 대삼림에서도 할 수 있을 테니까.

마지막으로 레아는 『타이달 웨이브』를 써서 마법사와 함께 초원을 씻어내렸다.

아마 그 공격으로 결승까지 남았던 플레이어가 전부 죽은 듯했다. 시스템 메시지로 우승 축사가 전달됐다.

이어서 이후에 있을 이벤트 매치에 참여해 달라는 요청도 있었다.

그런 일정은 공지한 적이 없었다. 예정보다 훨씬 일찍 끝난 탓일까. 아마 레아 탓이겠지만, 지금 원래 시간으로 돌아가도 한 시간여밖에 지나지 않았을 것이다.

이벤트 매치는 사전 등록 없이 이곳에서 참가자를 모집해 희망자끼리 배틀 로열을 벌인다는 모양이었다.

〈이게 나한테 무슨 이득이 있어?〉

이미 레아와 요로이자카 씨, 켄자키들의 성능 시험은 대강 끝났다. 참가해 봤자 양민 학살의 쾌감밖에 얻을 게 없었다.

이 PvP 이벤트에 사망 페널티는 없지만, 우승자의 이름은 대대적으로 공표될 테고 — 이벤트에 참가할 때 그런 동의 사항이 있었을 것이다 — 「레아」라는 이름은 웨인에게 이미 밝혔다. 가명이지만.

그 이름을 힌트로 PK가 대삼림으로 우르르 몰려오지 않으리라는 보장도 없었다.

물론 몰려와도 대삼림에 사는 개미 군단을 돌파할 수 있다는 생각은 들지 않았다. 중화기를 가진 조직적인 개미 군단이 자기네 앞마당에서 게릴라전을 펼치는 것이다. 그것도 땅 아래에서 불쑥 튀어나오면서.

플레이어 따위 좋게 말해 봤자 경험치 주머니밖에 되지 않는다. 심지어 몇 번을 죽이든 되살아난다. 즉, 마조히스트 순환 자원이다.

이상하다. 곰곰이 생각해 보니까 이득밖에 없지 않나?

이미 참여해도 괜찮겠다는 방향으로 마음이 기울기 시작했지만, 교섭할 때의 이익은 스스로 찾는 것이 아니라 상대방에게 제시받는 것이다. 그러므로 운영진의 답변을 기다렸다.

《운영진의 제안을 알려드립니다. 「이벤트 매치에서 플레이어 이름 【레아】님이 플레이어를 살해할 경우 경험치 획득.」입니다. 어떠십니까?》

나쁘지 않다. 이 이벤트는 사망 페널티가 없는 대신 경험치를 얻지도 못한다.

그러나 경험치라면 대삼림에서 플레이어를 기다려도 똑같이 얻을 수 있다.

그렇다면 뭔가 다른 것, 운영진밖에 주지 못하는 특별한 보수를 얻어야 한다. 현재 레아가 어찌할 수 없는 무언가를.

〈경험치는 필요 없으니까 공략 정보를 하나 알려줘.〉

《검토 중. ……구체적인 희망을 듣고 결정하겠습니다.》

〈내가 있는 대삼림…… 국명이 힐스 왕국이었나? 그 주변 지도를 줘.〉

그곳은 넓은 필드였다. 레아라면 시간만 들이면 개미의 인해전술로 정밀한 지도를 만들 수 있을지도 모른다. 하지만 하지 않고 끝낼 수 있다면 그것이 최선이다.

지금 그 대삼림에서 구할 수 있는 소재는 거의 구했다.

소재 종류를 더 늘리고 싶다면 채집 장소를 바꿔야 한다.

《검토 중. ……잠시 기다려 주십시오……. 운영진의 제안을 알려드립니다. 「그 조건으로 부탁드립니다. 이벤트가 종료되고 점검 후에 【레아】님 인벤토리에 우승 상품과 함께 보내드리겠습니다. 또한, 방금 경험치에 관한 조건도 그대로 포함시키겠습니다.」》

〈아주 좋아. 그렇다면 이벤트 매치에 참가할게. 그럼 기왕 경험치도 준다고 하니 이번 경기에서는 최대한 많은 플레이어를 죽일까―.〉

◆◆◆

웨인은 이해할 수 없었다.

함께 숲에 들어갔던 그날부터 레아와는 만나지 못했다.

현실에서 무슨 일이라도 생겼나? 아니면 단순히 시간이 나지 않을 뿐인가? 여러 생각이 들었지만, 친구 등록을 하지 않아서 연락할 방법도 없었다.

그러는 사이에 대규모 이벤트 개시일을 맞이하고 말았다. 만약 그녀도 참가할 생각이라면 현지에서 만나지 않을까, 라고 생각했다.

결국 이벤트 장소에서도 비슷한 인물은 보이지 않았고, 아쉽게도 웨인은 블록2에서 예선 탈락하는 바람에 관객석에서 홀로 결승을 구경했다.

예선과 비교해서 결승전은 압도적인 속도로 결판이 났다. 검은 전신 갑옷을 입은 미스터리한 플레이어가 그야말로 일기당천의 기세로 다른 플레이어를 쓸어버렸다.

웨인이 혼란에 빠진 것은 그 후였다.

《수고하셨습니다. 제1회 공식 이벤트: 배틀 로열 우승자는 【레아】 님입니다. 축하합니다.》

《이벤트가 예정 시각보다 훨씬 일찍 종료된 관계로, 우승자 【레아】 님의 협력을 구하여 누구나 자유롭게 참가할 수 있는 이벤트 매치를 개최하고자 합니다.》

《규칙은 기존과 같은 배틀 로열이지만, 우승자인 【레아】 님을 해치운 플레이어 여러분께는 특별상을 증정할 예정입니다.》

《참가를 희망하시는 분은 중앙 투기장 안으로―.》

'레아? 지금 시스템 메시지가 레아라고 했어……?'

이 게임에서는 중복 닉네임을 쓰지 못한다. 그래서 「레아」라는 이름의 플레이어는 웨인이 아는 레아 말고 있을 리 없다.

그럼 모니터에 비친 검은 갑옷이 그 레아인가?

웨인과 만나지 않은 2주 동안 무슨 일이 있었단 말인가.

처음 만났을 때는 초기 장비를 입은 흔한 초보였다. 마법도 처음 보는 것처럼 말했다. 그런데, 저 장비와 실력은 대체?

어쨌든 본인을 만나 봐야 한다. 만나서 확인해야 한다.

웨인은 이벤트 매치에 참가하기 위해서 투기장으로 내려갔다.

이벤트 매치 참가를 마감한다는 안내가 나오고 얼마 기다리지 않아서 참가자들이 필드로 전송됐다.

웨인이 보내진 곳은 초원이었다. 좌우지간 지금은 레아를 찾아야 한다.

시스템 안내에 따르면 우승자인 레아를 쓰러뜨리면 특별상인지 뭔지를 준다고 한다. 그럼 참가자 대다수의 목적은 레아일 것이다.

「해치운 플레이어 여러분」이라고 했으니까 여러 명이 합심해서 이겨도 전원 상을 받으리라. 다시 말해, 파티 전투에서 분배되는 경험치와 같다.

그렇다면 당장은 참가자끼리 경쟁할 생각은 안 해도 된다.

웨인은 경계받지 않을 만큼만 조심하며 숲 근처에 모인 플레이어들에게 다가갔다.

"안녕. 목적은 우승자야?"

대화가 가능한 거리까지 다가가자 저쪽에서 먼저 말을 걸었다.

"맞아. 너희도?"

"물론이지. 배틀 로열이라도 그 실력을 보면 평범하게 싸워 봤자 못 이겨. 일반 플레이어가 결과를 남기려면 협력해서 끝판 대장을 해치울 수밖에 없어."

"끝판 대장……."

"딱 맞는 표현이지? 이기지 못하더라도 적어도 그 투구 안쪽을 보고 싶어."

웨인은, 웨인만은 거기에 소박한 고양이 수인 소녀의 얼굴이 있다는 사실을 안다.

"그러게……."

웨인은 그들과 동행하기로 했다. 무작정 찾아 나서더라도 사람이 많아야 찾기도 쉬우리라.

그 밖에도 숲 안쪽으로 들어가는 플레이어가 간간이 보였다.

"저 사람들도 목적은 똑같나?"

"친구나 지인이 보스를 발견해서 연락했는지도 몰라."

"좋아, 따라가 보자."

숲을 빠져나오자 그곳에는 많은 플레이어가 있었다.

그들이 바라보는 곳에 아마 레아가 있을 것이다. 만나고 싶다.

"좋았어! 이만큼 모이면 이길 수 있겠지! 가자! 레이드다!"

누군가가 호령하고, 전투가 시작됐다.

웨인은 근거리에서도 원거리에서도 싸울 수 있지만, 레아를 만나기 위해서 온 그는 앞으로 뛰었다. 사람이 많아서 제대로 움직이기 어려울 줄 알았으나, 막상 전투가 시작되자 다들 자연스럽게 자기 포지션과 사선을 확보하려고 흩어져 이동하기 수월했다.

그렇게 도착한 최전선에서는 방패를 들고 금속 흉갑 등으로 방어를 굳힌 플레이어 몇 명이 검은 전신 갑옷을 둘러싸고 있었다.

원거리에서는 마법이나 화살이 난무했다. 검이나 창을 든 플레이어는 그것들을 교묘하게 피하면서 탱커 옆에서 검은 갑옷에게 공격을 가했다.

웨인도 그사이에 끼러 갔다.

그리고 공격하면서 검은 갑옷에게 말을 걸었다.

"레아!"

레아가 웨인 쪽을 돌아봤다. 지금 쏟아지는 공격은 어느 것이고 전혀 효과가 없는지, 웨인에게 정신을 판다고 레아가 치명상을 입는 일은 없었다.

"레아! 어떻게 된 거야! 왜 네가!"

"넌 뭐야! 챔피언이랑 아는 사이야?!"

"야, 나중에 알려줘! 뭘 하면 저렇게 강해지는지, 힌트만이라도!"

그 모습을 보고 말을 거는 플레이어도 있었지만, 지금은 다른 플레이어를 상관할 때가 아니었다.

"레아!"

하지만 웨인의 목소리에도 다른 플레이어의 목소리에도 대답하지 않고, 레아는 천천히 한쪽 팔을 들어 뭐라고 중얼거렸다.

그 순간, 레아의 손에서 어마어마한 수의 섬전이 번뜩였다. 소용돌이치는 번개 폭풍이 일대에 휩쓸고 주변 플레이어를 모조리 쓸어버렸다.

전투는 거기서 끝났다.

웨인은 순식간에 돌아간 관객석에서 넋을 놓고 있었다.

"─너, 방금 챔피언한테 말 걸었지? 친구야?"

그런 웨인에게 말을 건 사람은 방금 필드 최전선에서 방패를 들었던 플레이어였다.

"……아니, 몇 번 같이 사냥을 했을 뿐이야."

"뭐야, 그랬어? 그래도 지금 그 플레이어를 아는 사람이 아무도 없어. 네가 유일한 정보원이야. 어떻게든 그 사람이랑 만날 수 없을까?"

"……만약 만날 수 있으면 오늘 일을 물어볼게. 내가 아는 한 그녀는 그렇게 강한 플레이어가 아니었어."

"오, 챔피언이 여자였어? 흐음, 그럼 단기간에 속성으로 강해지는 방법이 있다는 뜻일지도 몰라. 더 궁금해졌어. 너, 괜찮으면 나랑 친구 할래? 뭐든 알게 되면 연락해줘."

그렇게 말하고 친구 카드를 내밀었다. 웨인은 느릿느릿하게 그것을 받고 인벤토리에 넣었다.

《캐릭터【길가메시】와 친구가 되었습니다.》

"나는 길이라고 불러줘. 사실 길가메시로 하고 싶었는데 닉네임 선점에 실패했어."

그러면「길」은 약칭조차 아니지 않은가. 하지만 이렇게라도 친구가 되지 않았다면 그의 본명은 알 턱이 없었다. 딱히 길이라고 불러도 아무도 곤란하지 않─.

"……이름……."

한순간, 무언가가 마음에 걸렸다. 하지만 지금은 생각이 정리되지 않았다.

길과는 일단 여기서 헤어지고, 오늘은 이만 돌아가서 로그아웃하기로 마음먹었다.

◆ ◆ ◆

《플레이어 여러분께.

항상 본사의 『Boot hour, shoot curse』를 플레이해 주셔서 진심으로 감사합니다.

제1회 공식 대규모 이벤트 「배틀 로열」은 여러분의 성원에 힘입어 성황리에 마칠 수 있었습니다. 많은 참여와 관심에 진심으로 감사드립니다.

앞으로도 플레이어 여러분이 즐길 수 있는 다양한 이벤트를 계획할 예정입니다.

다음에도 꼭 적극적인 참여를 부탁드립니다.

앞으로도 『Boot hour, shoot curse』를 즐겨 주시기 바랍니다.》

◆ ◆ ◆

《점검 안내.

항상 본사의 『Boot hour, shoot curse』를 플레이해 주셔서 진심으로 감사합니다.

대규모 이벤트 종료 후, 아래 일정대로 시스템 점검을 실시합니다.

또한, 이번 점검으로 플레이어 여러분께서 많이 요청하신 대로 아래 콘텐츠가 변경됩니다.

· 마법 · 액티브 스킬 등 음성으로 발동하는 스킬의 이름이 촌스럽다.

진솔한 의견을 주시어 감사합니다. 회사 내부적으로 심도 있게 검토한 결과, 마법과 스킬 발동어를 캐릭터가 자유롭게 정할 수 있도록 변경하겠습니다.
또한, 기본 설정에서 변경하지 않을 경우, 기존 방식대로 촌스러운 발동어를 외어 발동할 수 있습니다.

앞으로도 『Boot hour, shoot curse』를 즐겨 주시기 바랍니다.

점검 일정
모 월 모 일 10:00~19:00(※연장될 수 있습니다.)》

◆ ◆ ◆

《자주 있는 질문.

고객님께서 보내주신 「자주 있는 질문」이나 「문제 해결 방법」을 모아 두었습니다.
해당 페이지를 검색하시면 의문이나 문제가 해결될 수 있으므로 문의하시기 전에 확인해 주시기 바랍니다.

그리고 게임 내용과 관련된 질문이나 일부 시스템 관련 질문에는 답변을 드리기 어려운 점 양해 부탁드립니다.

Q: 비정상적으로 강한 플레이어가 있는데, 혹시 운영진과 관계있는 플레이어거나 부정행위로 강해졌을 가능성은 없나요?
A: 말씀하신 사례는 확인되지 않습니다.

또한, 본 게임 서비스에서는 공략 정보로 얻는 이점이 굉장히 크기 때문에 회사 관계자는 본 게임을 플레이할 자격이 주어지지 않습니다.

아시다시피 제5세대 이후 VR 시스템에서는 클라이언트의 부정행위는 구조상 불가능합니다. 그리고 시스템 AI에 버그 픽스 기능이 내장되어 버그를 이용한 시스템 부정 이용도 사실상 불가합니다.

플레이어마다 게임 진행도에 큰 차이가 발생하는 상황은 인지하고 있으나, 의도된 사항입니다.

앞으로도 『Boot hour, shoot curse』를 즐겨 주시기 바랍니다.》

◆ ◆ ◆

《플레이어 이름【레아】님께.

항상 본사의 『Boot hour, shoot curse』를 플레이해 주셔서 진심으로 감사합니다.

제1회 공식 대규모 이벤트 「배틀 로열」은 【레아】 님의 협력 덕분에 저희 예상을 웃도는 뜨거운 반응을 보였습니다. 많은 플레이어님께 즐거운 경험을 제공한 점, 개발자 일동은 크게 감사드리고 있습니다.

　그러한 이유로 일반 공개용 홍보 영상에 이벤트 당시 【레아】 님의 전투 장면을 담을 수 있도록 허가를 구하고자 연락드렸습니다.

　사용 예정 중인 장면은―.》

제6장 리베 대삼림 그랜드 오픈

점검이 끝나고 레아가 로그인하자 연락이 몇 통 와 있었다. 점검 자체에 대한 안내도 있지만, 점검 전에 온 연락을 제목만 보고 무시했던 것이었다.

"─전투 영상이라. 얼굴도 안 나왔으니까 허락해도 딱히 문제없으려나. 아, 그렇지⋯⋯."

한 가지 떠오른 생각이 있어서 답변에 제안으로 첨부해 뒀다. 잘 풀리면 재미있는 일이 벌어질지도 모른다.

"이제 남은 문제는 그 웨인인가 뭔가 하는 플레이어인가."

"웨인이 문제라도 일으켰나요?"

옆에 대기하던 케리가 물었다.

케리는 웨인과 숲을 산책한 그날 뒤로 거의 여왕방에서 나가지 않았다. 아마 약한 척하거나 동료인 공병 개미를 공격하는 행동이 큰 스트레스가 됐나 보다. 레아가 지시하지 않는 한 웨인과 엮일 마음은 없는 듯했다.

"저번 이벤트, 내가 두 시간 정도 자리를 비웠던 일 말인데, 거기서 잠깐 마주쳤어."

〈공주님께 방해가 된다면 제가 처치할까요?〉

"아니, 그 정도는 아니야. ⋯⋯응, 좋아. 이렇게 하자. 케리가 도시로 가면 내가 『술자 소환: 정신』으로 케리에게 빙의할게. 그 상태로 웨인에게 접촉해서— 대삼림으로 유인해 죽여서 경험치로 만들자."

◆ ◆ ◆

『공간 마법』이나 다양한 스킬을 배우면서 『소환』 트리에 해금된 스킬『술자 소환』.

이미 너무 많은 스킬을 배워서 습득 조건이 뭔지 알아볼 방법도 없지만, 이 스킬의 효과는 「권속이 있는 곳에 자신을 소환한다」였다.

소환 대상이 「자신」으로 한정되는데도 불구하고 발동하면 보통 『소환』과 마찬가지로 소환 가능 목록이 표시된다. 거기에는 「자신」에게 속하는 것들이 개별적으로 열거됐고 현재 장비 중인 무구까지 나와 있었다. 장비 가능한 물품에 한정되지만, 물자를 보낼 수 있다는 뜻이었다.

이 목록 중에는 「정신」이라는 항목도 있으며, 이건 사용자의 정신을 소환해 권속의 육체에 씌운다. 권속의 시각을 소환해 자신의 시각에 동조하는 스킬과 주객이 바뀌었다고 해야 할까.

이 효과로 권속에게 정신을 씌울 경우, 『권속 강화』 같은 스킬과는 별개로 빙의한 권속에게 사용자의 모든 능력치 10퍼센트가 가산된다.

그리고 빙의 시간은 사용자의 MND에 의존하며 현재 레아의 MND라면 며칠간 빙의한 상태로도 활동할 수 있다.

단, 어디까지나 움직이는 육체는 권속이기 때문에 아무리 사용자가 습득한 스킬이라도 권속이 습득하지 않았다면 쓰지 못한다.

이 『술자 소환: 정신』을 처음 발동해 봤을 때, 레아는 케리의 시야를 통해 옥좌에 잠든 자기 아바타를 보고 마치 VR 게임 속 VR 게임을 하는 듯한 기묘한 감각을 맛봤다.

하지만 먼 옛날 MMORPG에서도 게임 속 마작이 크게 유행했다는 뉴스를 도서관에서 본 적이 있었다. 시대가 변해도 사람은 그다지 변하지 않나 보다.

가장 가까운 도시에 도착했다고 케리에게 연락받은 레아는 『술자 소환: 정신』을 발동해 케리에게 빙의했다.

케리의 몸은 스킬 검증으로 한 번 빌린 이후로 처음 빙의했지만, 역시 자기 몸이 아니기 때문인지 묘하게 낯선 느낌이 들었다. 말 그대로 낯선 몸이니까 당연하다면 당연하지만.

생각해 보면 요로이자카 씨는 완전히 마스터-슬레이브 시스템인 로봇에 탄 느낌으로, 애초에 체형이 너무 달라서 오히려 신경 쓰이지 않았다.

"……원래 캐릭터의 자아가 강하면, 다시 말해 행동에 본인의 버릇이 묻어 있다면 낯설게 느껴질지도 몰라."

현실의 인간으로 비유하면 걸음걸이 인식처럼 생체 인증에 이용되는 개개인만의 버릇 같은 것이다. 설마 게임에서 그것까지 재현했겠냐고 생각하는 한편, 이 게임이라면 했어도 이상하지 않다는 생각도 들었다.

"고도로 발달한 과학은 마법과 구별할 수 없다더니."

레아는 중얼거리며 용병 조합으로 향했다. 혼잣말하는 버릇이 늘고 말았다. 여왕방에 있을 때는 괜찮지만, 이런 곳에서는 조심해야겠다.

용병 조합에는 늘 그렇듯 용병이 별로 없……을 줄 알았는데 평소보다는 많았다. 자세히 살펴보니까 플레이어 같았다.

하지만 이 도시를 터전으로 살아가는 사람 특유의 악착스러움이 없다고 해야 할까? 나쁘게 말하면 간만의 휴일에 시골로 놀러 온 이웃집 노인의 손자 같은 분위기가 났다.

레아는 현실에서는 거의 시골에서만 살아온 탓에 그런 분위기에 민감했다.

VR이 발달해서 밖으로 나갈 기회가 줄어도, 아니, 그렇기에 더더욱 시골과 도시의 간극은 벌어졌다. 시골 특유의 폐쇄감은 줄었지만, 지역을 남에게 알리려는 적극성도 함께 줄었다.

"그나저나 웨인은— 저기 있네."

로비 구석에서 의자에 앉아 바닥을 보고 있었다. 한순간 여기가 게임 속인지 VR 취업 센터인지 헷갈릴 만큼 시무룩했다. VR 취업 센터에는 가 본 적도 없지만.

"안녕, 웨인. 혹시 기다렸어?"

"……! 레아……. 아, 아니…… 와줬구나."

"그래. 묻고 싶은 말이 많은 얼굴이었으니까. 숲에서 돌아온 뒤로 만나지도 않았고."

레아는 말하면서 속으로 혀를 찼다. 지금 웨인의 반응으로 로비의 플레이어로 보이는 몇 명이 이쪽을 봤다.

그렇게 배려심이 없으니까 친구가 없는 거다. 그도 친구가 없는 레아에게 이런 소리 듣고 싶지 않겠지만.

"이야기를 나눌 수는 있지만…… 조금 눈에 띄었네. 조용히 이야 기하고 싶으니까 그 숲에 갈까? 외곽 쪽은 마물도 사람도 거의 없 었지?"

웨인은 일어서서 긴장한 얼굴로 고개를 끄덕였다. 레아는 웨인과 함께 용병 조합을 나왔다. 아무리 그래도 따라오는 플레이어는 보 이지 않았다. 있어 봤자 딱히 상관없지만.

숲으로 걸으면서 레아는 가능한 한 낯선 느낌이 들지 않게 걷도록 노력했다. 이 몸에서 낯선 느낌을 받지 않는다면, 그것은 케리의 행 동거지를 잘 따라 한다는 뜻일 테니까.

웨인이 얼마나 케리의 행동을 주의 깊게 봤는지는 알 수 없으나, 레아에게는 변장하고 모르는 인물과 대화하는 첩보 임무나 다름없 었다. 그렇게 생각하자 제법 즐거운 기분도 들었다. 이왕 하는 김에 들키지 않고 끝까지 가 보고 싶었다.

숲에 도착하고 일단 20분 정도 안쪽으로 들어갔다. 20분이나 걸 으면 숲 밖에서는 절대로 찾을 수 없다.

숲속은 원래 케리의 영역이기도 하고, 이 행동은 오히려 레아에게 좋은 훈련이 됐다. 낯선 느낌을 피하며 행동할수록 아주 걷기 편했다.

라일리가 하는 정기 순찰도 가끔 빙의해서 참여하는 게 좋을지도 모르겠다.

"이쯤 오면 됐겠지. 그럼 웨인, 뭘 묻고 싶어?"

"……너는…… 정말로 레아야?"

"그야, 그렇지. 나는 레아야. 틀림없이."

지금은 케리의 몸에 빙의했으니까 말하는 사람은 분명히 레아였다. 오히려 지금까지 알던 인물이 레아가 아니었다.

"내가…… 아는 레아는……. 네가 아니라는 생각이 들어."

웨인의 말에 놀란 레아는 숨이 탁 막혔다.

뭐가 잘못됐을까. 바로 들켰다. 이 웨인이라는 플레이어는 레아 생각보다 훨씬 감이 좋은 것일까?

"―무슨 소리야? 게임에 로그인하려면 뇌파 인증을 거쳐야 해. 본인이 아니면 절대로 못 들어와. 옛날처럼 지문이나 홍채 인증뿐이라면 속일 방법이 없지는 않겠지만."

그리고 아바타는 틀림없이 전에 웨인이 만난 케리였다.

지금 웨인이 만난 것은 웨인이 아는 레아― 즉, 케리의 몸인 동시에 진짜 플레이어【레아】이기도 했다.

웨인 사상 최고 순도의 레아라고 해도 과언이 아니었다.

"그게 네가 묻고 싶은 거야? 그럼 이제 끝내도 될까?"

"잠깐만, 아직 지금 질문은 안 끝났어!"

질문에는 대답하지 않았는가. 그런데도 물고 늘어지는가. 받아들이지 못했나.

하지만 귀찮기는 해도 웨인이 이상하게 느꼈다면 미래를 위해서 들어 두는 것도 나쁘지 않았다.

"알았어. 그럼 들어줄게. 왜 내가 레아가 아니라고 생각했어?"

"우선…… 그 말투야. 레아는 롤플레이를 중시해서 좀 더 그럴싸하게. 정말로 여자 용병처럼 말했어."

그러고 보니 케리는 존댓말을 배우기 전에 조금 경박한 말투를 썼다. 웨인과 만날 때도 그런 말투였던 것 같다. 이건 솔직히 레아의 실수였다.

"아, 그냥, 새삼 연기까지 해야 하나 싶어서. 그건 봐주라. 이거면 됐지?"

대충 비슷한 말투를 흉내 내 봤다. 최근에는 케리도 줄곧 존댓말을 써서 세세한 부분까지는 기억나지 않았다.

"그리고 숲길을 걷는 방식. 전에 왔을 때는 내 뒤를 따라서……머뭇거리고 서툰 느낌이었는데 오늘은 내 앞을 척척 걸어갈 정도였어. 그 후로 한 2주는 지났지만, 아무리 게임이라도 불과 2주 만에 그만큼 숲길에 익숙해질 것 같지는 않아."

맞는 말이었다. 지금 레아는 본래 케리의 걸음걸이를 모방하며 숲을 걸었다.

하지만 전에 케리는 웨인 뒤를 꾸물꾸물 따라다녔다. 스트레스가 쌓이는 약한 척은 전투뿐 아니라 이런 사소한 부분까지 포함한 것이었나 보다. 이것도 레아의 실수였다.

"하나 더. 방금 로그인 인증에 관해 말했는데, 전에 이야기했을 때 레아는 하드웨어에도 소프트웨어에도 해박하지 않은 인상이었어. 그랬던 레아가 굳이 구시대의 생체 인증까지 예로 들면서 설명하는 게 부자연스러워."

당연하다. 이 세계 사람— NPC인 케리가 VR 기기나 시스템을 알 리가 없다.

케리와 대화하면서 웨인은 케리가 기계에 어두운 플레이어라고 판단한 모양이었다. 그만 버릇처럼 쓸데없는 이야기까지 꺼내서 단서를 제공하고 말았다. 이것도 레아의 실수였다.

이럴 수가. 멍청한 건 레아였다.

"너는…… 그때 레아가 가끔 친구 채팅으로 대화하던 친구 아니야? 그리고 내가 아는 레아는 사실 닉네임이 【레아】가 아니야. 나는 레아와 친구 등록을 하지 않아서 그때 만난 사람이 레아라고 소개해도 그게 본명인지 아닌지 확인할 방법이 없어."

레아가 멍청했던 것도 맞지만, 웨인이 예리한 것 또한 맞다. 설마 이토록 정확한 사정까지 추리할 줄은 몰랐다.

대단하다. 추리 소설 속 범인이 궁지에 몰리는 심정을 이 게임에서 맛보게 될 줄이야.

"아하……. 그러니까 네 결론은 완벽하게 똑같이 생긴 플레이어가 두 명 있고 한쪽이 나, 다른 한쪽이 네가 만난 레아다, 그런 뜻인가?"

은근슬쩍 둘 다 플레이어며 같은 외모라고 강조했다.

레아는 레아 본인의 외모가 사실 전혀 다르다는 것과 NPC가 인벤토리나 친구 채팅 같은 기능을 사용한다는 사실만 끝까지 숨길 수 있으면 문제가 없었다.

레아의 외모가 다르다는 점이 들통나면 필연적으로 어떻게 케리의 몸을 조종하는지 의문을 가질 테고, 감추고 싶은 스킬이 밝혀질 우려가 있었다.

"역시, 그랬나……."

지금 레아의 말로 확신이 선 것처럼 웨인은 고개를 숙였다. 아무래도 원하던 방향으로 유도된 모양이었다. 감이 좋은 것치고는 별 거 아니었다.

"왜 그랬는지 물으면, 별 이유는 없지만……."

이유는 레아가 도시에 나가고 싶지 않았기 때문이고, 주로 알비니즘과 약시라는 제약 때문이었다.

하지만 레아의 진짜 모습과 관련이 있는 이 정보를 말할 수는 없었다.

"일종의 미인계처럼 방심한 플레이어를 사냥하고 싶었어. NPC는 죽이면 끝나지만, 플레이어는 계속 부활하니까 그것도 판별할 겸. 이래 봬도 나는 클로즈 베타 테스터였어. 그때도 NPC인 척해서 낚은 멍청한 플레이어를 죽인 적이 있는데─."

"……뭐라고? 클로즈 베타에서…… NPC인 척하고 PK를 했다……? 지금 너, 그렇게 말했어?"

"그래. 그건 진짜 웃겼지. 몇 번 했는데 같은 도시에서 하면 꼬리가 밟히니까 금방 다른 도시로─."

"─그때!"

웨인이 느닷없이 고함쳤다. 깜짝 놀랐다.

"죽은 멍청한 플레이어가, 바로 나다!"

납득이 갔다.

"그래?! 운명인걸! 그때는 참 바보 같은 플레이어도 다 있다고 웃었는데 이렇게 내 계획을 간파하고 몰아세우다니, 엄청나게 성장했잖아! 내가 다 기쁘네."

"크윽…… 이 자식이……!"

웨인은 레아를 노려보며 허리춤의 칼자루를 잡았다.

"아, 칼 뽑게? 얼마든지 뽑아. 난 처음부터 그럴 작정이었으니까."

"……미인계라고 했겠다……! 왜 직접 안 해?! 같은 얼굴이라면서 왜 레아…… 그 사람을 끌어들여!"

사실은 같은 얼굴이 아니고 미인계라는 것도 주워섬긴 변명에 가깝지만.

"얘기하고 알았겠지만, 나 그런 거 못 하거든. 그 애라면 심성이 정직하니까 잘할 줄 알았어. 실제로 너, 한 번 당하고도 또 속았잖아? 그래도 꽤 스트레스를 받는 눈치라서 이제 그만 시키려고."

"네가 스트레스를 주고 있잖아!"

'아니, 굳이 따지면 너야.'

하지만 이것도 말해 봤자 소용없는 일. 마지막으로 선언만 하고 웨인은 잠시 무대에서 내려보내자.

"나는 지금 이 숲을 거점으로 삼고 있어. 세세한 수단은 이제부터 생각하겠지만, 앞으로도 플레이어는 팍팍 죽일 거야. 너는 그 첫 손님이 되어 줘야겠어."

"그딴 짓! 용납될 줄—."

"용납 안 하면 어쩔 건데? 다 같이 동맹 맺고 내 목을 따러 오나? 그것도 괜찮아. 몇 번 죽다 보면 언젠가 나도 다른 플레이어에게 이기지 못할 만큼 약해질 테니까."

아무리 레아의 소유 경험치가 방대하고 사망 페널티로 잃은 경험치는 10퍼센트에 불과하다지만, 서른 번쯤 죽으면 지금의 5퍼센트 미만으로 약해질 것이다.

물론 그 이벤트 경기에 나간 사람들 정도라면 한 번도 당해줄 생각이 없지만.

이야기하면서 레아는 손을 하늘로 뻗었다. 그러자 미리 상공에 대기시켜 둔 켄자키 이치로가 그 손아귀로 내려왔다.

"그 칼은, 이벤트 때……."

"그럼 오늘은 이만 헤어질까. 너희의 도전을 기다릴게."

웨인이 반응하지 못할 속도로 『축지』로 접근해 『스매시』로 목을 쳤다.

◆ ◆ ◆

운영진은 레아의 제안을 전적으로 수락한 듯했다.

레아의 제안은 이러했다.

어떤 플레이어가 우연히 극적으로 강해지는 방법을 찾았고, 그것을 과시하기 위해서 공식 이벤트에 참가했다. 운영진은 예상한 범주의 수단이므로 이건 좋은 선전이 되겠다고 생각해 영상을 편집해서 공개했다.

하지만 그 플레이어는 강해진 방법을 아무에게도 알려 주지 않고 대삼림에 틀어박혔다.

그런 식으로 불길한 추측을 부채질하도록 구성하거나 댓글을 달면 어떨까.

웨인

운영진도 의도한 내용과 다르지 않기 때문인지, 공개된 홍보 영상은 레아가 제안한 내용대로 완성됐다.

굳이 말하자면 레아가 이벤트에 참가한 이유는 다른 플레이어의 수준을 확인하기 위함이었지만, 그건 레아밖에 알지 못한다.

더불어 웨인도 SNS에서 레아에 관해 아는 정보를 퍼뜨렸다. 영상에도 나온 검은 전신 갑옷 플레이어가 리베 대삼림에서 PK 행위를 일삼는다는 둥 똑같은 외모를 한 무고한 플레이어가 명령에 따르고 있다는 둥 성토하지만, 아예 얼토당토않은 내용이라서 오히려 문제없다는 생각이 들어 방치했다.

물론 정정하고 싶어도 함부로 레아가 SNS에서 발언하면 웨인의 노력이 물거품이 될 우려도 있었다. 배후자는 말이 필요 없다. 나불대는 건 궁지에 몰려 모든 사실을 밝힐 때뿐이다. 바로 며칠 전의 레아처럼.

그렇게 차근차근 활동을 시작한 지도 일주일이 지났다. 사실 말이 좋아 차근차근이지 레아는 거의 아무것도 하지 않았지만.

최근 이 리베 대삼림 — 최근 알게 된 이 숲의 이름 — 에는 줄줄이 플레이어들이 모여들었다.

가장 가까운 도시인 에어파렌 — 이것도 최근에 알았다 — 은 지금 전무후무한 호경기를 맞고 있었다. 이름을 붙이자면 대삼림 특수다.

플레이어들이 레아가 강한 이유는 이 던전이 되어 버린 숲에서 경험치를 벌었기 때문이라고 착각했기 때문이었다. 운영진의 홍보와 웨인의 스텔스 마케팅 덕분에 대성공이었다.

이런 정황 속에서 레아는 현재 다른 게임에서 보이는 던전 운영 방식으로 대삼림을 경영하고 있었다.

공병들에게 광맥에서 산출되는 저급 금속으로 무기나 방어구를 만들게 하고, 그것을 대삼림 얕은 곳 도처에 뿌려 뒀다. 플레이어 중 누군가가 그것을 발견해 들고 가면 잠시 시간을 두고 다른 곳에 같은 랭크의 물건을 숨겨 둔다.

무기나 방어구뿐 아니라 저급 포션이나 대삼림 중층에서 얻을 수 있는 목재, 열매, 마물 모피 등 유용한 소재도 적당히 뿌려 둔다. 이제는 중층에서 나는 소재는 남아돌아서 여왕방에 있는 수송병 개미에게 구태여 보관시키는 것도 귀찮아 채집한 개미가 그대로 들고 있게 할 정도였다.

뿌린 아이템이나 침입한 플레이어의 동향은 항상 스카우트 앤트에게 감시하도록 시켰다. 플레이어는 수가 많아서 급히 스카우트 앤트를 늘려서 감시 전문 정찰 부대를 설립했다.

대삼림에 침입하는 플레이어 여러분께는 몬스터(거의 개미)를 기분 좋게 해치우고 무기나 아이템 같은 보상으로 만족감을 드린 뒤, 기병 개미나 저격병 개미처럼 살상 능력이 높은 개미로 적당히 죽이고 있었다.

레아는 깨달았다.

개미로 개미를 해치워도 경험치는 1포인트도 들어오지 않지만, 개미를 해치워 경험치를 얻은 플레이어를 개미가 해치우면 획득 경험치가 늘어난다는 것을.

하지만 플레이어들도 아무리 아이템이 탐나더라도 사망 페널티로 경험치를 잃는다고 생각하면 언젠가 아무도 오지 않게 된다.

그런 악평이 퍼지지 않도록 침입할 때와 죽어서 돌아간 뒤의 소지 경험치가 거의 같거나 플레이어가 조금 성장할 만큼 조정하며 죽였다.

이건 플레이어의 능력을 측정하는 단계에서 상당히 치밀하게 계산해야 가능하지만, 오로지 그 계산만을 위하여 스가루의 INT를 엄청나게 높였다. 그 결과, 『권속 강화』로 개미들의 INT도 조금씩 올라 연대는 더욱 긴밀해졌다.

더불어 부차 효과로 공병 개미가 쏘는 산의 위력이 올랐다. 구체적으로 말하면 금속은 청동까지 녹일 수 있게 됐다. 약한 마물의 뼈로 만든 장비나 청동 장비 플레이어라면 가장 약한 공병 개미만으로도 상대할 수 있었다.

그리고 레아가 점거해서 공급이 멈춘 리베 대삼림 광맥의 금속이 플레이어들에 의해 간접적으로 도시로 흘러들면서 철 시세가 떨어졌다.

단, 플레이어가 가지고 돌아가는 물건은 제련을 넘어 성형까지 마친 무구라서 대장장이의 일거리가 돌아오지는 않으며 떠난 대장장이도 돌아오지 않는다. 남은 대장장이도 당분간은 고난의 행군을 계속 이어갈 것이다. 물론 금속 제품을 손질하고 수리하는 사람이 있으니까 대장간의 수요가 완전히 사라지지는 않았다.

그런 정보를 누구에게 들었냐면, 레미였다.

대삼림의 생산 체제가 확립된 지금은 레미가 상주하며 감독할 필요가 없어졌다. 그래서 레미를 총감독 자리에서 내리고 떠돌이 연금술사로 가장해 도시에서 저급 포션이나 아이템을 팔도록 했다.

플레이어들이 대삼림에서 포션을 얻을 수 있다고는 하나, 처음부터 빈손으로 가는 바보는 없었고, 반대로 획득한 잉여 포션을 팔려고 하는 플레이어도 있었다.

원래 이 도시에 사는 약사나 연금술사도 포션은 팔지만, 그들은 플레이어에게 물품을 매입하지 않았다. 소모품이고 공급처가 가게뿐이니까 사지 않는 것이 당연하지만, 지금은 달랐다. 출처는 불확실해도 효과는 확실한 포션을 숲에서 얼마든지 구할 수 있기 때문이었다.

레미는 매입품을 취급하면서 기존 포션 가게와 차별화에 성공했고, 제법 장사가 잘되는 모양이었다.

던전 어트랙션 「리베 대삼림」이 오픈하면서 레아의 경험치 수익률은 고공행진 중이었다. 어찌나 효율이 좋은지 고블린 목장과 마물 목장의 개체 조절을 등한시하는 바람에 수가 너무 불어나 버렸다.

이 기회를 이용해 고블린과 마물을 개미들로 내몰아서 플레이어와 싸우게 하는 MPK(몬스터 플레이어 킬) 같은 짓도 하고 있었다. 개미만으로는 플레이어도 질릴 테니까 매너리즘으로 손님이 떠나는 사태를 방지하려는 의도도 있었다.

고블린은 공병 개미급 잡몹에 불과하지만, 목장에서 사육하는 짐승형 마물은 상당히 강력했다. 평소에는 개미의 물량 공세로 일방적으로 사냥할 수 있지만, 소수 파티라면 별다른 대책 없이도 쓸어 버릴 힘을 가졌다. 플레이어 여러분께서는 중간 보스쯤으로 여기며 즐겨 주셨으면 좋겠다.

INT를 대폭 높인 덕분에 어트랙션 운영은 스가루에게 일임해도 문제없었다. 보조 인원으로 수송병 개미를 붙여줬으니까 다소 예상을 벗어난 사태가 벌어져도 대처할 수 있으리라. 특출한 전투력이 필요하면 디아스를 보내도 된다.

케리에게도 요로이자카 씨의 동생을 입혀 가끔 레아 대신 숲에 들어온 플레이어를 죽이도록 시켰다. 어트랙션이 연일 성황인 것은 기쁘지만, 레아가 매일 상대해 줄 수도 없는 노릇이었다.

게임을 시작한 그때.

레아가 이 리베 대삼림에 처음 스폰된 것은 우연이며, 심지어 당시에는 아직 오픈 베타라서 난이도 조정이 이루어지기 전이었다. 여러 행운이 도와주지 않았다면 여기까지 오지 못했을 것이다.

하지만 해냈다.

레아에게는 이 게임 세계의 고향이라고도 할 수 있는 대삼림.

주변에 사는 많은 동물과 마물, 그리고 도시 인간들에게 자연의 선물을 나눠 주던 그 숲은 이제 선물에 낚여 다가온 자에게서 경험치를 짜내는 마굴로 변했다.

이것이야말로 레아가 이 세계에서 목표했던 도착점—이고 나발이고 별생각도 없었지만, 결과적으로 이렇게 되어 버렸으니까 이제 겸허히 받아들이고 이 콘셉트로 밀고 갈 수밖에 없었다.

이미 플레이어들에게 악역 연기로 선전까지 해 버렸고.

◆ ◆ ◆

"—자, 이거. 귀족인지 갑부인지 잘사는 아가씨가 입던 헌 옷이랑 영주를 모시는 기사 제복. 기사복이라고 했던가?"

"수고했어, 레미. 돈은 안 부족했어?"

"응. 내 가게도 제법 수입이 있으니까. 이 정도 옷 살 돈은 있어."

"그래? 그럼 쓴 돈은 나중에 수송병 개미한테 받아 둬. 다음 활동 자금도 같이."

"알았어."

케리는 레미에게 보따리를 받아 근처에 있던 공병 개미에게 건넸다.

최근 정보 수집 및 조작을 겸해 도시에 가게를 연 레미가 대삼림 으로 돌아왔다. 자금이나 물자 보충과 정기 연락, 그리고 정기 회의 를 위해서였다. 오는 김에 도시에서 찾은 디자인 좋은 헌 옷을 몇 벌 사 오게 했다. 순전히 레미의 센스에 맡겼지만, 레미는 도시로 나가기 전에는 대삼림에서 생산 활동의 리더였다. 다른 누구보다 센스는 좋을 것이다.

정작 레미는 보스가 정해줬으면 했지만, 그건 레아 본인이 거절했 다. 미적 센스가 꽝이라는 이유였다. 뭐든 할 줄 아는 보스가 그럴 리 없다고 생각하지만, 한사코 거절해서 포기했다.

〈호, 그게 새 옷인가. 그래도 다른 인간의 냄새가 밴 것 같다만…….〉

크기만 큰 개, 하쿠마가 보자마자 트집을 잡았다. 이 개는 고양이 수인인 케리 일당에게 라이벌 의식이 있는지, 무슨 일만 있으면 사사건건 시비였다.

이 정기 회의는 본래 전 도적단 멤버 네 명만으로 시작했지만, 어느샌가 관심을 가진 개들과 개미 여왕 스가루, 사령 기사 디아스까지 참가하게 됐다. 회의 목적은 최대한 보스가 번거롭지 않게 대삼림을 운영하는 방안 찾기라서 물론 그들도 있는 편이 좋지만, 꼭 시끄럽게 구는 것이 이 개였다.

참고로 현재 보스는 자는 중이었다.

"어쩔 수 없잖아. 옷이란 건 있지, 만들려면 귀찮고 돈도 들어. 돈은 뭐 그렇다 쳐. 제작을 의뢰하려면 나름대로 지위와 인맥이 필요해. 우리는 헌 옷을 사는 것만으로도 벅차다고. 그치, 레미?"

"케리 말이 맞아. 그리고 이걸 그대로 보스한테 입힐 수도 없어. 이건 어디까지나 디자인 샘플이지. 이걸 바탕으로 대삼림 마물 소재로 개미들에게 더 좋은 물건을 만들어 달라고 할 거야."

〈흥. 귀찮게도 사는군, 털 없는 녀석들은.〉

"오, 말 다 했어? 지금 보스를 깔보는 거야?"

〈앗, 아니, 그런 뜻이 아니라! 지금 한 말은 확실히 내 실수군……. 보스도 털만 있으면 흠잡을 곳 없는 완전 생물인데 말이야. 사족 보행이면 더할 나위 없고.〉

코웃음 치던 하쿠마의 콧대를 꺾었다.

사 온 귀족 아가씨의 드레스는 레미가 말한 대로 보스의 옷을 만들기 위한 견본이었다. 이 디자인을 바탕으로 용병용 부츠와 장식품을 조합하고, 전부 대삼림 소재로 다시 만들어 보스에게 드려야 한다.

보스는 남들 앞에 나가지 않는다는 이유로 적당한 모피를 끈으로 묶었을 뿐인 간소한 복장으로 생활했다. 아름다운 외모인데도 몸치장에는 그다지 관심이 없는 듯했다. 이벤트라는 것이 있을 때도 그랬다. 요로이자카 씨가 쓰러지면 안에서 나올 거라고 말했지만, 그 복장으로 나올 생각이었을까?

그런 참사를 지켜볼 수는 없어서 케리 일당이 합심해 대삼림의 지배자에 어울리는 장비를 모으기로 한 것이었다.

참고로 케리 일당도 장비를 통일하는 편이 낫겠다고 하여 참고삼아 주인을 섬기는 기사라는 신분의 제복도 사 오게 했다.

기사는 남성이 많은지 헌 옷 가게에는 남성용밖에 없었다고 한다. 하지만 여기에 여성 용병용 바지를 잘 조합하면 제법 멋진 의상이 될 것 같았다.

"―아무튼 부탁할게, 공병 개미들아. 그거로 보스와 우리에게 어울리는 장비를 만들어 줘."

개미들은 인간 기술자만큼 기술이 뛰어나지 않지만, 전원 완벽하게 똑같은 수준으로 작업하기 때문에 작업 내용을 다 같이 동시에 공유하면서 인간만큼 휴식할 필요도 없다. 옷 제작은 시간이 오래 걸리는 작업이라고 하는데 개미들에게 걸리면 불과 몇 시간 안에 완성된다.

이제는 가볍게 보고 사항을 공유하면서 완성을 기다릴 뿐, 이라고 생각했을 때 마침 보스인 레아가 일어났다.

"……안녕. 아, 레미, 왔어? 어서 와."

"편안히 주무셨나요, 보스? 레미, 식사 준비……."

"—앗."

아뿔싸, 하는 표정으로 레미가 굳었다.

"레미, 설마……."

"……죄송합니다. 옷에만 정신이 팔려서……."

"됐어, 신경 쓰지 않아도 돼. 꼭 도시 요리를 먹어야 할 필요도 없어. 조리된 음식이 없다면 지금부터 요리하면 돼. 숲에서 얻은 먹거리는 많잖아?"

변명할 여지가 없는 실수였지만, 보스는 선선히 용서해 줬다.

"예, 물론입니다. 저나 개미들이 늘 먹는 것이라도 괜찮다면……."

"뭐야, 너희는 나랑 다른 걸 먹었어? 하기야, 나는 생활 리듬이 불규칙하니까. 좋아, 이번 기회에 너희가 먹는 식사를 나도 먹어 보자."

그런 연유로 가장 손재주가 좋고 요리에 익숙한 레미가 손이 빈 개미를 조수로 삼아 보스에게 식사를 만들기로 했다.

하지만 다름 아닌 보스를 위한 식사였다. 평소 케리 일당이 먹는 요리라도 테이블 세팅이나 식사 시중에는 레미가 도시에서 배운 기술을 활용할 생각이었다.

이번에는 옛날에 고귀한 분을 섬겼다는 디아스도 협력했다. 마침 좋은 기회라서 케리도 고귀한 보스를 시중드는 훈련도 할 겸 동석하겠다며 나섰다.

〈공주님. 우선은 오르되브르입니다.〉

집사 같은 옷을 입은 해골 머리 디아스가 테이블에 전채 요리를 내려놓았다. 집사복이 어디서 났나 싶었는데, 레미가 요리하는 동안 개미들이 기사복을 참고해 만들어 줬다고 한다. 딱히 방어력과 특수 효과는 없는 옷이라서 금방 만들었다나.

"대단하네. 본격적이잖아. 이건, 으음…… 무슨 요리야?"

〈셰프가 말하길…… 그, 포이즌 크롤러와 고비 마리네, 라고 합니다.〉

"포이즌…… 뭐?"

〈포이즌 크롤러입니다, 공주님. 대삼림에 서식하는 독이 있는 대형 애벌레입니다.〉

"애벌레?! 아니, 그게 아니지. 문제는 독이야. 이거 먹어도 괜찮아……?"

보스는 접시를 보고 눈살을 찌푸렸다. 고비의 녹색과 크롤러의 보라색이 알록달록하게 섞여 늘 먹는 케리의 눈에도 맛깔나 보였지만, 겉모습에 현혹되지 않고 독을 경계하다니, 역시 보스였다.

〈독샘만 제거하면 괜찮습니다. 도시에서도 고급 식자재로 통하며 극히 소량만 유통됩니다. 조리에는 전용 자격이 필요하다고 들었습니다만.〉

"복어 같은 건가……? 그래도 애벌레라……. 으음…… 아, 자격이 필요하다고 했지? 레미 셰프는 자격이 있어?"

〈없습니다만…… 괜찮겠지요. 저희는 항상 괜찮았으니까요.〉

평소에는 더 건성으로 조리하는데 적어도 케리는 탈이 난 적은 없었다.

"아냐아냐. 그런 비전문가의 판단이 제일 위험해. 버섯도 그렇잖아? 딱히 레미의 실력을 의심하지는 않지만, 이번에는 그, 내 마음 알지? 다음에 정식 자격을 얻으면 대접해줘."

아하. 보스의 말씀이 옳다.

독샘이 위험하니까 제거하면 그만이라는 것은 케리 일당의 경험을 통한 추측에 불과하다. 혹은 수인은 괜찮아도 엘프에게는 해를 미치는 약한 독이 있을지도 모른다.

〈……뭐, 제가 인간이었던 시절에는 이런 것을 먹는 문화가 없었으니까 공주님의 심정도 모르는 바는 아닙니다……. 어쩔 수 없군요. 케리, 미안하지만, 이 요리는 너희가 먹도록.〉

"알았어. 나중에 먹을게."

〈다음은 수프입니다.〉

"와아…… 이게 뭐람. 나무껍질이 떠 있네."

〈셰프가 말하길, 수리취 뿌리 냉수프라고 합니다.〉

"수리취 뿌리?! 우엉 같은 그거?! 잠깐, 그건 사람이 먹을 게 못돼! 풀뿌리잖아! 막 흙내 나고!"

〈공주님! 말씀이 지나치십니다!〉

"으…… 미, 미안……. 그래도 우엉은 못 먹어! 게임 안에서까지 그런 거 먹이지 말아줘!"

보스는 잠깐 풀이 죽었으나, 그래도 절대로 먹으려고 하지 않고 두 손을 X자로 교차해 단호한 거부 의사를 보였다.

그 반응에 싫어하는 요리를 드렸다는 죄스러움을 느끼면서도, 보스의 귀여운 모습을 보고 싶으면 우엉을 내놓으면 된다는 사실을 배웠다. 다음에 또 레미에게 부탁하려고 주방을 봤다가 레미와 눈길이 마주쳤다. 몰래 엄지를 세우자 레미도 엄지를 세웠다. 이게 팀워크다.

〈생선 요리를 대령했습니다. 산천어 뫼니에르입니다.〉

"오오, 드디어 평범한 요리가 왔구나! ……커! 산천어가 이렇게 컸나?"

〈이 숲에 사는 산천어는 보통 이만합니다. 사람 손가락 같은 기생충이 있지요.〉

"……으, 기생충. 아니, 가열했으니까 괜찮겠지……."

보스는 나이프와 포크를 써서 꼼꼼하게 살을 발랐다. 그 손짓이 아주 아름다웠다. 케리는 본 적 없지만, 도시 귀족 따위보다 훨씬 기품 넘치는 동작이라고 확신할 정도였다.

"—으아아! 손가락! 손가락이 들었어! 누구 손가락이야?! 설마 레미?!"

〈아, 그게 기생충입니다.〉

"기생추— 아, 혹시 손가락 같다는 게 크기가 아니라 모양이었어?! 이 숲은 어떻게 돼먹은 거야!"

〈공주님. 아직 고기 요리 두 종류와 디저트, 그리고 식후 드링크가 남았습니다만, 어떻게 하시겠습니까?〉

"……오늘은 내가 살짝 그, 미안한데 식욕이 없어서……. 나는 잠

레미

시 쉴 테니까 다 같이 먹어……."

보스가 옥좌로 돌아갔고, 우리는 그동안 레미가 만들어준 요리를 다 같이 먹었다. 역시 개미가 만드는 요리보다 몇 배는 맛있었다. 보스를 위해서 실력을 발휘한 까닭인지도 모르지만.

디아스에게도 권했지만, 그는 「내가 언데드만 아니면 먹었을 텐데. 와, 정말 너무 아쉽다」라며 완곡하게 거절했다.

◆ ◆ ◆

많은 일이 있었지만, 드디어 자유시간을 냈다. 뭔가 시험할 경험 치도 있었다. 출장 간 마리온의 보고를 기다리면서 레아는 이 시간 을 이용해 연금술을 건드려 보기로 했다.

우선 그 정체 모를 금속과 기사의 원념으로 새로운 리빙 어쩌고를 만들 것이다.

갑옷과 검은 이미 많이 만들었으니까 이번에는 뼈다. 생명을 모독 하는 작업이 되겠지만, 기술 발전에는 언제나 희생이 따르는 법이 다. 그런 비판을 두려워할 레아가 아니었다.

"그럼 해 볼까. 『철학자의 알』."

출현한 수정 알에 금속 덩어리와 기사의 유골을 넣었다. 금속 덩 어리는 통 크게 대량 투입했다. 켄자키를 양산하던 때 깨달은 사실 이 있었다. 소재를 많이 투입할 경우, 남은 분량은 소비되지 않고 남는다. 넣는다고 전부 사용되지는 않는 모양이었다.

참고로 양이 적으면 실패하고 소재는 그대로 남으나 알이 깨진다. MP만 허비하는 셈이다.

유골은 당장 재입수할 방법이 없어서 조금이라도 아끼려고 우선 갈비뼈로 보이는 것 하나만 넣었다.

이어서 『아타노르』를 발동하자 알 속은 문제없이 무지개색 마블링을 그렸다. 이게 나오면 성공이다. 새로운 마물이 탄생한다.

"좋아, 『위대한 작업』 발동."

그러고 보니 공지로 스킬 발동어를 바꿀 수 있네 마네 했던 것 같다. 뭔가 멋있는 이름으로 바꿔야 할까?

이런 생산 스킬의 이름을 바꿀 필요는 느끼지 못하지만, 전투 중에 발동하는 마법명을 변경하는 것은 전술적으로 큰 가치가 있다. 코앞에 적이 있어도 발동어로 스킬 효과를 들키는 불상사를 막을 수 있을지도 모른다.

예를 들어 『플레어 애로』 발동어를 『스매시』와 바꾸면 근접 물리 공격인 척하면서 불화살을 쏠 수 있다. 이미 존재하는 스킬 이름을 붙일 수 있는지는 알아봐야겠지만.

생각하는 사이에 알이 뿜던 빛이 잦아들었다.

알 속에는 검은 갑옷을 입고, 갑옷과 같은 색을 띤 해골이 서 있었다.

"스켈레톤 나이트…… 같은 이름이려나?"

그나저나 검다. 뼈라고 하면 보통 흰색이라서 뭐라고 표현하기 힘든 미묘한 위화감을 느꼈다.

알을 깨고 나온 해골에게 바로 『사역』을 걸었다. 이 작업도 익숙해졌다. 여러 번 해 본 결과, 자신이 만든 마물은 『사역』에 저항하지 않는 것 같았다. 스가루가 개미를 낳고 바로 명령할 수 있는 이유도 그 때문이리라.

"종족명은…… 아다만…… 나이트?"

말장난 같지만, 뜻하지 않게 요로이자카 씨와 켄자키의 성분이 밝혀졌다. 매지컬 금속의 대표 중 하나, 아다만타이트였나 보다. 아다만타이트인지 아다만티움인지, 아니면 아예 다른 이름인지는 알 수 없지만, 아무튼 아다만 어쩌고다. 어지간한 게임에서는 단단하기로 정평 났다. 생각해 보면 요로이자카 씨도 켄자키도 이상하리만치 단단했다.

남은 소재가 없는 것으로 봐서 투입한 금속을 전부 사용한 것 같았다. 그렇지만 뼈는 하나밖에 넣지 않았다. 그러면 이 아다만 나이트는 양산할 수 있다는 뜻이었다.

기사의 원념이 담긴 유골을 다시 얻기는 힘들겠지만, 기사 한 명의 뼈로 아다만 나이트를 몇 명이나 만들 수 있다. 지금 가진 분량만으로 버림받은 기사단을 뛰어넘는 규모의 아다만 기사단이 탄생할 것이다.

이건 굉장히 강력한 병력이었다.

구성 금속은 요로이자카 씨와 같고 능력치도 거의 같았다. 요로이자카 씨와 비교해서 STR와 VIT이 약간 낮지만, 대신 INT가 살짝 높았다.

레아는 수송병 개미에게 MP 포션을 받아서 벌컥벌컥 들이키며 최대한 아다만 나이트를 생산해 보기로 결심했다.

기사들의 유골이 바닥날 때까지 같은 공정을 반복한 결과, 알게 된 사실이 있다.

갈비뼈처럼 몸통 부분 뼈를 쓰면 아다만 나이트가 탄생한다.

넙다리뼈처럼 다리 부분 뼈를 쓰면 아다만 스카우트가 탄생한다.

위팔뼈처럼 팔 부분 뼈를 쓰면 아다만 메이지가 탄생한다.

그리고 두개골을 쓰면 아다만 리더가 탄생한다.

손가락뼈처럼 너무 작은 뼈는 양이 부족한지 스킬이 실패했다. 그럴 경우에는 뼈를 여러 개 넣어야 하지만, 이때 다리와 팔 부위가 섞이면 몸통뼈를 쓰지 않아도 왠지 아다만 나이트가 탄생했다.

그래서 아다만 나이트의 수가 가장 많았다. 열심히 뼈를 선별한 덕분에 아다만 스카우트와 아다만 메이지도 제법 있지만, 아다만 리더에 쓰는 두개골만은 많이 나눌 수가 없어서 수가 적었다.

그래도 희소한 아다만 리더는 얼마 전 부하가 된 디아스와 맞먹는 힘을 가졌다.

전투 경험을 가미하면 같은 힘을 가졌어도 디아스에게는 이기지 못하겠지만, 플레이어 정도라면 별로 상관없을 것이다. 단 한 방에 나가떨어질 테니까.

작업도 막바지에 이르러 어느 뼈인지 모를 부분만 남았을 즈음에는 꾸준히 모았던 아다만 덩어리도 얼마 남지 않았다.

그래서 더 수가 많은 금속을 쓰기로 했다.

그렇게 태어난 것이 「카 나이트」였다. 한순간 무엇을 의미하는지 이해하지 못했다. 설마 카바이드— 탄소 화합물에서 따온 이름일까? 전혀 매지컬하지 않고 단순히 탄화물이라고만 하면 정확한 성분을 알 수 없었다.

다만, 여러모로 검증한 결과, 이 카 나이트도 단단함만은 아다만 나이트에 필적했다. 단순한 카바이드가 아니라 텅스텐 카바이드 같은 초경합금인 모양이었다.

하지만 수치로 비교하면 VIT이 낮았다. 단단함에 비해 방어력이나 내구력이 낮다는 뜻이었다. 금속이라는 점을 고려하면 강도와 경도의 차이를 나타내는지도 모른다. 즉, 단단하나 부서지기 쉽다는 말이다. 요로이자카 씨나 아다만 나이트와 마찬가지로『물리 내성』이라는 스킬이 있어서 내성으로 받아낼 수 있는 공격에는 굉장히 강하지만, 내성 이상의 충격이 가해지는 순간 깨진다고 인식하는 편이 낫겠다.

그리고 STR는 아다만 나이트와 비슷하고 무겁기까지 해서 공격력은 상당히 높았다. 그리고 그만큼 AGI은 약간 낮았다.

이 카 나이트도 남은 유골을 전부 쓸 작정으로 창조하느라 수가 꽤 불어났다. 결과적으로 아다만 나이트보다 많아졌을 정도였다. 강도가 약하다고 해도 아다만 나이트에 비해서 그렇다는 이야기며, 철검으로 베어 봤자 손만 아프고 칼날은 망가져 튕겨 나간다. 다만,

메이스 같은 무거운 무기로 공격하면 맞는 곳에 따라서 상당히 큰 피해를 받으므로 타격에는 약한 편이다.

초경합금이기 때문인지 열에는 강해서 어지간한『불 마법』은 통하지 않았다.『물 마법』도 통하지 않지만, 예를 들어『불 마법』과『얼음 마법』을 번갈아 사용하면『물리 내성』이 사라지는 취약점이 있었다. 그리고『번개 마법』에도 특별한 내성은 없는지, 평범하게 대미지를 받았다.

스켈레톤처럼 타격에 약해서 타격이 특기인 전사가 천적이겠지만, 상성도 스펙이 비슷할 때나 의미가 있다. 상성이 중요해지는 레벨까지 올라온 플레이어는 아직 많지 않을 것이다.

하지만 해 보지 않으면 모르는 법이고, 이벤트 때처럼 성능 시험은 필요했다. 아다만 시리즈는 요로이자카 씨의 염가판이니까 성능 시험을 넘기더라도 카 나이트가 싸우는 모습은 보고 싶었다.

그래서 레아는 카 나이트 한 기를 플레이어 집단과 붙여 보기로 했다.

솔직히 말하면 새 장난감으로 놀고 싶을 뿐이었다.

카 나이트 상대로 적당한 수준의 플레이어가 와주지 않을까, 하고 기대했지만, 세상일이 그렇게 생각대로 되지는 않았다.

레아는 라일리가 포획해 테이밍한 부엉이 마물, 포레스트 아울인 오미너스 군의 눈을 빌려 사냥할 플레이어를 찾고 있었다.

대삼림 안에는 이벤트 결승에서 싸운 수준의 파티가 있었다.

욕심을 부리자면 더 강해야 여러 시험을 할 수 있어서 좋지만, 달리 없다면 어쩔 수 없다.

그들에게는 조금 부담스러운 테스트겠지만, 감사의 마음을 담아 조금 좋은 장비를 보너스로 쥐여주면 만족하리라.

레아는 개미에게 명령해 그들의 진로에 단조 테스트로 만든 검이나 갑옷을 은근슬쩍 배치했다. 평소 만드는 주조품이나 도시에서 파는 양산품보다는 성능이 좋을 것이다.

그들은 장비를 찾아서 기뻐하고 바로 장비했다. 그리고 더 많은 성과를 내기 위해서 숲 안쪽으로 들어갔다. 요즘은 플레이어도 유도할 겸 걷기 쉽게 땅을 다져 인공적인 길을 냈다.

대부분의 플레이어라면 슬슬 돌아갈 포인트에서 기다렸다는 듯 카 나이트를 투입했다.

지금까지 본 적 없는 마물이 갑자기 나타나서 파티는 동요했다.

"위험하게 생긴 게 나왔어!"

"이 구역 보스인가?!"

"이건 아니지! 지금까지 개미나 고블린 정도만 나왔으면서 뜬금없이 언데드 보스가 왜 나와! 부자연스럽잖아!"

"자연스럽든 부자연스럽든 도망칠 수 없다면 싸워야지! 방금 얻은 장비라면 적이 조금 강해도 해볼 만할 거야!"

결심이 빨라서 좋았다. 그 말대로 놓아줄 생각이 없으니까 현명한 판단이었다. 하지만 그 정도 장비를 좋다고 말하는 실력으로는 무슨 판단을 내리든 카 나이트의 상대는 되지 않는다.

보너스로 챙겨준 검도 카 나이트와 싸우면 금방 망가질지 모른다. 그들이 탐낼 아이템을 선물할 생각이었는데 이래서야 줬다 뺏기밖에 안 된다. 앞으로 위로금은 더 숙고해서 정해야겠다.

향후 과제는 차치하고 우선은 당면한 테스트에 집중하자.

과거의 교훈을 살려 카 나이트로 먼저 적의 공격을 받아주기로 했다. 이 레벨의 플레이어들에게 공격받고도 버틴다면 충분히 병력으로 쓸 수 있다. 게다가 카 나이트는 많이 있다.

아무것도 안 하고 서 있는 카 나이트에게 플레이어 한 명이 방금 주운 검을 들고 달려들었다.

"하압! 『받아라』!"

스킬을 사용했나 보지만, 무슨 스킬인지 알 수 없었다.

평소 공격할 때 말하는 기합 소리를 발동어로 쓴 모양이었다. 꽤나 합리적인 방법이었다. 다만, 발동하는 순간은 무슨 스킬인지 알수 없었지만, 그 후 동작을 보고 『스매시』라고 깨달았다.

앞으로 이런 플레이어가 늘어난다면 플레이어가 자주 사용하는 스킬을 직접 보고 외워야 천상계 PvP를 따라갈 수 있을 것이다.

다행히 아다만 시리즈는 여러 타입이 있었다. 타입마다 다른 계통의 스킬을 가르치면 레아 본인이 배우지 않아도 스킬 예습이 가능하리라.

그러나 냉정하게 생각하면 아다만 시리즈는 군대 규모로 존재하므로 막대한 경험치가 필요했다. 앞으로 플레이어 여러분께 많은 관심과 방문을 부탁드려야겠다.

그런 생각을 하는 사이에도 오미너스 군의 눈앞에서 전투는 진행

되고 있었다. 아마 『스매시』였을 공격은 흠집도 주지 못했고, 스킬을 사용한 플레이어는 일전의 중갑 전사처럼 무기를 놓치고 말았다.

파티에 마법사가 없는지, 다른 멤버도 무기로 공세를 펼쳤다. 메이스 공격은 특별히 유심히 관찰했지만, 카 나이트의 어디도 부서지거나 깨지지는 않았다.

잠시 전투를 지켜봤지만, 더는 이 파티에게서 얻을 정보가 없을 듯했다.

이벤트에서 레아가 했던 것처럼 카 나이트에게 플레이어의 머리를 쥐어 으스러뜨리게 했다. STR가 수치만큼 성능을 발휘하는 것 같아서 참으로 다행이었다.

도망치려는 플레이어도 쫓아서 똑같이 죽였다. 카 나이트는 분명히 AGI이 낮지만, AGI에 우선적으로 투자하지 않은 플레이어 정도는 잡을 수 있었다. 이번 실패를 발판 삼아 다음에는 꼭 파티 전체의 대응력을 높이고 도전했으면 좋겠다.

플레이어들을 해치우고 얻은 경험치는 별 볼 일 없었지만, 이 정도 실력 차이가 나는데 경험치를 준다는 것만으로도 충분히 이득이었다. 플레이어 사냥은 역시 짭짤했다.

전투력 측면에서는 만족스러운 결과였지만, 대삼림의 새로운 몬스터라는 측면에서는 실격이었다.

이런 몬스터만 배회하면 아무도 도전하지 않을 것이다. 이보다는 적당히 약한 몬스터가 필요했다. 혹은 방문하는 플레이어 레벨을 높이거나.

개미들에게 당분간 접대 플레이를 명령해 플레이어의 성장을 촉진해야 할까?

아다만 시리즈에게는 레아의 허가가 없어도 스가루의 출동 요청에 응하도록 지시하고 뒷일은 스가루에게 떠넘겼다.

개미들의 총력, 그리고 아다만 시리즈의 전력까지 더해지면 플레이어가 다소 성장해 봤자 대삼림을 돌파하기는 불가능하다. 아마 지금의 레아조차 대삼림을 혼자 돌파하기는 어려우리라.

레아는 문득 생각했다. 그래서는 문제가 있다고.

이 병력이 그대로 적이 되는 일은 없겠지만, 레아가 가능하다면 NPC나 몬스터가 이미 똑같이 행동했어도 이상하지 않다. 어쩌면 그 결과 탄생한 것이 여섯 국가일지도 모른다.

현재 상황은 소강상태에 가까웠다. 공식적으로 적대하지는 않지만, 적어도 인류종 국가와 친해질 가망은 없었다. 그렇다면 언젠가 그들이 적이 될 날을 상정해서 병력을 증강해야 한다.

게다가 아직 확인해야 할 것도 있었다.

주인이 죽으면 권속들이 어떻게 되는지 밝혀지지 않았다.

만약 함께 죽는다면 레아의 죽음은 치명적이다.

플레이어는 진정한 의미로 죽지 않으므로 NPC가 주인일 경우와는 또 사정이 다를지도 모른다. 하지만 최악을 가정해서 레아가 죽어 있는 동안 권속도 사망 상태에 빠질 가능성도 고려해야 한다.

그렇다면 레아 본인이 웬만하면 죽지 않도록 강화가 필요하다.

레아의 능력치 향상은 『권속 강화』로 권속 전체의 전투력 향상으로 이어지기 때문에 획득한 경험치의 일정 비율은 항상 레아의 능력치에 쓰는 것이 투자 루틴이었다. 하지만 이제는 다른 수단으로 성장을 도모해야 할지도 모르겠다. 더 엉뚱한 스킬이나 비밀 무기가 있으면 좋겠다.

그렇게 생각했을 때, 레아의 머릿속에 떠오른 것은 「전생」이라는 시스템이었다.

공지 사항에 따르면 흡혈귀에게 지배되면 「흡혈귀의 종자」인지 뭔지로 전생할 수 있다.

이건 어디까지나 하나의 예시며 공지의 문맥은 「특정 조건을 만족한 캐릭터가 특정 이벤트를 일으키면」이라는 뜻에 가까웠다. 그렇다면 그것 말고도 있을 것이다.

레아가 쥔 카드 중에 가능성이 있는 패가 하나 있었다.

『연금』의 비기 『위대한 작업』으로 만들 수 있다는 「현자의 돌」.

이 게임에서는 어떨지 모르지만, 현자의 돌에는 불로불사의 힘을 준다거나 천한 것을 귀한 것으로 바꾼다는 전승이 있었다.

그러면 어떤 조건을 충족한 상태로 현자의 돌을 사용하면 캐릭터 종족에 변화가 일어나지 않을까?

아니면 종족까지는 변하지 않더라도 뭔가가 변하기는 할 것이다.

애초에 『위대한 작업』이란 현자의 돌을 창조하는 작업을 의미한다.

그럼 현자의 돌만 만들 수 있다면.

캐릭터를 더 높은 차원으로 이끌 수 있으리라.

레아는 『위대한 작업』의 제작 목록을 살펴봤다.

목록 중에 가장 수상한 것은 필요 소재가 가장 많고, 수많은 제작품 중에서 어느 트리에도 속하지 않은 채 단 하나만 독립되어 있었다. 이것을 현자의 돌로 잠정 결론 내리고 제작해 보기로 결심했다.

제작에 필요한 소재는 여섯 가지.

현재 해금된 소재는 수은, 유황, 철, 마물 심장, 그리고 강산. 나머지 하나는 불명이었다.

강산이 해금됐다면 레아가 본 적이 있을 것이다. 지금까지 본 산이라면 공병 개미가 내뿜는 산뿐이니까 아마 그것이리라.

강해서 곤란할 일도 없을 테니까 실험할 때는 「현자의 돌 소재 전용」 공병 개미를 준비해서 가능한 한 경험치를 쏟아서 성장시킨 뒤 산을 채취할 예정이었다. 만약 이 제작법이 현자의 돌이 아닐 경우, 전용 공병은 하룻밤 사이에 일자리를 잃겠지만, 스펙이 높으니까 어디서든 활약할 것이다. 잘하는 게 하나라도 있으면 굶어 죽지는 않는 법이다.

수은과 유황은 은맥에서 얻고 있었다. 유황은 철을 비롯한 유화 광물을 채굴해 『정제』하는 과정에서 나왔다.

이 소재로 요구되는 수은과 유황은 진사(辰砂) 하나로 대신할 수 없을까? 평범한 유화가 아니라 『연금』으로 매지컬하게 결합해야 한다면 별수 없지만.

그러고 보니까 옛 문헌에서는 진사 자체를 현자의 돌이라고 부르기도 한다던가.

레아는 『연금』을 습득한 뒤로 로그아웃했을 때 VR 도서관에서 고대 연금술에 관한 문헌을 뒤지고 있었다.

진사는 서양 연금술뿐 아니라 고대 중국에서도 신단(神丹) 같은 영약의 재료로 알려졌다. 그래도 결국은 독성 강한 유화수은이라서 약으로 섭취하면 보통 죽겠지만.

만약 수은과 유황이 「현자의 돌」로 여겨지는 진사를 만드는 재료라면.

그러면 다른 재료는 뭐 하러 필요하냐는 의문이 남았다.

우선 재료 중에 확연히 랭크가 낮은 철이 껴 있는 점이 신경 쓰였다.

수은 보존용일까? 수은은 많은 금속과 합금을 만들 수 있는데 철로는 합금을 만들지 못하는 것으로 기억한다. 아니면 다른 이유가 있을까?

철에 뭔가 특별한 이유가 있다면 남은 정체불명의 소재를 추리할 단서가 될 것 같았다.

예를 들어 방금 말한 진사를 현자의 돌로 가정해 보자.

그리고 다른 재료도 현자의 돌을 만드는 재료라고 생각했을 때.

진사 외에 현자의 돌로 불리는 유명한 물질은 황혈염이다.

황혈염은 페로시안화칼륨의 다른 이름인데, 중세에는 가축의 내장처럼 질소가 많은 유기물에 철과 탄산칼륨을—.

"아, 그래서 철이…….."

그렇다면 마물 심장은 가축 내장의 대용품일까. 이 추측이 맞다면 탄산칼륨의 대용품이 마지막 소재일 것이다.

적당히 매지컬하면서도 탄산칼륨을 함유한 무언가.

순도를 무시하면 가장 간단하게 탄산칼륨을 얻는 방법은 육상 식물을 태운 재를 물에 적시는 것이다.

하지만 레아는 공식 이벤트 때 이와 비슷한 행동을 했다. 화력이 너무 높아서 나무 대부분은 재도 남기지 않고 증발해 버렸지만, 그렇다고 설마 한 줌의 재조차 없었겠는가. 바로 옆에는 수증기가 피어오르는 샘도 있었으니까 소량의 탄산칼륨은 그 자리에 있었을 만도 했다. 다시 말해 레아도 봤을 것이다. 하지만 소재의 이름은 해금되지 않았다.

그렇다면 필요한 것은 탄산칼륨 그 자체가 아니라 그것과 관련된 매지컬 물질이 아닐까.

"적당한…… 육상 식물의 재…… 그리고 뭔가 매지컬한……."

이게 만약 「세계수의 재」 같은 것이라면 앞길이 막막해진다.

설령 존재하더라도 세계수가 어디 있는지 모른다. 적어도 운영진에게 받은 지도에는 나와 있지 않았다.

리빙 메일을 만들 때처럼 뭘 넣든 완성품의 랭크나 종류가 달라질 뿐 반응 자체는 일어난다면 「매지컬 식물의 재」라는 두루뭉술한 범주만 지켜도 일단은 성공할 것 같았다.

"우선 매지컬 목재를 구해 봐야겠어."

이 리베 대삼림에 자라는 나무들은 평범한 식물이 아니었다. 비정상적으로 생육이 빠르기도 하고 철보다 단단한 나무도 있었다.

그런 목재로 목탄을 만들기도 했는데 아직 해금되지 않은 것을 보면 이런 목재로도 아직 매지컬함이 부족하다는 뜻이리라. 납득은 되지 않지만.

이 대삼림에서 구할 수 없다면 밖에서 구할 방법은 생각해야 했다.

도시에 흔한 소재는 어차피 주변 초원이나 이 숲에서 얻은 것 위주일 테고, 성벽 안쪽의 농장에서 매지컬한 작물을 키운다고 생각하기도 어려웠다.

"출장 나간 마리온의 보고를 기다릴 수밖에 없나……."

지도를 얻으면서 대중없이 대삼림 주변을 탐색할 필요가 줄었다. 그래서 마리온과 긴카에게 대삼림에서 가장 가까운 마물의 영역을 정찰하라고 명령했다.

정기 연락으로는 순조롭게 행군 거리를 소화하는 모양이고, 『좌표 파악』과 지도를 비교하면 방향도 틀리지 않았다. 이 속도라면 조만간 이웃 마물 영역에 접촉할 것이다.

그 마물의 영역도 기후나 환경이 비슷하기 때문인지 숲 지형이라고 하니까 가능하다면 제압하고 싶었다.

제압할 수 있을지는 직접 보지 않으면 확신할 수 없지만, 마리온이 도착하면 그 좌표로 레아 본인을 『술자 소환』하고 아다만 시리즈를 『소환』하면 제압에 필요한 병력은 갖춰질 것이다.

그 숲이 리베 대삼림과는 다른 생태계를 형성하고 매지컬 나무가 자란다면 더할 나위 없다.

레아는 마리온의 보고를 기다리면서 그때까지는 플레이어들에게 불합리한 보스전이나 강요하며 놀기로 했다.

그래도 접대 플레이는 잊지 않았다.

◆◆◆

【초반 파밍 장소】리베 대삼림을 공략하는 스레드【근데 초반부터 막힘】

521: NO엣찌
돌겠네.
슬슬 다른 지역도 개척해야겠다고 생각하면서도 못 빠져나오는 중.

522: 엔의 킨젤
그렇게 좋아?

523: 옷장에 초간장
실제로 효율이 엄청 좋지는 않은데 절묘해.
항상 조금만 더 가려다가 죽어.
안 죽고 돌아오기만 하면 엄청나게 이득인데.

524: 도라타로
리베 대삼림은 노다지임.
어느 정도 벌면 무식하게 센 언데드가 튀어나와서 털림.
그래도 아마 내 예상으로는 그거, 아니, 됐다.

525: 진즈
되긴 뭐가 돼. 빨리 말해. ·

526: 도라타로
말하면 사람이 더 모이잖아.
만약 상위권이 몰려와서 그 언데드를 잡으면 격차만 더 벌어져.

527: 옷장에 초간장
아, 그건 그래.
그 어이없이 강한 언데드라면 아마 그럴 것 같지.

528: 진즈
그러니까 무슨 소리냐고!

529: 아마틴
거기는 개미가 유명하지 않았어?
장비 파괴한다고 들었는데. 그거 감안하고도 갈 만한가?

530: 안토기
장비 파괴하는 몹도 있는데 단일 전투력은 제일 약해.
초보자한테는 힘들어도 어느 정도 익숙해지면 그냥 때려잡음.
장비 파괴 공격하는 개체도 구분이 되고.

531: 그 손이 따뜻해
대단하네요. 개미 박사님이네요.

532: 안토기
따뜻 님한테 칭찬받았다!

533: 옷장에 초간장
칭찬 맞아……?
본인이 좋다면야 상관없지만.

534: 오린키
개미나 언데드는 괜찮지만, 복슬이는?
복슬이도 나온다고 하지 않았나?

535: NO엣찌
나와. 가끔 새끼도 보여. 새끼도 대형견만 하지만.
어쨌든 힐링몹이야. 만나면 죽어서 문제지.

536: 진즈
힐링몹 좋죠. 좋은데, 그래서 언데드가 뭐 어쨌다고요?

537: 옷장에 초간장
분석이라기보다는 뇌피셜인데, 그 언데드 잡으면 1차 이벤트 우승자가 입었던 갑옷이 나올지도 몰라. 질감이 비슷하거든. 이상하게 높은 방어력도 그렇고.

538: 도라타로
이걸 까발리네. 뭐, 언젠가는 알려졌겠지만.

539: 진즈
진짜?
내 목 쥐어 터뜨린 그 갑옷!

540: 그 손이 따뜻해
죄송한데 혐오스러운 이야기는 자제해 주시면 안 될까요?

541: 안토기
야, 그만해! 싫어하잖아!

542: 진즈
아니, 나한테만 너무하지 않아……?

543: NO엣찌
언데드면 모를까 가끔 본인으로 보이는 캐릭도 돌아다녀.
참고로 들키면 1초의 망설임도 없이 PK당한다고 함.

544: 도라타로

역시 리베 대삼림에서 사냥한다는 소문이 사실이었나. 난 만난 적 없는데.

545: 옷장에 초간장

음…… 글쎄다.

왠지 다른 사람 같기도 해. 공식 영상과는 움직임이 살짝 다른 느낌이야. 말도 안 하고.

546: 길가메시

말은 원래 안 했어. 그럼 역시 개발진이 준비한 이벤트 캐릭이라는 가설이 유력한가……?

제7장 세계수와 하이 엘프

마침내 마리온에게서 마물의 영역에 도착했다는 연락이 왔다.

밤이 되기를 기다린 레아는 리베 대삼림을 스가루와 라일리에게 맡기고 케리와 디아스를 대동해 단번에 마리온에게로 날아갔다. 이벤트 때처럼 요로이자카 씨를 입은 덕에 낮을 피할 이유는 없었지만, 이미 습관이 되어 버렸다.

"직접 만나는 건 오랜만이야, 마리온, 긴카. 건강해 보여서 다행이네."

"어서 오세요, 보스."

〈보스, 오랜만에 뵙습니다. 저게 이웃한 숲입니다.〉

이웃 숲은 리베 대삼림과는 분위기가 조금 다르다고 느꼈다.

지도를 보면 숲속에 경계선이 있는 리베 대삼림과 달리 이 숲은 나무들이 난립하는 경계선부터 마물의 영역으로 인식되는 모양이었다.

영역의 최전선, 리베 대삼림에 인접한 에어파렌 같은 변경 도시가 이 부근에도 있다고 한다.

다만, 그 도시는 현재 레아가 있는 곳에서 상당히 멀었다.

그 도시로 통하는 가도가 마물의 영역인 숲을 피하며 나 있었고, 마리온은 그 길을 이용해서 이곳에 왔다.

가도와 도시가 숲을 멀리서 경계하는 것 같다는 표현이 어울릴까.

여기에 비하면 리베 대삼림과 에어파렌은 거의 맞닿아 있는 꼴이었다.

리베 대삼림과 에어파렌의 거리가 가까운 이유는 지금까지 리베 대삼림에 강력한 마물이 없었기 때문이라고 추측했다. 빙랑이 도피처로 리베 대삼림을 고른 것도 같은 이유리라.

리베 대삼림이 지금까지 어떻게 평화로운 상태를 유지했는지는 모르겠지만, 레아의 생각에는 아마 그 숲은 스가루의 요람이었을 것이다. 혹은 디아스의 요람이었거나. 어쨌든 레이드 보스가 될 몬스터를 키우기 위한 숲이 아니었을까.

언젠가 에어파렌에 플레이어가 늘어나면 스가루의 개미 군단이 그 경험치를 먹고 성장하도록 설계되어 있었는지도 모르겠다.

그렇게 생각하면 도시와 가도를 과하게 띄워 놓은 저 숲은 리베 대삼림보다 등급이 높은 마물의 영역일 가능성이 컸다. 게임 시작 시점부터 이미 인류가 위험시한다는 증거이기 때문이었다.

그런 의미에서는 마물의 영역 업계의 대선배였다.

"그래도 기대돼. 지금 우리가 얼마나 선배님의 상대가 될지."

〈선봉은 제가 맡지요. 공주님은 행여라도 목숨을 잃으시면 안 되는 분입니다. 최전선에는 나오지 말아 주십시오.〉

"……조금 아쉽지만, 어쩔 수 없나. 원래 죽지 않으려고 추진한 전력 증강 계획인데 여기서 죽으면 말짱 헛일이지."

디아스도 충분하고 남을 만큼 강하니까 이번 전투는 그에게 맡기기로 했다. 레아는 디아스가 싸우는 모습을 본 적이 없어서 실제로 얼마나 강한지 확인하는 의도도 있었다.

"디아스, 아다만 시리즈를 소환하려는데 얼마나 필요할까?"

〈필요 없다고 말하고 싶으나, 공주님은 제 지휘 능력도 확인하고 싶으시겠지요? 그럼 1개 소대만 부탁드릴까요. 그 이상은 이 숲을 공략하기에는 과합니다.〉

"이 숲은 우리 리베보다 상급 영역이라고 생각하는데, 디아스가 그렇게 말한다면야. 만약 부족하다 싶으면 언제든 말해."

그러고 레아는 아다만 리더 하나, 아다만 메이지 아홉, 아다만 스카우트 여섯, 아다만 나이트 열넷으로 구성된 소대를 소환했다. 기껏해야 한 소대지만, 좁고 앞을 내다보기 힘든 숲에서 행동하기에는 많다고 느꼈다.

"이 게임에 그런 시스템은 없지만, 보통 레이드 파티라면 이 정도일까? 현실적으로 플레이어가 서른 명 넘게 모이는 것도 힘들겠지만."

이 정도 수라면 전부 아다만 리더라도 레아의 적수가 되지 못한다. 요로이자카 씨를 입지 않아도 변함없다. 낮이 아니라는 조건은 붙지만.

"기본적으로 아다만 시리즈와 카 나이트에게는 나 외에도 스가루와 디아스의 명령에 따르도록 일러뒀어. 우리 셋이 없을 때는 케리 일행이 최우선이고. 그마저도 없으면 스스로 판단해서 행동하겠지만, 리빙 계열 몬스터니까 자아도 약하고 적을 효율적으로 죽이겠다는 생각밖에 못 할 거야."

〈충분할 겁니다. 그럼 이 녀석들의 성능 시험을 포함해 제 능력도 확실히 보여 드리겠습니다.〉

디아스는 그렇게 말하며 아다만들에게 짧게 지시했다. 그 지시에 따라서 스카우트 여섯이 숲으로 흩어졌다. 몸 전체가 아다만으로 이루어졌다고 믿기지 않을 만큼 가벼운 몸놀림으로 그들은 눈 깜짝할 사이에 나무 사이로 사라졌다.

아다만이라도 스카우트의 갑옷은 경갑이고 근육이나 내장, 지방이 전혀 없어서 보기보다 무겁지는 않았다. 무게는 보통 인류종과 비슷하지 않을까.

심지어 항온 동물과 달리 발열도 없어서 뱀 계열 마물이 가진 적외선 시야에도 걸리지 않는다. 은밀히 행동하는 자에게 필요한 능력을 모두 갖췄다고 해도 과언이 아니었다.

참고로 아다만 시리즈와 카 나이트들에게는 무기도 지급했다.

하지만 수가 많다 보니 아무래도 랭크가 떨어지는 대량 생산품을 줄 수밖에 없었다. 무기는 대부분 날붙이로, 맨손과는 다른 공격 유형을 기대했기 때문이었다. 어쩌면 단순 대미지는 태클이 가장 강할지도 모른다.

마음 같아서는 한 명당 하나씩 리빙 웨폰을 들려주고 싶지만, 기사의 원념이 담긴 검이 없었다.

이 숲으로 진군한 이유에는 디아스가 지휘한 부대 말고도 망국의 기사단이 죽어 있지 않을까, 라는 희미한 기대감도 있었다. 디아스 부대의 유골은 대륙 유일 국가의 기사단치고는 너무 적었다. 기사단 잔해가 온 대륙에 흩어져 있다고 보는 편이 타당했다.

아다만 스카우트가 사라짐과 동시에 디아스도 부대를 진군시켰다. 이쪽은 스카우트와 달리 신중했다. 덤불을 헤치고 싸울 수 있는 공간을 만들면서 전진했다. 지휘 능력이란 본래 부대를 장악하는 것부터 평가해야겠지만, 아다만 시리즈에게 그 과정이 필요하지는 않을 테니까 현장의 순수한 지휘만 보기로 했다. 그런 관점에서 보면 신중하지만 매우 합리적이고 군더더기 없는 지휘였다.

디아스와 아다만들을 보면서 레아는 만족스러워했다. 이런 전투 부대를 몇 개는 만들 수 있는 병력이 리베 대삼림에 대기 중이었다. 이번 진군에서 다른 세력과의 전투력을 비교할 수 있다면 객관적인 전력 평가가 가능하리라.

디아스가 닦은 행군로로 레아도 천천히 걸어갔다.

양옆에는 케리와 마리온, 뒤에서는 긴카가 따라왔다. 요로이자카 씨까지 포함해 이들 모두가 감각 강화계 스킬을 소지했다. 어지간한 실력 차이가 나지 않는 한, 기습당할 우려는 없었다.

정찰을 위해서 포레스트 아울 오미너스 군을 데리고 올 수도 있었지만, 그는 그다지 강하지 않았다. 비행하는 강력한 몬스터가 있으면 싸우지 못할 가능성이 있었다.

얼마 가지 않아서 전방의 디아스 부대가 문득 정지했다. 아무래도 스카우트가 몬스터를 발견한 모양이었다. 스카우트에게 보고를 받고 디아스가 친구 채팅을 보냈다.

〈공주님, 적을 발견했습니다. 아마 이 숲은 단일 세력이 이미 제압한 듯합니다.〉

〈뭐야, 그래? 그러면 그 세력을 몰아내거나 굴복시키면 숲의 지배권을 빼앗을 수 있나? 그래서 어떤 몬스터야? 설마 인류종은 아

니지?〉

〈예……. 이 숲을 제압한 것은 언데드입니다. 갑옷을 보아하니…… 과거의 우리 동포로군요.〉

원인은 알 수 없지만, 이 숲에서도 리베 대삼림처럼 언데드가 대량 발생한 모양이었다.

'혹시나, 하는 마음이었는데…… 후후, 운이 좋아.'

누군가가 의도적으로 발생시켰다고밖에 생각할 수 없는 상황이었다. 이곳의 언데드 중에도 디아스 같은 특수한 개체가 있을까? 만약 있다면 꼭 부하로 맞이하고 싶었다. 디아스에게 동료를 만들어 주고 싶은 마음도 있고, 왜 혼자만 자아를 가졌는지 조사할 샘플은 많을수록 좋았다.

〈저기, 디아스…….〉

〈상냥하시군요, 공주님. 이곳 보스를 평화적으로 지배하자는 말씀이겠지요. 저를 배려해 내리신 결정이라면, 그럴 필요는 없습니다.〉

〈아니, 결과만 보면 그럴지도 모르지만, 딱히 그런 의도는 아니야. 순수하게 전투원으로 받아들이고 싶어. 우리 숲에도 언데드 보스가 나온다는 소문이 퍼지고 있으니까 약한 언데드도 있으면 좋겠다 싶어서.〉

그러면 기사의 원념은 포기할 수밖에 없다. 디아스와 부하들의 사례로 보아 한 번 언데드로 부활하면 뼈나 장비에 서린 원념은 사라지고 단순한 소재 아이템이 되기 때문이다. 하지만 언데드 군단이 손아귀에 들어온다면 기사의 원념에 구애될 필요는 없다.

〈그러니까 나는 가능하면 언데드 군단을 갖고 싶어. 디아스, 나한

테 그걸 헌상해 줄래?〉

〈……명 받들겠습니다.〉

　지금까지 거의 직진하던 디아스 부대가 이따금 구불구불 길을 돌아가기 시작했다. 적의 경계를 피하며 행군하는 모양이었다. 피할 방법이 없는 보초는 스카우트가 조용히 처리했다.

　레아가 『사령 결계』로 모조리 지배해도 되겠지만, 이미 다른 캐릭터의 지배를 받는 언데드는 『지배』 상태가 되어도 『사역』은 할 수 없었다. 개미와 처음 만나서 『사역』을 썼을 때와 같은 에러 메시지가 나올 것이다.

　전에 디아스와 함께 나타난 언데드는 야생 몬스터 취급이었지만, 디아스에게는 처음부터 『사령』 계열 스킬과 『사역』 스킬이 있었기 때문에 방치했으면 언데드들을 모두 권속으로 부려 숲을 제압했을 것이다.

　그렇게 됐으면 스가루와 같은 레이드 보스의 탄생이다.

　리베 대삼림이라는 요람에 왜 스가루와 디아스라는 두 세력의 레이드 보스가 있었는지 생각해 봤는데, 어쩌면 한쪽이 다른 쪽을 거름^(경험치)으로 삼기 위해서 배치됐는지도 모른다.

　이 숲도 같은 상황이었다면 영역 다툼의 승자는 언데드일 것이다. 그렇다면 그건 이미 완성된 레이드 보스라는 뜻이었다.

　"기대되네……."

　넓은 숲이었다. 중심부에 도착하려면 많은 시간이 필요했다. 디아스도 아다만 시리즈도 피로를 느끼지 않아서 휴식이 필요 없는 종족이지만, 레아와 케리, 마리온은 달랐다. 어디선가 야영을 해야 했다.

레아가 잠든 시간에는 경험치가 들어오지 않기 때문에 휴식 중에는 가급적 전투를 피하고 싶었다.

〈그러니까 전투는 웬만하면 내가 깨어 있을 때 해주면 고맙겠어.〉

〈기습만 받지 않는다면 가능합니다만…….〉

〈상대방의 선공은 어쩔 수 없는 부분이니까 포기할게. 어디까지나 노력만 해주면 돼.〉

그 후 디아스는 진군 속도를 조금 높였다. 신중함은 어느 정도 남기면서도 대담한 행군이었다. 가끔 만나는 언데드는 생김새로 보아 스켈레톤 나이트일까. 스카우트가 놓쳤다기보다 암살에 적합하지 않은 부대 규모라서 무시한 듯했다. 대부분은 아다만 나이트가 단칼에 베어 버리고, 시체라고 불러도 될지 모르겠으나, 잔해를 회수했다.

그날 야영지를 설치한 곳은 지도에 따르면 중심까지 약 3분의 1 나아간 지점이었다.

숲의 넓이를 생각하면 굉장히 빠른 진행 속도였다. 거의 쉬지 않고 왔기 때문일 것이다. 참고로 야영이라도 야간 야영은 아니었다. 레아는 기본적으로 밤에 활동하고 낮에 잔다.

"그럼 잠깐만 잘게. 다섯 시간 안에는 일어날 테니까 그때까지 이 야영지를 지켜줘. 계속 가도 되지만, 미지의 몬스터나 미지의 소재가 있으면 나도 보고 싶으니까 기다려주면 좋겠어."

〈그건 어렵겠군요. 가만히 야영지를 지키겠습니다.〉

"그럼 나는 리베로 돌아가서 잘게. 케리랑 마리온은 어떡할래? 같이 한번 돌아갈래?"

"예, 보스. 함께하겠습니다."

"알았어. 그럼 먼저 갈게."

레아는 스가루를 『좌표 지정』해 『술자 소환』을 발동했다.

여왕방으로 돌아오고 이번에는 케리와 마리온을 『소환』했다.

레아는 평소대로 옥좌에 몸을 깊이 묻고 로그아웃 준비를 했다. 케리와 마리온도 요로이자카 씨 동생들을 벗고 여왕방 안쪽의 칸막이 뒤쪽으로 사라졌다. 침대가 놓인 그곳은 레아의 측근이 레아와 함께 이 방에서 쉴 때 사용하는 수면실이었다.

긴카는 레아 발치에서 몸을 웅크렸다. 빙랑인 그녀는 거대한 곰의 모피가 깔린 바닥에서도 쾌적하게 잘 수 있었다.

"그럼 나중에 보자. 잘 자."

몇 시간 후. 게임 안에서는 다음 날이지만, 얼추 약속 시간대로 디아스와 합류한 레아는 부재중이던 낮에 무슨 일이 없었는지 물었다.

"우리가 잠든 사이에 습격이나 특별한 일 있었어?"

〈예. 죄송합니다. 미지의 마물에게 습격받아 격퇴하였습니다.〉

"미안할 일은 아니지 않나. 그나저나 언데드가 아닌 적이 나왔나. 이 숲은 밤에는 언데드, 낮에는 다른 마물이 나온다고 봐야 할까?"

〈그럴지도 모릅니다. 나타난 적은 나무 마물이었고 사체는 인벤토리에 보관 중입니다.〉

"식물 몬스터라서 낮에는 광합성으로 활발해지나……? 하지만 굳이 습격할 정도라면 광합성만으로는 영양이 부족한가? 돌아다닐 만큼 하반신이 발달하면 뿌리의 역할은 퇴화했을 테니까 영양을 흡수하기 힘들겠지…… 아무리 생각해도 진화를 잘못했어."

하지만 이건 희소식이었다. 식물형 몬스터. 이만큼 매지컬한 식물이 또 있을까? 녀석을 생포하든지 해서 리베 대삼림에 거대한 농장을 세우자.

"일단 다음에 발견하면 붙잡자. 더 올까?"

〈글쎄요. 아직 해가 지지 않아서 올지도 모릅니다만……〉

"흠. 일단 이동하면서 생각할까? 낮에 언데드가 나오지 않는다면 빠르게 이동할 기회이기도 해. 식물 몬스터는 야영지를 습격했으니까 가는 길에도 덤벼들겠지."

레아의 그 말이 화를 불렀을까.

행군을 시작하고 얼마 지나지 않아 기습 공격이 있었다.

"오오! 평범한 나무로 의태하고 있었나! 그래서 스카우트의 경계망에 걸리지 않았구나!"

야영 중일 때는 직접 걸어오니까 바로 발견했지만, 레아 일행이 이동할 때는 기다리기만 해도 되니까 찾을 수 없었다.

하지만 갑자기 나무가 몬스터로 변모해서 덤벼드는 상황에서도 디아스가 지휘하는 아다만 부대는 냉정했다. 애초에 냉정을 잃을 수 있는지는 의문이지만.

아무리 주변을 포위당해도 서른 명으로 구성된 아다만 부대의 적수는 되지 못했다. 전투는 금방 끝났고, 주변에 남은 것은 어지럽게 흩어진 나무토막뿐이었다.

"이 녀석들은…… 언데드와 다른 세력이고 언데드와 공존하는 건가? 아니면 한 존재가 모두 지배하고 있나……."

정답이 뭐든 계속 나아가면 알 수 있을 것이다. 레아 일행은 목재를 챙긴 뒤 재차 걸음을 옮겼다.

일행은 얼마간 숲을 진군했다.

그리고 알게 된 사실은 예상대로 낮에는 식물이, 밤에는 언데드가 공격한다는 것이었다.

하지만 디아스를 보면 낮이라도 언데드가 활동하지 말라는 법은 없는 것 같았다. 디아스의 랭크가 높아서 특별히 햇빛 아래에서 활동할 뿐인지도 모르겠지만.

반대로 생각하면 랭크가 낮은 식물 몬스터는 광합성을 하지 않으면 활발하게 움직이지 못하는 것일까?

어쨌든 지금 공격하는 적들은 급이 낮아 보이는 조무래기뿐이었다. 리베 대삼림의 개미와 비슷한 수준이었다.

공병이나 보병에 비하면 강하지만, 기병이나 돌격병과는 큰 차이가 없었다.

리베 대삼림보다 오래 성장한 숲일 텐데 영 시원찮은 병력이었다. 이 정도 마물밖에 없다면 굳이 가도나 도시를 멀리 띄워 둘 필요가 없지 않은가.

게다가 식물 몬스터는 몰라도 언데드는 디아스의 사례를 생각하면 최근에 발생했을 것이다. 도시나 가도 건설 계획을 세울 무렵에는 아직 없었으리라.

이 숲에는 아직 뭔가, 밝혀지지 않은 위험이 도사리는지도 모른다.

"이 정도라면 그다지 경계할 필요가 없어 보이지만, 우리가 플레이어에게 하는 것처럼 접대하고 있을 가능성도 없지는 않아. 항상 염두에 둬."

그날도 예정된 거리를 행군하고 해가 뜰 무렵에 야영지를 설치했다. 이제 전체 거리의 3분의 2를 돌파했을 것이다.

만약 레아가 이 숲의 주인이라면 아무리 접대 플레이를 했어도 여기까지 침입하면 가만히 있지 않는다. 레아의 기준으로는 침입자가 넘지 말아야 할 선은 진작 넘었다. 하지만 이날 낮에도 전날 수준의 습격밖에 오지 않았다고 한다. 만약 이 숲에 지배자가 있어도 통제를 제대로 못 하는 것인지도 모르겠다.

이미 소규모 부대를 이끄는 디아스의 지휘 능력에는 의심의 여지가 없었다. 더는 상황을 지켜볼 필요도 없으리라. 레아는 디아스에게 능력 증명은 생각하지 말고 시간 낭비 없이 진군하라고 명하여 똑바로 중심부로 향했다.

지금까지 이 숲에서 만난 몬스터 중에서 아다만 시리즈에게 대미지를 준 몬스터는 없었다. 그렇다면 쭉쭉 나아가며 접촉하는 적을 대충 두들겨 패기만 해도 적은 이 침공을 막지 못한다.

지침을 바꾼 덕분일까, 예정보다 조금 일찍, 곧 동이 트려는 시간에 중심부에 도착했다.

"그런데 뭔가 특별한 게 있지는 않네. 그냥 숲이야."

디아스가 있던 묘지도 중심부에서 살짝 벗어나 있었고, 숲도 정확히 원형은 아니었다. 이곳을 임시 거점으로 삼아 서서히 탐색 범위를 넓혀야 할까?

공병 개미를 불러서 주변 나무로 임시 거점을 만들고 싶지만, 공병 개미는 스가루의 부하라서 레아가 직접『소환』할 수 없었다.

"기사의 원념이 아니라 목수의 원념이나 요리사의 원념이 있으면 아다만 생산직이 만들어지려나······."

될지도 모르지만, 지금 생각해 봤자 의미가 없었다.

하지만 어찌 됐든 이 숲을 지배하려면 숲을 관리하고 운영할 인재가 필요했다. 레아가『소환』으로 이곳에 부를 수 있는 인원은 중금속 해골들뿐이고, 기본적으로 그들은 전투밖에 하지 못했다.

"이 숲을 장악하고 관리하려면 역시 토착 마물들이 좋겠지. 언제드나 식물 몬스터 보스는 지배하고 싶어."

하지만 슬슬 로그아웃해야 한다. 레아는 일단 이쯤에서 돌아가기로 했다. 디아스 부대에게는 임시 거점을 만들라고 명령해 뒀다.

디아스가 원정도 하는 기사 단장이었다면 이런 거점 구축도 지시할 수 있을 것이다.

레아가 돌아온 시각은 게임 내에서 다음 날 점심을 지나서였다. 디아스 부대는 목재와 씨름 중이었다.

"안녕. 수고가 많네?"

〈안녕하십니까, 공주님. 이런 수고는 수고 축에도 들지 않습니다.〉

"그런데 해가 높을 때는 꽤 적극적으로 공격해 오나 봐."

주위를 보자 수많은 목재가 굴러다녔다. 이미 보관한 분량도 있을 테니까 어마어마한 수였다.

"이만큼 해치워도 공격해 오다니, 생육 사이클이 빠른가? 아니면 누군가의 권속이라서 리스폰하는 걸까?"

어느 쪽이든 제압한 뒤 얻을 이득은 컸다. 경험치 농장을 만들거나 테마파크 2호점을 세우거나, 어느 쪽으로든 운영할 수 있다.

"일단 이 목재로 숯을 만들어 보고 싶은데, 우선 당면한 일부터 처리하자. 맛있는 건 아껴 둬야지."

레아는 추가로 리베 대삼림에서 아다만 스카우트를 『소환』해 디아스에게 붙여줬다.

"지금은 탐색이 우선이야. 스카우트들의 보고를 기다리자. 그동안 나도 이 몬스터들을 벌목할게. 아다만들에게 피해를 주지 못하는 수준의 공격력이라면 나한테도 상처를 낼 수는 없을 테니까."

〈알겠습니다.〉

레아가 입은 요로이자카 씨가 켄자키 이치로를 뽑고 전선을 유지하는 아다만 나이트 사이에 끼어들었다. 아다만 나이트 이상으로 세련된 기량이 거목을 베어 넘겼다. 스킬은 발동조차 하지 않았다.

레아도 뭔가 마법으로 엄호하려다가 생각을 고쳤다.

"아, 그러고 보니 그게 있지. 요즘 거의 쓰지 않아서 잊고 있었어. 이 녀석들에게 『사역』을 쓰면 테이밍됐는지 알 수 있잖아."

더불어 식물 몬스터에게 『정신 마법』이 통하는지도 시험해 본다.

"어디, 『자실』. ……변화, 없나? 『수면』, 『혼란』…… 안 통하네. 『공포』, 『매료』. 오? 『매료』는 통했어. 왜지? 식물 몬스터에게도 정신은 있지만, 일반적인 정신 구조가 아니라는 뜻인가?"

통한다면 더 볼 것도 없다. 이어서 『지배』를 걸고, 성공한 것 같아서 『사역』을 발동했다.

이것도 거의 저항 없이 통했고, 그 식물 몬스터 「캄파 트렌트」는 동작을 멈췄다. 그리고 주군인 레아를 보고…… 있는지는 모르겠지만, 아무튼 레아를 의식하고 있었다.

"테이밍할 수 있다면 편하지. 닥치는 대로 테이밍하자."

얼마 지나지 않아, 물론 그냥 해치우는 것보다는 시간이 더 걸렸지만, 습격하러 온 캄파 트렌트를 모두 지배하는 데 성공했다.

"테이밍된다는 건 이 애들은 야생 몬스터인가? 그럼 수가 엄청 많거나 성장이 엄청 빠르거나, 둘 중 하나겠어."

그들의 스킬을 보면 『포기 나누기』나 『광합성』 등이 포함된 트리 『번성』이 있었다. 식물 성장과 번식에 관련된 스킬은 전부 여기에 모여 있는 듯했다. 해금된 스킬을 확인하니 생육 사이클이 빠를 만도 했다.

"이상한 조건이 붙어 있네. 일정 범위에 일정 이상 밀도로 동족이 늘어나면 시든다……. 그래, 이 능력치가 이 속도로 자란다면 인간의 영역은 눈 깜짝할 사이에 숲으로 뒤덮일 거야."

솎아내기처럼 일정한 면적에서 최대한 효율적으로 영양분을 얻는 진화의 지혜일지도 모르지만, 그보다는 운영진의 밸런스 조절에 가까울 듯했다.

"이 애들은 리베 대삼림에도 뿌리내릴 수 있을까? 발 달린 나무가 뿌리내린다는 것도 이상한 표현이지만."

가만히 서 있으면 나무로밖에 보이지 않지만, 그것도 인간으로 비유하면 발목 아래를 땅에 묻은 상태에 불과했다. 움직이고 싶으면 발목인 뿌리를 뽑아서 걸어간다.

"가장 큰 아이를 데리고 돌아가서 심어 보자. 『번성』 중에서 뿌리 관련 스킬을 배우다 보면 더 나무다워질지도 몰라. 다른 아이들은 이 숲에 둘까. 여기서 번식시켜서 우리 편이 아닌 트렌트를 제거하자."

『사역』한 개체가 번식하면 어떻게 되는지도 궁금했다. 종자에서 태어나면 완전히 다른 개체일 테고 개미 같은 사회성 마물이 아니니까 아마 따로 테이밍해야 할 것이다. 그러면 『포기 나누기』로 늘어난 경우는 어떨까. 같은 개체가 증식한다고 봐야 할까? 그 경우에 늘어난 개체도 레아의 권속일까?

"그건 차차 조사해 볼까."

이제 남은 문제는 언데드였다. 낮에는 보이지 않지만, 특별하게 강한 개체는 낮에도 활동할 가능성이 있었다. 그 개체가 목적이니까 밤낮을 가려 탐색할 필요는 없다.

스카우트들에게 트렌트는 이제 무시해도 되니까 무조건 언데드를 찾도록 지시를 변경했다. 보스가 숲 중심 부근에 있다면 탐색 범위를 생각했을 때 슬슬 발견되어도 이상하지 않았다.

어차피 곧 해가 진다. 언데드가 활발해질 시간대였다. 낮에도 움직이는 언데드를 구분하기는 어려워지겠지만, 언데드 전체의 동향을 파악하기는 쉬워질 것이다.

머지않아 땅거미가 내렸다. 『사역』한 트렌트들의 움직임이 둔해질 기미는 없지만, 일단 나무가 되어 쉬라고 명령한 뒤 언데드가 나오기를 기다렸다.

〈공주님.〉

"응. 알았어. 가 보자."

스카우트의 보고로 이미 언데드가 활성화된 곳이 있다고 밝혀졌다.

언데드의 활동이 아직 본격적으로 시작되지 않은 지금, 한 곳만 활동이 활발해졌다면 그곳이 언데드 발생의 중심지거나 중요 포인트일 가능성이 농후했다.

〈병력을 나누는 건 추천할 수 없으나, 이곳에 일부 남기고 가시겠습니까?〉

"아니. 다 같이 가자. 임시 거점이라도 트렌트들이 자고 있을 뿐이고 특별한 것도 없잖아. 지킬 가치가 없어."

이곳부터 그 장소까지 대략적인 지형이나 거리는 스카우트에게 보고받았다. 이 근처는 아직 언데드도 발생하지 않았고 주변 트렌트는 모두 지배해서 적이 없었다. 그래서 속도를 우선해 이동을 개시했다.

같은 중심부 근처라도 이 숲은 넓었다. 이동에도 상당한 시간이 걸렸다.

어느샌가 해는 완전히 저물었고, 이동 중에도 여기저기서 언데드가 깨어나고 있었다. 언데드들은 땅속에서 기어 나오는 탓에 보통은 기습당하겠지만, 레아와 디아스는 어디서 나오는지 대강 알 수 있었다. 『사령』에 많은 경험치를 투자한 탓일까. 땅속이 보이는 두더지 잡기 같았다. 진로나 대열 안쪽 등 방해되는 것만 밟아 버리고 길을 서둘렀다.

보행은 요로이자카 씨가 알아서 해줘서 생각하며 걸어도 딱히 문제는 없었다. 언데드가 솟아날 때만 알려주면 두더지 잡기도 자동으로 해줬다. 아주 편했다.

〈공주님, 저거군요.〉

숲의 한곳에 유난히 큰 나무가 서 있고 그 아래로 탁한 공기가 고여 있었다.

육안으로 봐도 알 수 있는 어떤 에너지가 있는지, 아니면 『사령』 스킬 덕분에 보이지 말아야 할 것이 보이는지 알 수 없지만, 레아에게는 그것이 또렷하게 보였다.

그 속에 디아스와 체격이 비슷한 검은 해골 기사가 서 있었다. 주위에서는 줄줄이 스켈레톤이 태어났다. 이곳이 중심지라고 결론지어도 무방하리라.

"디아스, 아는 사이야?"

〈글쎄요……. 갑옷을 보아 동료일 가능성이 크지만, 얼굴이 워낙 변해서 확답을 드릴 수가 없군요.〉

"그건 피차일반이지만."

그도 그럴 게 둘 다 해골이었다.

이번에는 레아가 가서 후딱 테이밍하고 오기로 했다. 언데드인 그에게는 『정신 마법』은 잘 통하지 않기 때문에 전투력으로 굴복시키고 강제로 『사역』하기로 했다. 스가루를 테이밍할 때는 그럴 전투력이 없었지만, 지금이라면 어려울 것이 없었다.

게다가 디아스 덕분에 그가 어떤 공격을 할지 대강 예상됐다. 허를 찔릴 걱정도 없었다.

"그럼 나한테 맡기고 물러…… 아니, 주변 스켈레톤을 막아줘. 최대한 많이 지배하고 싶으니까 되도록 부수지 말고."

〈예. 조심하십시오.〉

그리고 조용히 고개 숙인 디아스와 케리 일행을 남기고 레아는 언데드 보스에게로 걸어갔다. 가까워질수록 그 기이한 분위기를 확실히 느낄 수 있었다. 기분 탓인지 발걸음도 무거웠다. 하지만 실제로 걷는 것은 레아가 아니라 요로이자카 씨니까 기분 탓이 아니라 정말로 느려졌을 것이다.

"……적에게 디버프를 거는 필드를 만드나. 디아스보다 급이 높겠어."

레아가 지금까지 만난 어느 캐릭터보다 강렬한 기운이었다.

디아스와 같은 시기에 발생했다고 생각했지만, 이 상태를 보아 디아스보다 훨씬 전에 언데드로 재탄생했는지도 모르겠다.

"좋아. 그럼 갈까, 요로이자카 씨."

『축지』로 보스에게 단숨에 접근해 켄자키로 베었다. 『스매시』도 사용했다. 아직까지 요로이자카 씨의 이 공격을 피하거나 막아 낸 자는 없었다. 눈으로 보고도 피하지 못하는 속도였다.

"―오오!"

하지만 눈앞의 보스는 이것을 받아넘겼다. 피하지 못한다고 순식간에 판단하고, 심지어 막아도 자기 검으로는 진다는 것까지 파악하고 받아넘긴 것이었다.

회피도 방어도 불가능한 공격에 대처하다니, 능력치로 나타나지 않는 힘이 있다는 증거라고 할 수 있었다. 역시 디아스의 동료인 기사 단장일지도 모르겠다.

요로이자카 씨는 그 뒤로도 공격을 이어갔지만, 적도 치명타만은 당하지 않으려고 능숙하게 대처했다.

내리치는 공격은 대부분 받아넘기거나 피하고, 피하기 힘든 횡 베기도 방패를 희생해 백 스텝으로 피하는 등 최소한의 피해로 억제했다. 찌르기 공격도 간발의 차로 피하고, 갑옷 일부나 망토에 구멍은 뚫렸지만, 본체인 뼈 부분에는 전혀 피해가 가지 않았다.

"『플레어 애로』."

공격 사이사이에 레아가 마법으로 견제했다. 죽일 생각은 없어서 다리나 어깨를 노리고 행동 불능에 빠뜨리는 것이 목적이었다.

보스 언데드는 이 마법에도 대응해 냈다. 하지만 직격은 아니더라도 완전히 피하지도 못했다. 어깨 일부와 그리브를 태우는 데 성공했다. 움직임도 점차 빠릿함이 떨어지는 듯 보였다.

"『선더볼트』."

거기에 속도가 다른 이 마법으로 무릎을 꿰뚫었다.

요로이자카 씨의 공격을 피하며 『플레어 애로』의 속도에 익숙해진 눈으로 이걸 피할 수는 없었는지, 보스 언데드는 마침내 땅에 무릎을 꿇었다.

레아는 한발 물러나서 다시 일어서는지 관찰했다.

보스는 손에 든 검을 지팡이처럼 세워 일어나려고 하지만, 한쪽 무릎이 완전히 파괴되어 무릎 서기 자세를 유지하는 것이 고작이었다. STR와 DEX 같은 능력치를 고려하면 한쪽 무릎으로도 충분히 서서 싸울 줄 알았지만, 피해가 축적된 몸이 말을 듣지 않는 듯했다.

레아는 언데드의 눈을 바라봤다. 하지만 안구는 이미 없어서 해골의 눈구멍을 바라볼 뿐이었다.

이미 각오를 굳혔는지 적개심은 거의 느껴지지 않았다. 레아 앞에 굴복했다고 봐도 무방하리라.

"그럼 받아주겠지?『사역』."

아무런 저항도 없이 언데드— 테라 나이트【지크】가 권속이 되었다.

"사실상 지금 전투가 저항 판정이라고 봐야 하나?"

폭력으로 말을 듣게 한다는 부분은 케리 일행을 만났을 때와 똑같았다.

지크를 지배하면서 부하 언데드는 더 이상 나오지 않게 됐다.

이건 지크가 가진 스킬 트리『사령 장군』의『징병』효과인 모양이었다. 일시적으로 언데드를 낳아 뜻대로 조종하지만, 햇빛을 받으면 소멸하는 스킬이었다. 소비 자원은 LP와 MP였다.

〈……그래, 지크였나……. 오랜만이로군.〉

"오…… 아…… 아아…… 으어어, 어으으……."

무슨 말을 하는지 모르겠지만, 잘 지내는 것 같아서 다행이다, 라는 뉘앙스는 느껴졌다. 디아스의 이 모습을 보고도 잘 지낸다는 말이 나오는 것을 보면 아주 유연한 사고를 가진 사람 같았다. 아니면 반대로 뇌가 텅텅 비어서 반사적으로 정형적인 인사가 나왔을 뿐인지도 모른다.

일단 말이 안 통하니까 주입식 교육으로 인벤토리를 가르쳐 친구 채팅을 개통했다.

"이제 됐다. 역시 아는 사이였나 봐? 디아스의 후배라도 돼?"

〈네, 넷. 저는 제3 기사단 단장 지크라고 합니다. 디아스 단장의 후배입니다.〉

한때 그들의 나라에는 여섯 기사단이 있었고 저마다 직무가 달랐다고 한다.

디아스의 제1 기사단은 근위 기사단이고, 지크가 속한 제3 기사단부터 제6 기사단은 순수하게 군사 행동을 수행하는 부대였다. 그래서 지크가 이끄는 제3 기사단은 디아스 부대보다 병사 개개인의 실력은 떨어지나, 인원은 비교가 되지 않게 많았다.

다만, 과거에 이 숲으로 원정을 온 부대는 제3 기사단 전체가 아닌 제1 부대뿐이라서 일국의 군사력 중 4분의 1이 이곳에 잠들지는 않은 모양이었다.

"그러면 지크가 이곳에 잠든 이유는 알겠지만, 왜 근위대인 디아스 부대가 리베 대삼림까지 원정을 갔어?"

〈공주님, 근위대가 움직이는 이유는 하나밖에 없습니다.〉

"설마 왕족이 그 숲에 가서……."

〈그렇습니다…….〉

국가 상층부에게 속아서 원정을 나왔다는 이야기는 들었지만, 왕족까지 모살한 모양이었다.

그러면 근위 기사단 단장으로서 원한이 골수에 맺힐 만도 하다. 당사자가 이미 이 세상에 없더라도 그 음모로 세운 나라를 모조리 멸망시키고 싶다는 마음도 이해가 간다.

레아도 게임 설정에 몰입하는 좋은 동기 부여가 된다.

작금의 VR MMORPG는 캐릭터 성장 자체를 즐기는 방향으로 발전했기 때문인지, 메인 스토리 같은 콘텐츠는 인기를 잃은 지 오래였다.

그 대신 AI로 자동 생성된 미니 퀘스트가 하늘의 별만큼 뿌려져 있지만, 기본적으로 명확한 목적을 가지지 않는 게임이 많았다.

이 게임도 그런 유형이고 시나리오에 명확한 목적이 없었다.

하지만 자신의 성장만 즐기는 플레이어가 많은 것은 분명하지만, 게임에서 어떤 목적을 찾는 플레이어도 있었다.

연속성 있는 퀘스트를 좋아하는 사람이 있는가 하면, 운영진이 마련한 레이드 보스 등 「인류의 적」이 될 몬스터를 해치우는 재미로 게임을 하는 사람도 있다.

지크나 디아스의 이야기를 듣고 레아도 그런 이야기에 끼고 싶다는 생각이 들었다.

게임답게 표현하면, 권속이 된 NPC가 주는 퀘스트 「인류종 국가를 멸망시키자!」를 수락한 셈이었다. 최종 목적은 국가라는 레이드 보스였다.

레아는 심장 고동이 빨라지는 것을 느꼈다.

"그럼 지크도 지금 대륙을 지배하는 여섯 국가를 원망해?"

〈저는…… 디아스 단장처럼 지켜야 할 분이 모살당하는 광경을 직접 보지는 않았습니다. 그래서 디아스 단장과 같은 감정인지는 모르겠습니다만…….

다만, 적어도 제가 나라에 충성을 맹세했고 이곳에서 죽어 간 부하들에게 책임을 느끼는 것도 사실입니다. 이 넋을 달랠 방법이 여섯 국가라는 곳을 멸망시키는 것뿐이라면 저는 디아스 단장과 함께 레아 님 아래에서 검을 잡겠습니다.〉

"그래? 그럼 그렇게 하자. 그래도 나도 숲속에 계속 틀어박혀 있으니까 실제로 여섯 국가가 어떤 나라인지는 풍문으로밖에 듣지 못했어. 멸망의 기준을 뭐로 잡는지도 중요할 테고……."

현재 국가 멸망을 숙원으로 품은 자는 이 언데드 두 명뿐이었다. 바꿔 말하면 마물이었다. 그렇다면 이번 원정처럼 마물의 영역을 손아귀에 넣다 보면 언젠가는 영역이 넓어져 인류종이 사는 지역을 전부 집어삼킬 것이다. 그 정도면 나라가 멸망했다고 봐도 되지 않을까.

"—이런 방향은 어때?"

〈훌륭하신 생각입니다, 공주님.〉

〈그 계획이 이루어지는 날, 레아 공주님께서 새로운 나라를 일으켜 핍박받던 마물들의 통일 국가를 수립하시지요.

저희가 충성하던 왕족의 피는 끊긴 지 오래일 테니, 새로이 충성을 맹세한 레아 공주님이야말로 신흥국의 군주로 합당하다고 생각합니다.〉

지크는 생각보다 귀찮은 성격 같았다. 하지만 지금도 개미 왕국의 군주고, 만약 나라를 세워도 적당한 권속에게 관리를 떠넘기면 그만이다. 그렇게 생각하자 마음도 가벼웠다.

"좋아, 그럼 우선 이 숲을 장악해야지. 지크 군은 부하가…… 오오, 제법 많네? 숲속에 퍼져 있나. 그럼 지크 군은 이대로 숲을 플레— 인간들을 집어삼키는 마물의 숲으로 운영해줘."

지크의 이야기에 따르면 이 숲은 적어도 지크가 눈을 뜬 뒤로 침입한 인간은 살아서 돌아간 적이 없고, 그런 연유로 불귀의 숲이라고 불리며 사람들이 다가오지 않는다. 낮에도 트렌트들이 기습해 오는 터라 모르는 사람은 죽을 수밖에 없어서 이 숲에 어떤 마물이 사는지도 알려지지 않았다.

하지만 지크와 언데드들이 죽인 인간 중에 플레이어가 섞여 있다면 이야기가 달라진다. 트렌트는 인식하기 전에 죽어서 보지 못했다고 가정해도 밤에 언데드가 나오는 것은 플레이어라면 알고 있으리라. 플레이어는 죽여도 도시에서 자동으로 부활하니까.

"낮에는 내 부하인 트렌트들에게 접대시킬게. 만약 밤에도 오면 지크의 권속 중에서 약한 자들과 싸움을 붙이고 가끔 져줘. 그렇게 많은 인간을 불러들여야 결과적으로 많이 죽일 수 있어."

〈지당하신 말씀입니다. 레아 공주님의 권속이 된 이후로 왠지 머릿속이 맑아습니다. 지금까지 오랜 세월을 헛되이 방황한 것이 믿어지지 않는군요.〉

능력치로 생각하면 레아의 『권속 강화』로 INT와 MND가 오른 덕분이겠지만, 이 극적인 변화는 그것만으로 해석하기 어려웠다. 『사역』되면서 능력치 외에도 AI에 뭔가 변화가 일어났는지도 모른다.

"맑아졌다니 다행이야. 그럼 디아스에게 여러모로 이야기를 들어둬. 디아스는 지금까지 내 곁을 지키면서 많은 것을 봐 왔으니까 숲을 운영하는 법도 충고해 줄 거야. 일이 일단락나고 연락하면 『소환』으로 불러들일게."

〈흠, 명령이라면 어쩔 수 없군요. 공주님, 제가 없는 동안 부디 무리하지 마십시오…….〉

"알았어. 아, 그렇지."

레아는 지크가 앉아 있던 곳, 그 뒤에 있는 거목을 올려다봤다.

"이거 평범한 나무야? 아니면 트렌트? 밤이라서 안 움직이니까 분간이 안 돼……."

〈아뇨, 제가 아는 한 이건 움직인 적이 없습니다.〉

"그래? 그래도 귀찮다거나 지크한테 시비 걸면 다칠 것 같다거나, 그런 이유로 자는 척할 가능성도 없지는…… 않지? 좋아, 시험해 볼까."

지금 활동하지 않아도 만약 몬스터라면 틀림없이 자아가 있다. 『정신 마법』을 걸면 뭔가 반응이 있을 것이다.

"『매료』."

사르륵, 하고 가지가 흔들렸다.

"보스!"

"괜찮아!"

허둥지둥 지키려고 달려오는 케리를 손으로 제지했다. 레아의 주관으로는 『매료』에 상당한 저항감을 느꼈지만, 가능하리라는 예감이 들었다.

처음부터 통하지 않는 마물을 빼면 『매료』에 이토록 저항한 상대
는 처음이었다.

하지만 그 저항도 곧 꺾어 버렸다.

"후후! 역시! 너도 트렌트였어! 『지배』!"

이미 『매료』에 걸렸는데도 『지배』에도 강하게 저항했다. 어쩌면
상위종인지도 모르겠다. 크기만 큰 게 아닌 듯했다.

"그래도 끝났어. 『사역』."

곧 사락사락 흔들리던 가지가 멈췄다.

레아의 『사역』이 통했다.

상당히 상위 마물이었나 보다. 처음 『매료』는 높은 능력치와 특성
보너스로 성공시켰지만, 어쩌면 원래 레아의 수준으로는 아직 『사
역』할 수 없는 마물이었는지도 모른다.

하지만 지크를 두려워해서 움직이지 않았다면 전투력만은 지크보
다 떨어질 것이다. 레아의 『사역』에 굴복한 것도 지크를 1 대 1로 꺾
는 싸움을 봤기 때문이지 않을까.

"그래, 『엘더 캄파 트렌트』구나. 아까 만난 아이들보다 상위인―."

《권속이 전생 조건을 만족했습니다. 당신의 경험치 5,000포인트를
사용해서 전생할 수 있습니다. 권속이 전생하도록 허가하시겠습니까?》

갑자기 시스템 메시지가 나왔다. 그것도 전생에 관련된 내용이었다.

설마 레아 본인보다 권속이 먼저 조건을 채울 줄은 생각하지도 못
했다.

하지만 이건 절호의 기회이기도 했다. 조건이 뭔지는 나중에 생각

해야겠지만, 지금은 이 기회를 잡아야 했다. 그것이 설령—.

'경험치를 좀 잡아먹더라— 5천?! 너무 비싸!'

아무리 레아라도 경험치 5천을 쾌척하기에는 큰 저항감이 있었다. 못 낼 양은 아니었다. 못 낼 양은 아니지만.

"대출은…… 없나."

〈공주님? 왜 그러십니까?〉

"아니, 아무것도 아니야. 잠깐 기다려줘……."

《과제를 보류합니다.》

"아니, 너한테 한 말이 아…… 아무것도 아냐. 고마워."

이미 혼란은 극에 달했다.

하지만 이건 무리해서라도 냉정해지고 고민할 사안이었다.

이 전생 기회는 지금뿐일까? 이 타이밍을 놓치면 다음이 있을까?

레아가 이 트렌트를 테이밍하면서 조건을 충족했다는 것은 틀림 없었다. 문제는 그 조건이 「테이밍한 순간」인가 「테이밍한 상태」인가였다.

전자라면 기회는 지금밖에 없었다. 하지만 후자라면 앞으로 원하는 타이밍에 전생이 가능하다. 때와 장소가 달라서 타이밍을 놓치는 것은 흔히 있는 실수다. 일부 업계에서는…….

시험해 봐야 할까. 하지만 부담도 크다. 이 기회를 놓쳐서는 안된다.

더불어 순수하게 호기심에 이기지 못하겠다는 이유도 있었다.

그도 그럴 것이 경험치 5천이었다. 평범하게 플레이해서 그런 경험치를 벌 수 있는 캐릭터가 있다고는 생각할 수 없었다. 대체 누가 이런 것을 전생시킨다는 말인가.

그렇다, 레아 말고 누가.

'좋아, 내자. 전생을 허가할게.'

《전생을 시작합니다.》

그러자 엘더 캄파 트렌트가 가지를 떨며 빛 가루를 흩뿌렸다. 잎과 가지, 줄기를 그 빛이 뒤덮어 나무 전체가 빛나기 시작했다.

〈이, 이건?!〉

"보스?! 대체……."

케리도 이 나무가 이미 동료라는 사실을 알기 때문에 위험하다고 느끼지는 않는 모양이지만, 그래도 놀랄 수밖에 없었다.

디아스와 지크는 생전에 기사였던 자들이 언데드가 되었으니까 전생을 경험했을 텐데도 객관적으로 전생이라는 현상을 본 적은 없는지도 모르겠다.

곧 빛에 휩싸인 트렌트가 몸을 떨며 우득우득 소리를 내면서 성장했다. 원래 숲속에서 가장 컸을 나무가 더욱 커지자 아래에서는 꼭대기가 보이지도 않았다.

줄기도 굉장히 두꺼워졌다. 레아 일행이 물러서기 전, 지크가 처음 서 있던 곳은 성장한 줄기에 밀려 땅이 갈라지고 흙무더기가 솟아났다.

그때, 레아 일행 뒤에 있는 나무들이 갑자기 쓰러지기 시작했다. 무슨 일인가 싶었는데, 엘더 캄파 트렌트가 뻗은 뿌리가 진로상에 있던 나무를 땅속에서 쓰러뜨린 모양이었다. 현실에서는 있을 수 없는 광경이었다.

아니, 이건 이미 엘더 캄파 트렌트도 아니었다.

레아가 보는 화면에서는 종족명이 「세계수」로 변했다.

"세계수……. 이러니까 경험치를 5천이나 먹지."

《특수 조건을 만족했습니다. 「하이 엘프」로 전생할 수 있습니다.》

"—뭐라고?"

누가, 라고 생각했지만, 권속이라는 주어가 없으니까 레아를 말하는 것이리라.

그만큼 전생하고 싶다고 생각했건만, 갑자기 물으니까 당혹스럽기만 했다.

하지만 안 할 이유는 없었다. 심지어 이번에는 종족명까지 먼저 알려줬다.

플레이어 본인과 권속의 차이일까? 어쩌면 방금도 엘더 캄파 트렌트 쪽에는 「세계수로 전생할 수 있습니다」라는 공허한 시스템 메시지가 울렸을지도 모른다.

레아는 당연히 동의했다. 생각할 필요도 없다. 조건도 안다. 타이밍으로 보아 분명 「세계수 지배」다.

《추가로 경험치 200포인트가 필요합니다.》

아무런 주저도 없이 지불했다. 굉장히 싸다. 하지만 잊어서는 안 된다. 세계수의 5천 포인트가 말도 안 되게 비싼 것이지, 하이 엘프의 200포인트도 상당히 비싼 수치였다.

《전생을 시작합니다.》

메시지가 나온 후, 뭐라고 표현하기 힘든 간지럽고 신비한 감각이 몸으로 차올랐다. 눈을 뜨자 조금 전 트렌트와 같은 상황인지 굉장히 눈부셨다.

〈공주님?!〉

"보스!"

권속들이 걱정하는 목소리가 들리지만, 걱정할 필요 없다고 가볍게 손을 들었다.

이번 변화는 금방 끝났고 빛도 금방 잦아들었다. 엘더 캄파 트렌트에서 세계수로 변할 때와 달리 엘프와 하이 엘프는 체격 차이가 크지 않기 때문일까?

그나저나 한 번에 많은 능력치를 올렸을 때와 비슷한 묘한 도취감이 느껴졌다.

굉장히 기분이 좋았다.

"─지금 나는 하이 엘프로 전생했는데…… 어때? 뭔가 변했어?"

"네. 그게…… 얼굴은 변하지 않은…… 듯하지만, 뭐랄까, 전보다 아름다워졌다고 해야 하나……?"

"그러네요……. 거기다 머리가 자랐어요. 그리고 귀도."

마리온은 대수롭지 않게 덧붙였지만, 보통 귀는 머리카락처럼 늘어나지 않는다. 충분히 이상한 일이었다. 그것이 엘프와의 외견 차이일까?

케리가 말한 아름다움이란 종족 특성인 이것이었다.

종족 특성: 초미형

당신의 종족은 대단히 아름답다. 세상의 많은 이들이 그 발아래에 무릎 꿇기 위해 존재한다.

NPC가 얻는 호감도에 상향 보정(대).

지배하는 캐릭터에게 전의 고양 효과를 상시 부여.

그야말로 지배 계급에 어울리는 종족이었다.

그리고 명백히 『사역』을 전제로 한 스킬 트리가 늘어났다. 해금된 것이 아니라 이미 습득한 상태였다. 아마 종족 고유 스킬로 추정됐다.

설마 『사역』도 없는데 그런 스킬을 가지고 태어난다고 생각하기는 어려웠다. 아마 하이 엘프는 태생적으로 『사역』을 가지고 있나 보다.

공지 사항에서 귀족 같은 일부 NPC가 『사역』을 사용한다고 언급했는데, 혹시 이들에 대한 암시였을까?

그렇다면 엘프 나라의 귀족 계급은 모두 하이 엘프일지도 모른다. 그리고 휴먼에도 상위종이 있고, 예를 들어 힐스 왕국의 지배 계급은 그런 상위종일지도 모른다.

공지 사항을 더 찾아보자 국가와 대립하면 귀족에게 『정신 마법』을 당할 수 있다는 경고가 있었다.

『사역』 습득 조건에 『정신 마법』이 있기 때문이라고 생각했지만, 그게 아닐 가능성이 부상했다. 스가루처럼 종족 특성으로 처음부터 『사역』을 보유했다면 『정신 마법』도 『사령』도 『소환』도 보유하고 있지 않을지도 모른다.

"생각지도 않게 세계수를 얻었지만, 현자의 돌을 만들고 싶은 이유였던 전생도 동시에 달성해 버렸어⋯⋯. 뭐, 좋은 게 좋은 거지. 만약 내가 생각한 탄산 매지칼륨이 세계수의 재라면 현자의 돌도 많이 만들 수 있겠어. 그러면 부담 없이 갖고 놀 수 있겠지."

더불어 엘더 캄파 트렌트를 지배하면서 그것이 왜 움직이지 않았는지도 알았다.

애초에 캄파 트렌트 자체가 언데드와 상성이 나쁜 듯했다.

그들은 세계수처럼 생명력이 넘치거나 성스러운 부류에 속하는 마물이라서 언데드와는 성질이 정반대였다.

그래서 발치에 지크가 뿌리는 독기로 계속 약화 디버프를 받고 있었다. 움직여도 지크와 싸우면 불리하다. 그래서 지크가 언데드로 깨어난 뒤로는 꼼짝하지 않고 지낸 듯했다.

레아의 『매료』가 성공한 것도 그 약화 디버프 덕분인지도 모르겠다.

다른 트렌트가 낮에만 활동하는 이유도 광합성보다는 밤에 언데드가 득실거려서 몸 상태가 안 좋기 때문이지 않을까.

"그런 이유라면 이곳에 지크를 두고 가는 건 문제가 있겠어……. 세계수 군에게 이 숲을 관리하도록 하고 언데드는 우리 숲으로 이주시키자. 할 일은 많아. 선배인 디아스한테 물어서 적당히 처리해 줘. 언데드들은 리베 대삼림에 풀어서 침입하는 인간을 접대하고."

〈예. 신병 교육은 제게 맡겨주십시오.〉

〈하하. 디아스 단장에게 교육을 받다니, 옛날로 돌아간 기분이군요.〉

화기애애해서 보기 좋다. 비주얼은 둘 다 뼈다귀지만.

"그럼 돌아가서 연구를 진행해야겠어. 아차, 그렇지. 세계수 군, 미안한데 네 가지를 하나만 줄래?"

제8장 마왕 강림

세계수에게서 받은 가지는 도시의 가로수만 한 크기였다.

거대한 세계수에게 이 정도는 손톱을 잘라서 주는 감각인지도 모르지만, 이만큼 있으면 많은 일을 할 수 있다.

이것을 가공해서 숯이나 재를 만들어 실험에 사용한다. 남은 부분은 지팡이든 뭐든 마법 발동에 도움이 되는 무기를 만들 수 없을지 시험하고 싶다.

"지팡이 제작은 『목공』이면 되려나? 아, 생각해 보면 활도 만들 수 있겠구나. 리베 대삼림에 사는 사슴형 마물의 힘줄이라도 모아서 시위를 만들고…… 아교가 있었나?"

"아교는 그 힘줄에서 얻을 수 있어요. 그리고 가죽을 무두질할 때 나오는 폐기물로도 만들 수 있고요."

"아, 레미, 오랜만이야. 세계수를 지배했으니까 뭐라도 만들어 볼래?"

"네. 그 이야기를 듣고 뵈러 왔어요."

여왕방으로 돌아온 레아가 혼잣말을 중얼거리는데 레미가 찾아와서 충고해 줬다. 레미는 현재 에어파렌에서 도구점을 운영하는데, 오늘은 현자의 돌을 만들 조수로 불렀다.

"우리한테는 목공 무기가 적어. 세계수가 아니어도 목공에 적합한 목재 자체는 많을 텐데 왜 안 만들었을까?"

"필요 없어서 아닌가요? 굳이 목재로 만드는 무기라면 말씀하신 지팡이나 활, 그리고 창 같은 장병기의 자루 정도겠네요. 어느 것이든 개미에게는 필요하지 않으니까요."

"아하, 듣고 보니까 그러네."

개미의 주된 무장은 턱과 배 끝에 있는 독침이었다. 애초에 무기가 필요 없었다. 아다만 시리즈도 일단 저랭크 무기를 장비하기는 했으나, 직접 몸으로 때리는 편이 공격력이 높았다. 목제 무기는 나설 곳이 없었다.

"그래도 이제부터 스켈레톤 부대도 합류할 테니까 활 정도는 있어도 괜찮지 않을까? 세계수 장비는 만들어도 레미나 라일리한테 줘야겠지. 보통 목재나 트렌트 잔해로 만든 지팡이는 아다만 메이지들에게 장비시켜도 괜찮겠어."

세계수의 크기로 봐서 이번에 받은 가지 정도라면 얼마든지 마련할 수 있겠지만, 겉으로 드러내고 싶지는 않았다. 실제로 제작해서 성능 시험을 해 봐야 알겠지만, 너무 강력한 무기가 유출되면 제 무덤을 파는 꼴이다.

"일단은 숯부터 만들자. 제대로 만들려면 일주일은 걸린다고 했었나? 그건 부탁해서 만들어 두기로 하고……."

"예. 준비해 두겠습니다."

숯용으로 나눈 세계수 목재를 레미에게 건넸다. 자른 것은 벽에 걸어 둔 켄자키였다. 거의 항상 함께 있기 때문인지, 요즘은 레아의 의지를 파악해 자동으로 일을 처리해 주고는 했다.

"남은 나무를 조금만 재로 만들어 보자."

하지만 이곳에서 불을 쓰려면 조심해야 했다. 레아와 레미가 배운 공격용 『불 마법』은 화력이 너무 강해서 아무리 조절해도 여왕방 정도는 통째로 불사를 위력이었다. 『플레어 애로』 같은 단일 타켓 마법도 직격하면 재조차 남지 않을 것이다.

"아, 좋은 생각 났다. 『철학자의 알』."

레아는 스킬로 수정 알을 불렀다. 그리고 손에 든 나무 조각을 알에게 먹였다.

"좋아, 『가열』."

그리고 수정을 『불 마법』인 『가열』로 데웠다. 말이 좋아 데운다지, 레아의 INT로 사용한 마법은 내부 온도를 삽시간에 수백 도로 끌어올렸다.

곧 레아가 보는 앞에서 나무 조각은 자연 발화해 불길에 휩싸였다. 거기서 『가열』을 멈추고 가만히 지켜봤다.

수정은 밀폐된 탓인지 연기는 나지 않았다. 하지만 어디선가 산소는 공급되는지 불은 꺼지지 않았다. 아주 매지컬한 플라스크였다.

잠시 후 불이 꺼진 자리에는 재가 된 세계수가 남아 있었다.

"으음, 이거로 숯을 만들 수 없을까 생각했는데 평범하게 타 버렸네. 매지컬한 것도 생각해 볼 문제야."

"『아타노르』를 사용하면 어쩌면 가능할지도 모릅니다."

"그러게. 또 실험해서 보고해줘."

"예, 보스."

완전히 불이 꺼지자 수정은 저절로 깨져 사라졌다.

"역시 깨지나. MP를 굉장히 낭비한 기분이지만, 다른 방법이 안

떠오르니까……."

바닥에 떨어진 재를 주워서 뚫어지게 바라봤다.

수정 안에 있을 때는 알기 어려웠지만, 가까이서 보자 미세하게 반짝거렸다. 어두운 방에서 빛나는 것을 보면 이 재 자체가 발광하는지도 모르겠다.

"세계수의 재답네. 그럼 제조법은……."

『위대한 작업』 제조법을 훑어봤다. 역시 이건 「세계수의 재」가 맞는지, 상당히 많은 제조품의 소재로 이용되는 듯했다. 이번에 새롭게 제작 가능해진 아이템이 여럿 있었다.

그리고 처음 예상대로 잠정 현자의 돌도 그중 하나였다. 역시 마지막 퍼즐 조각은 매지컬 목재의 재였나 보다.

단, 제조법에 표시되는 것은 「세계수의 재」가 아니라 「트렌트의 재」였다. 트렌트를 재로 만든 기억은 없으니까 세계수의 재도 트렌트의 재로 인정해주는 모양이었다. 달리 해금된 아이템 소재 중에는 「세계수의 재」도 있어서 이것이 세계수의 재라고 확인시켜줬다.

어쩌면 상위 소재를 보면 하위 소재도 해금되는지도 모르겠다.

그렇다면 상위 소재를 재료로 써도 상관없으리라. 오히려 가능하면 좋은 소재를 써야 재미있는 결과가 나을 듯했다.

"다음에 트렌트의 재로도 시험해 봐야지. 그럼 바로 만들어 볼까."

수송병 개미를 불러서 그녀의 인벤토리에 있는 필요 소재를 챙겼다.

수은.

유황.

철.

리베 대삼림 목장에서 최강이라고 생각하는 곰 마물의 심장.

경험치를 왕창 쏟아부은 공병 개미의 개미산.

그리고 세계수의 재.

이것들을 『철학자의 알』에 넣고 『아타노르』로 가열했다.

늘 그렇듯 마블링이 나타났다. 그것까지는 좋지만, 이번에는 이 시점에서 이미 무지개색으로 빛나고 있었다. 평소에는 마블링이 나타난 뒤 『위대한 작업』을 발동해야 비로소 빛났다. 이미 수천 번이나 반복했으니까 착각할 리 없었다.

"혹시 대성공 징조인가? 먼 옛날에 있었던 연금술사 게임에서는 그런 연출이 있었다는 얘기가 있던데. 뭐, 빛이 나니까 좋은 거겠지. 좋아, 『위대한 작업』 발동."

레아 스킬을 발동과 동시에 수정이 더 밝게 빛났다. 수정 내부가 아니라 수정 자체가 빛을 내는 것처럼 보였다. 눈을 뜨고 쳐다보기 힘든 수준이었다.

이윽고 빛이 잦아든 것 같아서 눈을 뜨자 『철학자의 알』이 사라지고 없었다.

대신 평범한 계란 크기의 수정 알이 공중에 떠 있었다.

"수정이 작아졌나? 이건…… 용기? 안에 든 이 빨간 액체가 현자의 돌인가?"

손에 쥔 순간, 저절로 사용 방법을 알 수 있었다. 매뉴얼이 딸려 온 모양이었다.

"—그래, 마법과 스킬처럼 발동어를 말하면 자동으로 수정이 깨지고 안에 든 액체가 대상에 흡수된다는 거지? 효과는…… 잘 모르

겠지만, 존재의 랭크를 최대 두 단계 높이는 느낌인가? 나쁜 효과
는 아니겠지만, 이건······."

설명이 너무 엉성했다. 현자의 돌에서 연상되는 효과이기는 하지
만, 무작정 자기 자신에게 사용하기는 꺼려졌다.

"실험체가 있어야겠는걸. 그 전에 양산할 수 있는지부터 실험하자."

"주제넘는 참견일지 모르지만, 제가 제작해도 같은 결과가 나오
는지 검증하는 것이 좋지 않을까요?"

"아, 맞는 말이야. 능력치나 다른 스킬의 영향도 있을 수 있으니
까. 그것도 포함해서 많이 만들어 보자. 재료가 부족하면 또 구해
오면 그만이야. 목장이든 저쪽 숲이든."

그 후 레아와 레미는 현자의 돌을 무진장 양산했다.

"─많이도 만들었네. 이만큼 있으면 막 써도 아깝지 않겠지?"

현자의 돌은 레아가 만들든 레미가 만들든 차이가 없었다. 하지만
경험치를 많이 쓰지 않은 공병 개미의 산이나 보통 트렌트의 재를
사용하면 변화가 있었다.

『아타노르』로 가열한 시점에서 빛이 나지 않은 것이다. 마블링 무
늬가 희미하게 빛나기는 했지만, 그건 다른 제조품에서도 똑같이
나타나는 반응이었다. 아마 대성공이 아니라는 뜻이리라.

완성품도 쭉 늘어놓으니까 차이가 확연하게 드러났다. 세계수의
재를 사용한 쪽이 선명한 붉은빛이 돌고 희미하게 빛났다.

"손에 쥐면 친절한 매뉴얼이 나와서 단박에 알 수 있어. 색이 탁
한 쪽은 랭크가 한 단계만 올라가. 즉, 세계수의 재를 쓰면 효과가

두 배라는 건가."

 개미산만 랭크를 낮추거나 재만 랭크를 낮춰서도 제작해 봤지만, 어느 쪽이건 탁한 색이 나왔다. 둘 다 높은 랭크를 사용해야 빛나는 현자의 돌이 완성되나 보다.

 "우선 한 단계만 올리는 쪽을 실험해 보자. 마지막에는 나한테 사용할 예정이니까 가능하면 나와 비슷한 것, 소재나 아이템보다는 캐릭터에 써야겠지. 입후보는⋯⋯."

 〈그렇다면 제가 피험자가 되겠습니다. 우리는 언데드. 이미 죽은 몸인지라 나이를 먹어도 성장하지 않습니다. 성장할 기회가 있다면 전투력 향상에 크게 도움이 될 테지요.〉

 "으음⋯⋯ 가급적 간부급 아이들에게는 빛나는 쪽을 쓰고 싶어⋯⋯. 매뉴얼대로 해석하면 두 번 쓰면 똑같나⋯⋯. 그래도 사용 제한이 있으면 곤란한데⋯⋯."

 〈그렇다면 제 부하인 스켈레톤 나이트는 어떠십니까? 언데드가 피험자로 어울린다는 디아스 단장의 말은 옳고, 스켈레톤 나이트 모두에게 사용할 만큼 흔한 아이템도 아닙니다. 그렇다면 한 번밖에 쓰지 못해도 문제가 없지 않겠습니까?〉

 "⋯⋯그래. 성공하면 보스급으로 운영하면 되니까 그렇게 하자. 한 명 데리고 와줄래?"

 〈예. 『소환: 스켈레톤 나이트』.〉

 여왕방에 스켈레톤 나이트 하나가 소환됐다.

 지크가 스켈레톤 나이트에게 상황을 설명하고 스켈레톤 나이트가 수긍했다. 마치 평범한 회사의 상사와 부하 같았다.

"좋아. 그럼 네가 이걸 들어. 들면 사용법을 알게 돼. 타이밍은 네가 정해도 되니까 자기 자신에게 사용해 볼래?"

스켈레톤 나이트는 망설이는 기색도 없이 그 수정 알을 위로 들었다.

그러자 수정이 빛이 되어 깨지고, 내용물인 붉은 액체가 붉은 가루처럼 변해 스켈레톤 나이트에게 쏟아졌다. 중력에 의해서 떨어진다기보다 스켈레톤 나이트에게 빨려 들어가는 것처럼 보였다. 스켈레톤 나이트에 닿은 붉은 가루는 그대로 눈가루가 녹듯 뼈 몸체로 스며들었다.

모든 가루가 스켈레톤 나이트에게 녹아들자 곧 스켈레톤 나이트가 빛나기 시작했다. 세계수로 전생할 때 봤던 그 빛이었다.

"전생하나 보네. 역시 캐릭터의 랭크가 오른다는 건 상위 존재로 전생한다는 의미인 모양이야."

얼마 지나지 않아서 빛이 잦아들자 지금까지 입었던 너덜너덜한 갑옷이 아니라 정규 기사가 입을 법한 근사한 갑옷을 장비한 스켈레톤이 서 있었다. 뼈 몸체도 전체적으로 굵어졌고 키도 커졌다.

〈스켈레톤 리더……로 전생했나 보군요. 그는 일반 병사였으니까 대장급으로 승격했다고 생각하면 되지 않을까요?〉

"그래. 1계급 승진이라고 생각하면 간단하겠어."

지금 스켈레톤 리더가 적다면 이 현자의 돌을 사용해서 몇 명쯤 늘려도 된다. 아니면 스켈레톤 메이지에게 사용해서 마법 계열 상위종으로 전생시켜 레아 세력의 마법 능력을 높이는 것도 괜찮다. 유용성은 헤아릴 수 없다.

다만, 전생을 남발하면 처음 예정했던 「적당히 약한 적」이 없어질 테니까 주의가 필요했다.

"소재 같은 아이템에는 언제든 시험할 수 있으니까 나중으로 미뤄도 되겠지. 그럼 다음은 연속 사용이 가능한지 알아보자."

레아는 수정 알을 하나 더 건넸다. 스켈레톤 리더는 받아든 것을 잠시 바라보다가 곧 레아에게 돌려주고는 고개를 저었다.

〈하루 동안은 재사용할 수 없는 듯합니다.〉

"쿨타임은 하루인가. 사용 제한이 없다면 다행이야. 그러면 재료만 있으면 계속 전생할 수 있다는 건가? 아무리 그래도 이런 꼼수는 막지 않았을까……."

무한 강화는 운영진이 가장 싫어하는 시스템의 허점이다.

최우선으로 수정될 테고, 그런 행동은 시스템 AI의 버그 픽스 기능이 상시 감시할 것이다.

일단 쿨타임이 끝나면 또 그에게 협력을 구해 스켈레톤 제너럴 같은 것으로 전생하는지 시험해 보고 싶었다.

"다음은 이 빛나는 현자의 돌을 써 볼까. 디아스, 시험해 볼래?"

〈괜찮으시다면 꼭 부탁드리고 싶군요.〉

디아스는 레아가 내민 빛나는 수정 알을 정중히 받았다.

그럴 생각은 없었지만, 뭔가 대단한 아이템을 부하에게 하사하는 분위기가 되어 버렸다.

디아스는 수정 알을 받고 양손으로 머리 위로 받들었다. 그 동작이 어찌나 잘 어울리는지 마치 성기사가 신성한 의식이라도 하는 것 같았다. 해골이지만.

빛나는 현자의 돌도 똑같이 빛이 되어 흩어져졌다. 조금 전과 같이 액체는 붉게 빛나는 가루로 변했고, 디아스에게 천천히 빨려 들어갔다.

《권속이 전생 조건을 만족했습니다.》

《「데스 나이트」로 전생하도록 허가하시겠습니까?》

《당신의 경험치 100을 소비해 「데스 로드」로 전생하도록 허가하시겠습니까?》

"―오호라. 랭크가 2단계까지 오르면 둘 중 하나를 고를 수 있나."

디아스는 직속 권속이라서 레아에게 허락을 구하고자 메시지가 왔나 보다. 테라 나이트에서 데스 나이트, 데스 나이트에서 데스 로드로 전생하는 모양이었다.

"이거, 내가 변한 하이 엘프와 달리 종족보다는 직업 같은데. 그런 생태를 가진 마물이라고 생각해야 하나?"

기왕 좋은 현자의 돌을 사용했으니까 경험치를 지불해 「데스 로드」로 전생시켜 봤다.

디아스가 빛에 휩싸이고 모습이 변해 갔다. 갑옷이 뿜던 흉흉한 오라는 조금 차분해졌지만, 갑옷 자체의 중후함이나 장식은 호화로워졌다. 뼈였던 본체에도 살가죽이 붙었는지 해골보다는 미라 같았다. 하지만 여전히 안구는 없고, 눈구멍 안쪽에는 붉은 빛이 일렁이며 깜빡였다. 혹시 눈을 깜빡거리는 동작이 반영된 것일까?

〈오오…… 이럴 수가……. 생전보다 강한 힘이 샘솟는군요…….〉

"꽤 멋있어졌어. 어린애는 보자마자 울겠지만. 스킬도…… 습득 가능한 목록이 늘었어. 이『독기』는 지크가 가진 그건가? 광역 버프, 디버프 스킬 트리야. 아군 언데드에게 버프, 적대 세력에게 디버프를 거는……. 피아를 식별하는 기준은 뭘까?"

일단 실험은 성공했다고 봐도 무방하겠다. 이 방식으로 간부급 캐릭터는 모두 상위종으로 전생시키고 싶었다.

"그래도 전생에 경험치가 필요한 경우도 많으니까 한 번에 전부 바꾸기는 힘들겠어."

게다가 새로운 스킬 트리가 해금된다면 반대로 습득이 막히는 스킬도 있을지 모른다.

레아도 하이 엘프가 되면서『빛 마법』등 새롭게 습득 가능한 스킬이 늘었고, 웬만하면 처음 보는 스킬은 모두 배운 다음에 전생하고 싶었다. 기본적으로 상위 호환 종족이 되는 것 같으니까 전생한 뒤에 배우지 못하는 경우는 거의 없겠지만, 조심해서 나쁠 건 없었다. 특히 지금은 전생에 관한 정보가 너무 부족했다.

"당분간 경험치 벌이에 집중할까. 급할 건 없으니까."

〈아닙니다. 공주님만이라도 먼저 전생하시는 편이 좋을 듯합니다. 하이 엘프가 되셨을 때처럼 부하에게 부가 효과를 주는 특성이 발현된다면 공주님의 강화만으로 전체 전력이 크게 상승합니다.〉

"아, 그렇구나……. 그것도 그러네. 그럼 먼저 스킬부터 습득하고……."

레아는 하이 엘프로 전생할 때 새롭게 늘어난『빛 마법』을 개방하고『지배자』스킬 트리에 경험치를 투자했다.

『지배자』는 부하 전체에 효과를 미치는 스킬 트리로, 『부하 강화』라는 스킬이나 하루에 한 번만 특정 부하와 자신의 위치를 순식간에 교환하는 『캐슬링』 등이 있었다.

『캐슬링』은 명백히 부하가 있다는 전제하에 디자인된 스킬이었다. 하이 엘프가 태어나면서부터 『사역』을 가졌다고 판단한 이유는 이것을 보았기 때문이었다.

『부하 강화』는 『권속 강화』와 같은 효과지만, 대상이 「자신의 지배하에 있는 모든 캐릭터」로 범위가 굉장히 넓었다. 권속의 권속에게도 적용되는 듯했다. 이 설명이 정확하다면 『지배』나 『사령』으로 일시적으로 지배하는 자들에게도 적용될지 모른다.

『빛 마법』 트리는 다른 마법과 비슷한 구성이지만, 이것을 습득했을 때 『식물 마법』이 해금됐다. 『빛 마법』과 다른 무언가가 습득 조건이었나 보다. 유력한 것은 『땅 마법』이나 『물 마법』으로 추정되나, 뭐가 됐든 검증할 방법은 없었다.

그리고 이 또한 조건은 알 수 없지만 『신성 마법』이라는 트리도 늘어났다. 이것도 습득해 뒀다.

그나저나 습득할 때마다 해금되는 스킬이 늘어나서 끝이 없었다. 하지만 여기까지 오면 전부 배워 두고 싶었다. 배울 수 있을 때 배울 걸, 하고 후회할 바에야 더 열심히 경험치를 벌어야겠다고 고민하는 쪽이 건설적이었다.

게다가 모든 스킬을 습득해 봤자 세계수에 쏟은 5천에 비하면 새발의 피였다. 레아와 레미가 현자의 돌을 양산하면서 얻은 경험치도 있었다. 현자의 돌은 역시 최상위거나 거기에 준하는 아이템인지 총경험치 소비량이 많은 레아가 제작해도 경험치를 얻을 수 있었다.

"—다 했나? 경험치를 많이 썼지만, 이만큼 남았으면 전생에 필요한 요구치도 낼 수 있겠지."

레아는 빛나는 현자의 돌을 들고 사용을 선언했다. 목소리를 낼 수 없는 종족은 어떻게 하는지 궁금했는데, 방금 디아스를 보면 발성 대신 발동 방법이 있는 것 같았다.

"『현자의 돌』을 발동."

지금까지 본 것처럼 수정이 빛에 녹고 붉은 액체는 가루가 되어 레아에게 스며들었다. 모든 붉은 빛이 레아에게 흡수되자 시스템 메시지가 들렸다.

《『현자의 돌 그레이트』를 사용했습니다.》

《전생 조건을 만족했습니다. 정령으로 전생할 수 있습니다.》
《전생 조건을 만족했습니다. 경험치 3,000포인트를 사용해서 정령왕으로 전생할 수 있습니다.》
《특수 조건을 이미 만족했습니다. 다크 엘프로 전생할 수 있습니다.》
《특수 조건을 이미 만족했습니다. 마정으로 전생할 수 있습니다.》
《특수 조건을 이미 만족했습니다. 경험치 3,000포인트를 사용해서 마왕으로 전생할 수 있습니다.》

"잠깐만, 정보가 너무 많아……!"

《과제를 보류합니다.》

평소대로 기다려 달라고 말하고 순서를 확인했다.

우선 아이템 이름이었다. 빛나는 수정 알의 이름은 현자의 돌이 아니라 「현자의 돌 그레이트」였다. ……아니, 지금 이건 중요한 문제가 아니다.

처음에 제시된 「정령」이 하이 엘프의 상위종, 하이 엘프보다 한 랭크 높은 종족일 것이다. 다음으로 「정령왕」이 그보다 한 단계 더 높은 존재로, 거기에 다다르려면 추가로 경험치 3천이 필요했다. 세계수급까지는 아니지만, 그와 같은 자릿수의 요구치였다.

그리고 「다크 엘프」. 여기서부터는 「특수 조건을 만족했다」라고 표현하니까 아마 정통적인 방향성에서 벗어난 전생이 아닐까. 그게 레아가 가진 수많은 스킬 때문인지, 어떤 다른 조건이 있는지는 알 수 없지만.

그 뒤로 이어진 「마정(魔精)」과 「마왕」의 관계로 보아 다크 엘프가 하이 엘프에 대응하고, 마정이 정령에 대응하며, 마왕이 정령왕에 대응할 것이다. 빛 속성에 치우치느냐, 어둠 속성에 치우치느냐의 차이라고 생각하면 될까?

"어떡한다……."

단순히 생각하면 궁극적으로는 양자택일에 지나지 않았다. 즉, 정령왕이 될 것이냐, 마왕이 될 것이냐. 어느 쪽이든 당장은 큰 문제가 있었다.

"……경험치가 부족해."

설마 네 자릿수나 요구할 줄이야.

이럴 줄 알았으면 스킬 습득을 미루는 게 나았을까. 아니다, 전생으로 습득이 막히는 스킬이 있을지도 모르니까 그건 필요한 과정이었다. 솔직히 마왕 루트로 전생하고도 『신성 마법』을 배울 수 있다는 생각은 들지 않았다.

이 과제 보류는 언제까지 기다려줄까.

만약 기다려주지 않아도 빛나는 현자의 돌— 현자의 돌 그레이트를 하나 낭비할 뿐이었다. 제한 시간이 끝나고 사용했다고 간주하더라도 하루만 기다리면 재사용은 가능할 것이다.

일단 이대로 잠시 내버려 두다가 안 되면 포기하자.

"스가루."

〈예, 보스.〉

"지금 이 숲에서 우리 세력이 아닌 것들을 전부 경험치로 바꿔 줘. 가능한 한 많은 경험치가 필요해. 최대 효율을 내면서도 최대한 빠르게 처리해 줘."

〈알겠습니다.〉

"아, 목장 가축은 다시 번식할 만큼 남겨 두고."

〈숙지하고 있습니다.〉

지금 이 순간에도 리베 대삼림에는 많은 손님이 찾아와 있었다. 대부분은 나름대로 노련한 플레이어들이었다. 그들을 제물로 바치면 상당한 경험치가 들어올 것이다.

목장에도 꽤 많은 마물이 있었다. 최소한의 개체만 남긴 목장을 재가동하려면 상당히 시간이 걸리겠지만, 불가피한 상황이었다.

같은 지시를 하쿠마나 세계수에게도 내렸다. 저쪽 숲에는 침입자가 없겠지만, 지배하지 않은 트렌트들은 많으니까 그것들을 정리해 줄 것이다.

얼추 지시를 돌린 뒤, 시스템 메시지가 재촉하지 않을까 초조한 마음으로 경험치 수치를 바라봤다.

동굴 안, 아니, 대삼림 안이 분주해진 탓인지, 케리와 라일리도 여왕방으로 찾아왔다.

레아의 보유 경험치를 나타내는 수치는 서서히 올라갔고, 약 두 시간이 지났을 때 겨우 3천을 돌파했다.

"좋아! 그럼 『마왕』으로 전생하자!"

마왕을 고른 이유는 별 게 아니었다.

우선 첫 번째로 특수 조건이라는 것. 레아와 같은 길을 걷는 플레이어가 있어도 특수 조건이 있다면 조금이라도 난이도가 높아질 것이다. 사람이라면 누구나 크든 작든 온리 원이 되고 싶은 욕망이 있다. 레아라고 예외는 아니었다.

그리고 두 번째로 「핍박받은 마물들을 위해 나라를 세우자」라는 디아스와 지크의 제안. 마물을 다스리는 왕이라면 역시 마왕이 제격이지 않겠는가.

저번 전생과 마찬가지로 빛이 레아의 몸을 감쌌다.

하이 엘프로 변할 때는 아무렇지도 않았지만, 이번에는 왠지 머리가 가려웠다. 그리고 허리 부근에도 간지러운 느낌이 들었다.

하지만 그 이상한 감각도 금방 사라졌고, 곧 빛이 흩어졌다.

레아의 머리끝부터 발끝까지, 전신에 어마어마한 힘이 흘러넘치는 것을 알 수 있었다.

하이 엘프로 전생했을 때도 느꼈지만, 그것과는 비교를 불허했다.

이건, 전능감이었다.

지금이라면 뭐든 할 수 있다. 누구에게도 지지 않는다.

그런 정체를 알 수 없는 자신감이 레아의 몸 전체를 채우고 있었다.

하지만 불쾌하지는 않았다.

〈오오……!〉

〈이럴 수가…….〉

"성스러워요……!"

레아의 모습을 본 권속들이 저마다 감탄했다.

"—끝났나. 어디 거울이라도 있으면…… 만들지도 않았는데 있을 리가 없지. 어때? 반응을 보면 꽤 변했나 본데."

자기 모습을 볼 수 없다는 점은 이럴 때 불편했다. 이럴 때가 그리 흔한 기회는 아니지만.

"그게, 우선 귀가 짧아지셨습니다. 평범한 휴먼의 귀보다 조금 뾰족한 정도예요."

"그리고 반짝반짝한 뿔이 한 쌍 생겼어요. 귀 위에서 바깥쪽으로 말리는 형태로. 염소 뿔과 비슷하네요."

〈허리 위로 날개가 돋았습니다. 새하얀, 아름다운 날개입니다. 그 덕에 보스가 아주 성스럽게 보입니다.〉

케리, 라일리, 스가루가 연이어 대답했다. 다른 권속들도 알려줬지만, 내용은 앞선 세 명과 대동소이했다.

들은 곳을 순서대로 만져서 확인해 봤다.

머리에 돌출된 뿔에서는 매끄럽고 딱딱한 감촉이 전해졌다. 허리의 날개는 몸 앞으로 꺾을 수 있을 만큼 관절이 유연해서 직접 눈으로 볼 수 있었다. 지금까지 없었던 날개라는 생체 기관을 움직이는 것에 조금 애를 먹었지만, 익숙해지면 문제없을 듯했다.

그렇게 확인한 날개는 스가루의 말대로 하였다. 어두운 동굴 안인데도 스스로 빛나는 것처럼 잡티 하나 없는 순백색이었다. 왜일까. 마왕 아니었나?

다시 자신의 상태창을 확인해 봐도 분명히 종족에는 「마왕」이라고 표시됐다. 새로운 특성도 몇 가지 늘었다.

종족 특성: 날개
당신에게는 날개가 있다. 당신이 원한다면 중력에 얽매이지 않는다.
스킬 『비상』 습득.

종족 특성: 뿔
당신에게는 뿔이 있다. 뿔도 없는 하등한 종족에게 굴할 수는 없다.
뿔이 없는 종족에게 받는 『정신 공격』, 『지배자』, 『사역』, 『계약』 저항에 상향 보정(대).
뿔이 없는 종족에게 사용하는 『정신 공격』, 『지배자』, 『사역』, 『계약』 성공에 상향 보정(대).

종족 특성: 마안

당신의 눈동자에는 힘이 담겨 있다. 그 누구도 당신의 눈에서 벗어날 수 없다.

스킬 『마안』 개방.

하지만 반대로 사라진 특성은 없는 것 같았다. 초미형도 그대로 있고 약시와 알비니즘도—.

"—아. 혹시 날개가 흰 건 그거 때문인가."

아마 원래는 까마귀처럼 불길한 느낌을 주는 검은 날개였겠지만, 알비니즘 때문에 흰 까마귀 날개가 된 게 아닐까. 머리카락도 피부도 여전히 희지만, 어쩌면 다크 엘프를 거치는 전생이라서 검게 변할 예정이었는지도 모른다.

선천적 특성 때문에 결과적으로 순백의 성스러운 마왕이 탄생한 것이었다. 뭐가 이래.

"엘프라면 눈에 띄지 않을 줄 알고 별생각 없이 알비니즘을 골랐는데, 결국 엄청 눈에 띄게 됐네……. 뭐, 남들 앞에 나갈 생각이 없으니까 괜찮지만."

이미 사람 앞에 함부로 나갈 수 없는 몸이었다. 마왕이 도시에 나타나면 대혼란을 빚을 것은 불 보듯 뻔했다. 대규모 이벤트가 있을 때는 어떻게 해야 할까. 밖으로 나가니까 일단 요로이자카 씨는 입는다 치고, 뿔과 날개는 어떻게 숨겨야 하나. 요로이자카 씨에게 구멍을 내도 괜찮을까?

그리고 다시 특성을 확인하다가 눈치챘는데, 선천적 특성인 「미형」이 그대로 남아 있었다. 무의식적으로 초미형에 통합됐다고 생각했는데 아마 선천적 특성은 전생으로 사라지지 않나 보다.

그렇다면 『정신 마법』의 『매료』 성공률 보정은 미형과 초미형이 중첩될까? 그 후로 『매료』를 쓸 기회가 없어서 알 수 없었다.

"……아무렴 어때. 어쨌거나 전생은 무사히 끝났어."

경험치를 보자 소비했을 때보다 조금 늘어 있었다.

"스가루, 아직 사냥이 안 끝났으면 평상시 루틴으로 돌아와도 돼. 이따가 목장 상황을 보고해줘."

〈알겠습니다.〉

세계수 쪽은 그대로 뒀다. 그쪽은 목장을 아직 만들지 않아서 적대 트렌트의 씨를 말려 버려도 아쉬울 게 없었다. 가능하다면 어디선가 마물을 조달해서 트렌트가 관리하는 목장을 만들고 싶지만, 그건 다음에 생각하자.

《특정 재해 생물 「마왕」이 탄생했습니다. 이 메시지는 예외적으로 특정 스킬을 가진 플레이어 캐릭터, 논 플레이어 캐릭터 전원에게 발신됩니다.》

"―뭐?"

평소와는 분위기가 다른 시스템 메시지가 들렸다.

시스템 메시지는 본래 플레이어에게만 들린다. 그것도 플레이어용 대규모 이벤트 외에는 기본적으로 본인에게만 들린다.

마왕이 어쩌고 하는 내용으로 보아 레아에게 들린 이유는 본인이기 때문이리라. 그 외의 내용을 생각하면 어떤 스킬을 가진 모든 캐릭터에게도 들렸을 것이다.

마왕 전생으로부터 약간 시간차가 있었던 이유는 그 예외적 조치 때문일까.

그리고 대체 어떤 스킬 보유자에게 들렸을까.

게다가 특정 재해 생물은 대체 뭔가. 무슨 생태계 교란종도 아니고.

생각한다고 답이 나올 리 없었다. 그렇다고 함부로 문의할 수도 없었다. 가령 이것이 시스템상 정상적으로 발생한 이벤트고, 문의 내용이 공식 사이트에 공개되면「운영진이 특정 재해 생물이라고 칭하는 존재가 된 플레이어가 있다」라는 괜한 정보가 확산될 우려가 있었다.

답답하지만, 일단 지금은 새로운 정보를 얻을 때까지 참을 수밖에 없었다.

"……아직 확인하고 싶은 것도 많고 새로 해금된 스킬도 배우고 싶어. 게다가 너희도 전생시키고 싶으니까 당분간은 경험치를 모으자."

당분간 리베 대삼림과 세계수가 있는 마의 숲에서 안정적으로 경험치를 벌 수밖에 없었다.

레아가 할 일은 마의 숲에서 얻는 정기 수입을 계산하면서『연금』으로 고랭크 아이템을 제작해 경험치를 벌어 두는 것이다.

"어쩔 수 없지. 지금은 쉬어 가는 타이밍이라고 생각하고 세력을 강화하자. 나도 마왕이 됐으니까 우리 군세도 인류종 국가에 대항할 만한 세력으로 키워야지. 아 참, 그리고 어디서 마왕의 기본 성능도 확인해야겠어. 이거 원, 할 일이 산더미네."

〈―보스의 명령이다. 숲에 있는 적을 전부 죽여도 된다는군.〉

하쿠마는 곁에 있는 긴카와 꼬마들에게 명령을 전달했다.

정확히는 보스― 레아가 아니라 스가루를 통해 전달된 정보지만, 보스가 그러기를 바란다면 명령이라고 말해도 지장은 없었다.

자세한 사정은 몰라도, 경험치라는 것이 많이 필요하다는 듯했다.

먹잇감을 사냥하거나 적을 격퇴하기를 반복하는 사이, 문득 자신이 바라는 대로 성장할 때가 있었다. 경험치란 그것을 가능케 하는 힘이라고 들었다.

지금은 무리의 보스인 레아에게 모든 경험치가 모여서 빙랑들은 사냥하지 않고도 강해질 수 있었다. 정말로 신과 같은 힘이었다. 물론 하쿠마는 신이 뭔지 모르니까 케리 일당의 표현을 빌렸을 뿐이지만.

케리 일당도 처음 만났을 때는 날래기만 한 멍청한 고양이들이라는 인상이었지만, 지금은 달랐다. 보스와 아주 조금 모습이 닮았기 때문인지, 여러 일을 맡으면서 꽤 똑똑해졌다.

꼬마들도 몸집이 제법 커졌다. 그래봤자 어디에나 있는 코요테 정도고 아직 털도 북슬북슬해 둥그런 털뭉치 같지만, 슬슬 사냥을 따라다니며 배울 때도 됐다. 처음에는 놀이 방식이라도 상관없다.

그렇게 생각하면 이번 명령은 좋은 기회일지도 모른다. 단지 사냥할 뿐이라면 개미들만으로도 족할 테지만, 더 많은 경험치를 얻으려면 새끼 늑대들에게 첫 사냥 연습을 시키는 것도 나쁘지 않을 듯했다.

바로 그 생각을 스가루에게 전했다. 대형 마물 목장은 개미들이 대처하는 대신 고블린 목장을 빙랑들에게 양보한다는 대답이 돌아왔다.

그러면서 번식용 개체는 절대로 죽이지 말라는 주의를 들었다.

어차피 고블린과 싸우는데 하쿠마나 긴카가 끼면 경험치 획득에 방해만 될 뿐이었다. 안전을 위해서 감시에 전념할 생각이니까 문제는 없을 것이다.

〈좋아. 꼬마들, 사냥 연습이다. 고블린이 뭔지 아나? 작고 냄새나는 녀석들이야. 자기들이 똑똑하다고 생각하고 인간처럼 무기를 사용하지만, 제대로 다루지 못하지. 뭐, 지금 숲에 있는 고블린들은 그마저도 압수당했지만.〉

꼬마들이 자기도 안다고 대답했다. 꼬마들은 같은 종족끼리는 의사를 전달할 수 있지만, 다른 종족과 대화할 수는 없었다. 보스가 말하길 인트? 인가 뭔가 하는 능력이 관계있다지만, 보스는 지금 꼬마들에게 아무런 기대가 없기 때문에 특별히 성장시키려고 하지 않았다. 천천히 키우라고 말씀하셨다.

하쿠마는 꼬마들을 데리고 고블린 목장에 도착했다.

긴카에게는 최소한 남겨 둘 고블린을 감시시키고, 꼬마들에게 사냥을 시켜 봤다.

〈이 녀석들이 공격해 봤자 다칠 일은 없겠지만, 세상에는 발톱이나 이빨에 독이 있는 마물도 있다. 그런 녀석들과 싸울 때를 대비해 최대한 공격에 맞지 않도록 움직여 봐.〉

꼬마들을 풀어주자 다들 원하는 방향으로 달려가서 고블린에게 달려들었고, 머리부터 깨물기도 하고 팔다리를 물어뜯기도 하며 그것들을 갖고 놀았다.

고블린을 놓치면 보스에게도, 양보해 준 스가루에게도 면목이 없으니까 목장에서 도망치려는 녀석이 있으면 꼬마들에게 알려줘서 쫓도록 했다. 아무리 고블린이 재빠르고 꼬마들이 어리다지만, 고블린은 늑대에게서 벗어날 수 없다.

언젠가는 전체를 보는 시각을 키워 도망칠 틈조차 주지 않게 대처하기를 바라지만, 처음에는 다들 이런 법이다.

다 막지 못해 목장에서 벗어난 고블린을 다시 잡아 오거나 그런 녀석을 쫓아 목장에서 벗어난 꼬마를 다시 잡아 오기를 반복하는 사이, 스가루에게서 그만해도 된다는 연락이 왔다. 경험치라는 것이 보스의 목표치에 이르렀나 보다.

이후 목장 관리는 개미가 맡아줄 모양이었다. 멀리서 다가오는 개미를 보고 하쿠마는 꼬마들을 불러들였다.

발톱이나 입 주변이 새빨개진 꼬마들이 달려왔다. 어느 아이고 할 것 없이 눈망울이 초롱초롱했다. 어지간히도 즐거웠나 보다. 역시 어려도 수렵 동물이다.

가끔 보스에게 부탁해서 이런 훈련 겸 놀이의 기회를 마련하는 것도 나쁘지 않겠다.

그런데 갑자기 묘한 감각이 솟구쳤다. 왠지는 잘 모르겠지만, 이건 자부심일까? 그래도 나쁜 느낌은 아니었다.

돌아보니까 꼬마들과 긴카도 의미도 없이 자랑스러운 표정을 짓고 있었다.

본능적으로 알았다.

이건 아마 보스가 크게 성장한 탓이라고. 강대한 존재가 뒤에 있다는 안심감과 그 존재에게 무릎 꿇을 수 있다는 우월감이 하쿠마의 가슴을 채웠다.

한시라도 빨리 보스를 알현해서 그 모습을 눈에 새기고 싶다.

그 전에 꼬마들을 어디서 씻겨야겠지만.

◆◆◆

넓고 호화로운 방에 호화로운 의자만이 원형으로, 그것도 몇 중으로 놓여 있었다.

이곳은 힐스 왕국의 왕성 1층, 회의실이었다.

평소 이곳은 종교 회의에 사용되어 교회 관계자에게 유료로 개방되고는 하지만, 이날은 국가의 중진들도 참석하는 중요한 회의가 열렸다. 이 도시에 거점을 둔 힐스 성교회의 총주교를 비롯해 명망 높은 주교들 또한 회의실을 채우고 있었다.

"—신탁이 내려왔습니다. 새로운 『인류의 적』이 탄생했다고 합니다."

총주교의 말에 회의실이 들썩였다. 호위를 위해 벽 쪽에 대기하던 토마스는 사람들의 웅성거림에 실제로 자기 몸이 진동하는 느낌을 받았다. 이곳에 모인 사람들에게는 그 정도의 충격이었다. 그건 일개 병사에 지나지 않는 토마스도 마찬가지였다.

인류의 적. 6대 재앙. 절망을 부르는 자. 살육의 화신.

입에 올리기도 꺼림칙한 이름이 여럿 있지만, 그것들은 실제로 같은 존재를 가리켰다.

서방 대륙에 있다는 시원성(始源城). 그 저주받은 성에는 성주인 ^{트루 뱀파이어}진조가 거한다고 전해진다.

북극점에 솟은 거대한 얼음벽 크리스털 월. 그 안쪽에는 태곳적 천공보다 높은 곳에서 나타난 황금용이 봉인되어 있다고 한다.

남방 대륙에 있는 대수해에는 마계로 통하는 문이 있고 대악마가 그 땅을 지배한다는 모양이다.

극동에는 인간이 아닌 존재들이 사는 섬나라가 있고 그 통치자는 곤충의 왕이라는 이야기가 있다.

그 극동의 섬나라와 이 중앙 대륙을 나누는 세계 최대의 바다, 대에길해. 그 바닥에는 모든 바다의 패자인 어인의 왕이 산다는 소문이다.

그리고 세계의 어디에 있는지도 알 수 없는, 그 존재와 위협만이 알려진 천공성. 그 옥좌에는 부정한 천사들을 다스리는 대천사가 하계를 굽어보고 있다.

"어떻게 이런 일이……. 그래서 그게 어디인가? 새로운 재앙은 어디에……."

"—이, 대륙입니다. 이 힐스 왕국의 동쪽, 에어파렌 옆에 있는 리베 대삼림에서 탄생했다고 신은 말씀하셨습니다."

"아아…… 설마."

"이럴 순 없어……. 이럴 수는……."

어느 참가자는 고개를 떨구고, 어느 참가자는 천장을 쳐다보고, 어느 참가자는 의자에서 넘어졌다. 하지만 그들의 가슴을 채우는 감정은 똑같은 절망이었다.

토마스도 예외는 아니었다. 방심하면 손에 쥔 기창도 놓칠 것만 같았다.

설마 인류의 적이, 이 대륙에 나타날 줄이야.

지금까지 이 중앙 대륙에는 인류의 적이라고 불리는 존재가 없었다. 그래서 발전했다는 설까지 있었다. 무역을 하면서 다른 대륙이나 섬에 사람이 산다는 사실은 알려졌지만, 이 중앙 대륙만큼 문명이 발달하지는 않았다. 그 이유는 풍족하냐 척박하냐 이전에 생존조차 어려운 환경이기 때문이었다.

그 주된 이유가 6대 재앙이었다.

녀석들 때문에 마물과 짐승의 활동이 활발해지고, 이 대륙과는 비교가 되지 않을 만큼 강력한 개체가 곳곳에 있다고 들었다. 그런 곳에서 생활 환경 개선은 허황된 망상에 불과했다.

그런 6대 재앙이 없는 중앙 대륙에서 오랜 천적이라고 하면 변덕스럽게 나타나서 습격하는 천공성의 천사 정도였다. 그 피해는 분명히 크지만, 항상 일시적인 공격에 그치며 가까운 곳에 살지도 않는다.

그래서 다른 대륙에 비하면 풍족하게 살아왔다.

하지만 그런 축복받은 환경도 끝을 맞이하려고 했다.

더 큰 문제는 6대 재앙이 이주한 것이 아니라 새롭게 탄생했다는 점이었다.

6대 재앙이 7대 재앙이 된 것이었다. 단순히 세계 전체의 위험도가 한 단계 높아진 셈이었다. 이래서는 다른 대륙의 조력도 기대할 수 없었다.

"마, 말도 안 돼……. 그래서 그 재앙의 피해는? 이미 천공성의 천사들 정도의 피해는 나왔나?"

"방금 총주교가 에어파렌이라고 했나? 그 도시 인근 초원이 하룻밤 사이에 불탔다는 보고가 있었지……. 혹시 그것도 재앙의 소행이 아닌가……?"

"……그렇군요. 과거에 재앙을 타도했다는 기록은 없습니다. 하지만 막 태어난 재앙에게 도전했다는 기록 또한 없습니다. 지금이라면 어쩌면, 아직……."

"―그래, 아직 갓난아기라면…… 지금이라면 토벌할 수 있을지도 모릅니다!"

"당장 토벌대를 조직해!"

열광하는 회의실과는 대조적으로 토마스는 핏기가 가셨다.

토벌대라고?

대체 누가 한 말일까. 이 회의에 출석하는 사람은 왕국과 성교회의 중진뿐이다. 발언하는 본인들은 그곳에 가지도 않는다. 그들은 결코 직접 싸우지 않는다.

그렇다면 그곳에 가서 실제로 재앙과 대치하는 사람은 토마스 같은 병사다.

웃기지 마라. 나라 끝자락에 재앙이 탄생했다고 지금 당장 죽는 것도 아니다. 누가 굳이 죽기 위해 그곳으로 뛰어든다는 말인가.

여기 있는 귀족 같은 지배 계급의 기사단은 사정이 다르다. 그들은 주군인 귀족이 죽지 않는 한 목숨을 잃지 않는다.

그런 기사단만 가라고 해라. 그러면 인적 피해를 걱정하지 않고 공세를 펼 수 있다.

하지만 토마스는 그것이 이루어지지 않는다는 것도 알고 있었다. 기사단은 귀족을 지키는 갑옷이었다. 자신들 곁에서 쉽사리 떨어뜨리지 않을 것이다. 그렇다고 스스로 사지로 향하는 귀족 따위 있을 리가 없다.

병사의 임기는 약 3년. 본래는 직업 병사인 기사단은 모두 왕족과 귀족의 사병이다. 그래서 나라의 군사력 안정과 치안 유지를 위해서는 징병 제도가 빠질 수 없다.

토마스도 작년까지는 고향 마을에서 밭을 갈고 있었다. 가난하지만 평온한 삶이었다. 다시 말해 전역할 때까지 아직 2년 가까이 남았다. 이 대륙은 토마스가 아는 한 전쟁 따위 일어난 적이 없어서 징병되어도 이렇게 형식뿐인 호위나 불한당 제압, 혹은 성문 문지기 정도밖에 할 일이 없었다.

그런데 이게 웬 말인가.

재앙이 탄생했다는 소식을 들었을 때보다 더 큰 절망을 맛본 토마스는 회의의 방향성을 저주했다.

"—그럼 그렇게 하죠. 폐하께는 그대로 전하겠습니다. 각 방면의
물밑 작업을 부탁드려도 되겠습니까?"

"맡겨 주십시오, 재상님."

"이건 인류 전체의 위기입니다. 아직 승산이 있을 때 모든 수단을
강구해야 합니다."

회의는 난항을 겪기는커녕 놀랍도록 빠르게 결론이 났고 대응책
이 마련됐다.

단 하나의 목표를 정하고 협력하는 위정자들은 감탄이 나올 만큼
손발이 잘 맞았다.

바로, 제물 — 징병된 평민 — 을 바쳐서 문제를 해결한다는 목표
였다.

원래는 징병되어도 과하게 위험한 임무를 맡길 때는 본인이나 가
족의 동의가 필요했다.

하지만 그것도 「일곱 번째 재앙의 탄생」이라는 세계 규모의 위기
에 대항하려면 어쩔 수 없다는 논리로 즉석에서 새로운 전시 특별
법의 초안이 작성됐고, 다음 회의에서 프리패스로 의결될 것까지
합의를 보았다.

심지어 머릿수를 모으기 위해서인지, 전역한 병사의 재징병이나
징병 연령 낮추기 등 평민에게는 악몽이나 다를 바 없는 법률도 통
과될 예정이었다.

회의가 끝나고 국내 특권층인 귀족 면면이 자리에서 일어났다. 토마스는 말없이 문을 열고 고개 숙인 채 그들을 배웅했다.

회의실에는 힐스 성교회 총주교와 주교들만 남았다.

"총주교님…… . 그, 안색이 좋지 않으신데 무슨 심려라도……?"

"……네. 인류의 적은…… ."

"네, 인류의 적은……?"

"인류의 적은, 그럴 힘을 갖추었기에 인류의 적이 되지 않았을까요…… . 이걸 무어라 설명하면 좋을지…… . 갓 태어나서 아직 힘이 약하다면, 인류의 적이라고 신탁이 내려왔을까…… 그렇게 신탁이 내려온 시점에서 이미 인류의 적으로 완성되어 버린 게 아닌가…… . 그런 생각이 드는군요…… ."

주교들은 입을 다물었다. 하지만 이미 회의의 결론을 뒤집을 수는 없었다. 인류의 적이란 이들이 손을 대건 말건 가까운 인류종을 닥치는 대로 학살할 존재였다. 그건 천공성의 천사들을 봐도 알 수 있었다. 거리가 멀면 그만큼 피해는 적겠지만, 일곱 번째 재앙은 국내에 있었다.

낙관적으로 예상해도, 그것을 방치하면 힐스 왕국은 대륙 지도에서 사라질 것이다.

고개 숙인 주교들을 보면서, 이미 생각하기를 포기한 토마스는 그저 그들이 빨리 나가 주기만을 바랄 따름이었다.

제9장 인류 유린 개시

《플레이어 여러분께.

　항상 본사의 『Boot hour, shoot curse』를 플레이해 주셔서 진심으로 감사합니다.

　제2회 공식 대규모 이벤트에 관한 소식을 안내해 드립니다.

　이벤트 내용은 「대규모 공방전」입니다.

　대륙 곳곳에 있는 마물의 영역에서 언데드와 같은 마물이 흘러나와 가까운 도시나 마을을 습격할 징후가 포착되었다는 보고가 있었습니다.

　플레이어 여러분의 목적은 마물과 인류 중 한쪽 세력에 협력하여 침공 혹은 방어를 성공시키는 것입니다.

　· 이벤트는 현실 시간으로 약 7일, 게임 내 시간으로 10일간 개최될 예정입니다.

　· 이벤트 기간 중에는 이벤트 보너스로 획득 경험치가 10% 상승합니다.

　· 이벤트 기간 중에는 사망 페널티가 완화되어 경험치 손실이 발생하지 않습니다. 대신 게임 내에서 1시간 동안 모든 능력치가 5% 저하합니다.

　· 이벤트 기간 중에는 이벤트 전용 SNS를 운영합니다. 도시끼리 연계하거나 새로운 커뮤니티를 형성하는 용도로 이용해 주십시오.

· 이번 이벤트에는 참가 신청을 따로 받지 않습니다.

※이벤트는 대륙 전토에서 개최됩니다. 이벤트 기간 종료 전에 침공이나 방어에 성공한 지역에서도 이벤트 기간이 종료될 때까지 상술한 보너스는 이어집니다.

※이벤트 기간이 종료되면 이벤트 보너스 및 사망 페널티 완화는 사라지지만, 침공은 사태가 종식될 때까지 이어집니다.

※이벤트 중에는 게임 내 시간으로 하루에 한 번씩, 거리에 상관없이 현재 도시의 안전 구역에서 인접 도시의 안전 구역으로 전송하는 기능을 추가할 예정입니다. 이벤트 전용 SNS를 이용해 지원을 요청하는 등 전략적으로 활용해 주십시오.

앞으로도 『Boot hour, shoot curse』를 즐겨 주시기 바랍니다.》

《플레이어 이름【레아】님께.

항상 본사의 『Boot hour, shoot curse』를 플레이해 주셔서 진심으로 감사합니다.

제2회 공식 대규모 이벤트에 관한 소식을 안내해 드립니다.

이벤트에 대한 자세한 내용은 모든 플레이어님께 발송된 공지를 참고해 주십시오.

이번 이벤트와 관련해 운영진 측에서【레아】님께 협력을 구하고자 연락드렸습니다.

【레아】님이 계신 힐스 왕국 동부의 리베 대삼림 및 세계수를 심으신 토레 숲은 현재 【레아】님의 세력 범위입니다.

하지만 이 영역에서 인접 도시로 침공할 예정이었던 마물들이 【레아】님의 지배를 받는 상태라서 운영진이 의도한 침공이 일어나지 않습니다.

그래서 가능하다면 【레아】님께서 힐스 왕국을 습격해 주셨으면 합니다.

물론 본사는 【레아】님의 의견을 존중하며, 제안에 수락하지 않으실 경우에는 다른 플레이어님께 해당 도시에서 이벤트가 발생하지 않는다는 안내가 이루어질 예정입니다. 그 후 【레아】님께서는 원하시는 세력에 자유롭게 참가하실 수 있습니다.

만약 수락하신다면 운영진이 특별한 보수를 마련하겠습니다.

제안을 검토하신 후 연락해 주시기 바랍니다.

『Boot hour, shoot curse』 개발 · 운영진 일동.》

◆ ◆ ◆

"―끄으응. 기껏 준비도 마쳤겠다, 남하해서 화산 원정을 갈 생각이었는데."

레아는 다음 대규모 이벤트 안내를 보면서 꿍얼거렸다.

"무슨 문제가 생겼나요?"

케리가 의아하게 레아를 봤다.

마왕의 특성과 새로 개방된 스킬을 확인하고, 그것들을 습득하면서 부하들의 전생도 얼추 끝났다. 그래서 이날은 주요 권속들을 모아서 화산 지대 원정 계획을 세울 예정이었다. 지도에 따르면 리베 대삼림보다 훨씬 남쪽에 화산이 있고, 그곳도 마물의 영역으로 표시되어 있었다. 화산과 관련된 마물도 소재도 없는 레아에게는 아주 매력적인 지역이었다.

"아니, 별건 아니야. 마물의 영역에서 인간의 영역으로 대륙 규모의 대침공이 벌어진대. 나한테도 협력을 요청하고 싶다며 문의가 왔어. 아쉽지만, 화산 원정은 그다음으로 미뤄야겠어."

〈대륙 규모의 대침공이라니, 세상 참 흉흉하군요. 제가 살았던 시대에도 그 정도 사태는 없었습니다만.〉

〈폐하께서는 어디에 협력하실 생각이신지요? 침공하는 쪽입니까? 아니면 방어하는 쪽입니까?〉

디아스와 지크는 레아가 마왕으로 전생한 뒤로 「공주」가 아니라 「폐하」라고 부르게 됐다. 다른 멤버는 여전히 보스라고 부르지만, 딱히 올바른 경칭을 쓰라고 다그치지는 않았다. 디아스는 유난히 고지식한 부분이 있어서 그런 부분을 까다롭게 따질 줄 알았는데, 그만의 규칙이라도 있나 보다.

"어느 쪽 진영에서 부탁받은 것도 아니지만, 참가한다면 침공 쪽이겠지. 침공에 협력하지 않는 경우는 방관하거나. 이제 와서 인류 편에 서기는 좀 그래."

하지만 시스템 메시지에 따르면 방관할 경우 운영진이 「리베 대삼림에서만 대침공이 발생하지 않습니다」라고 공지할 것이다. 사실상 방관할 수도 없는 노릇이었다.

아무 일도 없으면 사람들도 그냥 그러려니 할 테지만, 구태여 운영진이 공지하면 이곳에 뭔가 있다고 의심을 산다. 그러면 이곳에서 마물이 흘러나가지 않더라도 더는 지금처럼 놀러 와 주지 않을 것이다.

〈그, 대침공을 일으키는 마물은 어떤 종족일까요? 그것에 따라서 협력할지 마물을 쟁탈할지도 바뀌지 않을까 합니다.〉

"음, 언데드와 같은 마물이라고 적혀 있으니까 언데드가 주류일까? 어느 마물의 영역에나 언데드는 다 있나—."

아니, 그럴 리가 없다.

이건 운영진이 부린 술수다. 원래 디아스와 지크는 이 이벤트를 위해서 던져 둔 밑밥이었던 것이다. 어쩌면 운영진은 이 이벤트를 더 일찍 열고 싶었을지도 모른다. 생각해 보면 제1회 대규모 이벤트는 예정대로 진행하기 어려워서 배틀 로열 방식으로 변경됐다고 말했다.

그것이 만약 레아가 디아스를 테이밍해서 계획에 차질을 빚은 결과라면?

그리고 지금 레아가 마왕으로 거듭나서 플레이어인 동시에 레이드 보스의 자격을 갖췄다고 판단해 협력을 요청한 거라면?

"……그래, 말이 되기는 하네."

만약 그 추측이 맞으면 레아 때문에 이벤트 예정이 틀어진 셈이었다. 그렇다면 자진해서 협력하는 게 도리다. 레아가 최대한 게임을 즐기는 것처럼 다른 플레이어도 게임을 즐길 권리가 있다. 레아가 협력하지 않아서 이 근처 도시에서 이벤트가 발생하지 않는 사태는 있어서는 안 된다.

"물론 참가한다면 최선을 다할 거야. 나도 엄연히 일개 플레이어니까. 내가 이겨서 도시가 멸망해도 그건 이벤트 결과니까 승복하겠지."

〈잘은 모르겠지만, 보스가 즐거워 보여서 다행입니다. 그래서 우군……이라고 말해도 될지 모르겠지만, 아무튼 침공하는 마물은 언데드라고 생각하면 될까요?〉

"그래. 어쩌면 불어난 언데드를 꺾고 다른 마물이 침공하는 지역이 있을 수도 있지만, 아마 대부분은 언데드 아닐까? 게다가."

레아는 곁눈질로 디아스와 지크를 봤다.

"억측일 뿐이지만, 언데드라면 디아스와 지크의 옛 동료일 가능성이 클 것 같아. 옛날에는 통일 국가였다면 대륙 전체에 그 원한이 퍼져 있어도 이상하지 않아."

〈그런가요…….〉

〈……폐하, 저희는 운이 좋아 폐하께서 거둬 주셨으나, 그게 전부입니다. 정말로 운이 좋았을 뿐이지요. 그들과 저희의 연관성까지 애써 고려하실 필요는 없습니다.〉

〈제 생각도 그러합니다. 저희는 이미 죽은 몸입니다. 지금 이곳에서 저와 디아스 단장이 폐하께 충성하는 것이 오히려 특이한 사례지요. 동료들은 먼 옛날에 죽었으니 부디 괘념치 말아 주십시오.〉

"……너희가 그렇게 말한다면야."

말은 그렇게 했으나, 레아는 가능하면 포섭하고 싶었다.

지크에게 듣기로 제4 기사단 이후의 단장급은 실력이 썩 우수하지는 않았다고 한다. 악의적으로 말하면 귀족이라는 혈통만으로 지위를 꿰찬 낙하산들이었다.

　그래서 그들에게는 큰 관심이 없지만, 제2 기사단은 별개였다. 제1이 근위대, 제3이 사실상 1군이었다면 제2는 뭔가 싶었는데, 헌병대인 모양이었다.

　『사역』이라는 시스템상 권속들이 레아에게 거스르는 일은 없었다.

　그건 먼 옛날의 통일 국가도 마찬가지였을 것이다. 그렇다면 헌병대가 왜 필요한가. 자기 자신도 포함해, 단속할 군부가 모두 주군에게 충성을 바쳤을 텐데.

　그 이야기를 들어보고 싶었다. 그리고 유용해 보이면 레아의 세력에 규합하고 싶었다.

　"도시를 침공하면 도시를 지키는 기사단이나 전용 군대와 충돌할 거야. 그들도 누군가에게, 예를 들어 영주에게 『사역』되었다면 죽어도 막사 같은 곳에서 리스폰하겠지."

　이벤트 기간은 일주일— 게임 내 시간으로 열흘이나 됐다. 영주가 살아 있는 한 그들이 계속 리스폰한다면 이벤트 기간을 이용해서 스폰킬 사냥이 가능할지도 모른다.

　이건 플레이어들도 마찬가지다. 숙소는 웬만하면 직접 공격하지 않고 멀리서 감시하다가 리스폰해서 숙소를 빠져나온 플레이어만 신속하게 사냥할 수 있지 않을까.

　〈폐하, 외람되오나 이런 변경의 영주에게 충성하는 기사가 그리

많으리라고 생각하지 않습니다.〉

"무슨 말이야?"

〈저희 같은 기사단장이나 장군급 기사라면 나라에, 더 나아가 당대 왕에게 충성하고 목숨까지 바쳐 마땅하나, 소대장 정도라면 그렇지도 않습니다. 충성의 의식은 충성을 받는 쪽에도 부담을 주므로 병사 대부분은 한 번 죽으면 끝입니다. 병사 전체가 충성을 바치는 부대는 저희 제1 기사단 같은 근위대 정도겠지요.〉

레아는 드디어 이해했다. 헌병대가 필요한 이유가 이것이다. 디아스는 언급하지 않았지만, 아마 권속으로 구성된 부대는 근위대인 제1 기사단과 헌병대인 제2 기사단뿐이었을 것이다. 『사역』하는 쪽에게도 부담을 준다는 말은 와닿지 않지만, 그것이 사실이라면 아주 합리적인 시스템이었다.

"그럼 의외로 쉽게 도시를 함락할 수 있다는 얘기인가?"

"의외라고 할 정도도 못 돼요. 에어파렌의 용병들 수준으로는 우리 군의 침공을 한 시간도 못 버틸걸요?"

도시에서 용병을 상대로 장사하는 레미가 그렇게 말한다면 그럴 것이다.

"병사들은 어때? 『사역』되지 않은 일반 병사는 전투력이 어느 정도야?"

"글쎄요? 그쪽 계급은 제 가게에 오지 않아서……. 그래도 도시 경비대는 용병과 비슷한 실력이라고 해요."

그러면 문제가 있다. 열흘 동안 열릴 이벤트가 한나절 만에 끝나 버린다. 그렇다고 봐주고 싶지는 않다. 그건 이벤트에 도전하는 플레이어를 농락하는 행위라고 생각한다.

게다가 레아도 사람이었다. 끽해야 게임이라지만, 하루하루 최선을 다했다. 그 성과를 과시하고 싶은 욕망도 있었다.

"—좋아, 지도를 꺼내. 에어파렌과 세계수가 있는 토레 숲 근처의, 루르드였나? 이 두 도시를 멸망시키는 건 확정이고……."

지도의 가도를 따라서 레아의 손가락이 미끄러졌다.

"여기, 라콜린느라는 도시도 함락하자. 여기는 이 근방의 가도가 모두 겹치는 교통의 요지야. 가도가 동맥이라면 이곳은 심장에 해당하는 상업 도시겠지. 여기를 잃으면 힐스 왕국도 우리를 눈엣가시로 여길 테고, 그러면 이벤트가 끝나도 열심히 탈환하러 올 거야."

◆ ◆ ◆

이벤트 당일.

레아는 주요 권속들을 여왕방에 모았다.

개미와 아다만 부대 대장들만 해도 수가 엄청나게 많아져서 사전에 여왕방 확장 공사가 필요했다. 심지어 확장해도 세계수처럼 물리적으로 들어올 수 없는 자도 있었다.

하지만 막상 모아 놓으니까 장관이었다.

어두운 동굴 안에 수많은 칠흑빛 광택이 질서 정연하게 늘어섰다. 개미도 아다만 부대도 검은색이라서 이곳에서는 크기 정도밖에 구별할 수 없지만, 그 통일감이 아름다웠다.

그리고 맨 앞줄에는 데스 로드인 디아스와 지크가 무릎 꿇고 있었다. 스가루는 커서 레아 뒤에 대기했다. 앞에 서면 시야를 전부 가리기 때문이었다.

같은 이유로 요로이자카 씨도 뒤에 있었다. 마왕의 무구라는 이유로 요로이자카 씨에게도 현자의 돌을 사용해 전생시켰더니, 디바인 포트리스라는 종족이 되어 버렸다.

리빙 메일, 디바인 메일, 디바인 포트리스라는 순서 같았다. 번역하면 살아 있는 갑옷, 신의 갑옷, 신의 요새였다. 영문을 모르겠다. 전체 실루엣은 여전히 가느다란 여성형이지만, 크기가 너무 달라졌다. 키, 아니, 높이는 약 3미터. 레아의 거의 두 배였다. 이런 게 앞에 있으면 역시나 아무것도 안 보인다.

켄자키들도 이치로부터 고로까지 다섯 자루는 모두 요로이자카 씨에 맞춰 거대화했다. 켄자키가 전생할 때의 선택지로 장검 타입과 대검 타입을 물어서 대검을 고른 결과였다.

현실적으로 생각하면 도저히 인간이 들지 못할 크기지만, STR를 올리면 무난하게 휘두를 수 있었다. 그런 대검도 지금 요로이자카 씨에게는 평범한 한손검이나 다를 바 없었다.

그 켄자키들의 현재 종족은 디바인 암이었다. 신의 무기가 됐다. 먼저 요로이자카 씨를 봐서 놀라지는 않았다.

켄자키들은 이전처럼 다섯 자루 모두 요로이자카 씨에게 장비했지만, 위치는 변했다. 등의 세 자루와 오른쪽 허리에 찬 한 자루도 빼서 양어깨에 두 자루씩 매달았다. 그래서 요로이자카 씨의 견갑을 크게 만들어서 검을 두 자루씩 꽂는 전용 디자인으로 바꿨다.

케리 일행 네 명은 통일된 군복을 입고 레아 양옆에 서 있었다.

그리고 양쪽 끝에는 하쿠마와 긴카가 사자상처럼 앉아 있었다. 새끼 늑대들은 다른 방에서 개미와 놀고 있을 것이다. 이런 식전에서 아이들이 조용히 기다리기는 힘들다.

그래, 식전이었다.

모처럼의 이벤트, 그것도 전원 참가 가능한 이벤트였다. 기왕이면 인류종 국가를 위협하는 마물 군세로서 화려하게 출정식을 하고 싶었다. 꼭 해야 한다, 라고 권속들이 진언하기도 했다.

"—제군. 드디어 우리가 인간들 앞에 모습을 드러낼 때가 왔다."

레아가 목청을 키우자 전원의 의식이 집중되는 것이 느껴졌다.

"지금까지 제군들에게 힘든 경험을 강요해 왔다. 언제든 죽일 수 있는 인간들을 죽이지 않게 조심하고, 그들이 얻는 경험을 계산해서 죽여야 할 때만 죽인다. 이런 제한으로 정신적 부담이 매우 컸을 줄 안다. 그 점은 사과— 아니, 감사하겠다. 고맙다. 잘해 주었다. 하지만 그 인고의 나날도 이제 끝이다."

일단 말을 끊고 호흡을 가다듬었다. 똑바로 레아를 보는 부하들의 시선으로 자연스럽게 허리가 꼿꼿해졌다.

"오늘 이날부터 우리는 세상으로 나간다. 우선 처음은 이 나라, 힐스 왕국이다. 이 숲에 인접한 에어파렌이라는 도시를 습격하여 우리는 인류종 국가에 선전포고한다. 더는 봐줄 필요 없다. 만나는 자는 모두 녹이고 태우고 구멍 내고 파괴하고 죽여도 상관없다. 각자 원하는 수단으로 적에게 알려 줘라. 리베 대삼림에 우리가 있다고. 그리고 제군들의 힘으로 대륙의 지배자는 바로 나라는 사실을 증명해 다오. 이건 명령도 아니거니와 부탁도 아니다. 우리가 움직

이면 필시 그렇게 된다는 단순한 확신이다."

절그럭, 하고 방 안에서 일제히 단단한 물체가 맞부딪치는 소리가 울렸다. 이곳에 있는 마물 대부분은 목소리를 낼 수 없으므로 이것이 그들 나름의 함성이었다.

"자, 갈까."

◆ ◆ ◆

이번 이벤트는 저번의 특수한 상황과 달리 일상의 연장선에서 벌어지는 사건이다.

그런 취지의 설명은 운영진에게도 들었다.

그래서 시간이 되었다고 해서 시작 신호가 울리지는 않았다.

NPC들은 아무것도 모를 것이다. 거리를 거니는 사람들은 일상을 영위하는 듯 보였다.

그들은 분주하게 도시를 들락거리는 용병들을 기이한 눈으로 바라봤다. 분명 저 용병들은 플레이어다.

레아는 지금 하늘에서 에어파렌을 내려다보고 있었다.

오미너스 군이나 켄자키의 시점이 아닌 본인의 눈으로. 물론 요로이자카 씨 안에서지만.

당연히 3미터나 되는 요로이자카 씨를 평범하게 입을 수는 없었다. 그럼 어떻게 입는가. 엄밀히 말하면 입은 게 아니었다.

요로이자카 씨의 등은 문처럼 열려서 안으로 들어갈 수 있었다. 그곳으로 들어가면 1.5평쯤 되는 이공간이 나왔다. 그 이공간에 서서 레아가 몸을 움직이면 그대로 요로이자카 씨가 움직이는 구조였다.

이공간 안은 탑승한 입구 쪽을 제외하면 모든 면이 외부를 비춰서 등 말고는 사각이 없었다. 뒤쪽을 확인하려면 요로이자카 씨를 돌려야 하지만, 그건 보통 갑옷도 똑같다. 오히려 시야가 좁아지는 바이저도 없고 평범한 사람보다 보이는 범위도 넓어서 맨몸일 때보다 많은 것이 보일 정도였다. 요로이자카 씨는 『시각 강화』와 『청각 강화』를 습득했고, 그 감각이 고스란히 이곳에 재현되어 상식적으로 생각하기 어려울 만큼 외부 상황을 잘 알 수 있었다.

그리고 그 전투 능력은 가히 요새라고 부르기에 부족함이 없었다. 아다만 시리즈와 요로이자카 씨로 모의전을 해 봤는데, 그들이 어떤 공격을 해도 요로이자카 씨에게는 통하지 않았다. 결국 아다만 리더가 검을 버리고 직접 주먹을 쥐고 달려들었지만 — 그게 가장 위력적인 공격이었다 — 그래도 흠집 하나 나지 않았고, 반대로 아다만 리더의 주먹이 깨지고 말았다.

마법도 마찬가지로, 아다만 메이지가 어느 속성 마법을 사용해도 아무런 피해도 받지 않았다. 아다만 메이지에게 트렌트 지팡이를 들려줘도 결과는 변하지 않았다. 유일하게 세계수 지팡이를 들었을 때 쓴 『번개 마법』만이 대미지를 준 것 같았지만, 그 상처도 바로 자연 회복으로 사라지고 말았다.

그리고 요로이자카 씨는 단순한 맨주먹 한 방으로 아다만 나이트 몇 명을 한꺼번에 날려 버렸다. 켄자키 이치로를 들었다면 몽땅 두 동강 났을 것이다.

그런 풀장비 레아가 하늘에 떠 있는 까닭은 레아의 스킬『비상』 덕분이었다.

이미 요로이자카 씨를 장비했다기보다 콕핏에 서 있다는 표현이 맞겠지만, 이것도 장비 중으로 인식하는지 레아의 스킬이 평범하게 외부에 적용했다. 마법도 생각한 위치에 쏠 수 있고, 요로이자카 씨의 시야를 이용한『좌표 지정』도 가능했다.

『공중 유영』이나『고속 비상』을 습득한 레아가 안에 있으면 요로이자카 씨도 자유자재로 하늘을 날 수 있었다. 단, 비행 관련 스킬은 레아가 가졌으므로 요로이자카 씨에게 제어권을 넘긴 상태에서는 날 수 없었다. 공중전을 할 때는 레아가 콕핏에서 요로이자카 씨를 조종해야만 했다.

여기서『좌표 지정』으로 도시 안에 대마법을 몇 방 쏘면 그것만으로 이 지역의 공방전은 침공군의 승리로 끝난다. 그래도 딱히 상관은 없지만, 레아가 생각하는「레아의 힘」이란 개인의 전투력만이 아니었다. 예상 이상의 손해를 입는다면 레아가 쓸어버릴 수밖에 없지만, 그렇지 않다면「마왕」답게 부하에게 명령해 도시를 공략할 생각이었다.

고대하던 공성전이었다. 엄밀히 말하면 성은 아니지만, 그것에 가까운 성벽을 구축했다. 숲속에서는 쓰기 어려운 포병 개미의 범위 공격을 시험할 최적의 장소였다.

게다가 숲에서 나와서 펼치는 첫 침공이었다. 어설트 앤트의 화염 방사도 처음으로 실제 위력을 실감할 수 있으리라.

오늘은 그녀들도 마음껏 날개를 펼쳤으면 좋겠다.

눈을 감고 멀리 토레 숲 상공에 있는 오미너스 군의 시야를 빌리
자 그쪽도 트렌트 무리가 숲을 나오는 중이었다.

이벤트 공지가 나오고 오늘까지 일주일 동안 남은 경험치를 상당
량 투자해 트렌트를 늘렸다. 트렌트가 가진 『포기 나누기』는 간단하
게 말하면 자기 경험치를 소비해서 클론을 생성하는 스킬이었다.

트렌트가 군이 줄지어서 숲을 나서는 광경은 흡사 숲이 스스로 퍼
져나가는 것 같았다. 루르드에서 숲의 이상 현상을 깨달은 주민은
아직 없는 것처럼 보였다. 플레이어가 적은지, 에어파렌처럼 안절
부절못하는 용병도 보이지 않았다.

그쪽은 도시에서 숲까지 거리가 있어서 기습다운 기습은 어렵지
만, 저 정도 성벽으로는 이만한 수의 트렌트에게 오래 버티기도 어
려울 것이다. 저쪽은 세계수에게 맡겨도 문제없으리라.

레아는 눈을 뜨고 다시 아래 도시를 바라봤다. 바로 옆에 있는 리
베 대삼림에서는 개미들이 우글우글 기어 나오고 있었다. 대삼림
중앙부에서도 솔저 베스파 편대가 일사불란한 대열로 날아올라 도
시로 진군했다. 그녀들은 원거리 공격 수단이 없어서 제공권 싸움
이 벌어졌을 때의 보험에 지나지 않지만, 상대측에 항공 전력이 없
다면 그냥 구경꾼이 될지도 몰랐다.

"아, 맞아. 『권속 강화』와 『부하 강화』로 STR도 많이 올랐으니까 저
아이들로 포병 개미를 들고 날면 고고도 저격이 가능할지도 몰라."

꿈은 한없이 부풀어 갔다.

"그래도 이번에는 늦었으니까 넘어가자. 라콜린느에 갈 때 시험

할까. 잘 생각해 보면 제압해서 설비를 재이용하거나 포로를 잡을 필요가 없으니까 공중 폭격만 해도 딱히 문제없겠어."

전부 부수고 전부 죽이면 그만이다. 상대도 마물을 보면 예외 없이 죽일 테니까 피차일반이다. 게다가 상업 도시라면 수많은 기사를 『사역』한 귀족도 있을 것이다. 그렇게 경험치를 대량으로 벌어서 성장했을 NPC가 공중 폭격이나 저격에 어떻게 대응하는지도 관찰하고 싶었다.

솔직히 이토록 강해진 레아에게 대항할 수 있는 캐릭터는 플레이어, NPC를 통틀어도 손에 꼽을 것이라고 생각했다. 하지만 레아가 직접 나서야 할 수준의 캐릭터라면 있을지도 모른다.

"플레이어로 보이는 손님들이 잇달아 도시 밖으로 나오고 있어. 마침내 개전이야. 기대되네."

침공을 처음 눈치챈 사람은 부산스레 도시 정문을 들락날락하던 플레이어 같은 용병이었다. 그리고 그가 뭐라고 소리치자 성문에서 줄줄이 용병이 나왔다.

너무 멀어서 그들이 뭐라고 말하는지는 들리지 않았다. 레아는 조금 고도를 낮춰서 『빛 마법』의 『미채』를 발동해 들키지 않게끔 접근했다. 『미채』는 대상의 모습을 광학적으로 보이지 않게 하는 마법이었다.

"개미다! 역시 이 도시로 오는 이벤트 몬스터는 저 대삼림의 개미였어!"

"언데드가 메인이라고 들었는데 역시 토착 몬스터는 무시할 수 없나! 무시무시하네."

"그래도 숲에 언데드 보스몹이 있다고 떠들던 인간이 있었잖아. 언데드도 나오지 말란 보장은 없어!"

"어두운 숲속이면 모를까, 이렇게 해가 쨍쨍한 곳이면 언데드 보스라도 약해지겠지! 여기도 플레이어가 이만큼이나 모였고 도시가 습격받으면 NPC 용병도 협력할 거야. 설마 숲으로 쫓아내지도 못하겠냐!"

제법 유머 센스 있는 플레이어도 있는 모양이었다.

'무시할 수 없는 무시무시…… 큭. 제, 제법 하는데.'

아무튼 다들 즐거워 보여서 다행이다.

"젠장! 왜 이 도시에 몬스터가……! 지금까지 이런 일은 없었는데!"

"저 신참들이 하도 숲을 헤집고 다녀서 화났나 보지! 저 얼간이들!"

뒷부분의 성난 목소리는 NPC일까. 신참이 플레이어를 가리키는 것은 확실하지만, 이 침공은 딱히 그들 잘못이 아니다.

하지만 레아도 플레이어 중 한 명이니까 플레이어 탓이라는 인식은 틀리지 않았다. 거기다가 운영진이 플레이어를 위해서 준비한 이벤트라고 생각하면 역시 전부 플레이어 탓이라고 말해도 과언은 아니었다.

"─복잡해. 그냥 플레이어 탓이라고 하지, 뭐. 플레이어가 잘못했네. 그럼 나쁜 플레이어들은 책임지고 죽어야겠지? 우선 포격부터 쏠까. 공성용으로 아껴 두고 싶지만, 방어 병력이 없어지고 재시전을 기다렸다가 쏘면 되나. 좋아, 유산탄 장전!"

〈유산탄 장전.〉

여왕방에 사령부를 차린 스가루가 복창해 줬다. 이 복창으로 포병 개미들에게 연락이 갔을 것이다. 레아 아래에서도 포병으로 보이는 개미들이 멈춰서 허리를 꺾어 배 끝으로 전방을 겨눴다.

"뭐야, 저건…… 늘 보던 개미랑 생김새가 달라."

"개미가 저런 자세를 잡아? 전갈이 따로 없네."

"아니, 근데 저거 위험하지 않아? 뭘 쏘려는 것 같은데?"

"바보야, 개미잖아. 쏘긴 뭘—."

"—발사."

〈발사.〉

그 순간, 모든 포병 개미의 포신에서 폭음이 울려 퍼지고, 성문 앞 용병들을 향해서 포탄이 발사됐다.

"컥."

"으엑."

멍하게 그것을 바라보던 용병들이 뭐라고 말할 새도 없이 육편이 되었고, 잠시 후 사라졌다. 사라지지 않는 시체 몇 구는 아마 NPC일 것이다.

"저들이 도시를 지키는 게 목적이라면 나는 도시를 파괴하는 게 목적이야. 저 사람들한테 특별한 원한도 없지만, 아무 원한도 없는 적을 잡아서 경험치를 쌓는 건 어느 게임이나 마찬가지니까."

레아는 형식적으로 묵념하고 곧 다음 탄을 장전하라고 지시했다.

플레이어들이 뭐라고 생각할지 알 수 없지만, NPC 경비병들은 지금 공격을 보고 전의를 상실했는지 성문을 닫고 방어를 굳히기 시작했다.

"좋아. 완전히 닫히면 문을 공격해 보자. 고생해서 닫은 문을 깨면 전의가 더 꺾이겠지."

〈뜻대로 하겠습니다.〉

잠시 후 문이 완전히 닫히고 에어파렌은 거북이처럼 방어 태세를 굳혔다.

〈발사.〉

그곳을 포병 개미의 포탄이 덮쳤다.

포탄은 착탄과 동시에 작렬해 주변에 파편과 불길을 흩뿌렸다.

경비대가 믿던 성문은 포탄 몇 발로 산산이 조각나서 스가루는 목표를 성벽으로 변경한 모양이었다. 포탄으로 연이어 돌벽이 깎여 나갔다.

이런 성벽이라면 포탄이 아니라 단순한 투석기로도 충분했을지 모르겠다. 만약 솔저 베스파에 아틸러리 앤트를 안게 하고 시가지를 폭격할 수 있다면 삽시간에 쑥대밭이 될 것이다.

"하지만 그건 다음 기회에. 어쨌든 성벽이 무너지면 돌격병과 보병을 돌입시키자. 돌격병이 앞에서 화염 방사로 적을 태우면서 돌입하고, 남은 적은 보병이 처리해."

〈알겠습니다.〉

스가루의 호령 아래, 포병 개미들의 옆에 대기하던 어설트 앤트와 인펀트리 앤트가 대열을 이루고 잔해를 넘어 도시 내부로 쏟아졌다. 도시 경비대 일부는 성벽, 성문과 함께 폭사했지만, 살아남은 몇 명과 플레이어로 추정되는 용병들이 앞길을 막아섰다.

"마물이라도 아군이 돌입했는데 포격을 날리진 않을 거야! 접근 전으로 처리하자!"

"개미는 이제 익숙해! 이 고비만 넘기면 마법사는 포격한 개미를 불태워!"

대삼림에서는 주로 개미가 손님을 접대했기 때문에 많은 용병은 개미와 싸운 경험이 있었다.

하지만 어설트 앤트는 대삼림 내부에서는 운용할 수 없어서 접대에 쓰인 적이 없었다. 아마 그들은 처음 보는 개미일 것이다. 이번 기회에 특등석에서 견학시켜 준 뒤 보내 버리자.

용병들이 몰려오지만, 어설트 앤트는 침착하게 배를 앞으로 내밀고 화염 방사를 선물했다.

"크아아아아아아아!"

"뭐, 뭐야! 아아아아악!"

방사된 불길은 금속 장비든 가죽 장비든 상관없이 상대를 평등하게 태워 죽였다. 어설트 앤트는 유연하게 배를 부채꼴로 휘둘러 더 많은 범위를 불길로 휩쌌다. 방사된 매지컬 가연성 젤은 얼마간 그 자리에 남아 불탔고, 직격하지 않은 용병들에게도 고온으로 피해를 줬다. 지속 화염 대미지를 주는 장판을 깐 셈이었다.

마법사로 보이는 용병이 물이나 얼음 마법으로 불길을 잡으려 하지만, 마법사 수보다 개미가 더 많았다. 말 그대로 단솥에 물 붓는 격이었다.

"후훗. 이건 이거대로 재미있지만, 화염 방사만으로는 그다지 돌격병이라는 느낌이 안 들어. 어설트 라이플이라도 있으면 좋겠는데…… 개미한테 바랄 건 아닌가. 총을 들고 돌격할 수도 없으니까."

냉정하게 생각하니 그러면 게임 장르가 달라진다.

일반 병사는 기본적으로 지근거리에서 날붙이나 주먹질로 싸우는 세계였다.

본래 부대 운영의 정석은 보병을 앞세우고 스나이퍼가 엄호하는 방식일지도 모른다. 하지만 그래서는 어설트 앤트의 화염 방사를 시험할 수 없다.

"결과적으로 이게 정답이라고 생각하자. 전과는 충분히 세웠으니까."

후방의 마법사는 진화를 포기하고 불이 아니라 개미를 직접 공격하는 방식으로 전법으로 바꿨다.

원거리 공격밖에 없는 적만 남았다면 화염벽을 끼고 눈싸움을 벌여도 소용이 없다. 어설트 앤트와 인펀트리 앤트를 일단 물리고, 성벽이었던 잔해 뒤에서 아틸러리 앤트로 포격을 쐈다.

잔해가 앞을 막아 곡사로 쏘지만, 하늘에서 베스파가 관측수 노릇을 하여 정확하게 마법사를 육편으로 만들었다. 스가루라는 두뇌가 있기에 가능한 연계였다.

건물 뒤에 숨은 적은 화염 방사로 쪄 죽이거나 포탄으로 건조물과 함께 으깨 버렸다. 개미들도 익숙해졌는지 효율적으로 연계하며 전선을 밀고 나갔다.

도시 외곽은 이미 완전히 기능을 상실했다. 경비병은 전멸했고 용병도 플레이어를 제외하면 시체로 변했다. 성벽이 무너질 줄은 꿈에도 몰랐던 주민들이 혼비백산 도망치고 있었다. 전투력이 있는 캐릭터는 경험치를 위해서 모조리 죽이라고 지시했지만, 일반 시민은 관심이 없어서 무시했다. 목적은 도시 파괴지 주민 학살이 아니었다. 약한 일반 시민은 경험치도 거의 주지 않기 때문이었다. 그들은 그저 결과적으로 죽을 뿐이었다.

개미들의 침공이 거의 도시 중앙부까지 다다랐을 무렵, 영주가 거느린 기사단이 나타났다. 아무리 생각해도 너무 늦은 등장이었다. 만약 레아가 지금 병사를 물려도 이미 이 도시는 복구할 수 없었다.

"아하, 도시 중앙부에 영주 저택이 있어서 그런가. 기사단이 출동한 게 아니라 우리가 영주 저택을 지키는 기사단의 방어선까지 들어온 거군."

기왕 여기까지 열심히 싸웠으니까 마지막까지 어설트 앤트에게 맡겨도 되겠지만, 솔저 베스파들이 관측수 역할밖에 하지 않아서 굉장히 한가해 보이는 점이 마음에 걸렸다. 그녀들에게도 뭔가 보람찬 일거리를 주고 싶었다.

이 나라에 항공 전력이 없다면 솔저 베스파가 앞으로 싸울 상대는 주로 지상 병력일 것이다. 연습도 겸해서 그녀들에게 싸움을 시키면 어떨까.

"그런 고로, 부탁 좀 할게. 방식은 알아서 해. 돌격병과 보병들은 포병이 있는 곳까지 물릴까."

〈알겠습니다.〉

스가루의 대답이 들리고 얼마 있지 않아, 상공에서 전황을 지켜보던 솔저 베스파들이 급강하했다.

지금까지 지상의 개미만 노려보던 영주의 기사들은 느닷없이 나타난 새로운 마물에게 당황해 어쩔 줄을 몰랐다.

"으악!"

"적은 개미뿐이 아니었나! 젠장, 이런 말은 못 들었어!"

"용병 자식들! 보고도 똑바로 못해?!"

그들은 하나같이 용병들을 욕했지만, 그런다고 아무도 봐주지 않는다.

솔저 베스파들은 지면 아슬아슬한 곳까지 하강해서 기사를 한 명씩 끌어안고 급상승했다.

"젠장! 그만! 이거 놔!"

50미터쯤 상승해서 그대로 기사들을 냅다 던졌다.

"으아아아아아아아아아……"

기사들은 용병과 달리 튼튼한 갑옷을 입었지만, 낙하 대미지는 그들의 장비로도 줄이지 못했다. 추락한 그들의 갑옷이 반쯤 땅에 처박혔다.

갑옷을 입은 인간을 죽이기에는 충분한 충격이었다. 떨어진 후 움직이는 사람은 아무도 없었다.

인류의 항공 전력을 우려해 많이 낳은 솔저 베스파는 기사들보다 수가 많았다.

대량의 솔저 베스파가 줄 없는 번지점프를 서비스해 준 결과, 영주 기사단은 괴멸 상태에 빠지고 말았다.

이중에 정식으로 『사역』된 기사가 있다면 조만간 리스폰할지도 모른다. 하지만 플레이어라면 즉시 리스폰해도 시스템 메시지가 들리지 않는 NPC는 꼬박 한 시간을 기다리지 않으면 리스폰할 수 없었다.

그러면 NPC 스폰킬은 역시 효율이 떨어진다. 게다가 이 정도 캐릭터는 리스폰해서 다시 잡아도 그다지 경험치를 주지 않는다. 기다려 봤자 시간 낭비다.

"그럼 먼저 루르드 쪽을 볼까. 이쪽은 이미 대강 끝났지만, 루르드는 어떠려나."

갑옷을 조종하는 비행 상태에서 한눈을 팔면 위험하니까 일단 땅으로 내려왔다. 땅에 안착하면 요로이자카 씨에게 주도권을 넘겨도 상관없었다.

요로이자카 씨에게 몸을 돌려주고 레아는 눈을 감아 오미너스 군의 시야에 동기했다.

◆ ◆ ◆

 수 시간 만에 보는 루르드는 거대한 트렌트 몇 그루에게 포위되었
고 성벽은 덩굴 같은 것으로 뒤덮여 있었다.

 성벽은 굉장히 컸다. 거리가 멀어서 덩굴에 덮인 것처럼 보일 뿐
이지, 실제로는 덩굴이 아니라 더 굵은 무언가였다.

 그건 전부 나뭇가지나 뿌리였다. 그리고 도시 안에도 녹색 잎이
무성했고, 그것들은 토레 숲부터 이어졌다.

 내려다보니까 마치 숲에 먹힌 것처럼도 보였다.

 그 숲의 중심이 세계수고 숲의 나무들은 레아가 지배하는 트렌트
들이니까 숲에 먹혔다는 표현도 썩 틀리지는 않았다.

 이렇게 보는 동안에도 도시의 건물 안쪽에서 가지가 지붕을 뚫고
나왔다. 급격히 성장하는 나무줄기가 집을 집어삼켰다. 사방에 뿌
려진 트렌트 종자가 발아해 급성장한 결과였다.

 원래 트렌트의 『번성』 트리 스킬 『종자 살포』에 이런 급성장 능력은
없었다. 그것이 가능한 이유는 온 도시에 충만한 빛 가루에 있었다.

 이 빛 가루는 성벽을 둘러싼 거대 트렌트들이 꽃가루처럼 뿌리고
있었다. 그 거대 트렌트들은 척 보기에도 다른 트렌트와는 풍채가
달랐다.

 그들은 세계수의 『포기 나누기』로 태어난 엘더 캄파 트렌트였다.

 보통 트렌트들의 『포기 나누기』는 자신의 경험치를 소비해서 자신
과 완벽하게 동일한 개체를 한 그루 늘리는 스킬이었다. 하지만 세

계수의 『포기 나누기』로는 세계수가 태어나지 않았다. 세계수의 『포기 나누기』로 태어난 개체는 세계수의 기초가 된 종족, 바로 캄파 트렌트였다.

태어나는 마물이 약한 대신 세계수 버전 『포기 나누기』는 소비되는 자원이 경험치가 아니라 LP와 MP였다. 그리고 이 캄파 트렌트는 부모인 세계수의 일부 스킬을 중계하는 능력이 있었다.

예를 들어 세계수가 살포 계열 스킬이나 범위 버프, 디버프 스킬을 사용할 때, 이 트렌트들은 세계수의 단말이 되어 범위 스킬의 발동 지점이 되어준다.

지금 루르드에 충만한 빛 가루는 세계수의 스킬 『위대한 축복』의 효과였다. 스킬 내용은 범위 안의 「식물」에 속한 모든 생명체의 이상 성장이었다. 도시에 처음부터 있었던 평범한 식물도 순식간에 성장했지만, 수분할 시간도 없이 꽃이 시들어서 거의 열매를 맺지 못하고 죽어 갔다.

한편, 트렌트들에게는 설정상 수명이 없었다. 평범한 나무 크기가 될 때까지 대개 1년이 걸리고, 그 후에는 수십, 수백 년에 걸쳐 천천히 성장해서 엘더 트렌트가 되는 종족이었다.

하지만 『위대한 축복』 효과로, 흩뿌린 종자는 순식간에 성장하여 거대해졌다. 『종자 살포』는 경험치를 사용하지 않아서 『포기 나누기』처럼 처음부터 성장한 클론을 낳지는 못하지만, 『위대한 축복』 앞에서는 그런 제약 따위 아무런 의미가 없었다.

처음 성벽을 둘러싼 캄파 트렌트들은 세계수가 중계해 뿌린 『위대한 축복』 효과로 이미 엘더 캄파 트렌트가 되었을 정도였다.

이 도시에서 적극적으로 인간을 공격하는 트렌트는 없었다. 필요 없기 때문이었다. 이미 땅이 보이지 않을 만큼 온 도시를 나무뿌리가 뒤덮었고, 무사한 건물은 한 채도 없었다. 그곳에 살았던, 혹은 길을 걷던 사람 대부분은 순식간에 성장하는 나무들에게 휘말려 압사했거나 옴짝달싹하지 못하고 있었다.

나무를 피해서 살아남은 용병이나 기사도 어디서 뻗을지 예상되지 않는 가지나 뿌리에게서 끝까지 도망칠 수는 없었다.

〈우와. 에어파렌은 개미한테 유린당해서 불쌍하다고 생각했는데 루르드는 루르드대로 심각하네. 이거, 살아 있는 사람이 있긴 한가? 슬슬『위대한 축복』은 멈춰도 되겠어. 이 이상은 필요 없잖아.〉

〈그러네요. 제 MP도 얼마 남지 않았으니까 그만 멈출게요.〉

세계수가 그렇게 대답하고 서서히 빛 가루가 옅어져 갔다. 그에 따라서 나무의 성장도 느려졌고, 곧 도시는 시간이 멈춘 것처럼 조용해졌다.

〈끔찍한 참상이지만, 왠지 굉장히 장엄하고 아름다운 광경이야…….감동적이기까지 해. 멋져.〉

〈성스럽고 아름다운 마왕 폐하께서 그렇게 평가해 주시다니, 더 할 나위 없는 영광이에요.〉

진심이라는 것은 알겠지만, 레아에게 충직한 권속에게 그런 말을 들어도 노골적인 띄워주기 같아서 순수하게 기뻐하기 힘들었다.

일단 못 들은 척 넘기고 도시를 관찰했다.

〈움직이는 물체가 없네. 도시에 있던 사람은 전멸했나?〉

본래 플레이어는 금방 리스폰하지만, 거점이 통째로 마물에게 제압당한 상황에서는 그럴 수도 없었다.

처음에는 플레이어를 스폰킬하면 좋겠다고 생각했지만, 에어파렌이든 루르드든 상황이 이 지경이면 힘들 듯했다.

〈그러게요. 이 도시는 앞으로 어떻게 하실 생각이신가요?〉

〈이대로 숲이 자라게 내버려 둬. 가도도 덮어 버리고.〉

〈분부대로 따르겠습니다.〉

토레 숲에서 트렌트들이 가도까지 잠식하기 위해 우르르 몰려나왔다. 원래 숲과 멀리 떨어져서 가도를 내고 도시를 세운 지역이었다. 그것을 전부 집어삼키면 토레 숲은 지금보다 훨씬 커질 것이다.

〈그럼 이쪽 볼일은 끝났네. 저쪽을 정리하고 올게.〉

〈조심하셔야 해요.〉

레아는 그렇게 말했지만, 에어파렌도 할 일은 거의 남지 않았다.

◆ ◆ ◆

"그럼 루르드는 정리됐고, 영주 저택은 딱히 볼일도 없지. 빨리 부수고 넘어가자."

레아가 루르드를 확인하는 동안 성실하게 대기하던 포병 개미에게 포탄 세례를 주문했다.

주문을 받고 열심히 엉덩이를 든 포병 개미들에 의해 영주 저택은 눈 깜짝할 사이에 불타는 잔해더미로 바뀌었다.

그 안에 영주가 있었는지는 모르겠지만, 있었어도 이미 죽었을 것이다. 만약 살아 있으면 경험치를 위해서 처리하고 싶으나, 도시 하나를 파괴해서 얻는 경험치에 비하면 오차 범위라는 생각도 들었다.

"일단 보병들은 영주 같은 인물을 찾아줄래? 다른 병사들은 침공을 계속하자. 이 도시는 숲이랑 너무 가까워. 우리가 거점으로 운용할 가치는 적으니까 전부 밀어버려도 상관없어."

싹 밀어버린 뒤에는 보병에게 패잔병 소탕을 맡기고 항공병과 포병을 데리고 라콜린느에 소풍을 떠날 것이다. 그곳을 제압하면 왕국의 동맥 하나를 끊을 수 있다.

새로운 마물의 영역 「폐허형」을 만들고 싶다는 욕망은 사라지지 않았다. 하지만 모처럼 열린 이벤트니까 기왕이면 임팩트 강한 곳에서 해 보고 싶어졌다.

가장 어울리는 곳이라면 역시 왕도가 아닐까.

왕국을 상징하는 도시. 그곳을 폐허로 만들어 언데드 소굴로 쓰는 것이다.

에필로그

"─보고합니다!"

유명 기술자 네 명을 고용해 만든 굉장히 단단하고 비싸며 중후한 힐스 에보니제 문이 노크 소리와 함께 열렸다.

일국의 재상이 있는 집무실에 들어오는 사람치고는 너무나 무례한 행동이었다.

하지만 왕성에서, 그것도 이곳까지 들어올 권한이 주어진 사람이 그 정도 예의를 모를 리 없었다.

'아니, 잠깐. 지금 저 무례한 자가 보고라고 했나?'

힐스 왕국 재상 더글라스 오코넬 후작은 예삿일이 아니라는 예감에 절로 몸이 긴장되고 미간 주름이 깊어졌다.

"죄, 죄송합니다, 긴급을 요하는 사안인 터라─."

오코넬의 불쾌한 반응에 자신의 결례를 알아차렸는지 전령은 얼굴이 새파래졌다.

"됐다. 긴급한 사안이라면 어서 말해 보아라. 무슨 일이지?"

"옛! 왕국 영내 마물의 영역에서 마물들이 나타나 도시를 공격한다는 보고가 각지에서 올라오고 있습니다!"

그 보고에는 유능한 재상으로 알려진 오코넬마저 경악을 금치 못했다.

"뭐라고!"

마물이 마물의 영역 밖으로 나왔다.

그것 자체는 드문 일이 아니었다. 마물도 이 세상에 사는 하나의 생명이었다. 서식지 안에서 수가 너무 늘어나면 생활을 유지하지 못하고, 외부에서 활로를 찾으려고 서식지를 벗어나— 아니, 서식지를 넓히기 위해 침공할 때가 있다. 지금까지 몇 번이나 있었고, 변경 도시에는 그 징후를 놓치지 않도록 전문 기관이 설치됐다.

하지만 재상에게는 변경 어느 도시에서도 그런 보고가 올라오지 않았다.

"아무런 징후도 없이…… 갑자기 마물이 몰려왔다는 말인가…….
설마 그럴 리가."

더 자세한 보고를 들어 보니 변경에 있는 모든 도시에 마물이 밀려들어 수비대와 교전 중이라고 했다.

심지어 몇몇 도시는 이미 성벽을 돌파당해 시가지와 주민에게까지 피해가 미쳤다.

동시에 구원 요청도 도착했지만, 중앙에서 원군을 보낼 수는 없었다. 동쪽에 나타난 새로운 재앙에 맞서 이미 토벌군을 편성해 파견했기 때문이었다.

그러니까 변경 도시를 공격하는 마물은 각지에 주둔하는 수비대가 대응할 수밖에 없었다.

"오히려 각지 수비대도 재앙 토벌군에 편입시키고 싶었거늘…….
원정을 서두르느라 그러지 못했는데 도리어 요행이었나……."

그때 다시 집무실 문을 무례하게 여는 자가 나타났다. 이번에는 노크조차 안 했다.

"보고합니다!"

"나가라! 지금은 들어줄―."

"죄, 죄송합니다! 무슨 일이 있어도 전달하라는, 수비대의 마지막 전갈입니다!"

"마지막이라고?! 대체 어디―."

"성채 도시 에어파렌, 성채 도시 루르드, 모두 함락!"

헛소리라고 일갈할 뻔했다.

상스럽게 소리치지 않아 체통은 지켰지만, 실은 너무 놀라서 숨도 쉬기 어려울 뿐이었다.

에어파렌이라면 저번에 총주교가 말한 새로운 「인류의 적」이 탄생한 곳과 인접한 도시였다. 얼마 전에 보낸 재앙 토벌군의 목적지이기도 했다.

평상시라면 토벌군 결성식이나 행군 퍼레이드 등 사기 진작과 국민의 이해를 돕는 행사라도 열었겠지만, 인류의 적이 조금이라도 어릴 때 쳐야 한다며 전부 생략하고 출정한 참이었다.

무엇보다 속도를 우선해 병참도 고려하지 않고 가는 길에 위치한 도시에서 보급 물자를 징수하라고 했을 정도였다. 국내 행군이라서 가능한, 난폭하다고도 할 수 있는 작전이었다.

"그마저도 늦었단 말인가……. 이미 도시 하나를 파괴할 정도의 위력이라고……. 아니, 잠깐. 루르드? 그건 어디지?"

재상이라도 변경의 모든 성채 도시를 바로 떠올릴 기억력은 없었다.

"예. 토레 숲― 통칭 불귀의 숲이라고 불리는 마물의 영역 근처의 변경 도시입니다!"

"……기억났다. 도시를 건설하기는 했지만, 마물의 영역에 들어간 자가 돌아오지 않는다며 개발에 난항을 겪던 도시인가. 맙소사, 그러면 재앙은 에어파렌을 함락하고 이미 루르드까지 진군했다는 뜻인가!"

경이적인 속도였다. 이곳에서 토벌군을 조직했을 때는 이미 에어파렌이 함락되었다고 봐야 했다.

하지만 그렇다면 더 일찍 연락이 왔을 것이다. 마물의 영역과 접한 모든 변경 도시에는 전서구나 전령 등 긴급사태에 대비한 여러 보고 수단이 준비되어 있고 보고는 의무였다.

"아뇨, 그것이…… 에어파렌은 개미와 벌 몬스터 대군이, 루르드는 트렌트 대군이 습격했다는 듯하며…… 쌍방의 함락은 거의 동시였다고 합니다."

모두 함락됐다는 보고를 생각하면 당연한 일인지도 모른다. 그렇게 보고했다면 거의 동시에 소식이 전달됐다는 뜻이었다. 그 두 도시는 가도만 보면 루르드 앞에 에어파렌이 있는 것 같지만, 이곳 왕도에서 직선거리를 계산하면 거의 비슷했다.

동시에 비둘기를 날리면 거의 동시에 소식이 도착한다.

"서로 다른…… 세력인가……."

총주교의 신탁에 따르면 이 나라에 태어난 재앙은 하나뿐이다. 아니면 뭔가? 우연히 재앙급 마물과 도시를 멸망시킨 재난급 마물이 동시에 태어나기라도 했단 말인가. 그런 우연이 세상에 어디 있는가.

"말도 안 돼……."

하지만 재상의 말에 대답하는 자는 없었다. 에어파렌을 거점으로 리베 대삼림을 공략할 계획이었는데 시작부터 좌절되고 말았다. 재상은 머리를 감싸 쥐었다.

다음 날 아침, 이른 시각부터 재상은 책상에 앉아 있었다.

일찍 나온 것이 아니라 어젯밤부터 떠나지 못한 것이었다. 각지에서 밀려드는 구원 요청에 불응한다는 답변을 쓰고, 토벌군에는 에어파렌이 이미 사라졌다는 사실을 어떻게 전할지 고민하고 있었다.

"보고합니다!"

또 노크 없이 무례한 방문객이 찾아들었다.

하지만 이제는 나라를 섬기는 고관이 무례를 범하는 것보다 그런 엘리트가 무례를 범해서라도 보고하는 사실을 듣고 싶지 않다는 마음이 더 강했다.

"……무슨 일이지……. 이런 아침부터…….”

"알토리바가 괴멸했다는 소식이 들어왔습니다!"

"뭐?!"

재상은 필사적으로 기억을 더듬었다. 변경에 그런 도시가 있었던가.

의자를 박차고 일어나서 벽에 걸린 왕국 지도를 노려봤다.

"이, 이곳입니다."

지금 보고하러 뛰어든 자가 지도의 한 곳을 가리켰다. 그곳은.

"벼, 변경이…… 아니잖나!"

그곳도 국경선이라면 국경선이지만, 뒤에 아부온메르카토라는 답파 불가능한 고지가 절벽처럼 치솟은 지역이었다.

전승에 따르면 고지 위에는 고성이 있고, 사람이 살지 않는 지금은 마물의 영역이 되었다고 한다. 어차피 절벽을 오를 수도 없고 내려올 수도 없어서 왕국은 단순히 거대한 벽으로 인식하고 있었다.

그 고지 너머에 이웃 국가 웰스가 있지만, 고지가 있어서 직접적인 교역은 그다지 활발하지 않다.

그런 지리 때문에 그 일대는 힐스 왕국의 끝자락이면서도 변경이라고 인식되지 않았다.

그 도시는 고지의 수원에서 흐르는 콘파인 강 덕분에 토양이 비옥하여 보리 재배 등 농사로 먹고살았다. 영주가 세금으로 보리를 거두고, 그 보리를 다른 도시에 팔아서 생계를 꾸리는 방식이었다.

주위에는 위험한 마물이 살지 않고, 부를 축적하지 않아서 도적들도 거의 나오지 않았다.

"그런 평화로운 도시가 왜······."

"연락은 그 이웃 도시인 에른타르에서 전서구로 도착했습니다. 알토리바에서 도망친 경비병 한 명이 도시가 스켈레톤 대군에게 습격받았다고 증언한 내용입니다. 심지어 그 스켈레톤은 베르데수드 방면에서 나타났다고······."

베르데수드란 알토리바보다 더 고지에 접한 도시였다.

스켈레톤 대군이 그쪽에서 나타났다는 말은······.

"설마 그럴 리가······. 그럼 이미 스켈레톤 대군이 두 도시를 함락했다는 말이잖나!"

대체 뭐가 어떻게 되어 가는가.

온갖 변경 지역에서 마물이 범람하고.

불과 하루 만에 도시 네 곳이 함락됐다.

이때의 재상은 알 턱이 없지만, 알토리바 방면의 두 도시를 멸망시킨 것은 왕국이 우려하는 「새로운 재앙」과는 무관한 세력이었다.

좌우지간, 대응하고 싶어도 주요 병력은 대부분 재앙을 토벌하고자 이미 출병했다.

그 병력이 향하는 곳이 함락된 도시 중 루르드, 에어파렌 방면인 것이 불행 중 다행일지 어떨지.

그만한 병력이라면 적어도 현지 상황을 살필 수는 있을 것이다.

"……원정을 떠난 토벌군은 어디에 있나. 정기 연락이 왔을 테지. 시간을 보면 오늘이나 내일 라콜린느 부근을 통과할 텐데……."

라콜린느는 왕국 교통의 요충지였다. 이곳에서는 가도를 따라서 루르드 방면으로도 알토리바 방면으로도 갈 수 있었다.

저번 정기 연락에서는 아직 라콜린느에 도착하지 않았었다. 라콜린느에는 전용 비둘기장이 있고, 그런 도시에 도착했을 때는 정기 연락과는 별개로 반드시 전서구를 날리도록 되어 있었다.

그도 그럴 것이 이 원정에는 왕국의, 더 나아가 대륙의 미래가 걸렸다고 말해도 과언이 아니었다.

타국에 원조는 요청할 수 없을지언정 정식으로 사자는 보냈다. 비둘기가 타국까지 날아가지 못해서 준마를 갈아타는 강행군을 벌였지만, 이웃 국가에 소식이 도착했을지 어떨지는 미지수였다.

그렇다면 당분간은 왕국이 홀로 대처할 수밖에 없었다.

괴멸됐다고 판단되는 알토리바와 베르데수드 주민에게는 미안하지만, 그 근처는 대단한 산업도 특산물도 없고, 다스리는 영주도 영향력이 있는 귀족은 아니었다. 그럼 그 지방은 일단 버려두고 사태가 종식된 후에 다시 평정하면 된다.

"토벌군은…… 예정대로 리베 대삼림으로 보낼 수밖에 없겠군. 에어파렌은…… 괴멸했다고는 하나, 어느 정도인지……. 마물에게서 탈환해 주둔지로 사용할 수 있다면 어떻게든……."

어차피 토벌군이 지금 어디에 있는지 정확히 알지 못하면 전서구도 보낼 수 없었다. 라콜린느에 언제 도착할지 알 수 없지만, 그 보고를 기다렸다가 답신으로 정보를 공유하는 수밖에 없으리라.

"보고합니다!"

오랜만에 제대로 노크와 예의를 지키는 방문객이 찾아왔다.

이곳은 왕성 안쪽에 있는 왕국 재상의 집무실이었다. 원래는 항상 이래야 한다.

"토벌군, 라콜린느에 도착했습니다!"

재상은 어디어디 도시가 괴멸했다는 내용으로 시작하지 않아서 안도했다.

"그래? 그럼 정보와 다음 지시를 정리한 편지를 보낼 테니까…… 뭐야? 아직 뭐가 남았나?"

"옛! 그와 함께 토벌군이 적과 접촉했다는 보고가……."

"저, 접촉? 적과 만났다고? 뭐냐? 굳이 접촉했다고 보고할 정도면 흔한 마물이나 도적은 아닐 텐데."

"옛! 대량의…… 개미를 안은 벌 떼라고 합니다!"

처음 뵙는 분은 처음 뵙겠습니다. 그러지 않은 분은 언제나 읽어 주셔서 감사합니다.

……라는 인사말을 데뷔작 후기에 써먹을 수 있다는 것에 세월의 흐름을 느낍니다.

어릴 적부터 소설 후기에서 이런 인사를 자주 봤었죠.

당시에는 아직 라이트 노벨이라는 명칭이 흔하지 않았습니다. 저는 평소에 「소설 사 올게」라고 말하고 서점에 가곤 했어요.

여기에도 이유가 있는데, 우리 집은 아이의 오락에 엄격한 교육 방침을 세워 만화나 게임을 오래도록 규제했기 때문입니다. 부모님이 게임기를 처음 사 주신 것도 초등학교 5학년 크리스마스였습니다.

이모도 우리 집의 방침을 존중해서 세뱃돈은 매년 도서권이었어요.

도서권을 모르는 분을 위해서 설명해 드리자면 서점 등 가맹점에서만 사용할 수 있는 상품권으로, 정식 명칭은 전국 공통 도서권입니다. 2005년에는 신규 발행이 종료된 고대의 지폐죠. 참고로 가맹점이라면 당시의 도서권을 지금도 사용할 수 있습니다.

세뱃돈으로 주신 도서권에는 아마 지식을 쌓아 달라는 염원이 담겨 있었을 겁니다. 그것으로 만화를 사고 싶다고 말하면 어머니는 눈살을 찌푸리셨어요.

그럼 글자로 꽉 찬 소설은 괜찮냐고 묻자 어머니는 활짝 웃으셨습니다.

그래서 저는 「소설 사 올게」라고만 말하고 라이트 노벨을 사러 서점으로 달려간 것입니다. 라이트 노벨이라고 말하면 그게 뭐냐고 물으실 테고, 내용을 설명해야 할까 봐 두려웠거든요.

그 시절 저에게 최고의 오락은 라이트 노벨이었습니다. 휴일에는 하루 종일 책을 읽은 적도 있습니다.

중학교에 들어가고 얼마 지나지 않아 용돈으로 게임이나 만화는 자유롭게 살 수 있게 되었지만, 라이트 노벨을 살 때가 더 많았다고 기억합니다.

물론 라이트 노벨을 좋아했던 것은 틀림없지만, 그 이상으로 비용 대비 효율을 생각해 같은 금액으로 소설을 사는 게 가장 오래 즐길 수 있다는 이유였어요. 바보였죠.

바보지만, 어떻게 보면 맞는 말이기도 합니다. 글을 읽는 행위는 그만큼 시간을 오래 잡아먹으니까요.

돈이 없던 당시 저라면 모를까, 오락이 다양화되어 다채로운 선택지가 제공되는 현대에 한 가지 취미에 시간을 쏟는 이유는 그 취미에 그만한 가치가 있다고 인정했기 때문이겠죠.

오늘 이 자리에서 여러분께 문장을 전해드릴 수 있는 것 또한 여기에 올 때까지 많은 분이 제 문장의 가치를 인정해주신 덕분이라고 생각합니다.

그러니까 한 번 더.

처음이 아닌 분은 언제나 읽어 주셔서 정말로 감사합니다. 그리고 처음 뵙는 분은 이 책을 구매해 주셔서 정말로 감사합니다.

송구하지만, 여러분의 시간을 받고 싶습니다. 본편을 읽고 후기를 보시는 분은, 시간을 내 주셔서 감사합니다. 기회가 있다면 다음에 또 시간을 내 주셨으면 합니다.

마지막으로 이 자리를 빌려 감사 인사를 전합니다.

일러스트를 담당하신 fixro2n 님. 종종 귀찮게 해 드렸지만, 아주 아름다운 일러스트를 완성해 주셔서 감사합니다.

교정을 담당하신 분들께도 감사드립니다. 교정쇄에는 본문 내용을 이해하지 않으면 지적할 수 없는 부분이 몇 군데나 있어 강한 프로 정신을 느꼈습니다.

그리고 담당 편집자님. 회의할 때 쭉 주인공을 「레아 님」이라고 불러주신 점에서 애정을 느꼈습니다. 일러스트에서 겨드랑이를 볼 수 있어서 좋았어요. 교정쇄에서 보여 주신 교정 담당자님과 편집자님의 뜨거운 메모 배틀에는 저도 모르게 눈물이 글썽거렸습니다.

그밖에도 제가 모를 뿐 아주 많은 분이 이 책의 출판에 관여하신 줄 압니다.

이 책이 출판되도록 힘써 주신 모든 분께 진심으로 감사의 말씀 전합니다.

하라쥰

황금의 경험치 1

초판 1쇄 발행 2024년 4월 20일

지은이_ Harajun
일러스트_ fixro2n
옮긴이_ 김장준

발행인_ 최원영
본부장_ 장혜경
편집장_ 김승신
편집진행_ 권세라 · 최혁수 · 김경민 · 최정민
커버디자인_ 양우연
관리 · 영업_ 김민원

펴낸곳_ (주)디앤씨미디어
등록_ 2002년 4월 25일 제20-260호
주소_ 서울시 구로구 디지털로 26길 111 JnK디지털타워 503호
전화_ 02-333-2513(대표)
팩시밀리_ 02-333-2514
이메일_ lnovellove@naver.com
ㄴ노벨 공식 카페_ http://cafe.naver.com/lnovel11

OGON NO KEIKENCHI Vol.1 TOKUTEI SAIGAI SEIBUTSU 「MAO」 KORIN TIME ATTACK
©Harajun, fixro2n 2023
First published in Japan in 2023 by KADOKAWA CORPORATION, Tokyo.
Korean translation rights arranged with KADOKAWA CORPORATION, Tokyo.

ISBN 979-11-278-7519-0 04830
ISBN 979-11-278-7518-3 (세트)

값 11,000원

블레이드&바스타드 1~2권

카규 쿠모 지음 | so-bin 일러스트 | 김성래 옮김

아무도 공략한 적 없는 《미궁》 깊은 곳에서 발견된

존재하지 않아야 하는 모험가의 시체—.

소생했지만 기억을 잃어버린 남자 이알마스는 단독으로 《미궁》에 진입해서

모험가의 시체를 회수하는 나날을 보내고 있었다.

《소생》이 성공하든 실패해서 재가 되든 개의치 않고

대가를 요구하는 모습을 멸시하면서도 실력은 인정해주는 모험가들.

이처럼 재투성이로 살아가는 이알마스의 일상은

괴멸된 모험가 파티의 유일한 생존자,

「잔반」이라고 불리는 소녀 검사와의 만남을 계기로 변화를 맞이한다!

카규 쿠모와 so-bin이 선보이는 다크 판타지, 등장!!

스파이 교실 1~8권, 단편집 1~3권

타케마치 지음 | 토마리 일러스트 | 송재희 옮김

아지랑이 팰리스 공동생활 규칙.
하나, 일곱 명이 협력하여 생활할 것.
하나, 외출 시에는 진심으로 놀 것.
하나, **온갖 수단으로 나를 쓰러뜨릴 것.**

―각국이 스파이로 그림자 전쟁을 벌이는 세계.
임무 성공률 100%, 그러나 성격에 난점이 있는 뛰어난 스파이, 클라우스는
사망률 90%를 넘는 「불가능 임무」 전문 기관 「등불」을 창설한다.
하지만 선출된 멤버는 실전 경험이 없는 소녀 일곱 명.
독살, 함정, 미인계― 임무를 달성하기 위해 소녀들에게 남은 유일한 수단은
클라우스를 속여 이기는 것이다!

1대7 스파이 심리전! 통쾌한 스파이 판타지!!